KB262222

북한문학의 동향

박 태 상

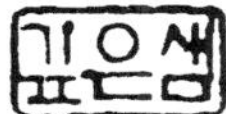

책머리에

『북한문학의 현상』을 펴낸 지 3년 만에 다시 『북한문학의 동향』을 출간한다. 첫 번째 북한연구서를 낼 때보다 연구 여건이 많이 성숙되었다는 것이 제일 큰 기쁨이다. 그동안 주변상황도 많이 변했다. 우선 2000년 6월 15일에 역사에 남을 남북정상회담이 열렸다. 김대중 대통령과 김정일 국방위원장이 평양에서 만나 허심탄회하게 남북 사이의 화해와 협력 방안에 대해 논의하고, 자주적인 통일을 위한 공존의 모색, 연합제와 낮은 단계의 연방제 통일 논의, 이산가족 문제의 해결, 경제·사회·문화 협력 활성화, 당국간 대화 정례화의 5개항 합의문을 선언 형식으로 발표하였다. 그리고 곧바로 제 3차례 남북 이산가족 상봉단의 상호방문이 이루어졌다. 그리하여 국민들 사이에는 곧 통일의 시대가 열리게 되는 것인가 하면서 기대감이 크게 고조되었다.

하지만 미국의 부시행정부의 등장과 강경한 대북정책의 채택, 그리고 부시대통령의 9. 11테러와 관련된 '악의 축' 발표 등으로 남북간이나 북미간의 대화는 사실상 끊어지고 말았다. 다시 최근에 미국에서 미 국무부 고위당국자와 북한의 유엔 대표부 대표가 만나 북미간의 대화가 필요함을 상호 인식하였다는 언론보도가 나오고 있어 해빙 무드가 조성되고 있다.

아울러 2002년 4월 6일 남한의 임동원 대통령특사(외교안보통일 특보)가 평양을 공식 방문하여 김정일 국방위원장과 김용순 노동당 대남 담당 비서를 만나 현안을 논의하고 몇 가지 합의사항을 타결하였다고 전해지고 있다. 구체적인 내용은 한반도 긴장상태 방지 공동 노력, 경협추진위원회 2차 회의를 5월 7일~10일 사이에 서울에서 개최, 4차 이산가족 상봉을 4월 28일에 금강산에서 개최, 합의사항 진척에 따라 7차 장관급 회담 개최, 인도주의·상부상조 원칙에서 서로 협력, 경의선 철도·도로, 동해선 철도·도로 연결, 금강산 관광 활성화 당국회담을 6월 11일에 금강산에서 개최, 북한경제시찰단의 5월 중 남한 방문, 군사당국자 회담 재개 등으로 알려지고 있다. 그리고 비료 20만 톤은 무상으로 지급하고, 쌀 30만 톤은 차관형식으로 제공할 것으로 예상되고 있다. 이러한 방침은 임동원 특사가 방북결과를 설명하면서, "북측이 그동안의 식량·비료지원에 감사의 뜻을 여러 번 표시했으며, 금년에도 사정이 어렵다며 지원을 요청했다"고 밝힌 것에서 드러나고 있다.

『북한문학의 동향』은 필자가 앞서 펴낸『북한문학의 현상』과 쌍둥이 역할을 하게 될 북한 연구 학술서적이다. 이 책에서는 몇 가지 원칙을 정하여 작업을 계속했다. 첫째 가급적이면 앞의 책에서 다루지 않았던 분야를 대상으로 하려고 노력하였다. 둘째, 북한에서 최고의 작가로 문학사에서 평가받고 있는 이기영 문학에 대해 심도 있게 다루기로 하였다. 셋째, 그동안 남한 학계에서 연구되지 않았던 해외동포문제를 거론한 양우직의 작품을 분석하기로 하였다. 넷째, 21세기 들어서서 북한문학에는 어떤 변화가 있는가를 살펴보기로 하였다. 그래서 총론에서는 2000년 이후에 북한에서 발표된 작품들을 분석하는 데 주력하였다. 특히『북한문학의 동향』에는 필자가 새로 발굴하여 북한연구학회의 세미나에서 발표하여 언론의 주목을 받았던「새로 발견된 북한『서정시 선집』연구」와「새로 발견된 이기영의『기행문집』연구」를 실음으로써 새로운 자료발굴에도 주력하는 학자로서의 치열한 자세도 담기로 했다.

필자는『북한문학의 동향』을 준비하는 동안에 나름대로의 몇 가지 통일운동을 동시에 전개하였다. 첫째는 한국방송대 국문학과의 학부 커리큘럼에 종합대학에서는 처음으로 〈북한문학의 이해〉(4학년 1학기)라는 과목을 포함시켰다. 또 6만여 명이 수강하는 교양과목『국어』교과서에「최근 30년 간 북한 소설의 창작경향」이라는 필자의 논문을 집어넣음으로써 남북통일에 대한 관심과 북한에 관한 연구의 확산을 기하였다. 이 분야 전문가들의 소식을 들으니, 남북한 정상회담 후 벌써 6~8개 대학의 국문학과에서『북한문학개론』을 집어넣으려는 움직임을 보이고 있다고 한다. 둘째, 새로 조직된 서울평양학회(회장 김동규)의 문화예술분과위원장을 맡음으로써 북한학에 대한 학제간 연구의 추진을 도모하고, 남북한 학자들 사이의 공동연구의 기회를 마련하기 위해 노력하려고 한다. 셋째, 금년 봄에 출간을 준비하고 있는 종합문학계간지『통일문학』에 편집위원으로 참여하여 문학 분야를 통한 통일방안 모색과, 북한문학에 대한 대중화운동에 일조를 하려고 한다. 사실상 우리나라의 경우 북한에 대한 치밀한 연구가 이루어진 지는 얼마 되지 않는다. 통일을 대비하여 각 분야별로 좀더 깊이 있는 연구가 이루어져야 하며 동시에 연구결과에 대한 대중화운동이 병행되어야 할 것으로 보인다.

이 책을 쓰는 동안에 도움을 준 많은 분들이 생각난다. 우선 고려대 북한학과에서 〈북한문학예술론〉, 〈북한학 연구방법론〉 등의 강의를 맡겨주셔서 북한학에 대한 시야를 넓힐 수 있게 해주신 김동규 학장님께 감사를 드린다. 아울러 북한에서 발행된 『조선문학사』 영인본을 간행하였을 뿐만 아니라 너무나도 소중한 북한문학 원전을 북한측과 협상하여 인세를 주고 수입함으로써 부족하기만 한 북한 원전텍스트와 자료를 제공해주신 김주팔 대훈서적 회장님께도 고마움을 표한다.

끝으로 경제적 불황기에 난해한 북한전문연구서의 간행을 흔쾌히 승낙해주신 깊은샘 출판사의 박현숙 사장님께 감사를 드리며, 교정과정에서 헌신적으로 도움을 준 정다운 제자들인 이주실 · 송재옥 · 김행자 · 정계영 님께도 깊은 사의를 표한다.

2002년 3월

◀◀·차　례·▶▶

◆ 책머리에

제5부 사회주의 건설 주제의 북한문학

제1부 북한문학의 동향-총론

북한문학의 동향-총론

Ⅰ. 최근의 남북관계와 국제정세

북한문학의 동향을 파악하기 위해서는 북한정권의 움직임과 한반도를 둘러싼 국제정세를 세밀하게 살펴보아야 한다. 특히 북한의 문예정책의 기본은 주체적인 문예이론과 사회주의적 사실주의 미학이론에 근간을 두고 있다. 따라서 정치적·경제적 정세파악을 제외하고 생각한다는 것은 아무런 의미를 지닐 수 없을 정도이다.

남북관계는 부부관계나 형제관계 비슷해서 조석변개하는 것으로 보인다. 어떠한 시기에는 마치 연인처럼 밀월관계이었다가 어떤 때는 원수처럼 금세 무력으로 공격할 것처럼 행동하고 있다. 2000년 6월 15일 남북정상회담이 있었다. 즉 6월 12일부터 15일까지 평양에서 회담을 갖고 '6·15 남북정상선언'을 15일에 발표하였다. 합의된 5개 선언은 자주적인 통일을 위한 공존의 모색(제 1항), 연합체와 낮은 단계의 연방제 통일 논의(제 2항), 이산가족 문제의 해결(제 3항), 경제·사회·문화 협

14

력 활성화(제 4항), 당국간 대화의 정례화(제 5항) 문제이다. 이러한 정
상회담에 북한의 김정일 국방위원장을 끌어내기 위해 김대중 대통령은
1998년 2월 25일 취임사에서 대북한 3대 원칙을 천명하였고, 곧 바로
대북한 경제교류 3원칙[1]을 발표하였다. 이어서 2000년 3월 9일 베를린
에서 남북한 경제협력을 통한 북한 경제의 회복 지원(경제협력), 냉전
종식과 평화공존(한반도 평화), 이산가족 문제 해결(이산가족 상봉), 남
북한 당국간 대화 상설(남북한 상설협의기구 설치)의 4개항에 걸친 베를
린선언을 발표했다. 이러한 남한측의 대화제의에 북한측은 비공개 접촉
의사(종국에는 박지원 문화부장관 대 송호경 아태평화위원회 부위원장
이 2000년 3월 17일, 22일 및 4월 7일 접촉)[2]를 표명하였다.

남북 정상회담 이후 후속 실천사업으로는 남북한 대화 15차례 진행,
3차례 이산가족 상봉 및 생사여부 확인, 인적 교류(총 7,965명, 매월 평
균 664명), 경협관련 4개 합의서 체결(투자보장 합의서, 이중과세 방지
합의서, 상사분쟁해결 절차합의서, 청산결제합의서), 경의선 철도 및 도
로연결, 개성공단 개발, 임진강 공동수해방지사업, 남북경제교류 실적
(1998년 2억 2,200만 달러에서 2000년 4억 2,500만 달러, 2001년 1
월~10월 3억 3,000만 달러)[3] 등이 과시적 성과로 이루어졌다.

하지만 이러한 긍정적인 성과도 최근의 정세변화로 경직되고 말았
다. 남북관계는 정말 가변성이 많아서 미래를 예측하기가 어렵다. 특히
남북관계는 당사자보다는 주변 열강들의 이해관계에 따라서 움직이게

---

1) 윤기관, 「남북한 정상회담 이후 북한의 변화와 전망」, 『북한연구학회보』 제 5권 2호, 2001,
   149쪽 재인용.
   ①정경분리 원칙-정치적 상황에 연계 금지, 시장경제원리에 입각 추진
   ②상호주의 원칙-일방적 주장 지양, 상대방 의사 존중, 상호이익 증진
   ③포용정책(햇볕정책, Sunshine Polish)-정경분리에 의한 경제교류와 협력을 통하여 북한
     이 혁명과 전쟁의 논리 포기, 자본주의 논리(경제부흥) 수용 기대
2) 윤기관, 위의 논문, 149쪽.
3) 윤기관, 위의 논문, 153쪽.

되는 경우가 많다. 2000년 6월 15일의 남북정상회담 이후에 마치 곧 통일이 될 것 같은 분위기가 조성되었다. 하지만 그 열기는 정상회담의 전제조건으로 있었던 3차에 걸친 남북이산가족 상봉단의 방문과 미전향장기수의 조기 상환이 마무리되는 시점을 기점으로 하여 시들해져 버렸다. 이러한 요인은 언론에 보도되었던 소문이 맞는지는 모르지만 정상회담의 전제 조건으로 북한은 식량난과 달러가 급해 우리측에 러시아와의 수교 때 약속한 정도의 차관을 요구했고 우리측은 그 반대급부로 남북이산가족 상봉과 금강산 사업 등 민족화해와 교류를 위한 최소한도의 성의 있는 대화를 요구했으며 그러한 이해관계가 맞아떨어져 대화를 했으나 그 이후에 대한 후속조치가 미흡하여 답보상태에 머물고 말았다는 해석이다. 이러한 추측과 해석은 남북당사자의 정치적 이해관계를 따진 측면이라는 점에서 내부적인 요인설이라고 할 수 있다.

　하지만 남북관계가 정체상태인 또 다른 이유로 외부적인 요인을 들 수 있다. 대표적인 경우가 부시 행정부의 등장과 대북강경정책의 채택을 들 수 있다. 미국의 조지 W. 부시 대통령은 2000년 1월 29일 북한을 이란·이라크와 함께 '악의 축'으로 규정하면서 조지 테닛 중앙정보국(CIA) 국장, 콜린 파월 국무장관 등 측근 참모들을 총동원하여 한동안 대북 강경발언을 하였다. 이러한 '악의 축' 발언의 배경에는 9. 11테러 후의 미국내 국민여론과 연관성이 있다. 9. 11테러사태 이후 아프간전쟁 등을 겪으면서 미국으로서는 세계 전략 차원에서 테러문제와 대량살상무기(WMD)개발을 연계시킬 수밖에 없다는 해석이다. 최근에는 북한이 계속 미사일 수출을 강행할 경우 북한선박을 해상에서 나포하거나 공해상에서 폭격하여 침몰시키는 강경정책을 취할지도 모른다는 언론보도가 잇따르고 있다. 그러면서 한편으로 유화적인 정책으로 북미대화에 응하라는 메시지를 보내고 있으며, 실제 미국에서 북한외교관과 상당히 유익한 대화가 있었다는 보도도 나오고 있다.

한동안 경색되어 있던 남북관계와 북미간의 관계도 화사한 봄철을 맞이하여 해빙 무드를 조성하고 있다. 2002년 3월 20일 북한의 박길연 유엔주재 북한대표부 대표는 미 국무부의 잭 프리처드 대북협상 대사와 접촉을 가지고 "미국과 대화를 하려는데, 우리의 최고 지도자와 체제에 대한 비난을 계속하는 것은 협상하려는 사람의 목을 조르는 것이나 다름 없다"고 주장하면서 "북·미 대화에 응하겠으니 조금만 기다려달라"는 입장을 통보해왔다고 언론[4]은 전하고 있다.

아울러 남한측의 임동원 특사 파견 제의에 긍정적인 응답을 보내왔으며, 3월 29일 평양에서 김정일 국방위원장을 만나고 서울을 방문한 인도네시아의 메가와티 수카르노 푸트리 대통령은 김위원장이 "김대중 대통령을 계속 뵙고자 하는 마음이 있다"고 말했다고 정부의 당국자가 전하고 있다. 4월 3일 임동원 특사는 평양을 방문하고 김용순 노동당 비서를 만나 당국자간 대화를 시작했다는 보도가 나오고 있어 남북대화의 재개와 김정일 국방위원장의 서울 답방 가능성이 조심스럽게 점쳐지고 있기도 하다.

II. 김정일 국방위원장의 현지 지도 실태

2001년도 조선중앙통신사가 발행한 북한연감을 살펴보면, 2000년

---

4) 『조선일보』 3월 30일(토) 「북, 미에 "곧 대화" 통보−최고지도자, 체제 비난 자제 요청도」 1
면 정치면 보도.

1년 동안 김정일 국방위원장은 총 49회의 현지 지도를 한 것으로 나타나고 있다. 이러한 현지지도는 인민성을 강조해온 김일성 전 주석의 전통을 그대로 계승한 것이라고 할 수 있다. 김일성 전 주석은 사망하기 전에 지도자 수업기간 동안 김정일 국방위원장을 현지 지도에 자주 대동하고 다녔다고 한다.

2000년도에 김정일 국방위원장이 현지 지도하기 위해 방문한 곳을 살펴보면 북한정권이 최근에 가장 주력하고 있는 분야가 무엇인가를 알 수 있게 된다. 첫째는 군부대 방문이 가장 많다. 총 49회 중 16회로 나타나지만, 사실 인민군인들이 건설한 메기공장이나 닭공장 그리고 조선인민군 제 604군부대 군인가족 예술소조 공연관람 등 사실상 군부대 방문에 준하는 행사참여까지 포함하면 총 23회에 달하고 있다. 조선인민군 제 1158부대를 포함해 순수한 군부대 방문은 총 16회로 나타나고 있다.『노동신문』1월 26일자 보도를 보면, 김정일은 이 부대를 방문하여 김일성의 현지 지도 사적비와 사적물을 돌아보았다고 한다. 과거 김일성이 부대를 방문했을 때 만났던 병사들이 유능한 군사지휘관들로 성장한 데 대하여 기뻐하면서 접견자들은 혁명투쟁에서 핵심적 역할을 수행해야 할 사람들인만큼 잘 도와 주어 김일성 수령의 은덕에 충성으로 보답하게 하여야 한다고 말했다[5]고 한다. 그리고 군부대 군인들에게 쌍안경과 기관총, 자동보총을 기념으로 주었다고 보도되고 있다. 이렇게 김정일 국방위원장이 군부대 방문에 주력하고 있는 이유는 분명하다. 하나는 국방위원장 취임 일성으로 강성대국 건설을 주창한 것과 동궤에 서 있는 정책이다. 다른 하나는 아직도 북한이 전근대적인 냉전시대의 적화야욕의 꿈을 버리지 않고 있는 단적인 증거라고 할 수 있다. 둘째, 김

---

5) 김동섭 외 편,『조선중앙년감』주체 90년 (2001년), 평양, 조선중앙통신사, 30쪽.

정일 국방위원장은 토지정리 사업점검이나 종합농장 방문이 빈번했던 것으로 보도되고 있다. 총 7회나 방문한 것으로 되어 있다. 하지만 잉어나 메기 양식장이나 닭공장 방문까지를 포함하면 10회가 넘는다. 그 이유는 북한이 현재 처한 식량난이 어느 정도 심각한가를 반영해주는 것이다. 특히 최근에 김정일은 토지정리사업에 상당히 심혈을 기울이고 있는 것으로 드러나고 있다. 대표적인 경우로 평안북도의 토지정리 사업을 현지 지도 하고, 이어서 황해남도·평안북도 등의 토지정리사업을 현지 지도한 것으로 나타나고 있다. 김정일 국방위원장은 2000년 12월 5일에 황해남도의 토지정리사업을 현지 지도하면서 김일성의 현지 지도 사적비를 돌아 본 다음 황해남도 토지정리사업 총계획도 앞에서 해설을 듣고 토지정리 실태를 구체적으로 료해(了解)했다고 전하고 있다. 그리고 그는 "강원도와 평안북도에 이어 황해남도의 토지정리까지 끝나면 국토의 면모는 크게 달라지고 농업생산에서 새로운 앙양을 이룩할 수 있는 확고한 토대가 마련되게 된다고 하면서 방대한 황남도의 토지정리사업을 짧은 기간에 전격적으로 끝낼 데 대한 구체적인 과업과 방도들을 제시하였다"[6]고 보도하고 있다.

셋째, 안변청년발전소·내평발전소 등을 방문하여 현지 지도를 펼쳤다. 그것은 북한의 전력난이 이미 알려진 것과 마찬가지로 심각함을 반영하는 것이다. 그 외 평안북도 공업부문사업을 현지 지도하거나 함흥시 원료기지공장과 평안북도 북중기계련합기업소 그리고 영변 견직공장·박천 견직공장 등을 방문[7]한 것으로 나타나고 있다. 이것은 과학기술의 발전과 산업의 활성화가 경제부문에 있어서 자력갱생의 근간이 됨을 인식하고 있다는 것을 보여준다.

---

6) 위의 책, 65쪽.
7) 위의 책, 44-45쪽.

　　기타 예술 선전대나 군인가족 예술소조, 조선인민군 협주단의 음악 무용 종합공연을 관람한 것으로 나타나고 있다. 이것은 역시 예술에 취미가 많은 김정일 국방위원장의 성향을 말해 주는 것이기도 하며 그가 예술을 사회주의 혁명의 가장 주요한 무기로 간주하고 있음을 단적으로 설명해 주는 것이기도 하다.

Ⅲ. 최근 북한에서 창작된 문학과 영화 작품들

　　2000년은 북한 노동당 창건 55돌이다. 따라서 당 창건 55돌을 기념하여 전국 문학축전과 제 4차 장·중편 형식의 작품 100편 창작전투를 성과적으로 결속하는 데 중심을 두고 문학창작사업을 벌여 20세기 주체문학 건설을 빛나게 총화했다[8]고 선전하고 있다. 구체적으로 그 성과를 요약해보건, 우선 항일혁명 주제의 작품으로 백두산 3대 장군의 위대성 주제의 작품창작에서 특기할 성과들이 이룩되었다고 전하고 있다. 총서 《불멸의 력사》 중 장편소설 『붉은산줄기』, 『삼천리강산』, 총서 《불멸의 향도》 중 장편소설 『전환』, 『서해전역』을 비롯하여 김일성과 김정일의 위대성을 형상한 작품들이 창작되어 수령형상 문학발전에 크게 기여했다고 강조한다. 이러한 작품 중에서 『붉은산줄기』는 이종렬의 장편소설로서 1939년 가을부터 1940년대 전반기까지를 시대적 배경으로 하여 김일성이 항일무장투쟁을 펼친 과정을 역사적으로 미화시킨 작품이다.

---

8) 위의 책, 195쪽.

20

근 10년간 조선인민혁명군(소위 빨치산)과의 전투에서 고전한 일제는 수십만 명에 달하는 관동군을 비롯한 토벌군을 동원하여 토벌공세를 강화하는 한편 조국광복회 조직들을 모조리 파괴해 버리기 위해 '해산사건'으로 체포된 혁명가들과 애국자들에 대한 온갖 야수적인 고문과 회유 기만을 다하게 되었다. 하지만 김일성은 탁월하고도 영활한 전술로 적들의 토벌기도를 짓부수고 간고한 돈화원정을 승리적으로 단행하여 뒤이어 쟈신즈, 륙과송 등지에서 일제에게 커다란 타격을 가하며 홍기하 전투에서 혁혁한 전과를 올리게 되었다는 줄거리를 담은 장편소설이 『붉은산줄기』인 것이다. 《불멸의 향도》 총서 중 한 작품인 장편소설『전환』은 권정웅의 작품으로 1960년대를 시대적 배경으로 국제공산주의 운동 안에서 몰아치는 수정주의 역풍을 맞받아 헤치며 조선혁명을 전환의 궤도에 올려놓게 된 김정일의 고귀한 업적을 담은 작품[9]이라고 선전하고 있다.

또한 이 시기에는 서사시『백두의 총대 영원불멸하리』, 장시『백두령장의 고지는 숨쉰다』, 가사『전선길은 이야기하네』, 『장군님은 노래를 사랑하시네』, 단편소설들인『동지에 대한 추억』, 『위대한 당원』, 『미래에 살자』, 『혈맥은 이어진다』를 비롯하여 수령형상을 주제로 한 다양한 형식의 작품들이 창작발표되었다.

서사시『백두의 총대 영원불멸하리』는 총대에 대한 심오하고도 참신한 서정 세계를 통하여 김정일 국방위원장의 총대중시사상, 선군정치의 진리성 · 정당성 · 불패성 · 영원성을 예술적으로 확증한 작품[10]이라고 강조하고 있다.

한편 2000년에는 북한작가들이 당 창건 55돌을 빛내는 데 이바지하

---

9) 위의 책, 197-198쪽.
10) 위의 책, 195쪽.

는 명작 창작에서 커다란 성과를 이룩하였다고 자랑하면서 상당수의 작품들을 나열하고 있다. 서사시『조국이여 청년들을 자랑하라』, 시조『전선길에 승리가 빛난다』,『조선인민군 만세！』, 연시『우리의 고향집은 백두산에 있다』, 서정시『최고사령부는 최전선에 있다』, 장편소설『이삭은 속삭인다』, 중편소설『향토』, 단편소설『높은 요구』, 과학환상소설『651호 항로』등 훌륭한 작품들이 나왔다.

또한 당의 의도를 옳게 반영하고 개성이 뚜렷한 서정시들인『2000년 새해 아침에』,『탄부는 불을 안아 올린다』,『통일은 오고 있다』, 63명의 비전향장기수들을 한꺼번에 데려 온 계기를 마련한 김정일의 숭고한 덕망을 노래한 서정시들인『심장의 노래』,『불사조들이 돌아왔다』,『나의 아버지』등이 창작되어 시 문단을 빛나게 장식하였다는 것이다.

소설문학 부문에서는 연중 끊임없이 창작전투를 벌여 제 4차 장·중편 형식의 작품 100편 창작과제를 10월까지 훨씬 앞당겨 수행하였다고 자랑하고 있다. 북한의 초대 국가계획위원회 위원장을 원형으로 한 장편소설인『터전』, 전후 북한 농촌에서 사회주의 개조를 위한 투쟁을 보여준 장편소설『고향의 아들』, 이 땅의 평화는 김정일의 비범한 지략과 무비의 담력, 위대한 인간애에 의하여 이루어지고 있다는 철학적인 문제를 예술적으로 해명한 장편소설인『고요한 행성』등이 창작 발표되어 당원들과 근로자들의 투쟁을 고무 추동하였다[11]고 선전하고 있다.

영화부문에서는 2000년(주체 89년)에 사상예술성이 높은 영화들을 수없이 많이 창작함으로써 강성대국 건설에 떨쳐나선 근로자들의 사상교양사업과 문화 정서생활에 크게 이바지하였다고 선전하고 있다.

예술영화부문에서는 김일성과 항일 여성 영웅 김정숙의 불멸의 혁명

---

11) 위의 책, 195-196쪽.

역사와 혁명업적 그리고 김정숙이 지닌 투철한 혁명적 수령관을 잘 보여
주는 혁명영화『밀림이 설레인다』의 연속부인 제 12부가 창작 완성되었
다고 전하고 있다. 또 백두산 3대 장군의 참된 혁명전사이며 김일성 결
사옹위 정신의 완벽한 체현자인 항일혁명 투사 최현의 혁명적 생애를 보
여주는 다부작 예술영화『민족과 운명』(최현편 4-6부), 당과 수령에 대
한 선행 세대들의 충실성과 성실성 그리고 뒤를 따라 혁명의 대를 굳건
히 이어 사회주의 조국을 더욱 찬연히 빛내어 나가는 새 세대 청년들의
깨끗한 정신세계를 보여주는『흰 연기』,『생의 메아리』,『달려서 하늘까
지』,『푸른 주단 우에서』, 혁명교양 · 계급교양에 적극 이바지하는『푸른
견장』,『살아있는 영혼들』,『승냥이』 등의 영화들을 창작 · 완성하였다[12]
고 전한다.

이밖에도『군관의 안해들』,『령장없는 병사』를 비롯한 선군 정치의
요구에 맞는 영화들과 현 시기 사회주의 강성대국의 건설에서 질박하게
요구하는 문제들을 제때에 민감하게 반영한 사상 예술성이 높은 다양한
주제의 영화들을 많이 창작하여 내놓았다고 한다.

과학영화 부문에서는 당의 감자농사혁명 방침을 받들고 감자의 생
물학적 특성과 수확의 효과성을 높일 수 있는 기술적 방법들을 보여주는
『감자농사』(3-5)와 양어의 집약화를 실현하는 데 실지로 도움이 되는
『메기 기르기』(1-3) 그리고 당의 과학기술 중시 노선을 받들고 나라의
과학과 기술을 세계적 수준으로 끌어올리는 데 적극 이바지하는 과학영
화들을 수 많이 창작 · 완성하였다[13]고 자랑하고 있다.

---

12) 위의 책, 200쪽.
13) 위의 책, 200쪽.

Ⅳ. 2000년대 초의 북한문학

　　최근의 북한문학의 동향을 북한 유일의 월간 문학잡지인『조선문학』을 중심으로 살펴보았다. 20세기 말과 크게 달라진 모습은 없지만 나름대로 2000년대를 새롭게 맞이하려는 의욕을 2000년 1월호의 사설이나 머리글에서 밝히고 있어 주목된다. 특히 '태양민족문학'이란 생소한 용어를 들그 나오고, 강성대국 건설을 위해 문학예술이 사상을 강화하는데 앞장서야 한다는 취지의 논설을 싣고 있는 것이 이채롭다고 하겠다.

1. '태양민족문학' 건설의 주창

　　북한의『조선문학』2000년 1월호는 머리글에서「2천년대가 왔다 모두 다 태양민족문학건설에로!」라는 테마의 글을 발표하였다. 여기에서 태양이란 말은 태양절이라는 북한 특유의 우상화정책에서 나온 것임을 알 수 있다. 즉 이미 고인이 된 불멸의 영웅 김일성 수령을 태양으로 떠받들고 서로운 문화를 창달하자라는 기치를 든 것이라고 할 수 있다. 그런데 재미있는 것은 태양의 원조로 단군을 들고 나오고 있다는 점이다. 단군 조선의 후손들인 우리 민족도 얼마나 태양을 그리며 반만년을 이어왔고 민족문학의 연륜에 이러한 염원을 새기어 왔던가 라고 강조한다. 멀리는 그만두고라도 20세기 말을 돌이켜 보자고 제안한다. 조선이 20세기 초어 일제침략자에게 짓밟히고 유린당하게 되어「시일야방성대곡」이 강토를 적시고 오욕의「국치일가」를 불러야 했던 민족문학, 울밑에

선 봉선화에 자기 운명을 비껴보며 「빼앗긴 들에도 봄은 오는가」고 울분을 터뜨리며 비가를 엮어야 했던 조선이었다고 강조한다. 그러면서도 봄의 선구자 「진달래」에 넋을 담아보고 창공을 날아다니는 「산제비」에 낭만을 실어보기도 하면서 사랑과 운명의 빛을 주는 태양을 그려보았으니 장편소설 『고향』의 희준이나 『황혼』의 준식이 들이 사람들을 계몽하고 자각시키려고 고군분투한 그 모든 생활의 연원은 오직 참다운 민족의 앞길을 밝혀주는 삶의 빛에 대한 바람이었다[14]고 문제 제기를 한다.

그리고 드디어 김일성을 시원으로 제시한다. 시대와 인류가 지향하고 민족과 겨레가 염원하던 그 모든 것이 차려지는 최대의 특전을 우리 문학이 누리게 되었으니 김일성 동지를 모시어 드디어 태양문학의 시원을 맞아 주체사실주의의 새 역사가 펼쳐지게 되었다. 이리하여 우리 문학의 혁명전통이 마련되고 자주시대문학의 휘황한 진로인 주체의 인간학이 태동하여 시대를 반영하게 되었다는 것이다. 불후의 고전적 명작들을 뿌리로 하여 불멸의 첫 혁명송가 『조선의 별』에서 주체적 사실주의문학, 태양문학의 가장 성스러운 창조의 길을 탐구 개척한 우리 민족은 조국 광복의 해돋이를 맞이하여 활력을 가지고 승승장구하게 되었고 참다운 인류문학의 가치로 되어 세기의 창공 높이 나래치게 되었다고 강조한다.

동시에 머리글의 필자는 강성대국문학을 새롭게 들고 나온다. 21세기의 태양인 김정일이 밝혀주는 문학이라는 것이다. 수령형상을 창조하는 것은 새 세기에도 태양민족 문학건설의 기본의 기본이라는 것이다. 문학은 수령을 형상하는 것을 기본으로 틀어쥐고 나가야 강성대국 건설 위업에 적극 이바지할 수 있다. 우리 모두 백두산 3대 장군의 위인상을 최상

---

14) 북조선작가동맹, 『조선문학』 2000년 1월호, 평양, 문예출판사, 2000, 4쪽.

의 사상예술적 경지에서 형상하는 것을 최대의 성스러운 임무로 자각하고 수령형상 문학창작에서 일대 전변을 일으키자[15]고 선동하고 있다.

필자는 다시, 우리는 2000년대에 우리 문학의 모든 형태를 다채롭게 발전시켜야 한다고 강조한다. 소설·시·아동문학·극문학·평론 등 문학의 모든 형태가 전반적으로 비약하여야 하며 그 형상수준을 결정적으로 높여야 한다고 주장한다. 그리고 우리 작가들은 새 세기의 시대적 요구와 지향을 안고 태양민족문학의 높이에서 명작을 창작하기 위하여서는 시대의 한복판에 뛰어들어야 한다고 끝맺고 있다.

2. 강성대국 건설의 3대 기둥-사상과 총대, 과학기술

『조선문학』 2000년 3월호의 머리글은 문학창작에서 보여야 할 몇 가지 지침을 내려주고 있다. 즉 강성대국 문학을 지향하자고 외치고 있는 것이다. 『로동신문』, 『조선인민군』, 『청년전위』 공동사설에서는 당 창건 55돌을 맞는 2000년을 천리마대고조의 불길 속에 자랑 찬 승리의 해로 빛내일 데 대하여 호소하였다고 강조한다. 공동사설은 현 시기 북한의 노동당이 내세우고 있는 중요한 정책적 문제들을 전면적으로 반영하고 있다는 것이다. 여기에는 사상 중시, 총대 중시, 과학기술 중시 노선을 튼튼히 틀어쥐고 강성대국 건설에서 결정적인 전환을 이룩할 데 대한 문제가 명벽하게 제시되어 있다[16]는 것이다. 또한 사회주의 경제건설의 당면한 과업으로부터 조국통일을 위한 투쟁을 힘있게 벌이며 인류의 자주위업과 사회주의 위업 앞에 지닌 국제적 임무를 다할 데 대한 문제에 이

---

15) 위의 책, 5쪽.
16) 북조선작가동맹, 『조선문학』 2000년 3월호, 평양, 문예출판사, 2000, 4쪽.

르기까지 현 시기 당과 인민이 수행하여야 할 전투적 과업들이 뚜렷이 명시되어 있다고 강조하고 있다. 따라서 작가들은 죽으나 사나 사상을 틀어쥐고 나가는 철저한 사상론자로 준비하여 모든 작품에 사상중시에 대한 노동당의 노선이 빛나게 구현되게 하여야 한다[17]고 주장한다.

또 작가들은 원대한 포부와 피타는 탐구정신, 깨끗한 양심을 가지고 내 조국의 과학기술 발전에 발 벗고 나선 과학자, 기술자들을 잘 형상화함으로써 그들 모두가 주체적인 과학기술을 최단 기간 내에 세계적 수준에 올려 세우며 강성대국 건설에서 절실한 과학기술 문제를 풀어내기 위하여 힘차게 떨쳐나서도록 하는 데 적극 이바지하여야 한다고 외치고 있다. 이와 함께 누구나 과학기술 발전에 깊은 관심을 돌리도록 하며 과학자, 기술자들을 사회적으로 내세워주도록 과학자, 기술자들의 생활을 특색있게, 깊이있게, 아름답게 그려내야 한다[18]고 지적하고 있다.

그리고 우리 작가들이 큰 힘을 기울여야 할 중요한 주제 영역은 사회주의 경제건설과 관련한 사회주의 현실물 작품 창작이라고 지침을 다시 제시한다. 현실체험을 실속있게 하는 것, 이것은 북한 작가들의 창작에서 새로운 전환을 가져 올 시대의 명작, 성과작을 창작하기 위한 선결조건이라는 것이다. 그것은 들끓는 현실 속에서만이 성강의 봉화 따라 강계정신으로 당의 구상을 빛나는 현실로 전변시켜 나가는 시대의 전형을 미화분식함이 없이 진실하게 그려낼 수 있게 하기 때문[19]이라는 것이다.

끝으로 작가들은 모두가 긴장되고 동원된 태세에서 한 손에는 총을, 다른 한 손에는 펜을 들고 공동 사설을 관철하기 위한 창작전투에 힘차게 떨쳐나 오늘의 투쟁은 간고하지만, 온 사회의 노래도 있고 웃음도 있

---

17) 위의 책, 4쪽.
18) 위의 책, 5쪽.
19) 위의 책, 5쪽.

는 전투적이며 혁명적인 낭만이 차 넘치게 하는 혁명적 작품들을 왕성하게 써내야 한다[20]고 총대 중시지침을 강조하면서 마무리짓고 있다.

3. 최근의 1년 동안의 북한문학의 참 모습

2000년 1월 이후의 『조선문학』은 「20세기의 추억」이라는 컬럼을 마련하여 매월 한 명씩의 위대한 작가의 문학을 회고하고 있다. 지금까지 거론된 작가들의 면면을 보면 소설가 천세봉, 석윤기, 시인 최승칠, 평론가 엄호석, 소설가 변희근(『생명수』의 작가), 시인 백인준 등이 선정되었다. 이들 작가들은 북한문학사에서 족적을 크게 남긴 작가군이라고 할 수 있다.

1) 소설분야

『조선문학』 2000년 1월호부터 2002년 1월호까지를 대상으로 하여 실려있는 작품을 모두 정독하였다. 소재나 주제로 볼 때 가장 빈번하게 등장하는 작품은 '사회주의 건설'에 매진하자는 테마의 작품들이다. 이러한 주제는 1978년부터 김일성 탄생 70돌이 되는 1982년 4월 15일까지 펼친 제 1차 장중편소설 창작전투에서 김정일 국방위원장이 내린 장중편소설의 6가지 주제에서 크게 벗어나지 않는다. 첫째, 위대한 수령님의 혁명활동과 혁명적 가정을 내용으로 한 작품, 둘째, 혁명전통을 주제로 한 작품, 셋째, 조국해방전쟁 주제 작품, 넷째, 사회주의 건설 주제

---

20) 위의 책, 5쪽.

작품, 다섯째, 계급 교양주제 작품, 여섯째, 조국통일 주제 작품의 6가지 주제의 우수한 작품들을 창작할 것[21]을 주문하였다. 리성식의 「아지랑이 피는 들」(2000년 5월호), 라광철의 「토양」(2001년 11월호), 최련의 「따뜻한 꿈」(2002년 1월호), 윤경찬의 「넓어지는 땅」(2001년 10월호)이 여기에 해당한다. 「토양」과 「따뜻한 꿈」은 공업분야에서 새로운 기술을 창안하는 과정을 다룬 작품이라면, 「넓어지는 땅」은 농촌에서 토지정리 사업에 주력하여 식량난을 해소하는 과정을 묘사한 작품이되. 「아지랑이 피는 들」도 두벌 농사에 주력하여 식량증산에 몰두하는 농민들의 삶의 분투를 그린 작품인데, 주인공인 김정희 작업반장이 흰돌을 이용하여 자급비료를 만들어내기 위한 노력도 담고 있는 단편소설이다. 이에 비해 강귀미의 「돈지갑」(2001년 12월호)은 과거의 역사를 주제로 삼는 작품인데, 재일 조총련 동포의 북송선 문제를 미화시킨 단편소설이라는 점에서 이색적인 주제를 다루었다고 할 수 있다.

최련의 「따뜻한 꿈」은 굴착기 생산과정에서 새로운 기술 창안방안을 탐구하는 연구소 연구사의 열정적인 분투과정을 묘사한 단편소설이다. 즉 전자유압 조종식 굴착기를 생산하기 위해 새로운 공법인 'ㅍ방식' 채택을 두고 최윤경 연구사와 리남진 연구사가 갈등을 빚는 이야기이다. 이 작품은 북한의 소설이론에 의하면, 소위 '비적대적 갈등'을 다룬 작품이라고 할 수 있다. 북한의 주체 문예이론서에서 비적대적 갈등에 대해 "착취 계급과 피착취 계급 사이의 적대적 모순과 대립을 반영하는 적대적 갈등은 긍정인물과 부정인물의 대립과 충돌이 첨예하게 극단적으로 조성되며 결렬하는 방식으로 해결되지만, 사회주의 사회에서의 근로자들의 호상관계를 반영하는 갈등은 극단적으로 조성되여서는 안되

---

21) 최길상, 『주체문학의 새 경지』, 평양, 문예출판사, 1991, 112쪽.

며 긍·부정 인물들이 서로 결렬하는 것으로 해결되여도 안 된다"[22]고 못을 박고 있다. 따라서 「따뜻한 꿈」에서 사실상의 주인공인 최윤경은 리남진과의 갈등을 어중간하게 봉합해 버린다. 즉 비적대적 갈등의 원칙에 철저하게 의거하여 우직한 모험성을 탈피하고 적당한 선에서 타협하는 절충방안을 택하고 있는 것이다.

윤경찬의 「넓어지는 땅」은 「따뜻한 꿈」에서의 '과학기술' 문제와는 달리 농촌의 식량증산 문제를 심도 있게 다룬 소설이라는 점이 특징이다. 「넓어지는 땅」의 서사적인 기본선은 농장의 토지정리사업에 동원된 제대군인이며 불도젤(불도저) 책임운전수인 강철호와 처녀인 작업반장 사이의 갈등과 협조에 의한 '막대골 토지정리 사업의 완성'에 대한 이야기가 축을 이룬다. 이 작품은 북한의 최근의 식량난에 의한 인민들의 굶주림 현상을 사실적으로 반영하고 있다는 점에서 가치가 높다. 특히 '고난의 행군'이라는 표현을 사용하면서 북한이 처한 처지가 얼마나 어려운가를 솔직하게 묘사하고 있다는 점에서 그 의미를 부여할 수 있다.

「따뜻한 꿈」과 「넓어지는 땅」의 공통점은 남녀주인공 사이의 로맨스를 다루고 있는 점과 여성 화자의 시각에서 갈등과 모순의 현상을 섬세하게 관찰한다는 특징을 지니고 있다. 또 새로운 과학기술을 발명하기 위해 헌신하는 인물을 다루거나 식량 증산의 획기적인 방안을 마련하기 위해 골몰하고 행동하는 농촌인물을 묘사하는 점에서 '창발성'을 앞세우는 작품이라는 공통점도 지니고 있다. 하지만 두 작품의 공통적인 한계는 로맨스 문제를 다루면서도 개인적인 행복이나 복지 증진에 대해서는 전혀 언급이 없이 국가나 당의 집단적 개발목표를 향해 무조건적인 충성과 희생을 강요하는 주제로 귀결되고 있다는 점이다. 이러한 양상

---

21) 김정웅, 『주체적 문예리론의 기본』 2, 평양, 문예출판사, 1992, 244쪽.

은 결국 「토양」에서 잠시 언급되듯이 "제대로 먹지도 입지도 못하면서 강성대국 건설에만 앞장서서" 소중한 넋을 희생해야만 하는가 하는 근본적인 질문에 봉착하게 될 것이다

　강귀미의 「돈지갑」은 1인칭 관찰자 시점의 소설로 재일 조총련 문제의 독특한 소재를 취하고 있는 것이 주목되는 점이다. 이 단편소설은 조총련의 현본부 위원장인 주인공의 시아버지가 부친으로부터 물려받은 '돈지갑'을 소재로 하여 일제시대의 관동 대지진 때 조선인 폭행 학살 사건의 역사를 회고하면서 총련간부로서 자녀들을 북송선에 태워 귀국시킨 이야기로 기본 줄거리를 삼고 있다. 이 작품 또한 며느리가 시아버지를 관찰하고 있는 여성화자에 의해 스토리를 진행시키는 것이 특색이다. 작가 강귀미가 독자들에게 말하고자 하는 의도는 민족 수난사에 대한 역사적 의미를 제시하면서 항일투쟁의 참가치를 역설하려는 숨은 의도가 자리잡고 있다. 아울러 조총련조직의 활동성과 그 존재가치의 역사적 의의를 강조하려는 뜻과 조총련 간부 자녀들의 북송선을 통한 소위 '조국의 품에 안기기' 운동을 전개한 가치를 미화시키려는 의도가 자리잡고 있다고 하겠다. 하지만 이 작품에서도 작품의 마지막 부분에서 언급되고 있는 "지금 이 시각 《고난의 행군》을 이겨내고 21세기 부흥 강국 건설에 떨쳐나선 때에 (그 돈지갑을 보느라니 …)" 과연 조총련 간부가 자신의 집을 팔아서 넘긴 막대한 헌금과 아들 3형제를 귀국시킨 공로를 통해서 얻은 보람을 현재 어디에서 찾을 수 있을 것인가 반문해 보고 싶다.

　다음으로는 항일혁명 주제 작품이 상당수 발견된다. 최근에 단편소설을 많이 발표하는 류도희의 「쉰한 번째」는 주인공 김진섭 노인과 항일빨치산 중대장으로 산에서 내려온 김일성과의 만남을 다룬 작품이다. 상촌부락 근처에 사는 김진섭 노인은 어제 재경마을에 사는 젊은이로부

터 혁명군대가 마을에 입성했다는 말을 전해듣는다. 그는 얼핏 몇해 전 독립군이 마을에 들어왔던 기억이 스쳐 지나가는 것을 느낀다. 한 개 중대 가량의 군대들이 집집에 들어 한 달나마 묵어간 일이 있었는데, 그들이 떠나간 뒤의 마을형편은 참으로 말이 아니었다는 것이다. 식량이 떨어졌을 뿐만 아니라 애비없이 자라는 어린 손자 광호를 위해 공들여 키워온 다섯 마리 닭마저 한 마리도 남지 않고 모조리 없어졌던 것이다. 하지만 김노인이 출타했다가 돌아오니 젊은 군인들이 퇴락한 초가집의 이엉을 새로 엮어 새집으로 만들어놓았고, 집안의 식량이나 닭도 한 마리도 손대지 않은 것을 보고 오히려 수탉을 한 마리 손에 움켜쥐고 혁명군대의 대장을 찾아 이웃 마을까지 쉰 번째 집을 방문하고 터벅터벅 돌아오는 중이다. 그는 혁명군대의 대장이 바로 자기 집에 묵고 있는 젊은 청년인 김일성인 것을 뒤늦게 알고 감격한다는 내용이다. 한 마디로 인민과 함께 하는 혁명군대의 근엄성과 철저한 조직관리의 우수성을 강조하려는 의도로 쓰여진 작품이다. 북한 소설에서 자주 나오는 '노인모티프'가 등장한다. 노인이 우연히 현지 지도차 마을을 방문한 김일성을 만나게 되는 에피소드를 '노인 모티프'라고 할 수 있는데, 「쉰한 번째」에도 그러한 에피소드가 삽입되어 있는 것이 특징이다. 한 마디로 이 작품은 항일혁명 투쟁에 앞장서서 신출기묘한 기술과 조직장악력을 가진 수령의 영웅성과 고매한 풍모를 아름답게 담아 그리려는 수령형상 창조이론에 충실한 작품인 것이다.

또 조국통일 주제의 작품으로 김교섭의 단편소설 「누이의 목소리」(2000년 3월호)가 있다. 이 작품은 풍랑으로 난파된 남한화물선의 중상을 입은 선원을 헌신으로 돌보며 수술을 하고 치료하는 도인민병원 외과과장인 여의사 김죽희를 주인공으로 내세워 통일문제를 이슈화한 소설이다. 환자인 남한선원 김우범은 고향이 전북 김제인데, 사실은 북한에

혈육인 누이가 한 명 있다는 것이다. 김죽희는 의식불명인 환자를 깨어나게 하려고 그의 누인인 듯이 속이며 접근한다. 하지만 다리를 절단해야 할 정도로 중상인 그의 다리를 정성껏 치료하여 불구자가 되지 않게 헌신적으로 매달려 극적으로 정상인으로 만들고 그의 누이를 수소문하여 누이가 방문한다는 전보를 김우범에게 전달하여 상봉의 기쁨을 누리게 해준다는 이야기이다. 결국 병을 치료한 김우범은 배를 타고 고향의 가족에게로 떠나게 되며 누이와 헤어지는 과정에서 남북분단의 뼈저린 현실을 체득하게 되고 통일을 위해 헌신할 것을 다짐한다는 통일주제의 독특한 작품이다.

이에 비해 독특한 의미구조를 지닌 두 작품이 있다. 하나는 량창조의 「두 번째 기자회견」(2000년 2월호)이고 다른 하나는 김덕철이 지은 「류다른 결혼식」이다. 전자는 마르크스-레닌주의 이론의 세계적 석학인 일본 대학 교수 시마다가 소련붕괴의 현장을 목격하고 좌절하였는데, 결국 제자인 혼다 교수가 가져다준 김정일의 노작 『사회주의 건설의 역사적 교훈과 우리 당의 총로선』이라는 책을 읽고 주체사상의 인간중심주의에 감동을 받아 새로운 사회주의 운동의 대안을 발견하고 평양을 혼다와 함께 방문하게 된다는 이야기이다. 앞서의 6가지 주제에서 벗어난 주체사상을 테마로 내세운 소설작품이라고 할 수 있다. 「류다른 결혼식」은 이색적인 소재를 취하고 있는 작품이다. 남한의 권투선수인 김득구가 미국에서 세계프로권투 경기를 벌이다가 사망한 사건을 소재로 하여 김득구의 사망이 사실은 경기에서 상대방 주먹의 가격에 의한 충격사가 아니라 미국종합병원이 심장과 신장 이식을 위해 고의적으로 사망케 날조한 사건이라고 반미사상을 고취시키는 독특한 주제의 작품이다. 특히 이 작품에서는 남한의 대통영도 미국의 파렴치한 행동에 동조했다는 흑색선전을 하고 있어 반미와 남한의 군사정부를 동시에 비판하는 주제의 작품으로 남북정상회담 직전에 발행된 『조선문학』에 실려 있다. 즉 남북한이 치열하게 대치하고 있던 상황에서 창작된 작품인 것이다. 이 작품도 6가지 주제에서 약간 벗어난 테마의 작품이라는 데 북한문학사에서 그 의미를 찾을 수 있겠다.

2) 시분야

21세기에 접어든 요즈음의 북한의 시문학은 1990년대의 시문학의 주제에서 크게 벗어나지 않고 있다. 북한에서 시 형태는 크게 서정시와 서사시로 구분한다. 세부형태구분에서는 서정시 형태에 송시 · 서정시 · 풍자시 · 정론시 · 벽시 · 가사 등을 포함시키고 있으며 서사시형태에서는 서사시와 서정서사시, 담시 등으로 세분하고 있다. 대개 주제별로는 '혁명 전통 주제' '사회주의 건설 주제' '조국 해방 전쟁 주제' '조국 통일 주제' 민족애와 향토애 등을 강조한 '조국애 주제'의 다섯 가지 주제의식이 주로 등장하고 있다. 그것은 21세기 들어와서도 크게 변화하지 않는 것으로 보여진다.

(1) 북한의 주체문예이론에서 구분하는 〈시 종류〉

가. 서정시

서정시는 시인이 생활체험을 통하여 느낀 사상감정을 정서적으로 펼쳐 운문적 문장으로 전달하는 짧은 시이다. 그러므로 서정시의 고유한 본성적 특성은 풍부한 서정성이다.

서정시에서 주인공은 서정적 주인공이다. 서정시의 주인공은 시인자신이거나 시인에 의하여 조명된 주인공이다. 서정시 「어머니」(김철)에서 서정적 주인공은 시인 자신이며 「새들은 숲으로 간다」(정문향)에서는 제철-시인으로, 「하늘은 별들이 다 아는 처녀」(정서촌)에서는 조합원 처녀-시인으로 서정적 주인공[23]이 나온다.

나. 송시

송시는 위대한 인간, 숭엄한 대상에 대한 송축과 찬양의 감정 정서를 펼친 시이다. 송시의 형식에는 헌시가 있다. 송시도 서정시의 한 형태이다.

송시는 우선 시인이 노래 부르지만 작품에는 시인이 나타나는 것보다 노래하는 대상이 더 많이 나타나게 된다.[24] 대개 북한의 송시는 김일성과 김정일의 위대성과 불멸의 업적을 드높이 칭송하는 데 치중하고 있다.

다. 풍자시

풍자시는 낡은 것, 뒤떨어지고 반동적이며 추악한 것에 대한 시인의 풍자, 조소, 야유로 비판이 실현되는 서정시이다. 풍자시 「벌거벗은 아메리카」는 남조선 여성을 백주에 발가벗겨 거리에 내던진 미국인의 귀축 같은 만행 사실을 두고 참을 수 없는 민족적 분격과 복수심을 담아 준엄한 심판을 내리는 내용[25]을 담고 있다.

라. 정론시

정론시는 사회·정치적 사변, 중요한 사회적 문제에 대한 시인의 태도와 평가가 보다 강하게 표현되는 서정시이다. 정론시는 시사성과 정론

---

23) 장용남, 『서정과 시창작』, 평양, 문예출판사, 1990, 263쪽.
24) 위의 책, 264쪽.
25) 위의 책, 269쪽.

성이 강하며 호소성과 선동성이 강한 것이 기본 형태상 특성[26]이다.

마. 벽시

벽시는 수많은 사람들이 다 볼 수 있는 장소에 붙여서 직관적으로 사람들에게 보일 것을 목적으로 하고 쓴 서정시의 한 형태이다. 벽시는 오늘날 근로자 속에서 활발히 창작·이용되고 있다. 신창탄광 어느 한 소대 노력영웅 선동원은 당에서 200일 전투를 호소하자 탄부들을 200일 전투에로 고무하는 벽시를 수많이 창작하여 갱막장에도 붙이고 갱 입구에도 붙이고 탄운반 전차의 차량마다 붙여 탄부들을 고무하여 기적과 위훈을 창조[27]케 하였다.

바. 가사

가사는 노래로 불려질 것을 전제로 한 서정시이다. 가사는 서정성과 운률을 가진 게 특징이다. 가사의 형태적 특성에서 가장 중요한 것의 하나는 서정성과 음악성의 결합[28]이다.

사. 서사시

서사시는 운문적 형식을 취하나 사건과 인간관계가 주어지고 이야기 줄거리를 가지며 시인의 서정화와 주정토로가 결합되어 있는 용적이 큰 시이다. 서사시의 얽음새는 시인의 체험, 서정토로와 결합된다. 서사시는 서사성과 서정성이 유기적으로 결합되어 있다. 이야기 줄거리를 가진 서사시로서는 『백두산』이 그 전형적인 실례[29]이다. 『백두산』은 1947

---

26) 위의 책, 271-272쪽.
27) 위의 책, 272-273쪽.
28) 위의 책, 274쪽.
29) 위의 책, 280쪽.

36

년 조기천이 창작한 장편서사시이다. 이 시는 김일성이 보천보전투를 승리적으로 이끌어 짓밟힌 인민에게 조국광복의 서광을 안겨준 역사적 사실을 서사시적 화폭으로 재현한 작품이다. 이 시는 총 7개 장과 머리시, 맺음시로 구성[30]되어 있다.

머리시는 김일성의 불멸의 업적을 칭송하는 시인의 격동된 감정을 토로하고 있다. 제 1장에서는 뛰어난 전법과 영군술로 홍산골에 기어든 일제의 토벌대를 격멸소탕하는 김일성의 숭고한 모습을 감동적으로 형상하고 있다. 제 2장과 3장에서는 김일성이 준 국내공작 임무를 받고 솔개골로 간 정치공작원 철호와 연락원 영남이 그리고 솔개골의 꽃분이들이 비밀선전물을 찍어내는 한편 H시 진공에 필요한 정찰자료를 수집하는 활동과정을 묘사하고 있다. 제 4장에서는 식량공작 나갔던 석준이가 농민의 소를 끌고 온 사건을 계기로 인민들과의 혈연적 연계를 강화하도록 대원들을 원칙적으로 고양하는 김일성의 위대한 풍모와 대원들이 깊이 잠든 밤에도 우등불 곁에서 책을 읽으며 조선혁명의 휘황한 전망을 구상하는 김일성의 숭엄한 모습을 감명 깊게 보여주고 있다. 제 5장에서는 정찰자료를 가지고 사령부로 가던 도중 적의 추격에 영남이를 잃은 철호의 비통한 심정과 천백 배의 복수를 다짐하는 그의 체험세계를 펼쳐 보이고 있다. 작품의 절정을 이루는 제 6장에서는 조선인민혁명군의 국내 H시 진공전투가 묘사되고 있다. 제 7장에서는 조선 인민혁명군 대원들이 인민들의 열렬한 환송을 받으며 귀로에 오르는 장면과 후위를 담당했던 철호와 석준이 들이 혁명의 사령부를 보위하여 영웅적으로 싸우는 모습을 보여주고 있다. 맺음시에서는 백두산과 시인의 낭만적인 시적 대화를 통하여 조국에 개선하는 김일성을 맞이한 온 나라 인민들의 환희

---

30) 사회과학원 주체문학연구소 편, 『문학예술사전』(중), 평양, 과학백과사전종합출판사, 1991, 153쪽.

와 감격, 그리고 힘차게 전진하는 인민들의 혁명적 기개를 격동적으로 노래[31]하고 있다.

　서사시『백두산』에 대해 김정일은 "장편서사시『백두산』이 해방 직후에 쓴 시로서는 당의 유일사상이 제일 철저히 구현된 시입니다. 시를 아주 잘 썼습니다"[32]라고 극찬하였다.

아. 서정서사시

　서정서사시는 서사시의 한 형태이다. 묘사방식에서는 서사시와 같다. 다만 다르다고 하는 것은 용적상 차이라고 말할 수 있다. 그러므로 서사시가 장편형식이라면 서정서사시는 중편형식이라고 볼 수 있다. 서정서사시는 서사시에 비하여 용적이 작으며 생활과 사건, 인물에 대한 시인의 서정적 묘사가 강하다. 실례를 들면「장군님의 어머니」와 같은 시가 서정서사시[33]이다.

자. 담시

　담시란 말은 이야기라는 말인데, 시문학 학술용어적으로 볼 때 담시란 극적인 이야기를 깊은 감동을 가지고 정서적으로 노래하는 시문학의 형태이다. 담시의 이야기는 서사시나 서정서사시의 사건과 구별되는 특성이 있다. 담시의 이야기는 아름답고 영웅적인 것이며 그것이 담시의 묘사대상으로 된다. 담시에는 이야기는 길게 전개되는 것이 아니라 가장 극적인 한 순간의 계기 속에서 주인공의 성격을 노래하는 이야기[34]이다.

---

31) 위의 책, 153쪽.
32) 최길상,『주체문학의 새 경지』, 평양, 문예출판사, 1991, 196쪽.
33) 장용남, 앞의 책, 285-286쪽.
34) 위의 책, 286쪽.

시가문학의 형태에는 이밖에도 장시·연시·시초 등 형태로 공고하게 굳어지지 않은 것들이 있다. 장시라는 것은 긴 서정시를 말하고, 연시라는 것은 연시「항쟁의 려수」와 같이 하나의 대상, 또는 하나의 주제 범위에서 몇 개의 서정시를 연결하여 쓴 시를 말한다. 시초는 동일한 대상 또는 동일한 지기에 의하여 창작한 서정시묶음[35]이다.

(2) 최근의 북한 시문학

최근의 『조선문학』을 읽고 총 27편의 시를 선정하여 분석해 보았다. 주로 순수 서정시계열의 작품만을 엄선하였다. 작가로는 김석주, 김송남, 신홍국, 전찬기, 고호길 등 14명의 시인이 쓴 시작품을 선택했다. 크게 주제별로 구분해보면, 넓은 의미에서 조국애와 향토애를 강조한 시가 가장 많았다. 김상조의 「내 고향의 저녁 풍경」(2001년 12월호)은 시골 농촌 사람들의 단란하고 행복한 삶을 통해 나라 사랑을 강조한 서정시이고, 고호길의 〈시조 4수〉(2001년 11월호)도 시조의 절제미를 통해 농촌의 풍요로움과 평화스런 정경을 사계절의 변화에 따라 적절하게 소묘한 서정시라고 할 수 있다. 장원준의 「버들은 무엇을 속삭이는가」는 「나의 동요」, 「어머니」와 더불어 3편으로 구성된 〈연시〉(2001년 11월호)인데, 살찐 흙과 대지를 어머니의 따뜻한 손길로 상징화하면서 조국에 대한 사랑을 강조한 연작시(한편만 수록)이다. 끝으로 리진철의 「맡기고 갑니다」(2001년 12월호)는 특이하게 조국과 당에 대한 신뢰와 사랑을 강조하고 있어 광의의 개념에서 '조국애' 의 주제에 포함시킬 수 있을 것이다. 수술 받는 어린 아들을 병원에 맡기고 아침 일터로 나서는

---

35) 위의 책, 287쪽.

가장의 심정을 소재로 하여 당과 조국에 대한 믿음을 강조한 작품이다.

둘째, 소설에서와 마찬가지로 '사회주의 건설' 주제의 작품이 상당수 있는데, 대표적인 작품으로는 최광조의 「전설의 땅우에 달이 내렸네」(2001년 11월호)를 들 수 있다. 이 작품은 달 상징을 통해 간석지 개척에 의한 자연개조 사업을 미화시킨 서정시이다. 또 리연희의 「밤하늘의 처녀들」(2000년 5월호)도 증산에 앞장서는 처녀광부들의 치열한 삶을 사실적으로 묘사하고 있다. 한마디로 사회주의 건설의 주제를 잘 다룬 작품인 것이다.

　　기특한 처녀들
　　눈동자 별빛같을 그 얼굴들
　　내 보고싶어 만나고 싶어
　　로적봉을 올라 청년갱으로
　　석탄산으로 올라서니

　　어느새 잠들었는가
　　밤새 동무하여 빛나던 별들
　　처녀들도 수집은 듯 땅속깊이 사라지고
　　멀리 가까이 비껴오는 노을
　　아 눈부신 새벽 번쩍이는 석탄산

　　　　　　　　　　　　리연희, 「밤하늘의 처녀들」 중 일부

셋째, '조국해방전쟁' 주제로는 전찬기의 「누나의 묘소에서」(2002년 1월호)가 있는데, 6·25 한국전쟁(북한에서는 '조국해방전쟁'이라고 통칭함)때 희생된 누나의 무덤을 바라보며 전쟁의 참상을 고발한 서정시이다. 넷째, 요즈음 부쩍 '조국통일' 주제가 많이 발표되고 있는데, 아무래도 남북 정상회담의 여파라고 볼 수 있다. 리영삼의 「기다리는 땅」

과 「누가 말하랴」, 「분계선」의 연작시(2001년 11월호)는 분단의 현실이 가져다 준 아픔을 표현하면서 통일의 염원과 동경을 절실하게 묘사하고 있다.

지척이여도
늘 마음 겁게
천리 먼 분계선 땅
세월 속에 인가마저 묻혀 버린 곳

시내가 빨래터는 갈숲에 자취 없고
소나무 그루터기에 재빛 다람이 둥지를 틀었구나
황량한 들우에 모기떼 소란하고
짝 잃은 기러기 북녘을 향해 깃을 친다

장장 50여 년
어이 그립지 않았으랴
저물녘
집집의 화로에 피던 쑥연기
주고 받던 제 고장 사투리가

해 저문 이 저녁
너를 두고 떠난이들
어디선들 그 어디선들 발편잠을 자랴

리영삼, 「기다리는 땅」

신흥국의 「6월의 금강속사」 연작시(2001년 10월호)의 경우도 남북 정상회담에서 공동선언을 발표한 지 한 돌을 기념한 민족통일 대토론회 장에서 민족 통일에 대한 염원과 민족의 위대성에 대한 감격을 노래한 작품이다.

또 하나 풍자시라는 형태로 미국이나 일본 그리고 남한의 DJ정권을 비난하는 작품들이 실려있다. 물론 이러한 시들은 남북정상회담 직전에 발표된 작품들이다. 『역사의 추물들을 단죄한다』라는 풍자시묶음에서 김송남의 「클린톤의 능력」은 미국이 이라크(사막여우작전)를 공격한 것이나 유고슬라비아의 코소보공습을 감행한 것을 비판하면서 클린톤의 모니카 루윈스키와 스캔들을 벌인 것을 비꼬는 작품이다. 서진명의 「난쟁이」는 일본이 유엔의 상임이사국으로 진출하려는 시도를 꼬집으며 일본을 난쟁이로 풍자한 작품이다. 최정용의 「이제는 한 식구」(이상 2000년 3월호)는 남한의 김대중 정권을 "하기야 거짓공약으로 민중을 우롱하며 / 외세의 입김타고 힘겹게 올라앉은 / 그 권좌를 지켜내자니 / 흰 손 검은 손 가리게 되였습니까 / 대통령이랍시고 / 더 혹심한 재난만을 들씌운 남녘땅 / 그 민주화의 무덤, 그 송장경제우에서 / 국민의 정부요 민주정치요 / 하는 소리마다 허울뿐이더니 / 어쩌면, 그 한 마디만은 잘한셈인지요 각하!"라고 근거 없이 힐난하고 있다.

최근 시작품에서 특이한 것은 20세기 말에 줄곧 발표되던 '혁명 전통 주제'가 많이 줄어드는 추세를 보이는 대신에 '선군 정치를 미화'시키기 위해 전우애를 강조하거나 강성대국 건설을 군이 선도해야 한다는 내용을 강하게 표출하는 시작품이 간혹 눈에 띈다는 점이다. 그리고 특이하게 '개인의 일상성'의 주제를 다루는 작품도 꾸준하게 창작되고 있어 남북 시단의 거리를 좁히는 계기가 되고 있다. 김성욱의 「나의 멋」과 「유치원 마당가에서」(2001년 10월호)는 마치 남한의 어느 문학지에 실린 시로 착각이 들 정도로 개인적 삶의 여유와 일상적 안식의 가치를 묘사하고 있어 이채롭다고 할 수 있다. 「나의 멋」은 농촌에서의 노동의 기쁨과 휴식의 즐거움을 묘사한 작품이고, 후자는 자라나는 유아기 아이들과의 유쾌한 놀이시간의 즐김을 통해 일상적 삶의 여유로움과 존재의 기쁨을 노래한 서정시라고 할 수 있다.

소설 장르보다는 시 장르에서 새로운 주제의 작품이 엿보이는 것은 당연한 추세라고 할 수 있다. 아무래도 시는 사회현실을 즉각적으로 반영하기 쉬운 반면, 소설은 그것을 관찰하는 시간과 그것을 형상화하는 데 따르는 작가의 상당한 호흡 조절이 필요하기 때문이다. 마치 봄이 되어 빙벽이 내부로부터 조금씩 녹아 내리듯이 경직된 북한의 문단풍조가 약간이나마 변화의 조짐을 보이는 것은 고무적인 현상이라고 할 수 있다.

제2부 조선조 문학의 미적 가치와 평가

북한문학사에 나타난 교산과 서포문학의 가치 평가

북한문학사에 나타난 교산과 서포문학의 가치 평가

Ⅰ. 머리말

　우리 나라 고소설은 작가가 알려지지 않은 작품이 많다. 그 이유는 주로 정치적 박해의 두려움 때문이다. 역사에 남을 만한 작품은 당대의 모순과 부조리를 비판하거나 풍자하게 마련이다. 하지만 조선의 봉건왕조는 융통성과 유연성이 없었으므로 그러한 비판을 수용할 만한 포용력이 없었다. 따라서 작가들은 자신의 신변의 안전을 위해 작품에 이름을 남기지 않았다.

　하지만 다행스럽게도 큰 기둥을 이루는 몇몇 작가들에 의해 소설사의 기술이 가능하게 된 것이다. 소위 4대 작가라고 할 수 있는 매월당 김시습과 교산 허균, 서포 김만중 그리고 연암 박지원이 차지하는 비중은 몹시 크다고 할 수 있다. 매월당이 고려조에 창작되었던 『최치원전』에 이어 『금오신화』를 창작함으로써 소설창작의 기틀을 마련했다면 교산에 와서는 한문단편소설의 새로운 유형이 실험되는 단계에 도달하게 된다. 물론 『홍길동전』이라는 최초의 국문소설도 동시에 창작이 된다. 서포문학에 와서는 귀족문학의 전성기를 구가한다. 물론 17세기라는 독특한 시대상의 특성으로 인해 서민문학이 꿈틀거리기 시작하는 단계이다. 연암문학은 조선조의 성리학을 중심으로 한 양반사대부계층의 지배구조의 토대가 흔들리기 시작하는 데서 출발한다. 소위 연문사가(燕門四家)를 배출한 연암은 실학사상과 북학사상을 강력하게 주장함으로써 명분론에만 휩싸여 있던 이념사회의 구조를 민중들의 경제적 복지문제를 염두에 두는 실용사회로 변환시키는 촉매제 역할을 떠맡게 된다.

이 글은 북한문학사에서 교산과 서포문학을 어떻게 평가하고 있는가를 살펴보기 위해서 쓴다. 교산문학에 대해서는 역시 『홍길동전』을 매우 중시하고 있음을 알 수 있다. 그것은 아무래도 조선왕조의 모순이 가장 극명하게 드러나고 있는 작품이기 때문이다. 마르크스-레닌주의 사상에 근거하여 계급투쟁을 가장 중요한 사회변혁의 수단으로 보고 있는 북한으로서는 당연하다고 할 수 있다. 그에 비해 상대적으로 교산소설 5전(傳)에 대해서는 최근으로 올수록 활발하게 연구가 이루어지고 있는 현상이다. 서포문학의 경우도 『사씨남정기』에 치중하여 문학사적 기술이 이루어지고 있다. 그 이유도 역시 조선조의 양반사대부 집안내의 재산상속과 가장의 총애를 독차지하기 위한 치열한 처첩간의 갈등양상을 다루고 있음에 따라 조선 왕조의 모순이 극명하게 드러나고 있기 때문이다. 그 외에 『구운몽』에 대해서도 상세하게 서술하고 있지만 유교사상이나 불교사상의 허점을 파헤치는 데 주력하고 있는 것을 알 수 있다. 두 작가 모두 최근으로 올수록 작가의 전기적 생애에 대해서도 상세하게 언급하고 있는 것이 특징이다.

또한 교산이나 서포문학을 분석하는 태도에 있어서도 북한정권과 체제를 떠받치고 있는 사상이 마르크스-레닌주의 사상인가 아니면 주체

사상인가 여부에 따라 문학사를 보는 관점과 입장이 달라지고 있음을 느
낄 수 있다.

　그러면 좀더 구체적으로 북한문학사에서 교산문학과 서포문학이 어
떻게 자리매김되고 있는지 실증적인 자료을 분석함을 통해 알아보기로
한다.

II. 텍스트로서의 북한문학사의 특성

　해방 이후 지금까지 북한에서 발간된 문학사는 대개 10여 종인 것으
로 파악되고 있다. 이것은 저자의 『북한문학의 현상』에서 누차 설명하였
으므로 생략하기로 한다. 관심이 있는 분들은 앞의 저술을 참조하기 바
란다.

　북한문학사 중에서 역사적으로 의미가 있는 것으로는 1959년에 북
한에서 발행된 『조선문학통사』(상)과 1977년 사회과학원 문학연구소에
서 발행한 『조선문학사』1(고대중세편), 1982년 김일성종합대학 교수인
김춘택이 발간한 『조선문학사』 I, 그리고 최근에 간행되고 있는 15권으
로 구성된 『조선문학사』5(김하명 집필) 등이 있다. 김춘택이 집필한 것
을 제외하면 크게 3종류라고 할 수 있다. 첫 번째의 것은 마르크스-레
닌주의 미학이론에 근거하여 저술된 것이다. 그것은 『조선문학통사』(상)
머리말에서 다음과 같이 설명되고 있다.

　우리 문예 학자 집단은 이 간절한 현실적 과업에 이바지하고저 오늘 우리

48

의 사회주의적 사실주의 문학의 찬란한 개화 발전을 이루기까지에 우리 문학이 인민과 함께 걸어온 영광스러운 역사를 마르크스-레닌주의적 방법으로 간명하게 서술하여 이에 『조선문학통사』를 상, 하권으로 나누어 내어 놓는 바이다.

우리는 이 책을 서술함에 있어서 역사주의적 원칙에 입각하여 우리의 진보적 문학을 관류하고 있는 열렬한 애국주의, 풍부한 인민성, 높은 인도주의적 전통을 밝히며, 특히 해방후에 조선 노동당의 정확한 문예 정책에 의하여 찬란히 개화 발전하고 있는 사회주의적 사실주의 문학의 새로운 성과와 그의 특성을 명확히 천명하려는 지향으로 일관하였다.[1]

1977년부터 북한의 사회과학원 문학연구소에서 5권으로 발행하기 시작한 『조선문학사』와 김춘택의 『조선문학사』 I은 시기적으로 보아 분명하게 주체사상에 근거하여 집필하였을 것으로 생각되지만, 책의 머리말에는 그러한 언급이 없는 것이 특징이다. 1977년에만 해도 '주체문예이론' 이란 용어가 북한사회에서 확고하게 정립되지 않았을지도 모른다. 아울러 머리말 자체가 매우 간단하게 서술되어 있는 것도 특이하다. 중요한 것은 『조선문학사』 (5권으로 간행)부터 김일성의 교시가 반드시 기술되고 있다는 점이다. 그것은 김일성을 중심으로 유일체제가 확고하게 정립이 되었음을 의미하는 것이다. 또 책의 절반 이상을 김일성의 항일혁명문학부터 현대사에서의 업적을 중심으로 기술하겠다고 밝힌 것도 주목해야 할 사항이다.

위대한 김일성동지께서 조직령도하신 영광스러운 항일혁명 투쟁시기에 이르러 주체의 빛발아래 사회주의적 사실주의 문학으로 찬란히 개화발전하였으며 해방후 위대한 수령님의 현명한 령도밑에 새로운 사회력사적 환경에서 전면적으로 급속히 발전하였다.

---

1) 과학원 언어문학연구소, 『조선문학통사』(상), 서울, 화다, 1989, 8쪽.

우리 나라 문학발전의 합법칙적 과정을 깊이 연구하고 체계화하는 것은 우리 문예학 앞에 나서는 중요한 과업의 하나이다. ………(중략)…………
이 책은 모두 5권으로 구성되어 있다.
첫 책에서는 원시사회로부터 19세기중엽까지의 문학에 대하여 취급하였다.
19세기말부터 1945년 까지의 문학은 둘째 책과 셋째 책에서 취급하였는데, 그가운데서 위대한 수령 김일성동지께서 조직령도하신 항일혁명투쟁시기문학에 대하여서는 셋째 책에서 따로 서술하였다.
넷째 책과 다섯째 책은 해방후 위대한 수령님의 현명한 령도밑에 개화발전한 문학을 취급하고 있는바 1945년부터 1958년까지는 넷째 책에, 그 이후시기는 다섯 째 책에서 서술되여 있다.[2]

위의 서술을 분석해보면 『조선문학통사』와 달리 김일성의 교시문화가 나타날 뿐만 아니라 책의 체제와 구성 자체가 김일성의 항일혁명문학과 해방 후의 치적을 묘사한 작품들 위주로 이루어져 있음을 밝히고 있다. 즉 문학사의 왜곡이 상당히 심화되었음을 대외적으로 천명하고 있는 것이다.

하지만 정홍교가 저술한 『조선문학사』1(1991년부터 총 15권으로 집필)에 오면 '주체사상'이란 용어와 '주체문예이론'이란 용어가 분명하게 사용되고 있다. 그 이유는 명확해진다. 앞의 5권으로 구성된 북한문학사가 김일성시대의 문학사를 대표한다면 15권으로 구성된 북한문학사는 김정일시대를 상징하는 문학사이기 때문이다. '주체사상'이란 용어와 이론 정립이 황장엽 전 김일성종합대학 총장에 의해 이루어졌다지만, 그 정책반영과 추진은 사실상 김정일 국방위원장에 의해 주도되었다. 따라서 주체문예이론에 의해 15권으로 구성된 『조선문학사』가 서술되었음을 당당하게 대내외적으로 천명하게 된 것이다. 그리고 이 문학

---

2) 사회과학원 문학연구소, 『조선문학사』(고대중세편), 평양, 과학백과사전출판사, 1977, 1쪽.

사가 지금까지 발행된 북한문학사를 아우르며 종합판의 성격을 지니고 있음을 다음과 같이 밝히고 있기도 하다.

> 당과 수령의 현명한 령도밑에 해방후 조선문학사 연구사업은 불멸의 주체사상과 주체적 문예사상을 지도적 지침으로 힘있게 추진되였으며 적지않은 성과와 경험을 가지게 되었다.
> 우선 문학사연구의 선행공정으로서 오랜 옛날부터 우리 선조들에 의하여 창조발전되여온 온갖 형태의 구전문학과 서사문학작품들을 전면적으로 발굴, 수집, 정리하고 평가, 처리하는 사업이 학계의 집체적 력량에 의하여 진행되였으며 이에 기초하여 사상예술적으로 우수하고 력사적 의의가 있는 작품들을 시기별, 작가별로 형태와 종류에 따라 분류배렬한 《조선고전문학선집》, 《현대조선문학선집》, 《조선사화전설집》 등이 편찬출판되고 있다.
> 한편 문예학자들은 우리 당이 밝혀준 주체의 방법론에 기초하여 과학적인 조선문학사 서술을 위한 탐구적 노력을 기울여왔다. 우리 연구소에서는 이미 1950년대에 《조선문학통사》(상, 하)를, 1970년대에 《조선문학사》(전 5권)을 세상에 내놓았으며 해방후 우리 문예학이 이룩한 성과와 경험을 토대하여 이번에 전 15권의 《조선문학사》를 집필출판하게 되었다.[3]

북한문학사가 천명한 이러한 이데올로기의 반영은 고전적 유산이라고 할 수 있는 교산문학과 서포문학을 집필하는 서술시각과 태도에도 결정적인 영향을 미칠 것으로 생각된다.

그러면 구체적으로 교산과 서포문학이 북한문학사에서 어떠한 서술태도의 변화를 보이며 집필되었으며, 그 가치평가와 자리매김이 어떻게 반영되고 있는지 살펴보기로 한다.

---

3) 정홍교, 『조선문학사』 1권, 평양, 사회과학출판사, 1991, 2쪽.

III. 북한문학사에서 교산문학의 위상과 가치

앞에서 언급한 바대로 이데올로기의 차이는 역사를 기술하는 서술태도와 방법론에도 결정적인 영향을 미치게 마련이다. 우선 『조선문학통사』(상)는 마르크스-레닌주의 미학이론에 입각하여 문학사가 서술되고 있기 때문에 북한에서 뒤에 나오는 문학사에 비해서는 상당히 객관적으로 역사가 기술되고 있으며, 역사의 합법칙성에 준거하여 사료를 정리하려는 정당한 태도를 견지한다. 하지만 유일체제가 구축된 이후의 북한역사는 수령을 우상화한다는 지침 아래 정치사가 왜곡되었으며, 그 여파로 문화사도 검열에 의해 대폭 수정되어 왜곡되고 만다. 북한의 주체문예이론에서는 중요한 창작작업 자체도 최고지도자인 김정일에 의해 검열되고 있음을 공공연하게 밝히고 있을 정도이다. 심지어 북한 최고의 작가로 거명되고 있는 이기영의 장편소설 『땅』과 같은 대작의 경우도 김일성과 김정일에 의해 지적이 되어 주인공 곽바위의 상대역을 유부녀에서 처녀로 신분을 수정하게 될 정도에 이른다. 하물며 다른 역사적 사료의 경우 왜곡의 정도가 어느 정도일까 짐작이 간다.

우선 『조선문학통사』에서 교산 허균의 문학은 17세기 문학에 포함되어 언급되어 있다. 17세기의 시대적 배경으로 임진왜란 이후에 있어서의 일반 서민계층의 진출과 외국과의 접촉에 따르는 시야의 확대, 그리고 '민족적' 자의식의 성장과 같은 일반적 조건들을 들고 있고, 특히 국문소설의 출현에는 훈민정음의 대중적 보급이 전제되는 것도 사실[4]이라

---

4) 과학원, 언어문학연구소, 『조선문학통사』(상), 서울, 화다, 1989, 308쪽.

고 설명하고 있다. 이와 동시에 서사시적 형식으로서의 소설 문학이 활발하게 된 직접적 계기로써는 임진왜란 전쟁 후의 현실생활이 복잡 첨예화하여 감에 따라서 보다 큰 생활적 화폭을 담을 수 있는 형식을 찾게 되었으며, 특히 현실을 폭로 비판하고 새로운 이상을 추구함에 있어서 소설 형식의 수요가 증대되었던 것이라고 또 다른 요인을 제시하고 있다. 동시에 위에서 언급한 중국의 소설작품들이 벌써 막을 수 없는 기세로 보급되어 일반에게 소설에 대한 새로운 인식을 부각시킨 것도 우리 소설 창작을 왕성하게 한 요인의 하나[5]라고 설명하고 있다.

이러한 시대적 배경을 안고 교산 허균은 역사의 전면에 등장하였다. 『조선문학통사』는 교산의 전기적 생애를 언급하면서 그의 인물됨의 성격과 특징에 대해 『명륜록』을 인용하면서 다음과 같이 '괴물'로 평가하고 있는 것이 특징이다.

> 허균은 천지간의 한 괴물이다…… 균의 한 평생은 소위 선악이 함께 갖추어 있어 정상적인 행동을 벗어난 일이 많다. 요언을 만들어 퍼뜨리는 것이 그의 장기(長技)라는 것은 나라 사람들이 잘 아는 바이다(『명륜록(明倫錄)』).[6]

교산문학에서는 주로 『홍길동전』을 높이 평가하고 있다. 『홍길동전』의 성격에 대해서는 주인공 홍길동이 도적의 소굴로 찾아갔는데, 그곳은 농민봉기군의 집결소라고 해석하고 있으며, 활빈당은 홍길동패뿐만이 아니라, 남감영패도 있었다고 주장하고 있다. 아울러 활빈당의 존재 가치를 우리 중세사회의 계급투쟁의 성격을 밝혀주는 한 측면이라고 강조하고 있다. 즉 홍길동이 활약한 형상을 보여준 것은 당시의 가렴주구

---

5) 위의 책, 308쪽.
6) 위의 책, 316쪽.

를 자행하는 양반 특권층을 반대하고 인민들의 이익을 옹호하며 그의 해방적 사상을 반영한 것으로 특기되어야 할 것이다[7]고 해석하고 있다. 또 전기적 도술의 허무맹랑함에 대해서도 인민들의 정의의 해방 투쟁에 복무하고 있는 것을 보여주었다고 긍정적으로 해석하고 있다.

또 홍길동이 율도국을 건설한 것에 대해서도 이는 농민들의 해방적 이상을 보여준 것으로 이 작품의 낭만성을 한층 특징적으로 보여주고 있다고 설명하고 있다.

하지만 『홍길동전』의 한계도 지적하고 있다. 특히 홍길동이 율도국을 정복하고 왕위에 올라 백성을 안무하고 세금을 덜며 제장(諸將)을 봉작(封爵)하고 문물을 갖추니 "만조백관이 하례하고 원근 백성이 송덕하여" 강구(康衢)의 격양가(擊壤歌)는 요순시절을 방불케 하였다는 것은 당시 농민들의 이상 국가를 반영한 것이다. 그러나 이 같은 이상왕국이 결국 봉건왕국에 지나지 않는다는 것은 당시 농민들이 처하였던 역사적 제약성으르써 실지 그들은 보다 어진 임금과 보다 좋은 정치를 희구하고 염원하는 데 그쳤고 봉건사회 이외의 다른 사회를 알 수 없었다[8]고 비판하고 있다

결론적으로 『홍길동전』의 가치에 대해 농민들의 해방적 지향을 풍부한 낭만성으로 보여준 고전적 작품이다[9]라고 마무리짓고 있다.

한편 『조선문학사』(고대 중세편)에서는 『조선문학통사』에서의 해석을 준용하면서 좀더 구체적으로 이 작품의 중세적 제한성에 대해 조목조목 비판하고 있다. 우선 교산 허균의 전기적 생애를 구체적으로 다루면서 특히 그의 저술적 업적을 상세하게 서술하고 있는 것이 특징이다.

---

7) 위의 책, 320쪽.
8) 위의 책, 320-321쪽.
9) 위의 책, 321쪽.

그가 쓴 『성소부부고』에는 여러 가지 형식의 시, 산문들과 함께 독립적인 체계를 가진 《지소록》과 《한정록》이 수록되어 있다. 《지소록》에는 우리 나라의 명인들에 관한 일화들이 실려 있으며 《한정록》에는 농사에 관한 문제를 비롯하여 그의 다방면적인 지식과 진보적인 견해가 담겨져 있다. 그리고 《도문대작》은 우리 나라의 고유한 물산과 음식에 대하여 쓴 책이며, 《조천록》은 중국에 사절단 성원으로 갔을 때 본 것을 기록한 책이다.

그에게는 또한 시평론집으로서 《성수시화》가 있으며 우리 나라 력대 시작품들을 선별하여 묶은 《국조시산》이 있다.[10]

또 『조선문학사』(고대 중세편)은 『성호사설』의 "예로부터 서도에 큰 도적이 많았는데 그 가운데 홍길동이가 있어 세상에서는 그 수가 얼마나 되는지 알지 못했다"는 기록을 인용하면서 소설 주인공인 홍길동이 실존 인물이었음을 강조하고 있다. 그것은 아무래도 조선조의 봉건왕조의 지배계층 위주의 정책의 편협성과 모순을 지적하기 위함이라고 할 수 있다. 교산문학 중에서 『홍길동전』을 중심으로 그 공과를 지적하는 것은 『조선문학통사』의 서술태도를 답습한 것이라고 할 수 있다. 작품에서 홍길동이 농민봉기군의 우두머리였으며 율도국이라는 이상왕국을 건설하려고 한 것은 봉건적인 축첩제도와 적서차별의 불합리성을 보여주려고 한 것이라는 해석을 하고 있다. 길동이 둔갑법의 힘을 빌어 합천 해인사, 함흥 감영 등을 습격하여 재물을 탈취하는 것을 비롯하여 여러 고을에 저장한 곡식과 서울로 올라가는 봉물을 빼앗아냄으로써 왕을 비롯한 봉건 통치배들의 간담을 서늘케 하였다라고 묘사하여 환상적인 기법에 대해서도 긍정적인 해석을 하고 있음을 알 수 있다. 그리고 활빈당으로 활동한 홍길동에 대해 당시 인민들의 염원과 지향을 일정하게 반영하고 있

---

10) 사회과학원 문학연구소, 『조선문학사』(고대 중세편), 평양, 과학백과사전출판사, 1977, 343쪽.

다[11]고 묘사하는 서술태도도 앞서의 『조선문학통사』와 별반 차이가 없다.

다만 『홍길동전』의 한계에 대해서는 상당히 구체적으로 설명하고 있는 것이 『조선문학통사』와 대조점을 보이는 부분이다. 그것은 크게 세 가지 제한성을 보여주고 있다고 강조하고 있다. 첫째, 작가 허균이 농민들의 빈궁의 근원과 농민봉기의 원인을 봉건적 사회경제제도 자체에서 찾지 않고 지방관료들이 '왕도' 정치의 이념에 어긋나게 정사를 잘 하지 못한 탓이라고 간주하고 있다는 지적이다. 둘째, 소설 『홍길동전』에 구현된 사회미학적 이상의 본질은 유교적인 '안민낙토'의 정치적 이념에 기초하여 고대국가를 모방한 '이상왕국'의 건설을 지향한 데 있기 때문에 사상적 제한성이 있다고 비판하고 있다. 셋째, 『홍길동전』은 우리 나라 중세소설의 발전에서 한걸음 전진한 새로운 특징을 보여주고 있음에도 불구하고 등장인물들의 개성이 뚜렷하지 못하고 이야기서술이 많으며 얽음새 조직에서 '고진감래'의 중세기적 격식을 가지고 있다[12]고 지적하고 있다.

한편 1992년에 나온 『조선문학사』 4권(총 15권)은 앞서의 문학사와 달리 상당히 치밀하게 교산의 삶과 창작활동을 다루고 있음이 특징이다. 교산문학을 크게 허균의 창작활동, 시문집 『성소부부고』에 실려 있는 단편소설, 그리고 『홍길동전』으로 나누어 서술하고 있다. 우선 허균의 전기적 생애에서 중국에 사절단으로 다녀온 경험을 거론함으로써 그가 진보적인 사상을 갖게 된 동기를 설명하려고 시도하고 있는 것이 주목된다.

허균(1569-1618)은 손곡 이달에게서 배운 것을 계기로 봉건사회의 불합리성에 눈뜨고 선진적인 세계관을 세워나간 점을 높이 평가하고 있

---

11) 위의 책, 345쪽.
12) 위의 책, 347쪽.

으며, 임진왜란 당시 사절단의 일원으로 중국을 다녀와 견문을 넓혔고 전쟁중 조관 벼슬을 하면서 삼남일대와 강원도 등을 다니면서 근로하는 평백성들과 깊이 사귈 수 있었음을 강조하고 있다. 그리고 허균은 봉건사대부들의 '적서차별' 정책을 못마땅하게 생각하였고 서자들의 처지개선을 위한 박응서, 서양갑 등의 투쟁을 적극 도와주었다고 결론짓고 있다.

허균은 유능한 스승의 지도 밑에 부지런히 공부하여 임진왜란이 한창이던 1594년 문과에 급제하여 벼슬길에 나섰으며 사절단의 일원으로 중국에 다녀온 일도 있었다. 그는 일본침략자들을 반대하는 간고한 전쟁시기에 정부의 벼슬살이를 하면서 양반사대부들의 비겁성과 무능성, 일본 침략자들의 살인귀적 잔인성, 민중들의 처참한 재난과 애국적 헌신성을 직접 목격하고 체험하면서 정의감과 조국에 대한 사랑의 감정을 더욱 굳혀 갔으며 다른 나라를 여행하면서 외국사람들과의 접촉을 통하여 세계에 대한 시야와 견문을 더욱 넓혀갔다.

그 자신의 기록들에 의하면 허균은 한때 전원에 돌아가 은거생활을 하고 싶은 생각도 하였다. 그의 시「궁중의 첫 여름」은 그러한 심정을 토로한 것이다.

전원이 거칠었다.
언제나 돌아가리
늙은 몸이라
벼슬 생각 별로 없네

적막한 숲속에
봄은 저물었는데
성근 비마저 내려
장미꽃 젖어드네

「궁중의 첫 여름」[13]

그는 자기의 저서 『한정록』에서 은일생활은 "세상의 속된 것을 씻어버리고 더러운 것을 깨끗이 하는데 족하다"고도 썼다. 이러한 자료들은 허균이 확실히 어지러운 관료사회에 휩쓸려 몸을 더럽히는 것보다는 자연 산수 속에 묻혀 깨끗이 사는 편이 낫다고 생각하였다는 것을 말해준다.

허균은 임진왜란후 한때 나라의 양곡을 운반하는 짐배들을 관리하는 조관벼슬을 하였는데 이로 하여 삼남일대와 강원도의 강릉, 삼척 등지를 두루 다니면서 근로하는 일반 백성들과 깊이 접촉할 수 있었으며 금강산을 비롯한 조국의 명승고적을 유람하기도 하였다. 「조관기행」, 「금강산기행」 등은 바로 이 시기의 생활체험에 기초하여 창작된 작품들이다.

허균은 1610년 말에 함흥으로 유배살이를 가게 된 경위를 보면 그가 봉건정부 내에서 반대파들의 미움을 사고 있었다는 것을 알 수 있다. 그는 그 해 겨울에 전시대독관이라는 과거시험관으로 있었는데, 그의 조카 허요가 과거시험에 합격한 것을 가지고 허균이 사사로이 뒷받침해 주었기 때문이라는 생트집을 걸어 양사−사헌부와 사간원 관리들이 왕에게 제기하여 순군옥에 40여 일이나 갇혔다가 곧 함흥지방으로 유배되었던 것이다.

허균은 자기의 생활체험을 통하여 신분간의 불평등을 제도화한 봉건사회제도의 불합리성을 비롯하여 오직 권세와 이속을 추구하여 당파싸움으로 세상을 어지럽히는 양반사대부들의 하는 일이 옳지 않다는 것을 더욱 통절히 느끼게 되었던 것이다. 그는 오랜 기간의 모색과 탐구의 결과 이러한 불합리한 제도를 고치기 위한 투쟁의 길에 들어서기로 결심한

---

13) 김하명, 『조선문학사』 4권, 평양, 사회과학출판사, 1992, 257쪽.

것으로 보아진다. 그는 어려서부터 스승 이달의 불우한 처지에 동정하고 있었던 만큼 우선 서자들의 처지개선을 위한 박응서, 서양갑, 심우영 등의 투쟁을 적극 도와주었다.

허균이 봉건지배자들의 '적서차별' 정책을 얼마나 못마땅하게 생각하고 있었던가 하는 것은 『적암유고』 서문에서 "이조에 이르러 서자로서 이름난 사람들 중 어무적, 이효즉, 어숙권, 권응인, 이달, 양대박 등이 가장 잘 알려져 있는데, 그들은 다 세상에서 버림받고 등용되지 못하였다"[14]고 쓴 데서도 알 수 있다.

서자들이었던 박응서, 서양갑, 심우영 등은 부패한 봉건왕조를 폭력으로 전복하고 서얼계층의 인간적 권리를 회복할 기도 밑에 경기도 여주의 소양강가에 굴을 파서 본거지로 삼고 양식을 저장하였으며 그 군자금 조달을 위하여 해주에서 소금장사도 하였다. 이와 함께 그들은 조정의 문무관료들을 여러 가지 방법으로 끌어들여 왕을 몰아내려고 하였다. 허균은 참찬 벼슬의 유리한 지위를 이용하여 뜻있는 사람들을 규합하였으며 여러 가지 내용의 격문들을 시내 각처에다 붙이고 또 여러 참언들을 만들어 유포시켜서 민심을 동요케 하였다. 그러나 그들의 계획은 사전에 발각되어 뜻을 이루지 못한 채 1618년 음력 8월 24일에 모두가 참형을 당하였다.

특히 허균은 1610년을 전후한 시기(그의 나이 40세 전후)에 소설을 비롯한 산문형식의 작품창작에 힘을 쏟아부었는데, 이것은 생활체험의 축적과 사회의식 발전의 응당한 결실이라고 할 수 있다. 그는 함흥에 유배갔을 때 스승 이달에게 보낸 서신에서 다음과 같이 자신이 소설 창작에 몰두하는 심경의 일단을 드러내고 있다.

---

14) 위의 책, 259쪽.

선생님은 평소에 제가 쓴 시부작품들이 유순하고 화려하다고 칭찬하시였는데, 저로서는 감히 그렇게까지 잘되였다고 생각하지 않습니다. 저는 요즘에 와서 시보다는 산문창작에 더 힘을 넣고 있습니다. 아마도 선생님은 저의 이런 창작실정을 모르고 계신다고 봅니다. 그러므로 제가 요즘에 쓴 『한정록』 서문, 「박씨산장기」, 「상원고왕총기」, 「남궁선생전」 등 글을 다시 잘 필사하여 그것들을 한데 묶어 변생의 편에 보냅니다. 선생님의 가르침을 바랍니다.[15]

또 『조선문학사』 4권은 앞서의 북한문학사와 달리 『홍길동전』 이외에도 교산의 다른 한문소설들을 치밀하게 분석하고 있다. 그 중에서도 『성소부부고』의 문부 3 「기(記)」에 나오는 「순군부군(巡軍府君)」 청기(廳記)와 문부 5 「전(傳)」에 들어있는 「장생전」과 「남궁선생전」의 세 작품을 주로 치밀하게 분석하고 있다. 결론에서 『성소소부부고(성소부부고)』에 실려있는 단편소설들의 제재와 형상수법은 다양하며 작품들은 한결같이 당대 봉건 사회현실에 대한 작자의 강렬한 비판적 지향을 보여주고 있다[16]고 그 가치를 높이 평가하고 있다.

별도 소항목을 두고 있는 『홍길동전』에서는 그 가치를 첫째, 구전설화의 특징적인 환상수법을 도입 이용하여 민족생활의 고유한 풍습과 세태묘사에 의하여 소설의 민족적 품격과 인민성을 높였고, 둘째, 『홍길동전』이 우리문학사에서 장편소설 양식의 가장 오래된 작품의 하나라고 그 양식적 특징을 인정하고 있으며, 셋째, 임진왜란 후 날로 사회계급적 모순이 격화되고 있던 당시에 현실생활을 폭넓게 여러모로 재현하면서 그 구성조직이 복잡하고 굴곡이 있으며 예술적으로 더 한층 째여져 있다[17]고 하여 형식미에서도 높은 점수를 주고 있다.

---

15) 위의 책. 258쪽.
16) 위의 책. 270-271쪽.
17) 위의 책. 282-283쪽.

하지만『조선문학사』4권은『홍길동전』의 한계에 대해서도 적나라하게 묘사하고 있는 것이 특징이다. 첫째 홍길동이 율도국을 정복하여 왕이 되어 통치하는 그 모든 방식이 다 역사적으로 대대로 물려받으며 실시되어 온 봉건적 방식 그대로라는 지적이다. 홍길동이 불합리한 제도에 항거하여 투쟁의 길에 나섰음에도 불구하고 자신이 왕이 된 후에는 봉건왕국의 전통적 관습에 따라 두 왕비와 궁인의 몸에서 난 서로 배다른 3남 2녀를 둔 것[18]은 모순이라는 비판이다. 둘째, 농민 봉기군으로서의 활빈당은 봉건 사회제도에 대한 전면적 부정, 그 철폐에 대한 사상에까지 이르지 못하고 기껏 걸왕이나 주왕과 같은 폭군이 없고 탐관오리가 날뛰지 않는 요순시절의 태평성대를 꿈꾸었다는 데 있다[19]고 그 제한성을 비판하고 있다.

셋째, 갈등해결에서의 불철저성, 작품의 전편을 관통하는 기본지향과 모순되는 사건처리는 작자 허균이 활동하던 당시의 봉건적인 사회역사적 조건에서 아직 축첩제도나 봉건적 정치제도를 철폐할 수 있는 현실적 가능성이 없었던 시대적 및 계급적 제한성을 반영하는 것이다[20]라고 지적하고 있다.

Ⅳ. 북한문학사에서 서포문학의 위상과 가치

우선『조선문학통사』는 서포의 문학사적 공적으로 우리 국어문학을

---

18) 위의 책, 278쪽.
19) 위의 책, 279쪽.
20) 위의 책, 279쪽.

발전시켰으며 걸출한 소설가라는 데 있다고 그 위상을 설명하고 있다. 그리고 음악에도 조예가 깊어 악부와 가곡들을 편곡하고 가사를 지은 것이 많다고 칭찬하고 있다. 끝으로 소설을 읽는 것까지도 단속하던 당시에 있어서 사람의 감정을 쥐어 흔들며 능히 울리고 웃기고 하는 소설의 기능을 깊이 인식하고 직접 국문소설『구운몽』과『사씨남정기』를 창작한 것을 높이 평가하고 있다.『구운몽』을 부녀자들이 많이 읽는 이유를 『송천만필』을 제시하면서 "불교 이야기를 빌어온 가운데에도 굴원의 초사의 정신을 담고 있기 때문이다"[21]라고 한 것은 남한 학계에서는 언급한 적이 없는 새로운 해석이라고 할 수 있다.『조선문학통사』는 서포의 『사씨남정기』를 높이 평가하였는데, 이러한 태도는 다음의 북한문학사에서도 그대로 이어진다. 이 작품의 가치는 첫째,『사씨남정기』는 양반 귀족가정의 처첩간의 갈등을 제재로 하여 그들의 추악상과 비극적 운명을 보여준 작품인데, 숙종을 둘러싼 궁중사건이 모델로 된 것이 특징이라고 거론하고 있다. 둘째, 교녀와 동청 기타 하수인들의 온갖 흉모와 범행은 그대로 당시 양반 귀족사회의 부패한 현실을 반영한 것[22]으로서 가치가 있다고 칭찬하고 있다. 셋째, 우수한 소설적 구성과 슈제트(주제)의 전개 그리고 인물들의 성격적 묘사와 세련된 문학어 등은 작가 김만중의 탁월한 예술적 재능을 과시하는 것[23]이라고 극찬하고 있다.

다음으로『구운몽』에 대해서는 전대의 설화를 모티브로 하여 중세기적 환상의 세계를 빌려서 봉건적 제 이데올로기적 구속으로부터 벗어나려는 인민들의 낭만적 요구를 충족시켰다고 칭찬하고 있다. 아울러 작품의 기본 사상은 봉건적 제 이데올로기적 구속과 질서의 속박으로부터

---

21) 과학원 언어문학연구소,『조선문학통사』(상), 서울, 화다, 1989, 324쪽.
22) 위의 책, 325쪽.
23) 위의 책, 326쪽.

벗어나려는 개성 해방의 강렬한 지향을 보여주고 있다[24]고 언급하고 있다. 끝으로 8선녀에 대해서도 봉건 전제주의 하의 어떠한 명령과 질서도 아랑곳없이 자기의 소신을 관철시켜 나가는 개성적 인물로 성격지어진다[25]고 긍정적인 해석을 하고 있다.

한편 『조선문학사』(고대 중세편)은 '김만중의 소설 『사씨남정기』'란 소항목을 따로 달아 그의 문학의 업적을 평가하고 있다. 우선 김만중(1637-1692)의 전기적 생애와 저술활동에 대해 서술하고 『조선문학통사』와 마찬가지로 그의 문학관을 설명하고 있다. 주로 『사씨남정기』를 중심으로 서포문학의 성과에 대해 가치판단을 내리고 있는데, 그 작품은 "작가 김만중의 창작계열에서 가장 뛰어난 자리를 차지하고 있을 뿐 아니라 17세기 후반기 우리 나라 중세소설의 새로운 발전면모를 보여주는 대표적인 작품이다"[26]라고 평가하고 있다. 그리고 이어서 봉건량반 가정안에서 처첩간의 갈등을 통하여 가장윤리적 문제 중심으로 봉건적 축첩제도의 불합리성을 보여주고 봉건통치 계급내부의 부패상을 폭로하고 있다[27]고 설명하고 있다.

이 북한문학사는 『사씨남정기』에 등장하는 긍정적 인물들인 사정옥·류연수·두부인·묘혜 등은 '악한 사람' 들인 교채란·동청·냉진·엄숭 등과 대립적 관계에 놓여 있는 '착한 사람' 들로서 작가의 동정과 지지를 받고 있다는 점에서 조건부적으로 '긍정적 인물' 들이라고 말할 수 있을 뿐[28]이라고 새로운 해석을 가하고 있는 것이 이채롭다.

『조선문학사』(고대 중세편)는 『사씨남정기』의 위상과 가치에 대해

---

24) 위의 책, 327쪽.
25) 위의 책, 327쪽.
26) 사회과학원 문학연구소, 『조선문학사』(고대중세편), 평양, 과학백과사전출판사, 1977, 349쪽.
27) 위의 책, 349쪽.
28) 위의 책, 351쪽.

첫째, 총체적으로 볼 때 우리 나라 봉건시기 소설문학의 뚜렷한 발전면모를 보여주고 있다고 후한 점수를 주고 있다. 둘째, 소설은 생활처지, 기질, 성별, 나이 등이 서로 다른 수많은 인물들을 등장시키고 그들의 성격을 비교적 생동하게 그리고 있으며, 형상창조에서 우리말을 능숙하게 구사하고 있는 것도 이 소설의 중요한 예술적 성과의 하나이다[29]라고 긍정적 평가를 내리고 있다.

하지만 『사씨남정기』의 형상의 기초에는 불교사상이 깔려있다고 비판하고 있다. 작품에서 여자 중 묘혜가 '긍적 인물' 들의 형상계열에서 한 자리를 차지하고 사건발전에서 중요한 역할을 하고 있으며 교채란·동청·냉진 등의 교활한 책동으로 위험한 처지에 빠져들어갔던 사정옥·류연수 등이 부처의 '신기한 힘' 에 의하여 구원되고 다시 부귀와 공명을 누리게 되는 것 등은 이러한 사정을 말해준다고 꼬집고 있다. 이와 같이 『사씨남정기』에서 주인공을 비롯한 등장인물의 형상을 통하여 봉건 유교사상과 불교사상을 설교한 것은 당시의 사회역사적 조건과 작가의 세계관에 의하여 제약된 이 소설의 본질적인 사상적 약점[30]이라고 비판하고 있다. 이러한 해석은 마르크스의 사상을 수용하여 종교의 자유를 사실상 금지하고 있는 북한당국의 종교관을 반영하고 있는 비판으로 보여진다.

한편 가장 최근에 나온 『조선문학사』 4권은 총 34쪽에 걸쳐 서포문학을 다루고 있을 정도로 그의 문학의 위상을 높게 설정하고 있다. 먼저 서포의 생애와 창작활동에 대해 별도항목을 설정하고 다룬 후에 김만중의 미학적 견해, 『사씨남정기』, 『구운몽』 등의 소항목을 설정하여 구체적으로 분석하고 있다. 서포의 전기적 생애에서는 서포가 백부인 창주

---

29) 위의 책, 352쪽.
30) 위의 책, 352쪽.

김익히의 영향을 받아 실학풍조에 공감하여 주자 성리학만을 맹목적으로 따르려 하지 않고 자기 조국의 정치, 경제, 문화의 현실적 문제들을 연구하였으며 우리 나라 문화사에서 의의있는 일들을 적지 않게 하였다고 극찬하고 있다. 김익히는 승지 · 강원감사 · 대제학 · 형조판서를 지냈으나 실학사상에 공감하여 전후의 간고한 인민생활에 깊은 관심을 돌렸으며 중세정책을 반대하고 지하자원의 개발 · 관개시설의 정비 · 외국의 사치품 수입에 대한 제한 등 여러 가지 경제정책의 실시를 주장했다[31]고 설명하고 있다.

아울러 김만중은 중국에 사신으로 갔을 때 직접 새로운 과학기술에 접하고 이를 섭취하는 데 대하여 적극적인 입장을 취하였으며, 땅이 둥글다는 지원설을 이해하였고 홍문관에서 조선지도를 정리 편찬하는 사업을 지도하였다고 기술하고 있다. 다음으로 『조선문학사』 4권은 김만중의 미학적 견해를 새로운 항목을 설정하여 다루고 있는 것이 특징이다. 김만중의 미학적 견해에서 중요한 의의를 가지는 것은 문학작품은 마땅히 제 나라 말로 써야 한다고 주장한 것이다. 모국어 문학의 필요성에 대한 주장은 이미 16세기 이황 · 신흠 등의 논설에서도 볼 수 있으나 김만중의 견해는 보다 민중적인 성격을 띠고 있다. 이황은 한시는 읊을 수는 있어도 노래 부를 수는 없기 때문에 우리말로 노래를 지어야 하겠다고 하면서도 민중들의 언어, 그들의 문학의 높은 예술적 가치에 대해서는 이해하지 못하였으며 말하지 못하였다고 지적하고, 김만중은 선인들의 견해를 계승 발전시켜 이 문제를 인민성 문제와 결부시켜 이해하였다고 강조하고 있다.

그는 자기의 『서포만필』에서 다음과 같이 썼다.

---

31) 김하명, 『조선문학사』 4권, 평양, 사회과학출판사, 1992, 286-287쪽.

　　지금 우리 나라의 시와 산문은 제 말을 버리고 남의 나라 말을 배우니 설
　사 그것이 십분 서로 비슷하다고 하더라도 다만 앵무새의 사람흉내에 지나
　지 않는다. 시골에서 나무하는 아이들이나 물긷는 부녀자들이 서로 화답하
　며 부르는 노래가 비록 상스럽다고 하나 만일 그 참과 거짓을 말한다면 원래
　학사 대부의 소위 시부와는 서로 비교할 수조차 없다.[32)]

　　이에서 보는 바와 같이 김만중은 시나 산문이나 문학작품을 제 나라
말로 창작할 것에 대하여 제기하고 있을 뿐 아니라 평범한 보통사람들의
사상 감정을 진실하게 표현한 민요작품들을 양반사대부들의 시부보다
더 가치있는 것으로 높이 평가하였다. 그는 이러한 미학적 견해에 기초
하여 평론활동을 전개하였다. 그가 정철의 가사 『관동별곡』과 『사미인
곡』, 『속미인곡』을 두고 예로부터 우리 나라의 참된 글은 오직 이 세 편
이 있을 뿐이라고 극구 찬양한 데서 그것을 알 수 있는 것이다.

　　또 김만중은 당시 양반사대부들과는 달리 소설문학의 커다란 예술적
감화력을 이해하고 소설의 창작은 시대적 요구라고 주장하였다. 그는
청나라의 책 『독동파지림』에서 거리에서 아이들이 모여앉아 옛이야기를
듣는데, "『삼국지』의 이야기에 이르러 유현덕이 졌다고 하면 얼굴을 찡
그리고 눈물을 흘리며 조조가 졌다고 하면 곧 소리를 지르며 좋아하니
이는 나관중의 『삼국지연의』의 시초인가! 이제는 진수의 『삼국지』나 온
공의 『통감』을 가지고 이야기를 해서는 눈물을 흘리는 사람이 없다"고
한 구절을 인용하고 이것이 바로 통속소설을 짓는 이유라고 썼다[33)]고 하
면서 서포의 미학적 견해에 대해 이렇게 구체적으로 적시하여 언급하고
있는 것이 특징이다.

　　『조선문학사』 4권도 서포의 작품 중에서 『사씨남정기』를 가장 높이

---

32) 위의 책, 288쪽.
33) 위의 책, 289쪽.

평가하고 있는데, 다른 북한문학사와 달리 "먼 옛날부터 발전된 문화생활을 하여온 우리 인민은 진리에 대한 탐구심이 크고 정의를 사랑하는 마음이 매우 강합니다. 재물이나 권력보다도 진리와 도덕을 더 존중히 여기는 것은 오랜 옛날부터 우리 인민이 계승하여 내려오고 있는 전통적인 아름다운 풍습이라고 말할 수 있습니다"[34]라고 하는 김일성 교시를 인용하면서까지 부녀자들이 『사씨남정기』를 애독한 것은 바로 사정옥의 형상의 매력과 관련이 있으며 거기에 체현된 민족적 특성에 대한 공감[35]이라고 긍정적인 평가를 하고 있다. 또 축첩제도의 철폐를 작가가 주장하였는가 여부를 놓고 "작자가 일부다처제를 찬성하였으며 개별적인 첩의 해독성을 폭로했을 뿐 봉건적 일부다처제 자체는 반대하지 않았다"[36]라고 주장하는 일부 학자들의 견해를 이례적으로 비판하면서 두 부인이 양반가정의 축첩문제에 대해 끝까지 반대하였다[37]는 주장을 피력하고 있다.

종합적으로 『사씨남정기』의 가치 평가에 대해서 첫째, 우리 나라 소설사에서 처음으로 장편소설 형식을 개척한 작품으로서 이 시기까지의 어느 소설에 비해서도 각계 각층 인물들이 많이 등장하고 그들이 서로 복잡한 관계 속에서 이야기 줄거리를 엮어나가면서 주제 해명에 이바지하고 있다고 서포문학의 위상을 높이 설정하고 있다. 둘째, 『사씨남정기』는 인물들의 형상 창조에서 각기 개성적 특성이 뚜렷이 드러나도록 그 외부행동과 내면세계를 생활과 성격의 논리에 맞게 진실하게 그려내었으며 우리 나라 소설문학의 사실주의적 전형화 수준을 새로운 높은 단계에 올려세우는 데 이바지했다고 긍정적 평가를 내리고 있다. 셋째,

---

34) 위의 책, 296쪽.
35) 위의 책, 296-297쪽.
36) 위의 책, 298쪽.
37) 위의 책, 298쪽.

『사씨남정기』는 처지와 사상, 성격이 서로 다른 20여 명의 인물이 등장하여 금릉, 순천부를 중심으로 멀리 무창, 성도 등에 이르는 넓은 지역을 무대로 하여 활동하고 있는데, 작자는 이 인물들을 어느 하나도 사건의 권외에 서있는 것이 없이 내면적으로 유기적인 관계 속에서 보여주고 있다고 극찬하고 있다. 넷째, 『사씨남정기』의 주요한 예술적 성과의 다른 하나는 우리 나라 문학어의 형성발전에 커다란 기여를 한 것이다. 작자는 조선말의 풍부한 어휘를 다양하게 구사하면서 그 전 시기의 산문작품들에서 흔히 보게 되는 한문투를 현저히 극복하고 예술적 산문체의 새로운 경지를 개척하였다고 하면서 우리말의 구사에 대해 높은 평점을 매기고 있다.

『구운몽』에 대해서는 양소유의 입신출세와 팔낭자와의 사랑이야기는 곧 작가가 이상적인 봉건군주제를 생활화폭으로 그린 것으로 일부다처제를 긍정하고 봉건사대부의 행복관을 반영한 것으로 보면서 이 작품의 사상적인 면에서는 별로 가치가 없다고 주장하는 북한학계의 일부 학설을 직접 인용하면서 비판하고 있는 것이 이채롭다고 할 수 있다. 『조선문학사』 4권을 집필한 김하명은 작품에서 성진의 내면독백에는 불교적 금욕주의에 대한 반발, 지상 세계에 대한 동경의 목소리가 울리고 있다고 파악하면서 지상의 현실세계에 태어난 후의 성진-양소유의 사상감정과 생활도 단순히 봉건유교사상의 전결한 옹호로만 볼 수 없다고 분석하고 있다. 즉 작품에 그려진 양소유의 행동은 고루한 유교적 도덕 규범이나 전통적인 양반사회의 풍습과 충돌하고 있다는 것이다. 그가 집에서 글공부를 끝마치고 과거보러 가는 도중에 진채봉과 만나서 인연을 맺는 것으로부터 시작하여 세상에 태어난 팔선녀의 후신들과 차례로 인연을 맺는 전 행정은 그의 반봉건적인 개성해방의 지향을 반영하고 있는 것으로 파악하고 있는 것이 특이하다.

『조선문학사』 4권은 종합적으로 『사씨남정기』가 사실주의적인 데 비하여 『구운몽』은 낭만주의적 색채가 농후한 편이라고 분석하면서, 작품에 등장하는 긍정적 인물들은 봉건 사회의 양반 사대부로서 시대의 선진적 지향에 눈뜨기 시작한 데 지나지 않는 작가의 세계관상 제한성을 반영하면서 이러저러하게 모순되는 행동을 하고 있으나 중요한 것은 그 모순 속에서 일관하고 있는 개성해방의 지향이라고 높은 평가를 내리고 있다. 이러한 점이 『구운몽』이 조선조의 독자계층에게 인기리에 읽혀진 요인이라고 강조하고 있다.

V. 교산문학과 서포문학의 한계

『조선문학통사』에서는 제한성에 대한 설명보다는 긍정적인 가치평가에 치중하고 있음을 알 수 있다. 물론 『홍길동전』에서 주인공 홍길동이 율도국왕이 되어 봉건왕조의 제도와 문물을 답습하는 것은 이상왕국이 결국 봉건왕국에 지나지 않는다는 당시 농민들이 처한 역사적 제한성을 반영[38]하고 있는 것이라고 비판하고 있다. 또 서포문학의 경우도 『구운몽』에서 작품이 비록 불교적인 과거, 현재, 미래의 삼세에 걸친 인과관계로 사건의 시작과 종말이 지어지고 또 현세에 있어서 유교적인 제 관계가 지배적인 것이 사실일지라도 작가가 보여 주려는 기본 사상은 그러한 봉건적 제 이데올로기적 구속과 질서의 속박으로부터 벗어나려는

---

38) 과학원 언어문학연구소, 『조선문학통사』(상), 앞의 책, 320-321쪽.

개성 해방의 강렬한 지향[39]이라고 긍정적으로 해석하고 있는 것이 특징이다.

하지만 『조선문학사』(고대 중세편)에 오면 상황은 달라진다. 우선 교산문학부터 『홍길동전』의 제한성에 대해 구체적으로 적시하고 있는 것이 특징이다. 소설 『홍길동전』은 처음으로 반동적인 봉건통치배들과 대결하여 적극적으로 활동하는 인간형상을 창조하고 농민봉기군을 등장시켰으며 왕을 비롯한 봉건지배계급의 무능력과 취약성을 폭로하고 조선조 봉건사회의 불합리와 봉건적인 적서차별의 악폐를 보여준 점에서 그 중세소설 형식의 발전에서 새로운 한걸음을 내디딘 점에서 우리 나라 봉건시기 문학사에서 의의 있는 작품[40]으로 간주되고 있다고 총평을 긍정적으로 내리고 있다.

그러나 소설에서 홍길동과 농민봉기군이 지방관료들이 부정축재한 재물만 탈취하고 봉건국가에 속한 재물은 조금도 건드리지 않는 것으로 형상화한 것은 모순이라고 비판하고 있다. 이러한 서술태도는 허균이 농민봉기의 원인을 봉건적 사회경제제도 자체에서 찾지 않고 지방관료들이 왕도정치의 이념에 어긋나게 정사를 잘하지 못한 탓이라고 간주하였기 때문이라고 비판하고 있다. 이러한 사상적 제한성은 율도국의 묘사에서 더욱 집중적으로 나타나고 있다고 지적하고 있다. 홍길동이 '천한 사람의 인군'을 부르짖으면서 율도국의 왕이 된 것은 그가 진정으로 가난한 농민의 이익을 옹호하여 나섰거나 근로인민을 위한 나라를 세웠다는 것을 의미하지 않는다고 부정적인 평가를 내리고 있다. 즉 율도국을 중국의 전설적인 고대 이상국가인 '요나라'와 '순나라'에 비유하면서 작품에 표현된 정치적 이념과 사회적 이상은 '어진 임금'이 다스리는

---

39) 위의 책, 327쪽.
40) 사회과학원 문학연구소, 『조선문학사』(고대 중세편), 347쪽.

봉건왕국을 세우며 백성들은 거기에서 '편안' 하게 살아야 한다는 것으로 묘사하고 있다고 비판하고 있다. 그리고 서술방식에 있어서도 등장인물들이 개성이 뚜렷하지 못하고 이야기식 서술이 많고 고진감래식으로 종결된다[41]고 그 한계를 지적하고 있다.

서포문학에 대해서도 『사씨남정기』에 배어져 있는 봉건유교사상과 불교사상을 집중적으로 비판하고 있다. 작가는 소설에서 봉건적인 유교교리에 따라 사고하고 행동하는 인간들을 '착한 사람들'로 내세우고 그들에게 동정과 지지를 보냈으며 유교적인 '삼강오륜'에 어긋나게 행동하는 사람들을 '악한 사람' 들로 간주하고 그들을 폭로 비판하였다고 부정적인 평가를 내리고 있다. 즉 김만중은 바로 봉건유교적인 관점에서 '악한 것' 과 '착한 것' 을 평가하였기 때문에 『사씨남정기』에서 봉건적인 축첩제도가 빚어내는 부정적 현상들을 폭로하면서도 '악한' 첩을 배격하고 '착한' 첩을 긍정하였으며 봉건통치배들의 죄행을 폭로하면서도 '악한' 관료를 반대하고 '선한' 통치자에 의한 '어진 정치' 에 대한 지향을 표현하였던 것[42]이라고 지적하고 있다. 또 작품에서 불교사상을 설교하였기 때문에 작가의 세계관에 의하여 제약된 소설의 본질적인 사상적 약점[43]이 드러나고 있다고 비판하고 있다.

한편 김하명이 주로 집필한 『조선문학사』 4권은 「순군부군」 청기와 「장생전」 그리고 「남궁선생전」의 교산의 한문단편소설들을 구체적으로 다룬 것이 앞서의 북한문학사와 차별화되는 특징이다. 그리고 대체적으로 「순군부군」 청기의 경우 몽유록 형식을 빌어 당대 봉건사회 재판제도의 불공정성을 폭로비판하는 동시에 참되고 옳은 것을 지켜내며 밝히기

---

41) 위의 책, 346-347쪽.
42) 위의 책, 352쪽.
43) 위의 책, 352쪽.

위하여서는 권세에 아부굴종하거나 신과 같고 그 어떤 다른 힘을 빌리려고 할 것이 아니라 자신이 사회적 악폐를 반대하여 당당히 사리를 따져 맞서 나가야 한다는 것을 주장하였다[44]고 긍정적인 평가를 내리고 있다. 또 「장생전」의 경우 소설의 후반부에서 장생이 죽은 후의 이야기를 환상적으로 그린 것[45]까지도 미화시키고 있는 것이 특징이다. 그리고 「남궁선생전」의 경우 봉건사회 양반선비의 허망한 출세욕을 풍자비판한 작품이라고 긍정적인 평가를 내리면서도 소설에서 주인공은 실패를 거듭함에도 불구하고 사람들의 동정을 사지 못하며 오히려 웃음을 자아낸다고 언급한다. 그것은 그의 허망한 욕심이 인민의 이해관계와 시대의 선진적 지향과 배치되기 때문[46]이라고 작가의 풍자정신과 비판정신을 높이 평가하고 있다.

이렇게 한문단편소설에 대해서는 전반적으로 긍정적 평가를 내리던 김하명의 비평태도가 『홍길동전』에 와서는 긍정적인 해석도 많이 하지만, 갈등의 설정과 그 해결에서 일관되지 못하고 철저하지 못한 제한성을 면하지 못하고 있다고 구체적으로 비판하는 태도를 보이고 있다. 즉 그것은 '활빈당' ─ 농민봉기군으로서의 반봉건적인 계급투쟁에서 집중적으로 반영되어 있다고 지적한다. 한마디로 말하여 그 제한성은 봉건사회제도에 대한 전면적 부정, 그 철폐에 대한 사상에까지 이르지 못하고 기껏 걸왕이나 주왕과 같은 폭군이 없고 탐관오리가 날뛰지 않는 요순시절의 '태평성대'를 꿈꾸었다는 데 있다[47]고 비판한다. 이렇게 갈등 해결에서의 불철저성, 작품의 전편을 관통하는 기본 지향과 모순되는 사건처리는 작자 허균이 활동하던 당시의 봉건적인 사회역사적 조건에

---

44) 김하명, 『조선문학사』 4권, 265쪽.
45) 위의 책, 266쪽.
46) 위의 책, 270쪽.
47) 위의 책, 279쪽.

서 아직 축첩제도나 봉건적 정치제도를 철폐할 수 있는 현실적 가능성이 없었던 시대적 및 계급적 제한성을 반영하는 것이다[48]라고 명시하고 있다. 다시 말하여 17세기 조선조 봉건 사회에서 기본적인 적대계급간의 모순이 노골화되고 있었으며 농민들이 점차 계급적으로 각성되고 있었으나 아직 자본주의적 생산방식은 발생하지 못하였고 따라서 농민을 영도하여 봉건제도를 청산하고 새로운 사회제도를 마련하고 공고화 할 수 있는 실제적 역량이 없었다는 것이다. 이런 데로부터 당시의 기본적인 반봉건세력으로서의 농민대중은 자주성을 옹호하기 위하여 봉건적인 신분제도, 그 정치적 압제와 경제적 착취를 반대하여 진출하면서도 그들의 계급적 제한성으로 말미암아 현실적으로 봉건적인 신분구속에서 벗어날 수 있는 새 사회를 구상할 수 없었다는 것이다. 그들은 모든 사회악의 근원을 어느 포악한 개별적 군주나 지방장관의 잘못으로 생각하였기 때문에 그 포악한 자들을 어진 사람으로 바꾸어 놓기만 하면 문제가 해결될 수 있다고 믿었던 것[49]이라고 그 제한성의 실체를 구체적으로 설명하고 있는 것이 특징이다. 끝으로『사씨남정기』에 대해서는 우리 나라 소설사에서 처음으로 장편소설 형식을 개척한 작품으로서 이 시기까지의 어느 소설에 비해서도 각계각층 인물들이 많이 등장하고 그들이 서로 복잡한 관계 속에서 이야기 줄거리를 엮어 나가면서 주제 해명에 이바지하고 있다. 소설에는 유연수와 사정옥, 교채란의 부부처첩관계를 중심으로 하는 사건의 발전 과정에는 황제, 승상, 엄숭, 간의대부 해서, 태학사 세계를 비롯한 양반관료들과 서리, 춘방, 설매, 납매, 추향과 같은 비복들과 린아, 장주 등을 키우는 유모들, 장사하는 장삼, 연화촌 양인가정의 임씨녀 등 비천한 계층인물들, 동청, 냉진과 같은 타락한 양반

---

48) 위의 책, 279쪽.
49) 위의 책, 279쪽.

출신 부랑배들, 묘혜와 같은 여승, 늙은이와 어린이 등등 20여 명이 등장하여 이들이 모두 고유한 개성적 특성을 가지고 소설의 주제 사상을 해명하는 데서 응분의 형상적 과제를 수행하고 있다. 작가는 이 인물들의 운명을 주제사상의 요구에 따라 권선징악의 원칙에서 처리하고 있으며 구성을 매우 치밀하게 조직하고 있다[50]고 전반적으로 긍정적인 가치 평가를 내리고 있다.

하지만 『사씨남정기』는 시대적 및 작가의 세계관상 제한성으로 하여 사실주의 정신이 철저히 구현되지 못하고 특히 긍정 인물의 형상창조에서 '하늘의 뜻', '전생의 연분', '매사가 다 천정이오, 인력으로 못하나니' 등 숙명론적 사상이 크게 영향을 미치고 있어서 꿈에 만난 선조나 순임금의 두 왕비 등 비현실적인 요인에 의하여 그 운명이 처리됨으로써 그 사상예술적 성과에 크게 손상을 주고 있다[51]고 비판하고 있다.

요약하면 『사씨남정기』가 보다 사실적인 데 비하여 『구운몽』은 낭만주의적 색채가 농후한 편이다. 작품에 등장하는 긍정적 인물들은 봉건사회의 양반 사대부로서 시대의 선진적 지향에 눈뜨기 시작한 데 지나지 않는 작가의 세계관상 제한성을 반영하면서 이러저러하게 모순되는 행동을 하고 있으나 중요한 것은 그 모순 속에 일관하고 있는 개성 해방의 지향이다. 『구운몽』이 역사적 시련을 이겨내고 우리 민중들은 물론 세계 독자들 속에서 애독된 중요한 요인이 여기에 있다.[52] 이렇게 『조선문학사』 4권을 집필한 김하명은 앞서 북한문학사에서 한계점이 많이 드러났던 『구운몽』마저도 긍정적으로 가치평가를 내리고 있어 변화된 서술시각을 보여주고 있다.

---

50) 위의 책, 304-305쪽.
51) 위의 책, 306쪽.
52) 위의 책, 316-317쪽.

　　그러나 문학사의 맨 말미에서 종합적으로 서포문학을 재조명하며 『사씨남정기』와 『구운몽』의 제한성에 대해 언급하고 있다. 첫째 김만중의 작품의 주인공들은 아직 숙명적인 '신의 의사', '하늘의 뜻'의 지배로부터 완전히는 해방되어 있지 못하며, 그 언어가 상당한 정도로 입말에 접근하였다고 하더라도 아직 인물들의 대화에서까지 그의 사회성분과 개성을 무시하는 어투들은 적지 않게 남아 있다[53]고 그 부정적 측면을 지적하고 있다. 둘째, 『사씨남정기』나 『구운몽』에서는 아직 인민들의 형성이 중요한 역할을 놀고 있지 못하다[54]고 비판하고 있다.

　　하지만 이러한 제한성들이 있음에도 불구하고 김만중의 『사씨남정기』와 『구운몽』은 17세기에 들어와 새로 발생하여 발전해 온 국문소설 창작의 성과를 집대성하고 시대의 장성하는 미학적 요구를 민감하게 반영함으로써 우리 나라 소설발전의 새로운 지표로 되었으며 그 후의 소설발전에 커다란 영향을 주었다[55]고 총평을 하면서 문학사 서술을 마무리하고 있다.

---

53) 위의 책, 318쪽.
54) 위의 책, 318쪽.
55) 위의 책, 318쪽.

제3부 식민지 시대 문학과 해방공간의 북한문학

이기영의 농민소설 『땅』에 나타난 북한 토지개혁의 성과

Ⅰ. 머리말

해방 후 북한에서 소설문학의 양대 산맥을 이룬 작가가 이기영과 한설야이다. 물론 한설야는 김정일에 의해 주도된 김일성 독재의 주체사상이 형성될 무렵인 1960년대 말부터 사실상 숙청되어 시인 박팔양 등과 함께 연금상태에 들어가 그 이후 종적을 감추게 된다. 하지만 민촌 이기영(1895-1984)은 북한에서 최고인민회의 부의장을 역임하고 조선문학예술 총동맹 위원장을 지내는 등 북한에서 최고의 작가로 대접을 받는다.

그간 이기영은 학계에서 다양한 평가를 받아왔다. 한때는 거론조차 되지 않다가 최근으로 오면서 이기영은 남·북한에서 공통으로 높은 평가를 받고 있다. 임화는 그의 『신문학사조사』 '소설문학의 20년' 에서 『고향』을 '경향소설의 제일 큰 모멘트' 라고 하면서 '이기영에 와서 프로

문학의 본래적 달성의 최고의 수준'[1]을 보여주었다고 평가하였다. 이재선은 '프롤레타리아 문학의 농민소설을 대표하는 것은 이기영의 「쥐 이야기」(1925), 「부역」, 「홍수」(1930), 「서화」(1933) 및 장편 「고향」(1933), 권환의 「목화와 콩」(1933) 등'[2]이라고 가치평가를 내렸다.

한편 북한에서의 평가는 좀더 극찬에 가깝다. 북한의 『문학예술사전』(상)은 "리기영은 자기의 창작활동을 통하여 우리 나라에서 사회주의적 사실주의 문학발전에 기여하였으며 우리 인민의 혁명투쟁과 건설사업에 이바지하였다. 우리 나라 문학발전에 기여한 업적으로 하여 작가는 영예의 '김일성 상'을 받았다"[3]고 언급하고 있다.

소설가 이기영은 1924년 「오빠의 비밀편지」가 『개벽』 현상공모에 염상섭의 심사로 1등 없는 3등으로 당선됨으로써 문단에 나왔다. 민촌은 카프가 1925년 8월 결성되자 김기진·박영희·조명희·한설야·송영 등과 함께 참여하고 1927년 카프 내에 방향전환론이 대두되자 『농민소설집』(1933)에 「홍수」, 「부역」을 발표한다. 30년대 들어와 안함광과 백철 사이에 농민문학론으로 논쟁이 치열하자 「서화」와 장편 『고향』 등을 발표하여 창작보다 이론이 앞서던 카프문학 내부의 한계를 극복하게 된다.

민촌은 해방직전 강원도 금강군의 궁벽한 산골에 들어가 농사를 지으면서 살다가 해방직후 월북하여 북한의 토지개혁의 성과를 사실적으로 다룬 장편소설 『땅』(1948)과 일제 시기 주인공 박곰손과 그 아들 씨동이가 반일민족해방 투쟁과정을 보여주는 대하소설 『두만강』(1954-1961)을 발표한다.

---

1) 임화, 『임화신문학사』, '소설문학의 20년', 임규찬 외 편, 한길사, 1993, 402쪽.
2) 김동욱·이재선 편, 『한국소설사』, 현대문학사, 1990, 464쪽.
3) 사회과학원 주체문학연구소 편, 『문학예술사전』(상), 과학백과사전종합출판사, 1988, 619쪽.

　　이번 논문은 민촌 이기영이 북한에 들어가 발표한 첫 장편인 『땅』을 텍스트로 하여 북한에서 추진된 토지개혁의 시행과정과 성과, 그리고 남녀평등법 등 소위 북한에서의 민주개혁의 수행과정과 성과가 작품에서 어떻게 묘사되었는지를 살펴보고 농민소설 『땅』의 문학적 가치와 의미 등에 대해서도 세부적으로 살펴보고자 한다.

II. 해방직후 북한의 사회개혁의 방향

　　제2차 세계대전에서 패한 일제가 한반도에서 물러나면서 남·북한에서 새로운 정치체제가 들어서게 된다. 남한에서는 일본군으로부터 행정권을 이양받은 미군이 들어와 미군정이 실시된다. 이에 비해 북한은 소련군이 행정을 접수받은 후 김일성이 귀국하여 현실에 발빠르게 적응해 나간다.

　　당시의 북한정세에 대해 상세하게 서술하고 있는 북한 역사책에는 크게 두 종류가 있다. 하나는 1958년에 사회과학원 역사연구소에서 발행된 『조선통사』(하)이고, 다른 하나는 1983년에 사회과학원 역사연구소에서 나온 『현대조선역사』이다. 전자는 마르크스–레닌주의 사상에 따라 서술된 것인데 반해, 후자는 주체사상에 의해 서술됨으로써 자주성이 강조되고 있다. 특히 전자에는 해방직후의 북한정세가 소련군의 진주 등 세밀하게 기술되고 있는 반면, 후자는 소련군의 동향에 대해서는 언급함이 없이 김일성에 의해 취해진 일련의 조치들에 대해 강조하고 있는 것이 특징이다. 즉 후자는 김일성이 독재기반을 확고하게 다진

후에 저술되었기 때문에 후자에 비해 역사 왜곡의 가능성이 높다고 하겠다.

해방전후의 북한정세를 잘 알기 위해서는 『조선통사』(하)를 참조할 필요가 있다. 우선 『조선통사』(하)는 이 시기를 언급하는 제 22장의 제목을 '위대한 소련군대에 의한 조선해방, 북조선 민주기지 창설(1945. 8. 15-1947. 2)'로 잡고 있다. 여기에는 조선군대에 의한 북한의 점령과 소련군대의 후원에 의한 북한노동당의 창당과정과 토지개혁 등 일련의 민주적 개혁조치를 강조하고 있는 것이 특징이다. 또 하나 미군의 남한 강점을 비판적으로 부각시키고 있는 것도 특징이다. 소련군대의 북한 진주의 의미를 "해방된 조선인민을 제국주의의 새로운 침해로부터 보호하는 튼튼한 담보로 되었으며, 조선인민이 민주주의의 새 조선을 건설하는 데 결정적으로 유리한 조건으로 되었다"고 설명하고 있다.

아울러 『조선통사』(하)는 김일성의 「조선노동당 제 3차 대회에서 진술한 중앙위원회 총결 보고」를 통해 우리 나라 노동계급은 8·15전에 비록 자기의 혁명적인 당을 가지고 있지는 못하였으나 위대한 소비에트 군대에 의하여 일본제국주의 통치기구가 분쇄되자 북한에서뿐만이 아니라 남한에 있어서도 해방 초기에는 혁명운동을 발전시킴에 있어서 아주 유리한 정세가 조성되었다[4]고 강조하고 있다.

한편 북한과 남한의 조선공산당 내에는 부르죠아 민주주의 혁명단계와 사회주의혁명 단계의 시기를 놓고 '엠엘파', '화요파', '서울파', '서상파' 등 많은 종파분자들의 종파행동이 있어 분열상을 노정하고 있었다. 하지만 김일성은 파벌간의 권력투쟁에도 불구하고 1945년 10월 10일 평양에서 북한 5도(평남, 평북, 함남, 함북, 황해) 당 대표 및 열성자

---

4) 북한 사회과학원 역사연구소 편, 『조선통사』(하), 서울, 오월, 1989, 290쪽.

대회를 소집하여 자신의 조직을 확고하게 다지고 있었다. 한편 이 시기 한반도문제에 관한 모스크바 3국외상회의의 결정사항인 미·소·영·중 4국의 신탁협정의 5년간 신탁통치결정을 놓고 반탁, 찬탁의 공방이 남·북한에서 동시에 일어나고 있었다.

이러한 혼란한 정세 속에 1946년 2월 8일 북한은 김일성을 위원장으로 하는 '북조선 임시인민위원회'를 조직하고 '조선의 정치·경제생활에서 과거 일제통치의 일체 잔재를 철저히 숙청할 것' 등 20개조 정강을 발표하였고, 1946년 3월 5일에는 '토지개혁법령'을 공포하였다. 물론 '토지개혁법령'이 발표되기 전에 북한에서는 농민들이 3.7제 투쟁(지주에게 수확의 50% 이상을 소작료로 바치던 것을 30%만을 주기 위한 투쟁)을 전개하였고 각지의 농민들이 지주들의 토지를 몰수해 달라는 편지 보내기 운동과 대중적 시위를 벌이고 있었다. '토지개혁법령'은 토지이용권은 밭갈이하는 농민에게 있다는 것을 선포하고 토지의 몰수 및 분배원칙을 규정하고 있는데 그 골자는 3가지로 압축된다. 첫째, 일제의 소유토지와 친일파·민족반역자들의 소유지 및 5정보 이상을 가진 지주의 토지, 계속 소작을 주고 있던 모든 토지를 무상으로 몰수하여 토지가 없거나 적은 농민들에게 무상으로 나누어주어 그들의 소유로 한다. 둘째, 농호와 가족수와 노력자수에 따라 토지를 분배하며 분여된 토지의 매매와 저당, 일체 소작제도를 금지한다. 셋째, 몰수한 산림, 관개시설, 과수원 및 농민들이 경작하기에 불리한 일부 토지를 국유화한다.[5]

당시 북한에서의 대상별 토지 몰수 정형과 대상별 토지 분여 정형은 다음 도표와 같다.

---

5) 북한 사회과학원 역사연구소, 『현대조선역사』, 서울, 일송정, 1988, 188-189쪽.

<대상별 토지 몰수 정형>

대 상 별	몰 수 토 지 면 적
일본국가, 일본인 및 일본인 단체소유토지	100,797정보
민족 반역자의 소유 토지	21,718정보
5정보 이상 소유한 지주의 토지	285,692정보
전부 소작 주는 지주의 토지	338,067정보
계속적으로 소작 주는 토지	239,650정보
성당 승원 기타 종교단체 소유 토지	14,401정보
총 계	1,000,325정보

<대상별 토지 분여 정형>[6]

분 여 대 상	농 호 수	분 여 토 지 면 적
고 용 농	17,137호	22,387정보
토지 없는 소작농	442,973호	603,407정보
토지 적은 농민	260,501호	345,974정보
타군에서 자경하려는 지주	3,911호	9,622정보
총 계	724,522호	981,390정보

(『조선중앙연감』 1949년 판)

　　해방 후 북한에서 추진된 정치·사회개혁 정책 중 중요한 또 하나의 것으로는 '중요 산업 국유화' 조치가 있다. 1944년 통계로 공업자본의 겨우 5%만이 조선사람의 것이었고 거의 전부가 일본국가, 일본인 및 일본인 단체의 소유였다고 한다. 일제의 잔악한 수탈에 맞서 북한의 임시인민위원회는 1946년 8월 10일 '산업, 교통, 운수, 체신, 은행 등의 국유화에 관한 법령'을 공포하였다. 이 법령에는 일본국가의 일본인 개인 및 법인 등의 소유 또는 조선인 민족 반역자의 소유로 되어 있는 일체의 기업과 광산, 발전소, 철도, 운수, 체신, 은행, 상업 및 문화기관 등을 전부 무상으로 몰수하여 이를 국유화한다고 규정하고 있다. 그리하여 일본제국주의와 민족반역자들의 소유였던 1034개의 중요 산업기관들이

---

6) 북한 사회과학원 역사연구소, 『조선통사』(하), 308쪽.

무상으로 몰수되어 전인민적 소유로 넘어왔다[7]고 북한 역사책은 서술하고 있다.

또 하나 북한의 임시 인민위원회는 1946년 6월 24일과 7월 30일의 '노동법령과 남녀평등권' 법령을 실시하여 8시간 노동제와 사회보험제를 수립하는 한편 여성들을 중세기적 압박으로부터 해방시켰다.

북한에서 해방 후 무엇보다 중요한 것은 1946년 8월 28일부터 30일까지 3일간 공산당과 신민당을 통합한 조선노동당 창립대회가 열렸으며, 1946년 11월 3일에는 첫 민주선거가 실시되어 3,459명의 도·시·군 인민위원회 위원들이 당선되었는데, 그들의 사회성분은 노동자 14.5%, 농민 36.3%, 사무원 30.6%, 상인 4.3%, 문화인 9.1%, 기업가 2.1%, 종교인 2.7%, 전 지주 0.4%였고 그중 여성이 13.1%를 차지한[8] 것으로 되어 있다.

요약하면 해방 후 북한의 김일성을 주축으로 한 '임시 인민위원회'가 주력한 것은 일제와 친일 민족반역자들이 차지하고 있던 토지와 산업을 몰수하여 소작농등 빈농들에게 무상으로 나누어주고, 국가가 일체의 산업을 국유화하여 민족 경제발전의 토대를 쌓은 것이 첫 번째 사업이다. 그리고 노동력의 동원을 통한 산업 생산성을 높이기 위해 노동법령과 남녀평등권 법령을 발표한 것도 획기적인 조치였다고 할 수 있다. 끝으로 노동당의 창건과 첫 민주선거의 실시는 북한이 사회주의 건설의 토대를 마련한 정치·사회적 개혁방안이라고 할 수 있다. 이러한 사회현상은 장편소설 『땅』에서 사실적으로 묘사되고 있다.

격변기를 맞이하여 작가 이기영은 해방 후 월북하여 강원도 인민위원회 교육부장, 조·소 친선협회 위원장, 북한의 최고인민회의 부의장

---

7) 북한 사회과학원 역사연구소, 위의 책, 311쪽.
8) 북한 사회과학원 역사연구소, 위의 책, 329쪽.

과 조선문학예술 총동맹 위원장(1962년) 등을 지낸다. 그리고 이기영은
1948년부터 1949년 사이에, 북한의 토지개혁이 막 끝난 시점에서 1946
년 11월 3일 첫 선거에 이르기까지의 북한의 농촌현실을 주인공 곽바위
를 통해 형상화한 『땅』(제 1부-제 2부)을 발표한다. 이 작품은 북한에서
1946년 3월 5일에 발표된 '토지개혁법령'의 성과와 파장을 다룬 장편
소설작품이다. 『땅』 제 1부는 강원도 철원군 북창면에 위치한 말벌마을
에서 당 지도원 강균의 암시를 받아 주인공 곽바위가 새로운 개간 사업
을 벌여 농토를 새로 개간하고 저수지를 만드는 등 수리사업을 하는 과
정을 그리고 있으며, 『땅』 제 2부에서는 말벌의 영웅이며 최고인민회의
대의원(1948년 8월 25일 총선거)으로 선출된 곽바위가 6·25 한국전쟁
에서 산으로 피난을 가고 미군(승냥이로 묘사하고 있음)을 상대로 하여
게릴라전을 벌이며 폭격으로 부상을 입는 과정 등이 상세하게 묘사되고
있다.

Ⅲ. 장편 『땅』에 나타난 북한의 현실과 그 문학적 공과

일제에게 선조로부터 물려받은 땅을 수탈당하고 엄청난 소작료(심한
경우 산출량의 60-70%의 과도한 소작료를 강탈당함)를 물었던 농민들
은 해방이 되자 남한이나 북한이나 할 것 없이 우선 소작료를 낮출 것을
요구하였고, 급기야는 토지개혁을 소리높여 외치기 시작하였다.

남한은 군정의 실시와 이승만 정권의 기반이었던 친일적 지주계층의
의견을 반영하던 한민당의 집권으로 농민들에게 토지를 돌려주는 등의

진보적인 토지개혁의 실시는 난관에 부딪치게 되었다.

하지만 북한은 소련군대의 진주와 김일성을 주축으로 한 좌익 공산주의자들이 집권함에 따라 급진적인 개혁이 가능하게 되었다. 북한의 공산주의자들의 이데올로기였던 마르크스와 엥겔스의 「공산당선언」(발췌)을 살펴보면, 그들은 "노동자혁명의 첫걸음은 프롤레타리아트를 지배계급의 지위로 끌어올리는 것과 민주주의를 쟁취하는 것이다"[9]라고 규정하고 있다. 그리고 "프롤레타리아트는 자신의 정치적 지배를 이용하여 부르조아지로부터 차례차례 자본 전부를 탈취하고, 모든 생산도구를 국가, 즉 지배계급으로서 조직된 프롤레타리아트의 수중에 집중시켜 대량의 생산력을 가능한 한 급속도로 발전시킬 것이다"[10]라고 목표를 분명하게 정하고 있다.

그리고 가장 선진적인 나라들에서는 다음과 같은 정책들이 꽤 일반적으로 적용될 수 있을 것이라고 하면서 자신들의 중요한 정책방안들을 제시하고 있다.

1)토지소유의 박탈과 지대를 국가경비로 전용
2)고율의 폐지
3)상속권의 폐지
4)모든 망명자 및 반역자의 재산몰수
5)배타적인 독점권을 가지고 국가자본에 의해 설립된 단일의 국립은행을 통하여 신용을 국가에 집중
6)모든 운수기관을 국가에 집중
7)국영공장과 생산도구의 증대 및 단일의 공동계획에 의한 토지의 개간과 개량
8)만인평등의 노동의무. 산업군, 특히 농업을 위한 산업군의 편성

---

9) 마르크스 · 엥겔스, 『맑스 · 엥겔스의 농업론』, 김성한 옮김, 아침,1990, 61쪽.
10) 마르크스 · 엥겔스, 위의 책.

9)농업경영과 공업경영의 결합. 도시와 농촌의 대립을 서서히 제거하기 위한 노력

10)모든 아동에 대한 공공의 무상교육. 오늘날 행해지고 있는 모든 형태의 아동의 공장노동 폐지. 교육과 물질적 생산의 결합 등등[11]

한걸음 더 나아가 엥겔스는 1870년에 쓴 『독일농민전쟁』 서문에서 프롤레타리아트의 사회적·정치적 행동은 1848년 이래의 산업의 발전과 보조를 같이하여 나아가고 있다고 하면서 이들은 동맹자에 의지해야만 한다고 하였다. 그리고 동맹자로 소부르주아, 도시의 룸펜프롤레타리아트, 소농민, 농업노동자[12] 등을 예시했다.

또 소농민에는 다양한 종류가 있는데, 우선 봉건농민은 봉건영주를 위해서 부역을 해야만 하는 농민을 말하고, 소작농은 대개 아일랜드 소작농과 동일한 사람들을 의미한다. 소작료가 급격하게 인상되었기 때문에 농민과 그 가족은 평년작으로도 겨우 목숨을 유지하며 살아갈 정도이고, 흉작이 되면 굶어죽기까지 한다고 언급하면서 소작료를 낼 수 없기 때문에 완전히 지주의 동정에 기댈 수밖에 없다고 현실을 설명하고 있다. 또 소농민에는 자신의 적은 토지를 자작하는 농민이 있는데, 그들은 대개 산더미 같은 저당 채무를 지고 있기 때문에 소작인이 지주에게 예속된 것과 마찬가지로 고리대에 예속되어 있다.

끝으로 농업노동자가 있다. 중토지소유나 대토지소유가 지배하는 곳에서는 어디에서나 농업노동자가 농촌에서 제일 숫자가 많은 계급인데, 북부 및 동부 독일 전체가 이러한 상태라고 엥겔스는 말한다. 공업노동자가 자신을 해방시킬 수 있는 것은 그들이 부르주아지의 자본, 즉 생산에 필요한 원료와 기계공구와 생활수단을 사회의 소유로, 즉 그들이 공

---

11) 마르크스·엥겔스, 위의 책, 62쪽.
12) 마르크스·엥겔스, 위의 책, 184쪽.

동으로 이용하는 그들 자신의 소유로 바꿀 때뿐이다. 그와 마찬가지로 농업노동자가 그들의 지독한 빈곤으로부터 구원받을 수 있는 것은 무엇보다도 그들의 주요한 노동대상인 토지를 대농과 대규모의 봉건영주로부터 빼앗아서 사회적 소유로 바꾸어, 농촌노동자의 협동조합이 자신들의 공동경영으로 그것을 경작할 때[13]라고 엥겔스는 강조하고 있다.

이러한 엥겔스와 마르크스의 이론은 1930년대 안함광의 농민문학론의 토대로 작용하였으며, 해방직후 북한에서의 임시인민위원회 주도의 토지개혁의 기초이론으로도 수용되었다.

이기영의 농민소설 『땅』(1부)은 1946년 3월 5일 북한에서 실시된 토지개혁으로부터 1947년 2월 17일 인민대표자 회의까지 약 1년 동안을 시간적 배경으로 하여 사실상 농노(머슴)상태였던 곽바위가 당 세포위원장인 강균의 지도와 방조에 힘입어 아내 전순옥과 결혼한 후 새 농지를 개간하고, 두레를 구성하여 농민조직을 튼튼하게 하는 한편 영농기술 개발에 몰두하는 등 사회주의 건설에 앞장서는 투쟁과정을 역동적으로 묘사한 장편소설이다. 『땅』에 앞서 이기영은 단편 「개벽」(『문화전선』, 1946)을 발표하였다. 「개벽」은 지주인 황주사의 반대에도 불구하고 빈농인 원첨지가 농촌위원으로서 전변된 농촌을 이끌어 나가는 과정을 그린 단편소설로서 해방 직전부터 해방 후 토지개혁까지 일제시대의 봉건적 유습에 물들어 있던 한 농민이 새시대를 맞이하여 변화되어 가는 과정을 사실적으로 묘사한 작품이다.

---

13) 마르크스 · 엥겔스, 위의 책, 185쪽.

1. 낡은 것과 새로운 것의 대립과정 형상화

민촌 이기영의 『땅』은 북한에서 사회주의적 사실주의의 한 모델로 평가받고 있으며 주인공 곽바위는 엥겔스가 말한 '전형성'에 가장 잘 부합하는 인물로 일컬어지고 있다. 작가는 이 작품을 통해 무엇을 말하고 싶었던 것일까? 아무래도 작가는 해방 후 김일성이 주도한 토지개혁법령 제정 등 소위 민주개혁 조치의 실행을 보고 민족의 장래에 대해 지나치게 낙관적인 전망을 하였던 것으로 보인다. 그것은 작품에서 당시의 정치적인 조치에 대해 나열하고는 장황한 설명을 덧붙여 놓는 데에서 확인이 된다. 따라서 이 작품은 30년대의 계몽적 농민소설로 돌아간 듯한 착각에 젖게 하는 장면묘사가 빈번하게 등장하는 것이 한계이다.

우선 이기영은 『땅』에서 '낡은 것과 새로운 것의 대립'을 기본 축으로 삼고 당대 사회현실을 사실적으로 형상화하고 있다. 그러면 이러한 방법론은 자신의 독창적인 것인가? 해방 후 소련의 문예이론이 북한에 물밀듯이 들어와 많은 이론들이 번역되었고, 고골리, 고리키 등의 대표 작가들의 작품들도 번역되어 소개되었다. 레닌은 새로운 문학은 노동자 계급의 투쟁경험으로부터 창조력을 얻어야 한다고 강조했는데, 이것은 고리키의 이론을 참조한 것이다. 고리키는 사회주의 리얼리즘에 대한 서술 속에서 그것은 사회주의를 지향하는 투쟁경험을 근거로 하고 있는 예술창조의 방법[14]이라고 정확히 지적하고 있다.

사회주의 리얼리즘의 구체적인 방법으로는 첫째, 가장 특징적인 특수성은 새로운 것, 생활 속에서 일어나고 있는 것, 형성되고 있는 것, 미

---

14) 소련과학 아카데미 편, 『마르크스 레닌주의 미학의 기초이론 II』, 신승엽 외 옮김, 일월서각, 1988, 349쪽.

래에 속하는 것 등에 대한 그 독특한 예민함이라는 것이다. 사회주의 리얼리즘의 예술가는 항상 새로운 것이 생활 그 자체 속에서 보다 빨리 승리할 것을 바라는 적극적인 투사[15]이다. 그리고 사회주의 리얼리즘의 일반적 개념은 철저한 진실성과 현실의 본질을 깊게 전면적으로 해명하려고 하는 지향이 사회주의 리얼리즘의 근본적인 특수성 중의 하나라는 점을 가리키고 있는 것이다. 둘째, 사회주의 리얼리즘은 개별적인 것과 전체적인 것과 그리고 직접 표면에 드러나는 개개의 사실과 깊은 본질과 유기적인 통일인 예술의 전형화와 심도있는 개괄을 전제[16]로 하고 있다.

작가 이기영은 장편 『땅』을 통해 곽바위를 주인공으로 하여 해방 전의 고병상이라는 지주의 횡포 속에 인간다운 삶을 살지 못하고 질곡에서 허덕이던 소작농이나 농노들이 해방 후의 토지개혁이라는 새로운 민주개혁에 의해 어떻게 새로운 사회주의 건설을 하고 창조적인 삶을 개척해 나가고 있는가를 사실적으로 묘사하려고 하는 원대한 꿈을 가지고 있다. 그것을 작가는 곽바위가 봉건적 인습의 굴레를 벗어 던지고 새로 토지를 분여받은 농민들을 두레라는 전통조직을 활용하여 단합시켜 새로운 토지를 개간하고 새로운 영농기술을 발명하는 등 사회주의를 지향하는 경험적 투쟁을 의욕적으로 펼쳐나가는 것을 형상화함을 통해 구현하려고 한다. 그리고 그 과정에서 해방 전에 지주계층이었던 고병상과 주태로 집안이 갖은 모함과 흉계를 꾸며 방해공작을 펼치지만 결국 그러한 세력은 낡은 것으로 쇠잔해질 수밖에 없음을 다음과 같이 설명하고 있다.

이와 반면에 고병상은 그 손자를 시켜서 현물세 창고에 불을 놓으려다 그만 동수한테 현장에서 발각되어 그 손자와 고병상은 그날 밤에 어데로 도망

---

15) 소련과학 아카데미 편, 위의 책, 354쪽.
16) 소련과학 아카데미 편, 위의 책, 355쪽.

을 쳤는데 그 집에서는 아마 간 곳을 아나보다고 가만히 귀뜸을 하였다. 동운이는 어머니의 이야기를 듣고 마을 사람들의 이모저모를 소상히 알 수가 있었다. 그것은 민주 노선과 반동노선의 명확한 길을 가르게 하였다. 한편에는 낡은 것이 쇠잔해 가는 현상이 있는가 하면 다른 한편으로는 비록 아직 눈에 띄지 않는 것도 새 것의 불가극성을 엿볼 수 있게 하였다.[17]

『땅』에서 '낡은 것'이란 일제시대부터 내려오는 봉건적인 인습이나 잔재를 뜻한다. 이를테면 고병상 등 지주계층에 의한 수탈이나 노동력 착취, 부모에 의한 중매결혼과 조혼의 폐습, 남존여비적 유교문화의 모순 등으로 묘사되고 있다. 이에 비해 '새로운 것'은 김일성이 주도한 민주개혁 노선인 토지개혁, 남녀평등법령 발표, 산업국유화 선언, 농업 현물세 제정 등을 통한 민중들의 경제적 문화적 생활 수준을 향상할 수 있도록 물질적 조건을 보장해주는 것이라고 반복적으로 강조하고 있다.

2. 새로운 인간 전형 창조

북한에서 이기영의 『땅』은 전형성을 잘 살린 작품으로 평가되고 있다. 그것은 전형적인 인간의 창조와 전형적인 환경의 설정에서 이루어진다. 이러한 '전형성'의 개념은 엥겔스의 이론에서 비롯된다. 엥겔스는 "리얼리즘이란 나의 생각으로는 자세한 부분의 진실 외에 전형적인 인물을 둘러싸고 행동하는 바의 …… 전형적 환경 하에서의 전형적 인물의 충실한 재생산을 포함하고 있다"고 말하였다. 즉 엥겔스에게 있어서 전형적인 것은 본질적인 제 특질의 변증법적인 통일 즉 시대의 극히 중요

---

17) 이기영, 『땅』(하), 서울, 풀빛, 1992, 279쪽.

한 사회적 · 도덕철학적 · 사상적 모순을 안은 생활현실이 아주 풍부하게 그것에 반영된 바의 통일인 것이다. 전형에서는 합법칙적인 것과 구상적인 것, 전 인류적인 것과 역사적으로 일시적인 것, 사회적 전반적인 것과 개성적인 것이 유기적으로 결합[18]된다.

『땅』에 등장하는 곽바위는 전형적인 인물이다. 또 그를 둘러싼 해방 전의 일제시대의 환경 또한 사회적 · 사상적 모순을 안고 있는 전형적인 상황이라고 할 수 있다. 곽바위는 지주의 머슴으로 있다가 일제의 농업지도원과 갈등을 빚어 그를 폭행한 혐의로 6년간 감옥살이를 하는 동안 모친과 제사공장에 다니던 누이마저 병으로 잃는다. 절망상태로 고향을 등져 뿌리뽑혀진 존재가 된 곽바위는 지주 고병상의 머슴을 살다가 해방이 되어 트지개혁의 첫 수혜자가 되어 토지를 분여받는다. 그의 신분은 농노 상태인 머슴에서 자작농으로 격상된다. 해방 후 그는 면당위원장 강균의 전폭적인 지원에 힘입어 네 가지 중요한 과업을 완성한다. 하나는 지주계층의 저항에도 불구하고 벌말 개간사업을 성공적으로 완수하여 동료 농민들로부터 신뢰성을 획득하게 된다. 둘째, 쇠씨레를 비롯한 새로운 영농기술을 개발 창안한다. 셋째 두레를 조직하여 농민들의 조직력을 강화하고 협동심을 고취시켜 생산성을 향상시킨다. 넷째, 풍년 든 논에서 산출된 알곡으로 제일 먼저 현물세를 낼 뿐만 아니라 애국미까지 나라에 바치며, 이러한 농촌의 디딤돌로 자라난 곽바위는 결국 1946년 11월 첫 민주선거에서 강원도 대의원에 선출되어 평양을 방문한다. 이렇게 『땅』의 주인공 곽바위는 해방 후 혁신적으로 전변된 농촌에서 새 생활 창조를 위한 새로운 인간 전형으로 위상이 정립된다.

이러한 전형적 인물상은 김일성이 다음과 같은 교시에서 요구한 '새

---

18) 소련과학 아카데미 편, 앞의 책, 203쪽.

형의 인간'에 가장 부합하는 인물인 것이다.

《오늘 우리의 작가, 예술인들이 공장이나 농촌에 내려가 특별히 관심을 돌려야 할 것은 새 형의 인간들을 찾아내고 그들의 생활을 구체적으로 잘 연구하는 것입니다.》(『사회주의 문학예술론』)[19]

이기영은 『땅』에서 긍정적인 전형으로 주인공 곽바위만 창조한 것이 아니라 면당위원장 강균을 중요한 인물로 부각시킨다. 특히 보조적인 인물인 강균은 『땅』의 「개간」편에서는 활약상이 눈부시다.

강균은 곽바위를 창조적인 인물로 유도할 뿐만 아니라 벌말 개간사업이 성공할 수 있도록 총체적인 입안과 농민들의 조직력 강화와 참여를 독려하기 위해 농민들의 모임에서 토의를 주도한다. 또 집안의 가난으로 인해 일제 때 지주계층의 첩살이를 했던 전순옥이 자살했을 때 그녀를 구조하여 의형제를 맺고[20] 전순옥이 곽바위와 혼인을 맺도록 적극적으로 개입한다. 또 농촌개간사업과 두레 등 농민들의 협동·단합을 독려하는 과정에서 고병상을 비롯한 지주계층의 방해공작이 있을 때 그것

---

19) 강능수, 『시대와 문학』, 평양, 문예출판사, 1991, 128쪽.
20) 이기영은 전순옥을 새 형의 인간으로 성격창조를 하는 과정에서 애초에는 일제 때 첩살이를 한 인물로 묘사하였다가, 곽바위는 처녀와도 결혼할 수 있는 해방 후에 성장한 새 인물인데 그의 동반자인 전순옥을 처녀로 그리지 않는 것은 오류라는 김일성의 지적을 받고 재판을 발행할 때 수정을 하고 나중에는 3부작으로 개작을 시도하기까지 한다.
　　이기영, 「오직 충성의 한 마음으로」, 『조선문학』 1974년 4월호의 아래 인용문 참조.

　　"땅의 주인으로 된 곽바위 같은 농촌의 새 주인공이 결혼을 한다면 응당 처녀장가를 들었어야 할 것이었다.
　　그런데 이런 사람이 어째 지난날 첩으로 살던 여자(비록 농채 대신 강제로 끌려갔다 하더라도)에게 장가를 들게 하였는가? 이것은 나 자신이 해방된 농촌의 새 현실을 똑바로 인식하지 못하였기 때문에 범한 오류이다. 곽바위는 처녀와도 결혼할 수 있는 해방 후에 성장한 새 인물이다.
　　위대한 수령님께서는 『땅』의 이 부분이 잘못되었다고 정당한 지적을 해주시었다.
　　이 교시를 접하였을 때 나는 자신의 사상미학적 관점에 대하여 심각히 반성해보게 되었다. 수령님의 배려에 의해 지난해에 이 소설이 다시 재판이 되었을 때 나는 교시를 받들고 이 부분을 깨끗이 고치었다."

을 격퇴하는 방안을 제시하는 등 사회주의 건설에 앞장서는 인물로 성격이 창조된다. 하지만 『땅』의 모순은 강균이 작품 후반부에서는 직접적으로 등장하지 않고 사실상 사라져 버린다는 점이다. 그것은 아무래도 곽바위를 중심으로 스토리를 전개하려다 보니 생긴 오류로 추정된다. 북한의 『조선문학사』에서는 이러한 강균의 역할을 '당일군의 전형'[21]이라고 추켜세우고 있다.

또 하나 작가 이기영은 『땅』에서 보조인물로 새로운 젊은 세대를 창조해낸다. 박동수와 박동운, 그리고 그들의 파트너인 황순이와 유금숙이 그들이다. 순이는 그의 어머니와 달리 세상의 변화를 깨닫고 성인학교도 안 보내고 혼처를 찾는 어머니와 갈등을 빚으며 야학에 나간다. 그리고 건실한 청년인 박동수와 자신의 의지대로 사랑을 이끌어간다. 또 열여섯 살의 유금숙은 남녀평등법령이 나온 지 불과 며칠이 안 되는 어느 날 지주 고병상의 열다섯 살 먹은 작은손자와 맺은 약혼을 파혼하고 인물이 출중한 박첨지의 차남 박동운에게 적극적으로 구애하여 박동운과 당사자끼리 약혼을 한다.

이러한 파혼한 처녀 유금숙이 박동운을 찾아가 대담하게 능동적으로 구애하고 사랑을 확인하는 대목은 물론 너무 과장되고 비현실적인 장면이다. 하지만 작가는 1946년 7월 30일에 발표된 '남녀평등권법령'을 통해 중세기적 압박으로부터 여성을 해방시키고 남성과 동등하게 정치·경제·사회·문화생활에 참여할 수 있는 자유를 여성들에게 부여한 역사적 사건의 의미를 부각시키기 위해 당시의 북한사회의 현실을 도외시한 채 유금숙의 구애장면을 허구적으로 만들어 삽입하게 된 것이다.

---

21) 사회과학원 주체문학연구소 편, 『조선문학사』 10 해방후편, 평양, 사회과학출판사, 1994, 154쪽.

금숙이가 동운이를 따라온 것은 무슨 중요한 부탁이 있었던 것이 아니다.
⋯⋯⋯(중략)⋯⋯
"동무도 남녀평등권법령이 나와서 좋겠군요?"
"좋아요!"
"그래서 퇴혼할 배짱두 생겼으니 인제는 다시 골러야지!"
"왜 남보구만 고르라서요."
금숙이는 용기를 내서 반문하였다. ⋯⋯⋯⋯(중략)⋯⋯.
동운은 넌지시 그의 손목을 잡았다. 그때 달은 구름속으로 다시 돌아간
다⋯⋯. 금숙이는 그대로 천연히 앉아 있었다.[22]

3. 적대적·비적대적 갈등의 설정과 디테일의 생활묘사

북한의 소설이론에서 강조하고 있는 중요한 사항 중 하나는 '적대적
갈등'과 '비적대적 갈등'이다. 적대적 갈등이란 긍정적 주인공이 사상
과 지향 그리고 행동에 있어서 서로 화해할 수 없는 적대적 대립의 인물
과 격렬한 투쟁관계에 놓이게 된 것을 말한다. 이러한 갈등이 등장하는
이유는 적대적인 사회적 모순과 대립을 소설이 반영하고 있기 때문이라
는 것이다. 북한 이론서의 설명에 따르면, 지주나 자본가는 노동자, 농
민을 비롯한 근로자들을 착취하지 않고서는 살아갈 수 없다. 또한 노동
자, 농민을 비롯한 근로인민대중은 착취계급의 억압과 착취로부터 벗어
나지 않고서는 자주성을 실현할 수 없으며 참다운 삶을 누릴 수 없다는
것이다. 따라서 착취계급과 비착취계급 사이의 적대적 모순과 대립·충
돌을 반영하는 적대적 갈등은 반드시 첨예하게 설정되고 극단적으로 조
성되지 않으면 안 된다[23]는 것이다.

---

22) 이기영, 『땅』(하), 184-185쪽.
23) 김정웅, 『주체적 문예리론의 기본』 2, 평양, 문예출판사, 1992, 236-237쪽.

『땅』의 주인공은 곽바위다. 곽바위는 보통 농민의 형상과 달리 힘장사로 나온다. 그는 몇 명이 달라붙어도 들지 못할 쇠찌레를 혼자서 번쩍 들어 올려 작업을 하고, 눈이 많이 내려 민가로 쫓겨 나온 멧돼지와 싸워 혼자 힘으로 때려잡는 등의 힘을 과시한다. 어떻게 보면 전형성을 훼손한 듯이 보이는 성격묘사를 오히려 작가는 옹호하면서 "이는 비단 곽바위가 힘이 세다는 것뿐만 아니라 조국과 인민을 위해서는 어떤 난관이라도 뚫고 나가겠다는 애국심과 그를 안받침한 용감성, 대담성의 표현이며 해방 후 땅의 주인으로 된 조선 농민의 기쁨을 그리기 위한 시도였습니다"[24] 라고 밝히고 있다. 이러한 곽바위는 해방 후 북한 사회에서 혁명적 개혁조치였던 토지개혁법령 · 산업국유화 · 민주선거 등에 발맞추어 사회주의 건설에 앞장선다. 하지만 곽바위로 대표되는 긍정적인 전형에 방해세력이 등장한다. 이러한 세력은 새롭게 나타난 것이 아니고, 해방 전부터 존재했던 지주계급과 친일 반역자그룹이다. 물론 작품의 전면에는 고병상이라는 소지주계급이 적대적 갈등을 유발하고 있지만 방계세력으로는 친일세력인 대지주 송참봉 집안과 도회의원인 그의 장남, 그리고 미곡의 면 배급소 장터일을 떠맡아 보던 그의 차남, 남한으로 도망가 버린 순옥의 전 남편인 지주이자 친일사업가인 윤상렬, 또 벌말의 지주계급으로 일제치하에서 고병상 집안과 라이벌관계였던 주태로 등이 등장한다. 그 외에도 쉽게 이들과 뇌화부동하는 개구장 마누라와 순이 어머니 등의 수다를 떨고 사건을 몰고 다니는 무지한 여성계층이 나온다.

특히 해방 전 곽바위를 머슴으로 부렸던 고병상은 토지개혁법령을 아주 못마땅하게 생각하고 갖은 방법을 동원하여 방해를 한다. 『땅』의

---

24) 이기영, 「주인공 설정과 작가의 의도」, 『문학신문』 1966년 3월 25일자.

부정적 전형인 고병상은 풍자수법에 의하여 지주로서의 착취적 본성과 간악성, 우매성이 더욱 잘 드러나고[25] 있다. 고한상의 도움으로 농촌위원회에 창씨개명한 도장을 찍은 진정서를 냈다가 망신을 당하고, 벌말 개간사업 기공식에 빈농층 30여 명이 나서자 방해하려고 아들 고명수를 데리고 나와 곽바위에게 큰소리를 치던 고병상은, 곽바위의 뺨을 먼저 때린 아들 고명수가 곽바위에게 멱살을 잡혀 꼼짝을 못하게 되자 기가 꺾이고 만다. 또 고병상은 개구장 마누라에게 돈을 쥐어 주고 곽바위를 죽일 독약이나 폭약을 준비하라고 사주하고, 신풀이를 한 개간답이 전부 폐농하도록 한재가 들라고 산신제를 올리기도 한다. 결국 고병상은 막내 손자 쾌병이를 시켜 농업 현물세 창고에 불을 지르려는 흉계가 실패하자 손자와 도망가 버리는 것(초간본에서는 체포되는 것으로 묘사됨)으로 결말이 지어진다. 이렇게 고병상에 의한 방화는 미수로 끝나고, 농업현물세 수납은 순조롭게 진행되며, 방소 방문단의 보고대회가 열리고 11월 3일 97.99%가 참여한 민주선거가 열려 곽바위는 강원도 대의원으로 평양의 인민대표자 회의에 참석하게 되어 꿈에 그리던 김일성을 만나게 되는 것으로 대단원의 막을 내린다. 앞의 지주계급인 고병상으로 상징화되는 부정적 전형을 형상 창조하고 있는 것은 해방 후 명분적으로 열세에 있었던 남한의 미군정에 의한 지지부진하였던 토지개혁(친일지주계급의 대변인이었던 국회의원들의 반대로)을 노골적으로 공격하자[26]

---

25) 김홍섭, 『소설창작과 기교』, 평양, 문예출판사 1991, 403쪽.
26) 이기영, 『땅』(상), 16쪽. 참조. 작가 이기영은 소설 곳곳에서 북한의 민주개혁과 남한 군정의 모순을 비교하면서 북한 체제의 도덕적 우위성과 미군정하의 남한 체제의 종속성의 모순을 비교하여 통렬하게 비판하고 있다. 그것은 종국에는 김일성장군의 현명한 영도 때문이라는 개인 우상화로 연결짓고 있어 독자들을 식상하게 만든다.

"그간에 38선이 생기면서 남조선은 친일파와 민족 반역자의 소굴이 되고, 이북의 그 졸도들도 이승만을 찾아갔다. 그리하여 남조선은 총독 시대와 같은 암흑정치가 그대로 연장되어 있는 반면에, 북조선은 정치적 자유를 얻어서 인민의 주권 기관이 자연발생적으로 각 지방에 창건되고 마침내 중앙 정권으로까지 발전이 되었다."

는 작가의 의도도 내재되어 있다.

이러한 행복한 결말은 "공산주의 문학예술에서는 긍정이 승리하고 부정이 멸망하는 것으로 적대적 갈등이 해결되어야 한다"[27]는 북한문예이론의 요구에 부응할 수밖에 없기 때문이다.

한편 적대적 갈등을 강화하기 위해 고병상이라는 인물성격을 설정한 작가 이기영은 해방 직후에 시행된 '토지개혁법령'과 다르게 『땅』에서 사건을 묘사하여 오류를 범하고 있기도 하다. 토지개혁의 결과 100만 325정보의 토지가 몰수되어 72만 4,522호의 농민들에게 98만 1,390정보의 토지가 무상으로 분여되었다고 북한 역사책은 서술하고 있다. 또 몰수당한 지주들에 대해서도 적절한 대책이 취해졌는데, 원래의 거주지에 지주를 그대로 두면 농민들에게 좋지 못한 영향을 미칠 수 있으므로 이를 막기 위해 그들의 거주지를 이동시키는 조치를 취하였으며, 자기 손으로 농사를 지을 것을 희망하는 몰수당한 지주들에게는 새 거주지에서 토지를 나누어줌으로써 재생의 길을 열어주었다[28]는 것이다. 그런데 『땅』에서 지주계급인 고병상은 거주지를 이동하지 않은 것으로 묘사하여 사실주의 문학으로서 오류를 범하고 있다.

아울러 1946년 6월 27일 공포된 농업현물세는 토지에 대한 단일세로서 수확고의 25%(후에는 작물별 또는 토지의 비옥도에 따라 10-27%로 개정)를 내었는데, 『땅』에서는 곽바위가 애국미까지 내는 것으로 묘사되어 비현실적인 내용이 아닌가 생각된다.

한편 '비적대적 갈등' 이란 사회주의 현실 주제의 작품에서 기본갈등으로 된다고 북한의 문예이론서는 밝히고 있다. 사회주의 사회에서는 근로자들 사이에 적대적 모순과 대립, 충돌과 투쟁이 있을 수 없다는 것

---

27) 김정웅, 앞의 책, 240쪽.
28) 북한 사회과학원 역사연구소 편, 『현대조선역사』, 서울, 일송정, 1988, 190쪽.

이다. 이 사회에서는 근로자들 사이의 동지적 협조와 통일단결이 사회관계의 기본을 이루고 있으며 모든 사람들이 서로 돕고 이끄는 공산주의적 미풍이 지배하고 있다는 것이다. 단지 사회주의 사회에서 근로자 속에 남아 있는 낡은 사상 잔재와 낙후한 생활습성을 반대하여 극복 청산하기 위한 투쟁은 가능한데, 그것은 노동계급의 혁명사상과 착취계급의 반동사상 사이의 투쟁이라는 의미에서 볼 때 하나의 계급투쟁이라는 것이다. 이기영의 『땅』의 경우, 해방 직후의 김일성에 의한 개혁조치에 지나치게 흥분하여 '비적대적 갈등'을 전혀 다루지 못하고 있어 해방후의 북한사회에서의 정책 시행과정에서의 모순과 혼란을 다루지 못한 것은 커다란 오류라고 할 수 있다.

한편 북한의 문예이론은 소설의 경우 생활묘사의 풍부성과 다양성을 강조하고, 다음으로는 디테일을 중시하고 있다. 디테일을 중시하는 이유는 '생활을 현실에 있는 그대로 구체적으로 생동하게 묘사[29]하기 위함이다. 즉 문학예술작품에서 산인간과 실생활을 구체적으로 생동하게 보여주려면 인간의 사상감정과 지향, 열정, 그의 행동을 구체적으로 섬세하게 그려내야 한다는 것이다. 한편의 문학예술작품을 산 유기체로 본다면 생활세부들은 그 유기체를 이루는 개개의 세포와 같다고 말할 수 있다. 세포들이 건전하여야 유기체의 활동이 혈기왕성한 것과 마찬가지로 생활세부들이 잘 그려진 작품이라야 생명력과 가치를 가지게 된다[30]는 것이다. 또 북한의 문예이론은 '민족생활의 묘사'를 강조하고 있다. 민족생활에는 조상전래의 풍습과 관습, 생활양식 등과 같은 것들이 끼어있다. 이러한 민족생활을 시대의 요구에 맞게 그리지 않으면 인민들의 감정과 정서에 맞는 작품을 창작할 수 없다[31]는 것이다. 특히 이기영

---

29) 김정웅, 앞의 책, 151쪽.
30) 김정웅, 위의 책, 156쪽.

은『땅』에서「현대흥부전」과「숯 굽는 총각」이야기로 스토리를 이어가거나 속담, 격언 등을 적절하게 활용함으로써 주인공의 성격을 상징화하고 소설적 재미를 가미하고 있다. 물론 이러한 전래설화의 빈번한 등장은 소설의 기법을 퇴보시키는 듯한 오해를 불러일으킬 수도 있다.

이기영은『땅』에서 주인공 곽바위의 형상 창조를 위해 디테일의 묘사와 민족생활의 묘사 이론을 적극 활용하고 있다.『땅』하편의 첫 항목은 '결혼'인데, 곽바위와 전순옥의 결혼 장면이 나온다. 작가가 곽바위의 결혼을 뚜렷하게 부각시키는 것은 "사회적 환경과 생활의 조건이 달라지면 그에 따라서 사람도 달라지게 된다"는 점을 독자들에게 인식시키기 위함이다. 그런데 작가는 곽바위의 '의식의 자기발전'을 표현하기 위해 철원의 신비로운 영웅 최칠성의 설화를 활용하거나 소 구입의 디테일을 묘사하고 있다. 최칠성은 일제시대 때 집안이 가난하여 총독부 토지조사국의 측부(測夫)로 들어갔는데, 어느날 측량을 나갔다가 왜놈 기수가 권척(卷尺)을 사무실에 두고 왔다는 말을 듣고 평강에서 철원까지 50리가 훨씬 넘는 거리이고 해가 벌써 저문 시간이므로 권척이 필요한 다음날 아침까지 되돌아가 가져오는 것이 불가능한데도 불구하고 칠성이 그날 밤에 세 시간만에 그것을 가져오자 놀래서 그를 옆에 두면 극히 위험하다고 느껴 그날로 해고해 버렸다는 것이다. 졸지에 직장에서 떨거져 나온 칠성과 관련되어 도처에서 그의 소행으로 보이는 강도사건이나 철도 선로 훼손사건 등이 벌어지지만, 경찰의 물샐틈 없는 경계망을 비웃듯 그는 잡히지 않았다. 그 이유는 그가 생긴 돈을 부락의 가난한 농민들에게 나누어주기를 좋아하였다는 소문이 나돌았기 때문이다. 곽바위의 동료인 주태원은 힘센 곽바위가 혹시 최칠성이 변성명한 것이 아

---

31) 김정웅, 우의 책, 145-146쪽.

니냐[32]고 넌지시 그에게 물어봄으로써 과거가 드러나지 않는 그의 행적을 신비화하고 있다.

또 결혼한 지 얼마 지나지 않아 곽바위는 아내 전순옥에게 불쑥 그동안 나무 판 돈과 혼인에 들어온 부조를 합쳐 사오천 원으로 해소를 구입하겠다는 의사를 전한다. "해소는 밭갈이를 못하지 않아요? 달구지 소로밖엔 ……"라는 아내에게 암소 두 마리로 소끼리 짝을 지어서 논밭을 가는 것이 고장의 전례(농사법)임을 알지만 그것을 깨고 해소 한 마리로 논밭을 가는 개량방식을 새로 해보겠다[33]고 고집을 내세운다. 이러한 '해소(농우)' 디테일은 전통적인 산골농사의 방법을 개량하여 농민으로서도 새 출발을 해보려고 하는 자작농 곽바위의 영농기술 창안에 몰두하는 창조인으로서의 측면을 부각시키기 위한 생활의 세부묘사라고 할 수 있다.

IV. 맺음말

해방 후 남한은 3년간 군정이 실시된 반면, 북한은 소련군대가 진주한 가운데 '북조선인민위원회'(위원장 김일성)가 조직되어 1946년 3월 5일 '토지개혁법령'을 공포하는 등 개혁적인 조치를 잇달아 발표하였다. 미군정은 다섯 명의 경제고문의 도움을 받아 일제에 의한 통제경제 정책적 요소를 불식시키기 위한 양곡배급제의 철폐, 양곡 자유시장의 개설을

---

32) 이기영, 『땅』(하), 36쪽.
33) 이기영, 『땅』(하), 46-47쪽.

선포하지만, 곡가의 폭등과 식량부족 현상으로 곧 강력한 경제통제에 임하게 된다. 소작료 및 토지정책에서는 미군정은 일명 '3·1제'(1/3의 최고소작료율제)를 공포하였지만 새로 결성된 '전국농민조합총연맹'은 '3·7제' 소작료율제를 들고 나와 혼란이 야기된다. 그리고 지주계층의 입김이 작용하는 입법의원의 저항을 받아 미군정의 농지개혁은 용두사미식이 되어 종국에는 유상몰수–유상분배 방식이 채택된다.

　이에 비해 북한의 토지개혁은 민족반역자와 지주계층의 토지를 무상몰수하여 소작농들에게 무상으로 분배하는 혁명적 방안이 시행되었다. 이기영의 농민소설 『땅』(1부)은 1946년 3월 5일 북한에서 실시된 토지개혁으로부터 1947년 2월 17일 인민대표자 회의까지 약 1년 동안을 시간적 배경으로 하여 머슴 상태였던 곽바위가 면당위원장인 강균의 지도에 힘입어 아내 전순옥과 결혼한 후 새 농지를 개간하고, 농민조직을 탄탄하게 다지며, 영농기술 개발에 몰두하는 등 사회주의 건설에 앞장서 투쟁하는 과정을 형상화한 장편소설이다.

　우선 『땅』은 고리키의 이론에 근거하여 '낡은 것과 새로운 것의 대립'을 기본 축으로 하여 당대 사회현실을 사실적으로 형상화하고 있다. 여기에서 '낡은 것'이란 일제시대로부터 내려오는 봉건적인 인습이나 잔재를 뜻한다. 이에 비해 '새로운 것'은 김일성이 주도한 민주개혁 노선인 토지개혁, 남녀평등법령 발표, 산업국유화 선언, 농업 현물세 제정 등을 통한 민중들의 경제적 문화적 생활 수준을 향상할 수 있도록 물질적 조건을 보장해주는 것이라고 반복적으로 강조하고 있다.

　다음으로 작가는 이 작품에서 사회주의 체제에 부합하는 곽바위라는 새로운 인간전형을 창조하여 형상화하고 있다. 그는 강균의 도움을 받아 벌말 개간사업을 주도하여 농지를 확장하는 등 네 가지 과업을 성공적으로 수행하여 1946년 11월 첫 민주선거에서 강원도 대의원에 선출되어 평양에서 열리는 인민대표자회의에 참석하는 영예를 누린다. 그 외에도 작가는 당일군의 전형인 강균과 동수·순이 등 새로운 젊은 세대를 형상 창조한다.

끝으로 『땅』은 북한문예의 중요한 이론인 '적대적 갈등'에는 충실하지만, '비적대적 갈등'은 제대로 그려내지 못한 한계를 보여주고 있다. 장편 『땅』에서 곽바위로 대표되는 긍정적인 전형에 방해세력이 등장한다. 이러한 세력은 새롭게 나타난 것이 아니고 해방 전부터 존재했던 지주계급과 친일반역자 그룹이다. 물론 작품 전면에는 고병상이라는 소지주계급이 적대적 갈등을 유발하고 있지만 주태로 등 다양한 방계세력이 등장한다.

또 『땅』에는 디테일의 생활묘사와 민족생활의 묘사 등의 기법이 활용되고 있어 속담·격언·설화 등이 많이 등장하고 있는 것이 특징이다.

하지만 이 소설에는 많은 문제점과 허점이 드러나고 있다. 해방 직후의 혼란기의 북한을 묘사하면서 "오늘의 북조선은 못할 일이 없습니다" 식의 너무나 지나치게 낙관적인 전망을 작가 이기영이 하고 있는 점은 왜곡이 지나치다고 할 수 있다. 그에 따라 남한에 대한 지나친 왜곡과 비방만을 일삼고 있는 태도도 객관성을 상실한 점이라고 할 수 있다. 또 당시 북한 토지개혁법령에서는 지주계급의 토지를 무상몰수하고 그들을 다른 지역으로 이주시켜 토지를 나누어 준 것으로 되어 있는데 반해 작품에서는 고병상이 고향인 강원도 벌말에 그대로 안주하는 것으로 묘사되는 등 역사적 근거에 충실하지 않는 허점도 드러나고 있다. 또 두레 등 이기영의 30년대 농민소설에서 이미 사용한 바 있는 전통적·민속적인 농민조직을 다시 활용하는 것은 작품을 진부하게 하는 요인이 될 수 있다. 그 외에도 면당위원장 강균이 작품 상편에서는 빈번하게 등장하다가 하편에서는 사실상 사라지는 대목도 설득력을 얻기 어렵다. 또 물론 풍자기법을 활용하였다고는 하지만, 긍정적 전형인 곽바위에 비해 지주계급인 고병상이 상대적으로 왜소하게 다루어지고 희화적으로 그려지고 있는 것은 그에 맞서는 농민조직의 협동·단결성과 엄숙성을 훼손할 여지가 있다.

이기영의 소설문학 연구

-「개벽」과 『땅』에 나타난 북한의 사회현실을 중심으로

I. 머리말

이기영(1895-1984)은 한국근대문학사에서 가장 큰 족적을 남긴 소설가이다. 그는 20년대 후반 카프의 가장 중요한 작가이었으며, 30년대에 들어서서는 농민문학론에 부합하는 이념적 농민소설을 많이 창작함으로써 이론에 비해 창작이 취약한 카프문학의 한계를 극복하였다. 그는 또 해방 이후 북한에 들어가 성공한 몇 되지 않은 작가에 속한다. 대다수의 뛰어난 작가들이 남로당계열로 북한에 들어가 거의 숙청되었지만, 그는 박태원·홍명희 등과 함께 북한의 소설문학의 초석을 다진 중요한 작가로 자리매김했다. 즉 그는 북한에서 최고인민회의 부의장을 역임하고 조선문학예술 총동맹 위원장을 지내는 등 북한에서 최고의 작가로 대접을 받는다.

소설가 이기영은 1924년 「오빠의 비밀편지」가 『개벽』 현상공모에 염상섭의 심사로 1등 없는 3등으로 당선됨으로써 문단에 나왔다. 그후 식민지시대 내내 카프계열 작가로 맹활약을 펼쳤으며, 1930년대에 '농민문학론'으로 비평가들의 논쟁이 활발해지자 '이념적 농민소설'인 『고향』 등을 발표하여 문면을 날린다. 40년대에는 강원도의 궁벽한 산골에 은둔하며 농사를 짓다가 해방을 맞이한다.

해방후 북한으로 들어간 민촌은 『땅』, 『두만강』 등의 장편소설을 발표하여 북한 최고의 작가로 대접받으면서 조·소 친선협회원원장과 최고인민회의 부의장을 지내게 된다.

이번 논문은 먼저 민촌 이기영의 문학관과 문학세계를 살펴보고, 그가 북한에 들어가 발표한 단편 「개벽」과 첫 장편 『땅』을 텍스트로 하여 해방 직후 북한의 사회현실이 어떠한지 그리고 북한 토지개혁의 성과가 어떻게 반영되고 있는지 분석하기로 한다.

II. 작가의 전기적 생애와 세계관

민촌(民村) 이기영(李箕永)은 1895년 5월 29일(북한 문예사전에도 1895년으로 나옴. 또는 1896년 5월 6일) 충남 아산군 배방면 회룡리의 빈농인 덕수 이씨 이민창의 장남으로 태어났다. 그는 3년 뒤에는 잘 사는 친척을 따라 천안군 북일면(한성면) 중엄리(현재 천안시 안서동)로 이사를 가서 그곳에서 청소년기를 보낸다. 부친 이민창은 무과에 급제했으면서도 전혀 가계를 돌보지 않아 살림이 궁핍했다고 한다. 중엄리는 제 땅마지기를 가지고 추수해 먹는 집이 없는 소작농들로 구성되어 있는

'민촌'이었다. 이기영은 서당에 낼 수업료가 없을 정도로 극도로 빈궁한 유년기를 보내게 된다. 특히 부친은 매우 술을 좋아하였던 것으로 알려져 있다. 이민창은 1906년 군수 안기선(안막의 부친), 무관학교 출신 심상만 등과 함께 사립학교인 영진학교 총무로 기부금을 내는 등 민족교육을 위해 좋은 일을 했지만, 여러 가지 일들이 실패로 돌아가 상당히 궁핍한 처지에서 술로 우울함과 울분을 달래고 있었다.

1. 일본으로 밀항을 꿈꾼 가난한 청소년기

그 와중에 민촌이 11살 되던 해 자상한 모친은 장티푸스로 별세한다. 그 충격은 소년 이기영의 장래를 바꿔놓게 된다. 『문장』 1940년 2월호에 쓴 「문학을 하게 된 동기(動機)」에서 모친에 대한 추억을 강렬하게 표현하고 있다. 자신의 외가가 부명(富名)을 들었던만큼 어려서 주로 외가에서 보냈으며 응석바지로 자라났다고 술회하고 있다. 부친이 늘 유학을 하면서 집을 비웠기 때문에 모친은 유난히 장남인 민촌에 대해 사랑을 베풀었다고 회고하면서 인자한 조모와 모친의 배려하에 자라났다고 회고한다. 하지만 이러한 어머니의 상실은 한창 자라나는 소년이었던 민촌에게 큰 충격을 주었다. 모친상을 당한 후로는 세상이 달라진 것 같은 일변한 자신의 주위가 몹시 쓸쓸해져서 갑자기 구름 속에 든 태양 같은 늘 그늘지고 실심한 기분 속에 하루하루를 살게 되었던 것이다. 그때 이웃에 사는 30대 후반쯤의 최덕신이라는 사람이 생활은 유족하였지만 슬하에 혈육이 없어서 늘 쓸쓸하게 지냈는데, 심심파적으로 이야기책을 읽는 것으로 소일하고 있었다고 한다. 최덕신이 민촌이 언문을 깨친 줄 알고 모친이 돌아가시던 그해 가을에 백지 두 권을 사다주고는 국문소설

『조웅전』 두 권을 필사하여 한 권은 자신에게 돌려주고 한권은 민촌에게 가지라고 하였다. 그 뒤로 민촌은 고소설 읽는 것에 탐닉하게 되었고 엄친이 보는 앞에서도 『사씨남정기』 등을 꺼내 읽을 정도였다[1]고 회고한다. 또 이 무렵 천안 읍내의 흥남서시(興南書市)의 주인인 현병주와의 만남은 그에게 폭넓은 독서의 기회를 주게 된다. 현병주는 영진학교를 졸업한 후 무료한 시간을 보내고 있던 이기영을 점원으로 채용해 다양한 문학책들을 볼 수 있는 여건을 제공[2]한다.

그 뒤에 고소설을 거의 다 읽은 후 이기영은 신소설 『치악산』, 『추월색』, 『목단화』, 『두견성』 등에 달라붙어 열심이었고, 이광수의 『무정』을 읽어본 후에는 신문학에 대한 동경이 절정에 달하게 되었다고 회상하고 있다. 결국 청소년 이기영은 춘원과 육당의 작품을 애독[3]하게 되면서 작가에 대한 꿈을 키워 나가게 되었던 것이다. 하지만 나중에 사회주의자로서 민족주의 문학의 거성으로서 춘원에 대해 맹공을 가하게 될 민촌이 춘원문학에 심취해 작가의 꿈을 키웠다고 하는 것은 역사적 아이러니라고 아니할 수 없다.

이렇게 민촌은 모친의 죽음으로 인해 외로움의 늪에 빠졌고 그 결과 문학의 길로 나서게 된 계기가 된다. 그러나 민촌에게 불행은 모친의 사망에 한하지 않는다. 19세 때에는 조모와 부친의 연이은 죽음이 뒤따른다. 그리하여 민촌이 결혼할 때인 14세때(1909)에는 혹심한 빈궁에 빠지게 된다. 그것을 민촌은 뒤에 '죽음에 직결된 가난'이라고 말했다.

민촌의 청년기를 살펴볼 중요한 자료로는 『개벽』 1926년 6월호에 쓴 「출가소년의 최초경난(最初經難)」[4]이 있다. 민촌은 "15살부터 밤낮없이

---

1) 이기영, "문학을 하게 된 동기", 『문장』 1940년 2월호, 6쪽.
2) 김홍식, 『이기영 소설 연구』(서울대 박사학위 논문), 1991년 8월, 8쪽.
3) 이기영, 위의 글, 7쪽.
4) 이기영, 「나의 과거생활의 가지가지—출가소년의 最初經難」, 『개벽』 1926년 6월호.

도망갈 궁리만 하였다”고 술회하고 있다. 그 당시 민촌은 자신을 ‘나같은 약질’이라고 스스로 심약한 성격이었음을 자인하고 있다. 그리하여 혼자서는 도망갈 계획을 추진할 수 없어 친구를 꼬이는데, 둘다 돈이 없어 행동을 감행하지 못하고 있었다. 그러던 중 민촌은 군임시고(郡臨時雇)로 채용이 되어 비로소 월급 십 원의 돈을 만지게 된다. 십 원을 손에 쥔 기영은 그 길로 남행차를 탄다.

그때는 이른 초봄이었는데, 삼천리 밖을 나가 보지 못한 민촌으로서는 먼길을 떠나기는 생전 처음이었다고 한다. 마치 시집가는 처녀의 기분으로 기차를 타고 마산항에 도달하여 친구 H군을 찾아간다. 목적지는 처음은 동경이고 다음은 대만을 거쳐 멀리 태평양을 건너가는 것이었다. 하지만 H군을 기다리느라 2-3일을 보내게 되고 친구가 일본인 집에 일하고 있었는데, 떠난다고 하니 그 동안의 임금도 주지 않아 무일푼이라 결국 80전밖에는 남지 않게 되었다. 어쩔 수 없이 도보로 마산을 출발하여 창원을 거쳐 김해읍을 돌아 드디어 부산에 도달하게 된다. 또 도중에 야바위꾼들이 벌인 도박판에 끼여 80전마저 날리고 땡전 한푼 없는 신세로 전락하게 된다. 친구는 당지 학교조합에 가서 1원을 급체해 왔으나 밥값을 제하고 나니 다시 80전만 남게 되었다. 민촌은 성주의 지인을 찾아가 일본 여비를 빌려달라고 사정하게 되나 실패하고 다시 부산으로 갈 용기를 잃고 만다. 뒤에 들으니 친구는 한달 후 일본으로 건너갔다는 소식을 듣게 된다는 추억담이다. 그리고 민촌은 그해 가을에 지부스(장티푸스)에 걸려 두 달을 죽다 살아났다고 한다. 소중한 소년기를 허송세월한 것에 대해 통탄하면서 …….

첫 실패 후 다시 19세 무렵인 1914년부터 1916년 가을 무렵까지 장기간에 걸쳐 두 번째 가출생활을 하여 서산 바다에서 기선을 타고 인천에 들어가 진고개에서 일본인의 필생으로 채용되기도 하지만 빈손으로 다시 고향으로 돌아온다.

그리고 1917년 잠업전습소를 6개월간 다닌 후 북감리교 계열의 기독교에 입교해 3·1운동 때에는 '혈성단'의 격문을 가지고 독립운동기금 마련을 위해 은밀하게 움직이기도 했다. 하지만 조모와 모친을 연거푸 잃은 후 민촌은 1919년부터 1921년까지 가족들의 생계유지를 위해 천안면 고원살이에 매달리게 된다. 1921년 가을에는 호서은행 천안지점 행원으로 자리를 옮기고 약간의 저축으로 모은 돈을 가지고 일본 동경으로 향한다.

우여곡절 끝에 민촌은 유학가서 정칙영어학교를 다니다가 1923년에 관동대지진으로 인해 죽을 공포를 느끼고 중퇴하고 돌아와 천안 상리학교를 졸업한 것으로 알려져 있다. 특히 일본에서 민촌은 「낙동강」의 작가 조명희를 만난다. 그것은 1923년 2월 유학생모임에서 이루어졌는데, 이기영이 귀국한 뒤 1924년 문단에 등단할 무렵 아는 문인으로는 조명희밖에 없었다고 뒤에 말한 적이 있다. 또 하나 일본에서의 유학생활중인 정칙학교 2학년 무렵 이기영은 러시아 근대주의 문학작가인 아르츠이바셰프의 「사닌」(1907)을 접하게 된다. 「사닌」은 작가가 혁명에 반대하고 극단적인 개인주의와 무정부주의에 빠져든 1906년 이래의 냉소적·염세적 경향을 농후하게 띠고 있는 소설로 노골적인 성묘사 장면으로 화제가 된 작품이다. 뒤에 이기영은 「사닌」을 "읽어 보고 더욱 문학을 동경하였다"고 술회하고 있다.

귀국한 뒤인 1923년 3-4월경 이기영은 인사동 도서관에서 도스토예프스키, 투르게네프, 고리키, 아르츠이바셰프, 모파상 등의 작품을 읽는데 심취하게 된다.

2. 청교도적인 모랄리스트

민촌의 성격은 상당히 조용하고 고독한 성품이었던 것으로 보인다. 아무래도 모친이 죽은 후 연이은 집안의 불행과 지독한 가난이 그의 성격을 말수가 적은 내성적인 성격으로 만들었던 것으로 보인다. 박승극 (朴勝極)은『풍림』제 6호에 쓴 「이기영 검토」에서 그의 인간에 대해 "늘 침묵하지만. 진실한 혼의 소유자"[5]라고 단정적으로 표현하였다.

대개 그 당시의 문인들은 민촌의 성격에 대해 "침묵하고 얌전하고 발자취 무음(無音)"(안석주, 『조선일보』, 1933. 1. 26)이라고 표현하거나 "무언무소"라고 평하며 술이 취하면 신발은 동대문, 모자는 광화문에 뒹굴고 몸은 경성역 대합실에 누워 잔다고 전하고 있다.

또 초기의 카프를 주도한 회월 박영희도 「초창기의 문단측면사」에서 민촌의 성격에 대해 "책임과 의무가 강한 사람이지만 말이 없는 사람"이라고 비슷한 증언을 하고 있다.

민촌은 서해(曙海)와 같이 고생을 많이 한 작가이고, 또 포석(抱石)과 같이 말이 없는 사람이었다. 서해는 말이 많고 목소리가 커서 그가 있는 곳에는 늘 떠들석하였다. 그러나 민촌(民村)과 포석(抱石) 두 사람이 있을 때에는 늘 조용하였다. 온 하루 동안에 이야기란 헤일 만큼 적었다. 그러나 책임과 의무감이 강한 사람인 동시에 표면으로는 잘 적을 대항하지 않으나 내심은 극히 단단하여 좀처럼 머리를 수그리지 않는다. 따라서 그가 '카프'의 일원으로 '카프'에 대한 태도는 물론 전적으로 '카프'

---

5) 박승극, 「이기영 검토—그의 인간 · 사상과 작품 · 문장에 대하야」, 『풍림』 제 6호, 1937년 5월호, 10쪽.

112

정책에 따라왔다.[6]

3. 변모하는 세계관과 문학관

민촌의 세계관은 애초에는 몰락하는 중산적 사반(士班)의 아들로서 유교적 오륜삼강의 교양을 무던히 신봉하였으나 뒤에 기독교의 세례를 받아 그 신앙에 충실하였다. 그가 한때 목사의 설교를 듣고 감격하여 예수를 믿기로 결심을 굳혔으나 교회를 다니는 동안 교회 안의 공기가 사회현실 못지 않게 부패한 것을 깨닫고 곧 환멸을 느끼게 된다. 그후 그는 자신의 소설을 통해 기독교를 비판하는 내용을 싣게 된다. 그로부터 마르크스 레닌주의에 심취[7]하게 되어 좌파사상가로 나서게 된다. 이기영이 애초에 어떻게 마르크스주의에 열렬한 신봉자가 되었는지는 구체적인 자료가 남아있지 않다. 하지만 한설야의 「포석과 민촌과 나」(『중앙』 제 28호, 1936. 2)를 보면, 민촌이 1922년 동경에 유학 가서 「사닌」을 읽고 문학을 동경하게 되었으며 러시아 및 소비에트 문학을 배우면서 계급의식에 눈뜨게 되었다고 한다. 그후 민촌은 카프의 회원으로 가입을 하며 1927년 카프 재편성과 마르크스주의적 신강령 채택에서 조명희 등과 함께 핵심적인 역할을 한다. 이러한 계기가 사회주의 사상가 및 마르크스주의문학가로 적극 활동하는 발판이 되었던 것으로 보인다. 한편 김남천은 「이기영검토」(「풍림』 제 6호)에서 민촌의 사상을 '강렬한 유물론'이라고 규정짓고, 총괄하여 '사회주의적 사상을 가진 작가'[8]라고 총

---

6) 박영희, 「초창기의 문단측면사(6회)」, 영인본, 『한국문단사』, 삼문사, 196쪽.
7) 박승극, 앞의 글, 10-11쪽.
8) 김남천, 「이기영검토—작품·문장에 대하여」, 『풍림』 제 6호, 1937년 5월호, 13쪽.

평하였다.

Ⅲ. 이기영의 농민소설의 전개양상

1. 초기소설의 자전적 경향

이기영의 데뷔작품인 「오빠의 비밀편지」(『개벽』, 1924. 7)는 남성우월의식을 가지고 있는 오빠가 두 처녀와 동시에 연애를 하는 것을 눌려 지내고 있던 여동생이 폭로한다는 내용으로 별다른 의미를 지니지 못하는 작품이다. 하지만 중·단편 「가난한 사람」(『개벽』, 1925. 5), 「민촌」(『조선지광』, 1925. 12), 「농부 정도룡」(『개벽』, 1926. 1-2), 「홍수」(『조선일보』, 1930. 8. 21-9. 3), 「서화」(『조선일보』, 1933. 5. 30-7. 1)와 장편 『고향』(『조선일보』, 1933. 11. 15-1934. 9. 21) 등을 내놓으면서 문단의 중심인물로 부상하게 된다.

「가난한 사람」은 흔히 작가 이기영의 자전적인 소설로 평가된다. 주인공이 관동 대지진으로 귀국한 것이나 조혼한 점, 그리고 아우의 소작농사로 생계를 유지하고 있는 점 등이 작가의 전기적 생애와 일치하기 때문이다. 김윤식은 이러한 형태의 초기 소설을 '고백체'[9]라고 명명한 바 있다. 「가난한 사람들」의 주인공은 고등룸펜인 성호이다. 그는 관동 대지진으로 일본 유학을 도중에 포기하고 돌아온 지식인으로 서울의 친

---

9) 김윤식, 「문학적 풍경의 발견」, 『한국 근대 소설사 연구』, 을유문화사, 1986, 20쪽.

구에게 취직을 부탁한 후 집에서 무위도식하는 무능한 인물로 마치 현진건의 「빈처」의 주인공과 유사하다. 따라서 성호는 아내가 팔 개월된 배를 불룩 내밀고 무슨 소리라도 있을까 자신을 바라보는 시선이 무서워 얼른 방으로 피해서 들어가는 무기력한 인물이다. 아내는 6촌집에 쌀을 빌리러 갔다가 구박만 당하고 돌아와 눈물 속 푸념이 이어진다. 이 소리를 형용할 수 없는 통감 속에서 듣던 성호는 "계급투쟁이다!"라고 외친다.

> 그는 분명한 계급 의식이었다. 있는 자와 없는 자의 편이 남극과 북극같이 상거가 띄어 있는 자본주의 시대의 절정이 이것이다. …… 그렇다! 계급투쟁이다 !하고 그는 부르짖었다. 이 대혁명이 일어나서 신 인생의 세례를 받지 않고는 인간에는 결코 행복이 없을 것이라고 그는 직각적으로 깨달았다.[10]
>
> (『개벽』, 1925. 5)

하지만 이때의 계급투쟁은 아주 추상적이고 무목적성을 지니는 본능적인 가난에 대한 절규 정도이다. 최서해의 「기아와 살육」 등에 나오는 신경향파문학 특유의 충동적인 광기에 해당한다고 할 수 있다. 하지만 초기 소설에서 벌써 계급의식을 거론했다는 것은 민촌문학의 방향타가 앞으로 어떻게 될 것인지를 가늠하게 해준다.

1925년에 발표한 「민촌」은 충청도의 한 민촌을 배경으로 친일지주인 박주사와 가난한 소작농의 첨예한 갈등 양상을 사실적으로 다룬 작품이다. 특히 박주사는 동양척식회사의 마름, 면 협의원, 금융조합 평의원 등의 감투를 쓰고 있는 악랄한 친일지주로 일본순사가 다니러 오면 그 집에 먼저 들러 술잔을 같이 기울이곤 하는 행세깨나 하는 인물이다. 박

---

10) 이기영, 「가난한 사람들」, 『개벽』 1925년 5월호, 80쪽.

주사와 그의 아들은 소작권을 미끼로 가난한 소작농의 딸을 첩으로 갈아
들이는 망나니들이다. 반면 가난한 소작농들의 삶은 비참하다. 남의 소
작이나 붙여 먹으면 그나마 다행이고 대개는 나무장수나 짚신장수와 산
전(山田)을 파서 겨우 연명하는 인물들이다. 엎친 데 덮친 격으로 흉년
과 홍수가 닥쳐 열여섯 살의 점순이는 아버지 약값과 끼니를 때울 양식
마련을 위해 장리쌀 한 섬에 첩으로 팔려간다. 이러한 친일지주·마름
과 소작농의 갈등의 중개자로 원득이와 창순이 등장한다. '지식주머니'
로 통하는 창순이 부자와 지주를 비판하는 소리를 들으며 마을사람들은
점차 개화를 한다. 따라서 단편「민촌」은 30년대에 많이 쏟아져 나왔던
춘원 이광수나 심훈의 계몽적 농민소설의 틀을 벗어나지 못한다.

　　하지만「농부 정도룡」에 오면, 작가는 어설픈 지식인이 나와 설교하
는 교훈조를 벗어나 지주 김진사와 그에 의해 희생당하는 소작농의 갈등
양상의 틈바구니에 소작농 출신의 정도룡을 설정[11]하여 새로운 농민소설
의 형식을 선보이고 있다. 그의 이름이 근사한 것을 기화로 마을 사람들
은 그를 계룡산 정도령으로 부르는데, 이것은 민중의 희망인 억압과 수
탈에 의한 궁핍함을 벗어나기 위한 일종의 이상향이라고 할 수 있다. 특
히 청지기의 부친과 백정의 딸인 모친 사이에서 태어난 주인공 농부 정
도룡은 완전한 하층민이다. 머슴 살던 집의 교전비인 아내와 결혼하여
하층민의 전형이 된 정도룡은 여러 곳을 돌아다녀 견문을 쌓은 인물로
묘사된다. 아울러 그는 불의를 보면 참지 못하는 성격이고, 건강한 신체
조건과 의리를 지킬 줄 아는 믿음성으로 농민의 고통을 대변하는 의인으

---

11) 정호웅,「농민소설의 새로운 형식」, 정호웅 편,『이기영』, 새미, 1995, 27쪽.
　　정호웅은「농부 정도룡」을「민촌」보다 한 단계 더 진전된 작품으로 평가한다. 즉 "이렇게
　　형상화된 정도룡은 최하층 출신의 소작농이라는 점에서「민촌」의 창순과 결정적으로 구별
　　된다. 계몽적 역할을 통해 소작 농민들의 잠재된 계급의식을 매개한다는 점에서는 동일하
　　지만 선 자리가 다르기에, 그는 전혀 새로운 유형의 인물이다"라고 설명하고 있다.

로 모든 마을 사람들에게 각인된다.

2. 방향전환론과 계급의식

이기영은 1925년 8월 카프(조선프롤레타리아 예술동맹, KAPF는 에스페란토어임)가 결성되자 카프 조직건설에 참여한다. 김기진·박영희·이기영·조명희·한설야·송영 등이 주축이 되어 시작한 카프는 결성 후 조직적인 활동을 하지 못하고 준기관지에 해당하는 『문예운동』을 발간하는 등의 활동에 머문다.

그러나 1927년을 전후하여 카프 내에서 벌어진 목적의식론(방향전환론)과 그에 이은 카프의 재조직을 계기로 활성화가 된다. 그 계기는 김기진과 박영희 사이의 유명한 건축논쟁, 즉 내용·형식논쟁 때문이다. 이 논쟁은 카프 내에서 아나키스트였던 김화산과 볼셰비키논쟁으로 이어져 결국 김화산을 비롯한 아나키스트들이 축출된다. 김기진이 내용과 형식 논쟁을 전개하자 박영희는 문학예술의 '계급성' 더 나아가 문학예술에 있어서 '당파성'을 주장하게 된다. 또 김기진이 1928년말에 이르러 대중화론을 전개[12]하자 박영희는 계속하여 문예운동의 방향전환 즉 경제투쟁으로부터 정치투쟁으로의 전환을 주장[13]하였다.

이러한 논쟁을 펼치는 가운데 카프는 재조직을 시도하게 되는데, 이 재조직에서 두드러지게 드러나는 현상은 카프 동경지부의 부상이었다. 일본에서 '제3전선'이니 '개척'에 몸담고 있던 문인들이 대거 모여 동경지부를 결성하게 된다. 여기에 몸담은 중요한 인물로는 이북만·조중

---

12) 이선영·박태상, 『문학비평론』, 한국방송대출판부, 351-353쪽.
13) 이선영·박태상, 위의 책, 344-345쪽.

곤 · 김두용 · 장준석 등이었다. 이들은 1928년 이북만과 한설야의 방향 전환을 둘러싼 논쟁을 중심으로 활발한 활동을 전개하는 한편 조명희의 「낙동강」을 사이에 두고 실천비평을 펼치기도[14] 한다.

또 하나 두드러진 활동은 대중화론이었다. 한설야가 『조선지광』 (1928년 1월호)에 쓴 「1928년의 대중간의 문예관계는 어떻게 진전될까」 에서 의식있는 노농대중들이 요구하는 그런 문학을 창작하여야 한다는 주장이 제기된 후 1928년에 이르러 '공장으로 농촌으로 광산으로' 라는 구호 아래 문학예술의 대중화가 광범위하게 논의되었다. 그 성과로 1930년대 초엽까지 소인극운동이나 이동식극장운동 등 프로연극운동이 전국에서 펼쳐지게 되었다. 대표적인 작품으로는 최승일이 1930년 연출 한 「탄갱부」와 「하차」가 있다.

1927년 무렵의 방향전환론을 가장 잘 반영하고 있는 작품이 『농민소 설집』(별나라사, 1933)에 들어 있다. 여기에는 총 5편의 작품이 실려있 는데, 민촌의 것으로는 「홍수」(『조선일보』, 1930. 8. 21-9. 3)와 「부역」 (『시대공론』, 1931. 9)이 있다. 평론가 백철에 의해 "농촌 취재의 작품으 로서 일기를 획한 작품"[15]으로 평가받은 「홍수」는 K강가 T촌의 가난한 소작농들에게 일본의 방직공장에 단돈 몇십 원에 팔려갔다가 7년 만에 고향으로 돌아온 주인공 건성이 희망으로 떠오르면서 이야기는 시작된 다. 이 마을 사람들은 일년 내내 피땀 흘려 농사를 지어 보아야 가족들 끼니마련도 어려운 현실이다. 흉년이 들면 소작료를 내지 못해 자식을 파는 사람들도 있고, 풍년이 들어도 소작료와 각종 무리꾸럭을 치르고 나면 남는 것이 없다. 따라서 보리고개를 넘기기 위해 얻었던 장리쌀과 빚을 갚으려고 추수한 곡식을 헐가로 넘기고 다시 만주에서 유입된 좁쌀

---

14) 이선영 · 박태상, 위의 책, 346-349쪽.
15) 백철, 『조선신문학사조사』(현대 편), 백양당, 1974, 157쪽.

을 비싼 값에 사먹어야 하는 실정이다. 일본의 방직공장에서 노동투사로 활약하다가 감옥살이까지 하고 돌아온 건성은 소작농들과 대화를 하고 야학을 운영하여 그들의 눈을 뜨게 하는 한편 자신들이 공동운명체임을 인식하게 해준다. 소작농들은 건성의 도움으로 홍수 대처를 위한 한 달간의 철저한 공동생활을 경험하면서 집단의식을 고양하게 되고 급기야는 농민조합을 결성하여 지주 정도룡과 정면으로 대결하는 단계에까지 다다른다. 「홍수」는 「서화」와 장편 『고향』으로 나아가는 중간 다리역할을 하게 된 것이다.

3. 농민문학론의 대두와 리얼리즘적 경향

1930년대로 접어들면서 프로문학 내에서 농민문학론이 본격적으로 제기되었다. 유명한 안함광과 백철 사이의 논쟁이 주축이 되어 여러 논자들이 가담하게 되었고, 이러한 이론에 근거하여 이기영의 농민소설에 대한 실천비평도 이루어지게 된다. 우선 카프 내부에서 농민문학론이 등장하게 된 계기는 권환이 "하리코프대회 성과에서 조선 프로예술가가 얻은 교훈"(『동아일보』, 1931. 5. 14-17)에서 대회의 성과로 파시즘 예술에 대한 투쟁, 동반자 획득 문제, 노농통신원 문제, 농민문학 운동 문제, 국제적 연락 등을 제시한 데 힘입은 것이다.

그러나 본격적인 논쟁은 안함광이 「농민문학 문제에 대한 일 고찰」(『조선일보』, 1931. 8. 12-13)을 발표한 후 백철이 「농민문학 문제」(『조선일보』, 1931. 10. 1-20)를 통해 안함광의 견해를 비판한 데서 출발[16]

---

16) 이선영·박태상, 위의 책, 384-385쪽.

한다. 안함광은 농민문학운동에 대한 과학적 검토가 절대적으로 요청된다는 것과 농민문학이라고 할 때의 농민은 빈농계급을 의미하므로 이 빈농계급은 노동자계급의 동맹자로서 그들에 대한 프롤레타리아 이데올로기의 적극적 주입을 염두에 두어야 한다는 것을 주장한다. 즉 노농계급의 동맹에서와 같이 농민문학에 대한 노동자문학의 헤게모니를 관철하여야 한다는 것이다. 안함광은 농민문학을 프로문학에 종속되는 일대 범주의 문학이라고 파악하고 있다. 안함광은 이러한 논지에 근거하여 박아지의 시 「우리는 땅파는 사람」 등과 조명희의 「농촌사람들」과 이기영의 「민촌」을 비평[17]한다.

한편 백철은 안함광이 '빈농계급에 대한 프롤레타리아 이데올로기의 적극적 주입'을 말한 것은 '기계적 좌익주의적 편향'이라고 단호하게 비판한다. 일본의 나프 내의 논쟁을 지켜본 백철은 농민문학은 프롤레타리아 문학과는 구별하여 생각할 문학으로 본다. 한마디로 농민문학은 프롤레타리아의 것이 아니라 농민 자신의 것이라는 점을 강조하였다. 이러한 논쟁에 유해송과 김우철도 뛰어든다. 그리고 김남천과 임화가 이기영의 「서화」의 평가를 둘러싸고 논쟁을 벌인다.

임화는 「6월중의 창작」(『조선일보』, 1933. 7. 19)에서 이기영의 『서화』는 "프롤레타리아문학의 많은 작품들과 본격적으로 구별되는 바 우리들의 문학발전의 새로운 계단"을 열었다고 평가[18]하였다. 이런 평가의 근거로 이 작품에서 농민을 다룬 것이 동맹자로서의 농민과 소소유자로서의 농민이라는 이중성, 특히 후자를 형이상학적 객관주의가 아니라 계급투쟁의 객관주의에 의해 개괄하려 했다는 점을 들었다.

「서화」는 '쥐불놀이'와 '도박'을 두 축으로 하면서 주인공 돌쇠를 등

---

17) 이선영·박태상, 위의 책, 390쪽.
18) 정호웅, 앞의 글, 37쪽.

장시킨다. 조그만 농촌마을을 배경으로 하여 가난한 소작농들과 반대편에 면서기를 다니기 때문에 상당한 부농이 된 원준이네, 서당 훈장을 지낸 구장, 진흥회 회장이며 마름인 정주사, 다른 마을에 사는 지주인 이참사 등을 설정하고 있다. 돌쇠는 "농사는 해마다 짓지마는 양식은 과세도 못하고 떨어진다. 해마다 빚만 는다. 엄동설한이 추운데 어린 처자와 부모 동생이 굶어 죽을 지경이 되었다……. 오냐 도적질 이외에는 아무것이라도 하자! 그러면 노름이라도 하자"라고 생각한다. 30년대의 식민지 시대에 소작농들에게 있어서 농촌현실은 참담한 지경이다. 따라서 도박은 생존의 문제로까지 인식이 되고 있다. 성행하는 도박과 시들해지는 쥐불놀이를 대립시키는 가운데 돌쇠를 내세움으로써 작가 이기영은 황폐해져 가는 농촌현실을 정확하게 반영하고 있다.

쥐불놀이는 민속놀이로서 정월대보름에 마을대항으로 벌어지는 축제 성격의 놀이문화이다. 이 놀이는 마을 단위로 승부욕이 강한 놀이인데, 그 이유는 다음 해의 농사의 풍·흉작과 연관되는 것으로 해석하여 농민들의 자발적인 참여도가 높기 때문이었다. 쥐불놀이는 '불'의 상징적 의미와 직접적으로 관련이 되므로 농민들의 건강한 의식이나 야성적 생명력을 상징하고 어두운 밤하늘을 수놓는 이글이글 타오르는 불길의 모습에서 프로메테우스 정신을 떠올리면서 그들의 항거정신을 표상하기도 한다. 즉 잠재되고 억눌려 있던 소작농들의 울분과 고통을 간접적으로나마 카타르시스 시켜주는 것이 바로 쥐불놀이인 것이다. 그런데 이러한 상징적 의미의 민속놀이로서의 쥐불놀이가 점차 시들해져 가고 있는 것이다. 그것은 바로 일제에 의한 수탈과 억압이 극에 달해 농민들의 생존 자체가 위협받고 있기 때문이었다.

하지만 작가 이기영은 소작농의 한 전형적 인물로 돌쇠를 내세우면서 그에게 모순된 농촌현실을 극복할 수 있는 야성적 생명력과 미래에 대한 낙관적 희망을 부여하고 있다.

> "저게 무슨 불인가?"
> 돌쇠는 이상스레 쳐다보았다. 순간에 그는 어떤 생각이 번개치듯 머리로 지나갔다.
> 그는 그 길로 벌떡 일어나서 네 활개를 치고 집으로 내려왔다.
> 그는 금시에 우울한 표정이 없어지고 생기가 팔팔해 보이었다. ……
> 그러나 불은 그곳뿐만 아니다. 너른 들을 중심으로—지금은 동서남북이 모두 불천지다. 어두울수록 불빛은 더욱 빨갛게 타올랐다. 그러는 대로 군중의 아우성 소리가 그 속에서 떠올랐다.
> "불이야— 쥐불이야!"
> 돌쇠는 엉덩이춤이 저절로 났다.[19]

『고향』은 1933년 11월 15일부터 1934년 9월 21일까지 조선일보에 연재된 장편소설이며 1937년 한성도서에서 단행본으로 펴낸 작품이다. 김태준은 1924년 잡지 『개벽』에 신흥문학에 대한 시비가 있은 후 1926-28년 사이에 신흥문학계는 창작보다는 이론에 몰두하였으나 서해·민촌·포석이 가장 활약하였다고 평가하면서 이기영은 「가난한 사람들」, 「원보」 등을 발표하여 평담(平淡)하고 자연스런 문장과 구상의 기지로써 독자를 매혹하였다[20]고 그의 문학을 높이 평가하였다. 그리고 『조선소설사』 제 5장 결론에서 한설야의 「과도기」를 경향문학에서 대표작으로 손꼽을 수 있다고 말하면서 " '얻은 것은 이데올로기요 잃은 것은 예술이다' 라는 조롱을 뛰어넘어 이런 소설을 집대성한 것이 경향소설의 제일 큰 기념비"인 이기영의 『고향』이라고 극찬하였다. 또 김남천은 『고향』을 "리얼리즘의 승리"[21]라고 말했으며, 박영희는 "농민생활의 축도"[22]

---

19) 이기영, 「서화(서화)」, 『이기영선집』 12권, 풀빛, 1992, 248-249쪽.
20) 김태준, 『조선소설사』, 학예사, 1939, 271쪽.

라고 평가내렸다.

한편 카프의 맹원으로 일제의 탄압에 의한 제 1차 검거 사건에 연루되어 구속된 17명에 포함되었던 이기영은 『고향』을 연재하던 중인 1934년의 전주사건, 즉 제 2차검거사건에도 연루되어 22명과 함께 구속되어 재판을 받고 집행유예로 풀려났다. 하지만 구속되기 전에 이기영은 김기진에게 혹시 먼저 붙들려 가면 『고향』 원고를 계속해서 써주는 동시에 신문사에서 주는 원고료를 자기 집에서 찾아가도록 해달라는 부탁을 했다고 한다. 그래서 김기진이 신문 횟수로 35-6회를 매일 계속해서 집필하였으며 그의 처남이 매일 신문사로 날랐으므로 신문사에서도 몰랐다고 나중에 술회하였다.

『고향』의 지리적 배경은 읍내와 가까운 충청도의 시골 원터이다. 이 작품은 총 38개의 단락으로 구성되어 있으며 첫 단락은 "마을 사람들은 오늘도 논으로 밭으로 헤어졌다. 오후의 태양은 오히려 불비를 퍼붓는 듯이 뜨거운데 이따금 바람이 솔솔 분대야 그것은 화염을 부채질하는 것뿐이었다."로 시작되는 농촌점경이다. 『고향』에는 작가 이기영 특유의 가진 자와 못 가진 자의 이원적 대립구조가 나온다. 수탈층의 상징인 마름 안승학과 빈궁한 소작농이 나오고, 소작농들의 아픔과 문제를 해결하면서 그들에게 집단의식을 고양시키는 중개자로서 동경유학생 출신의 김희준이 등장하는 것이다. 청년회를 이끌고 야학을 하면서 김희준은 소작농들의 희망으로 떠오른다.

소단락 제목은 '풍년'으로 되어 있으나, 원터의 소작농들은 노동력의 대가로 몇 푼의 품삯밖에 받지 못하고(근대화의 물결로 들어서는 제사공

---

21) 김남천, 「지식 계급 전형의 창조와 『고향』 주인공에 대한 감상」, 『조선중앙일보』 1935년 7월 2일.
22) 박영희, 「민촌의 역작 『고향』을 읽고서」, 『조선일보』 1936. 12. 1.

장·철도공사 등) 쌀값의 폭락·가혹한 소작료·창궐하는 고리대금업
등으로 농민들은 생존 자체가 위협을 받는다. 특히 곡가의 폭락은 소작
농들을 우울하게 만든다. "구주대전 무렵에 일시 폭등을 보이든 곡가는
차차 떨어져서 인제는 겨우 벼 한 근에 삼사십 전을 오르내리고 있다.
연전에 십 이십 전 하든 것과 비하면 두 곱절 이상이 떨어졌다. ………
그들이 곡식을 다 내고 나서 마주 좁쌀을 사먹을 무렵에는 곡가는 그제
야 오르기 시작한다."고 묘사되고 있다. 특히 농사가 잘된 원철이네가
이 지경이면 다른 소작농들은 어떤 상태인지 말할 필요가 없다고 서술되
고 있다. 특히 원철이네는 아들 인동이를 장가(읍내에서 장사하는 부잣
집 셋째딸 음전이를 며느리로 맞이함) 들이느라고 고리대금업자 권성철
로부터 십오 원의 빚을 낸 때문에 권성철이 들어오는 것을 보자 마치 배
암을 만난 때와 같이 몸서리를 친다. 이런 모습을 지켜보며 곽첨지는
"흥, 백주에 헛농사를 지었구나 ! 이런 놈의 농사를 뭐 할나고 짓능가.
김첨지 ! 허허 …"[23]라고 소리친다.

　몇 년 만의 풍년을 맞아 들뜬 원철이는 오히려 수확을 한 후 풀이 죽
는다. 그것은 다음과 같은 빚 명세서 때문이다. 소작농에게는 풍년도 생
존에 아무런 도움을 주지 못한다. 작가 이기영은 30년대 당대의 식민지
현실이 가져다준 구조적 모순을 이렇게 적확하게 표현하고 있는 것이다.

> 원철이네 벼는 거진 열 다섯 섬이나 났다. 그러나 거기서 이백근 한 섬씩
> 인 소작료 닷 섬(일천 근)을 제하고 권상철의 돈 십오원의 본전과 변리를 합
> 한 근 이십원 돈과 사음의 색조니 배짐값이니 구장과 동장의 거듬세니 그리
> 고 비료값 새우젓값 반찬장수 외상과 술값 잔 빚등을 요새 볏금 오륙원을 치
> 고 제해보면 겨우 사오석도 남지 못할 것 같았다.[24]

---

23) 이기영, 『고향』(하권), 아문각, 1938, 132쪽.
24) 이기영, 『고향』(하권), 131쪽.

우리는 이기영의 『고향』에서 작가의 인물성격 창조능력의 탁월함과 탄력적이고 토속적인 언어구사가 돋보임을 알 수 있다. 일본순사가 원터마을에 와서 제일 처음 찾는 곳이 마름 안승학의 집이고 일본순사마저 "안상! 아주 신선같이 사십니다그려"라고 생각하는 안승학은 권력과 결탁하여 소작농민들을 착취하는 악랄한 마름이자 고리대금업자로 그려지고 있다. 고리대금업자 권상철도 같은 부류의 인물이다. 그러나 그들과 대립적인 위치에 있는 소작농들인 박성녀·김첨지·막동이·덕철이·원칠이·쇠득이 등은 순박하고 여울목에 뛰는 물고기마냥 건강한 생명력을 가진 인물로 묘사되고 있다. 이들의 강인한 생존력을 강조하기 위해 이기영 특유의 농촌 민속놀이인 '두레'가 도입된다. 그리고 이 작품에서 농민들은 땅에 대한 집착이 강한 것으로 그려지고 있다. 하지만 그들은 일제의 수탈정책과 모순된 사회현실로 인해 땅을 잃고 소작마저 못 붙일까 걱정하게 된다. 또 가족들을 춘궁기에 양조장의 술찌게미(동물 사료로 씀)라도 얻기 위해 읍내로 나가 줄을 서게 만든다.

한편 자칫 계급의식을 담은 관계로 지루해지기 쉬운 농민소설을 재미있게 풀어나가는 힘은 많은 평자들이 비판한 치정담이나 젊은 총각 처녀들의 애정담이다. 장편소설 『고향』에서 경호(농부 곽첨지의 아들)에 의한 갑숙(안승학의 딸)의 겁탈, 갑숙의 김희준에 대한 짝사랑, 마름 이근수와 국실(쇠득이의 부인)의 통정, 막동과 처녀 방개의 염문, 달밤에 있은 인동과 방개의 포옹, 처녀 음전이(나중에 인동이의 아낙이 됨)의 김희준에 대한 야릇한 웃음 등이 실타래처럼 엉키면서 이야기의 서사구조를 흥미롭게 이끌고 있다. 그리고 이러한 로맨스는 달과 별 같은 자연의 대상을 장치로 사용하여 시적인 분위기를 유발하면서 서정성을 가미함으로써 아름다움을 연출하고 있다.

별들은 달빛에 무색한 듯이 저마다 숨바꼭질을 하고 있다. 괴괴한 밤하늘
에 안옥히 비치는 달과 별. 달빛은 은근히 흐르고 별들은 여왕과 같은 달을
둘러싸고 총총이 느러섰다. 자고로 몇몇 사람이 저 달을 쳐다볼 때 울고 또
한 웃었든가!
그러나 애젊은 사람들은 청춘의 꿈같은 행복을 달과 함께 소곤거렸다. 달
의 유혹은 그들을 밤새는 줄도 모르고 지향없이 따라가고 싶게 한다. ………
인동이는 별안간 정신이 얼떨떨해졌다.
그는 담배 불을 끄고 나서 고만 그 자리에 방개를 껴안고 쓰러졌다.[25]

4. 일제 암흑기의 창작

『고향』을 연재한 이후에도 이기영은 장편『인간수업』(1936),『성화』
(1936),『어머니』(1937),『신개지』(1938),『대지의 아들』(1939) 등과 수
많은 단편들을 계속 발표한다.『신개지』는 일제에 의한 근대화의 상징인
철도개통을 계기로 변화된 세상에서 개명하면서 부자가 된 하상오와 바
뀐 세상의 자본주의에 적응하지 못하여 몰락하는 유경준 집안을 대비하
여 두 집안의 성장과 몰락과정을 보여주는 장편이다. 그리고 살기 어려
워진 농민의 삶을 강윤수로 전형화하여 묘사하고 있다. 봉건 양반이었
던 유경준은 딸 숙근을 하감역 집안에 시집보냄으로써 문벌과 재산을 주
고받는 혼사를 성립시킨다. 하지만 유경준은 돈이 모든 가치를 좌우하
는 세상에서 하감역에게 땅을 팔고 당시의 유행에 따라 금정판에 투자를
하지만 실패하여 결국 딸 숙근마저 위기에 빠뜨린다. 이 작품은 작가의
고향인 아산에서 가까운 천안읍(달래강, 달내골)이 근대화의 과정에서
변화해 가는 과정과 천안 사람들의 풍속 모랄의 변모양상을 사실적으로

---

25) 이기영,『고향』, 쪽.

다룬 작품이다. 그리고 1939년 10월 12일부터 1940년 6월 1일까지『조선일보』에 연재한 장편『대지의 아들』은 작가 이기영이 1939년 8월 18일에 서울을 떠나 약 20여 일간 만주지방을 시찰한 직접체험을 바탕으로 삼은 작품으로 이 땅에서 살 수 없어 만주로 이주한 이농민들의 삶의 애환을 다룬 작품이다. 만주의 개량툰(開陽屯) 농장을 배경으로 1920년경 김시중이란 노인이 비적과 만인관리의 횡포, 물난리 등의 역경을 이겨내고 개간해 놓았지만 그가 죽은 후 황폐화한 농장에 만주사변 후 한말 지사였던 강주사와 한약장사를 하였던 부락장 홍승구 등이 들어와 농장을 재건하는 과정을 보여주는 작품이다. 또『대지의 아들』은 김병호·황건오·석룡이 등의 생동하는 농민상이 사실적으로 그려지고 그들의 자녀들인 덕성이·귀순이와 홍승구의 아들 황식이와 복술이 등의 뒤얽히는 로맨스를 에피소드로 하여 비적의 침입과 가뭄 등 자연재해의 난관 속에서도 생존을 위해 분투하는 만주 이농민들의 애환을 생동감 있게 다루고 있는 작품이다.

이기영은 1940년 6월 11일부터 8월 10일까지(1941년 2월까지『인문평론』)『동아일보』에『봄』을 연재한다. 이 무렵 한설야는『매일신보』에 장편『탑』을 발표하였다. 이 시기는 일제 말기로 제 2차 세계대전이 발발한 1939년의 다음 해이고 일본이 진주만을 급습하여 미국과 전쟁을 벌이게 되는 1941년 12월에 가까운 시기이다. 일제는 1935년에 카프를 해체하였고 1936년에는 조선사상범 보호관찰령을 발표하였으며 1938년에는 조선사상보국연맹을 조직하여 전쟁준비에 광분하였다. 또 1940년에는 조선일보와 동아일보를 폐간시키고『문장』등의 잡지도 없애버리는 등 민족말살정책을 펴면서 창씨개명을 강요하였다. 그리고 문학분야에서는 내선일체를 겨냥한 일본어 국민문학이 제창되었으며 그 활동단체로 1939년 조선문인협회 등이 결성되었다. 아울러 1939년부터는 공출과 배급제를 실시하여 전시 식량을 확보하고자 하였다.

이러한 군국주의 물결이 넘실거리던 어려운 시기에 나온 작품이 가족사소설 『봄』이다. 자전적인 경향의 장편으로 작가의 유년기의 체험을 바탕으로 창작된 『봄』은 소년인 주인공 석림의 눈을 통해 개화기의 풍경과 식민지 초기의 철도공사, 수리사업, 일본인 교사를 통한 근대화 교육 등을 다루었다.

1940년대에 들어와 일제의 탄압이 심해져 창작활동이 불가능해지자 작가 이기영은 1944년 강원도 금강군의 궁벽한 산골마을에 들어가 농사를 지으면서 살아간다.

Ⅳ. 해방직후 남한과 북한의 토지개혁의 실천방향

1945년 8월 15일 일본 제국주의의 몰락은 남한에서의 미군과 북한에서의 소련군의 주둔을 합법화하게 된다. 일본군의 무장해제를 위해 한반도에 들어온 미군은 곧장 군사정권을 수립하게 된다. 소위 미군정이 시작된 것이다. 미군정은 1948년 8월 이승만 정권으로 지칭되는 남한 단독정부가 수립되어 권력을 이양하고 물러날 때까지 만 3년 동안 한국을 통치하게 된다. 대한민국의 역사에 3년간의 미군정은 민족사적으로는 오점을 남긴 사건이지만 한편으로는 매우 중요한 의미를 지닌다. 미군정은 자체의 권력기반을 확고히 하기 위한 물적 토대를 구축하기 위해서라도, 또한 극도로 혼란한 민심을 안정시키고 자기에게 반대하는 입장을 취하는 급진적인 진보주의 세력을 거세시키며 나아가 극히 취약한 자기 지지세력을 확대, 강화하기 위해서 미군정은 막대한 소비재 원조를 들여오게 되고, 둘째로는 일제 통제경제 체제의 심벌과 같았던 곡물공출제를 폐지하며, 셋째로는 일본인 재산 일체를 미군정 소유로 넘겼을 뿐만 아니라 그것을 적당한 방법으로 불하하였으며, 넷째로는 일제하의 고율소작료를 크게 낮추었을 뿐만 아니라 앞장서 토지개혁까지 실시할 것을 주장[26]하고 나섰다.

미군정의 정책기조는 경제적인 것보다는 정치적인 것에 그 정책의 중요성이 놓여졌다고 볼 수 있다. 미군정은 4가지 정책목표를 추진하였는데, 첫째는 신정부 수립에 따른 구상과 관련한 보수진영과의 제휴 강화, 둘째, 강력한 경찰력의 확립, 셋째, 남한만의 독자적인 군대 창설, 넷째, 좌익에 대한 탄압 등[27]이었다. 경제적인 정책목표로는 첫째, 일제 말기 전시체제 하의 통제경제적인 제반 요소를 척결하는 대신 자유경제(시장경제)적인 여건을 조속히 조성하는 일이었다고 할 수 있으며 한걸음 나아가 식민지·반봉건적인 경제구조를 자본주의적인 시장경제체제로 전환시키는 일이었다. 둘째로 경제의 안정기조의 유지에 역점을 두는 것인데, 곧 주요 물자수급의 원활 및 물가안정을 통하여 민생을 안정시키고 또 민생안정을 통하여 정치적·사회적 시국의 안정까지를 도모한다는 시대적 요구가 반영[28]되고 있었다. 미군정의 주요정책으로는 식량 및 농업정책, 소작료 및 토지정책, 귀속재산 불하와 공업정책, 통화금융 및 유통정책으로 요약된다.

이중 논문과 관련되는 식량 및 농업정책과 토지정책만을 살펴보기로 한다. 우선 1945년 10월 5일자 군정청 포고 제 1호에 의거하여 양곡배

---

26) 이대근, 『한국경제의 구조와 전개』, 창작과 비평사, 1987, 91쪽.
27) 브루스 커밍스, 「한국의 해방과 미국정책」, 『분단 전후의 현대사』, 일월서각, 1983, 152쪽.
28) 이대근, 앞의 책, 94쪽.

급제 철폐. 양곡 자유시장의 개설을 선포한다. 하지만 이러한 양곡행정은 오히려 심각한 위기국면을 맞았다. 즉 곡가의 폭등과 식량의 편재 및 부족 현상을 야기시켰던 것이다. 그리하여 1946년 5월에는 강력한 '경제통제령'을 공포하고, 보다 강력하고 체계적인 경제통제에 임하게 되었다.[29]

한편 소작료 및 토지정책은 군정 법령 제 9호를 통해 총수확량의 3분의 1을 넘지 않는다는 '최고 소작료율제'를 도입하였다. 하지만 일명 '3·1제'는 공포됨과 동시에 반발을 가져왔으며, 전국적 농민단체로서 '전국농민조합총연맹'이 결성되고 이 농민단체에서는 이른바 '3·7제' 소작료율제를 들고 나왔던 것이다. '1/3제'가 물납제인 데 비해 후자는 금납제이고 후자는 과거 일본인 토지 및 반민족적 지주들의 토지를 몰수, 농민들에게 분배할 것을 요구하였다[30]는 점에서 둘 사이에는 근본적인 차이가 있었다.

당시 농민들은 농지개혁도 강력하게 주장하였다. 미군정도 이 문제의 시급성을 인정하였다. 해방 후 농업생산의 급격한 정체와 인구의 사회적 급증 등은 식량난을 가중시켰고 게다가 비료 및 기타 생산 자재의 조달난도 겹치게 되어 식량증산을 위한 농민들의 영농의욕을 고취시킬 수 있는 길은 오로지 농지개혁을 통해 소작관계를 철폐해 주는 길 외에 딴 도리가 없었다[31]는 것이다. 이러한 이유에서 미군정은 토지개혁을 서둘렀으나 과도정부의 입법의원을 둘러싼 지주세력의 강력한 반발에 부딪쳐 강력한 추진이 어려웠다. 미군정청은 결국 타협, 1947년 9월 독자적인 농지개혁안을 작성하여 추진하고자 하였다. 한국인 지주의 토지는

---

29) 이대근, 의의 책, 96-97쪽.
30) 이대근, 위의 책, 98-99쪽.
31) 이대근, 위의 책, 100쪽.

제외하고 지난날 일본인 지주의 토지 곧 '신한공사' 소관의 귀속농지만이라도 개혁하고자 한 것이나 이나마 입법의원들의 끈질긴 방해공작에 부딪쳤다.

결국 1948년 3월 군정 법령 제 173호로 '중앙토지행정처'를 설치, 이를 통해 신한공사 소유의 귀속농지 분배사업을 단행하기에 이르렀으며, 유상몰수-유상분배의 방식을 택하게 된다. 농지분배 순위에서는 ① 현 소작인을 최우선으로 하고 그 다음 ② 현 소작인 이외의 농부, ③ 과거에 농사경험이 있는 노동자, ④ 월남한 이재민 농부, ⑤ 해외로부터 귀환한 농부로서 당해 농지의 부근에 거주하는 가로 정하고 누구나 2정보 이상을 소유할 수 없도록 농지소유 상한제를 설정하였다. 또 분배지의 가격결정 및 지불방법은 당해 토지의 주산물의 1년 간 생산량의 3배에 해당하는 양을 현물베이스로 지불토록 하는데 1년 간 생산량의 20%씩을 15년 동안 분할상환[32]토록 되어 있다.

하지만 미군정의 토지개혁은 지주계층의 반대 속에 추진됨으로써 분배대상의 귀속농지가 남한 전체 경지면적의 약 13. 4%밖에 되지 않은[33] 취약점을 안고 있었다.

대한민국 정부수립 후 1949년 1월 농림부에서 '농지개혁법안'을 성안하여 동년 2월에 국회에 회부하였다. 농림부안의 중요한 점은 지가를 평년작의 150%로 정부가 10개년 균등 보상하고 분배받은 농민은 평년작의 120%를 6개년 균등 상환한다는 것이었다. 하지만 국회 논의과정에서 논란을 거듭한 결과 보상액을 평년작의 150%, 상환액을 125%로 하고 기간을 각각 5개년으로 하는 농지개혁법이 1949년 4월 28일에 국회에서 완전 통과하였다. 그리고 그 이후 1950년 3월 10일 법률 제 108

---

32) 이대근, 위의 책, 101-102쪽.
33) 이대근, 위의 책, 102쪽.

호로 개정법이 공포되고, 3월 25일에는 농지개혁령이, 4월 28일에는 동시행규칙이 각각 공포[34]되었다.

반면에 북한은 1946년 3월 5일 '북조선 토지개혁에 대한 법령'을 발표하였다. 그리고 무상몰수–무상분배의 혁명적인 방식을 택했다. 그것은 사유재산제를 인정하지 않는 공산주의의 정책이었기 때문이다.

앞서 1946년 2월 8일에 북한의 민주주의 정당, 사회단체, 행정국, 인민위원회 대표들의 협의회가 평양에서 열렸다. 이 회의에서 김일성은 북한 임시인민위원회 위원장으로 추대되었고, 20개조 정강이 발표되었다. 정치적인 과업으로는 일제통치의 온갖 잔재를 철저히 숙청하고(1조) 반동분자와 반민주주의적 분자들과의 무자비한 투쟁을 벌리며(2조) 일반적 직접적 평등적 비밀투표에 의한 선거로써 정권기관을 건설하며(4조) 등이 제시되었고, 이중에서 경제적인 과업으로는 무상몰수, 무상분배 원칙에 의한 토지개혁의 실시가 11조에 우선적으로 명시[35]되었다.

《토지문제는 민주주의 혁명단계에서 선차적으로 해결하여야 할 초미의 문제입니다》

《토지문제의 해결은 농민이 인구의 절대다수를 차지하는 뒤떨어진 식민지 농업국가였던 우리 나라에서 특별히 중요한 의의를 가졌습니다》
『김일성저작집』

해방 직후 북한 농촌에서는 전체 농호의 4%밖에 안 되는 지주가 총경지면적의 58.2%를 차지하고 있었으며 농가호수의 56.7%에 달하는 빈농민들은 경지면적의 겨우 5.4%를 차지하고 있었다.[36] 이러한 봉건적

---

34) 신용하, 『한국근대사와 사회변동』, 문학과 지성사, 1980, 249-250쪽.
35) 북한 사회과학원 역사연구소 편, 『현대조선역사』, 서울, 일송정, 1988, 185-186쪽.
36) 김한길(북한 사회과학원 역사연구소 편), 179쪽.

132

토지소유제도는 지주세력의 경제적 기반으로서 농민들을 극도의 빈궁 속에 몰아넣었으며 농업생산력뿐만 아니라 북한 경제의 다른 부문들의 발전도 억제하는 커다란 질곡으로 되어 있었다. 그러므로 토지개혁은 북한의 사회발전을 위한 가장 절박한 요구사항이었던 것이다.

해방후 이러한 경제상황에 대해 농민들은 강한 불만을 품게 되었고, 토지개혁에 대한 강한 주문을 하였다. 농민들은 3 · 7투쟁(지주에게 수확의 50% 이상을 소작료로 바치던 것을 30%만을 주기 위한 투쟁)을 전개하여 완전히 승리하였으며 이 투쟁과정에서 농민들의 정치적 각성 또한 현저히 높아졌다.

함경도 등 각지의 농민들은 김일성에게 지주토지를 몰수하여 분배해 줄 것을 바라는 절절한 염원을 담은 편지를 연이어 올렸으며 그것은 실로 3만여 통에 달하였다. 1946년 3 · 1운동 기념일에는 북한의 각지에서 토지를 요구하는 200여 만 명의 농민들의 대중적 집회가 벌어졌다.

이리하여 북한에서는 1946년 3월 5일 '북조선 토지개혁에 대한 법령'이 발포되었다. 토지개혁법령은 토지이용권은 밭갈이하는 농민에게 있다는 것을 기초로 하여 토지의 몰수 및 분배원칙을 규정하였는데 그 기본내용은 다음과 같다.

· 일제의 소유토지와 친일파, 민족반역자들의 소유지 및 5정보 이상을 가진 지주의 토지, 계속 소작을 주고 있던 모든 토지를 무상으로 몰수하여 토지가 없거나 적은 농민들에게 무상으로 나누어주어 그들의 소유로 한다.
· 농호의 가족수와 노력자수에 따라 토지를 분배하며 분여된 토지의 매매와 저당, 일체 소작제도를 금지한다.
· 몰수한 산림, 관개시설, 과수원 및 농민들이 경작하기에 불리한 일부 토지는 국유화한다.[37]

---

37) 김한길, 위의 책, 188-189쪽.

또 동시에 지주에 대한 농민들의 일체 채무를 무효로 하며 지주의 소유이었던 축력, 농기구, 주택 등을 몰수하여 농민들에게 분여하되 일체 건물은 학교, 병원, 기타 사회단체의 이용으로 넘길 수 있다는 것이 규정되었다. 그리고 토지개혁법령에는 분여받은 토지는 매매하지 못하며, 소작주지 못하며, 저당하지 못한다는 것이 규정되었다.[38]

이 토지개혁법령은 당연히 전국 농민들의 열광적인 지지와 환영을 받았다. 따라서 토지개혁은 말 그대로 전 민중적 운동으로 전개되었다. 우선 농민들 자신이 주인이 되어 토지개혁을 실시하였다. 전국 각지에 빈고농들로 1만 1500여 개의 농촌위원회들이 조직되어 토지를 몰수하고 분배하는 사업을 직접 집행하였다. 또 북한의 역사서적을 보면, 농촌에 수많은 공산당원들과 1만여 명의 선진적 노동자들이 파견되어 농촌위원회의 사업을 도와주고 지주, 반동들의 파괴음모 책동을 폭로·분쇄하는 투쟁을 적극 벌렸다고 되어 있다. 그리고 노동조합·농민조합을 비롯한 모든 사회단체들이 움직여 토지개혁을 도왔고 노동당과 종교단체들도 토지개혁을 지지하는 성명을 내고 적극 도와 나섰다[39]고 한다.

토지개혁의 결과 100만 325정보의 토지가 몰수되어 72만 4,522호의 농민들에게 98만 1,390정보의 토지가 무상으로 분여되었다. 그리하여 토지개혁 전에는 자작농 20%, 자작 겸 소작농이 30%, 순 소작농이 50%이던 것이 토지개혁 후에는 농민의 100%가 자작농으로 되었다는 것이다. 몰수당한 지주들에 대해서도 적절한 대책이 내려졌다. 그들을 원래의 거주지에 그대로 두면 농민들에게 좋지 않은 영향을 줄 것을 우려하여 그들의 거주지를 이동시키는 조치를 취하였다. 그리고 자기 손으로 농사를 지을 것을 희망하는 몰수당한 지주들에게는 새 거주지에서

---

38) 북한 사회과학원 역사연구소, 『조선통사』(하), 서울, 도서출판 오월, 1989, 306-307쪽
39) 김한길, 위의 책, 189쪽.

토지를 나누어줌으로써 재생의 길을 열어주었다[40]는 것이다.

이러한 토지개혁의 역사적 의의에 대해 김일성은 다음과 같이 요약하여 설명하고 있다.

> 우리는 지주의 토지를 무상으로 몰수하여 농민들에게 무상으로 나누어주는 원칙에서 토지개혁을 철저히 하여 농업생산력을 봉건적 질곡에서 해방하였으며 농민들을 지주의 착취와 예속에서 해방하였다. 이것은 농촌경리를 빨리 발전시키며 농민들의 생활을 개선하는 데서 뿐 아니라 노농동맹을 강화하고 나라의 전반적 정치, 경제, 문화생활을 민주화하는 데서 커다란 의의를 가지는 혁명적 변혁이었다.[41]
>
> 『김일성 저작집』

또 토지개혁의 후속조치로 '농업현물세'에 대한 정책을 내놓았다. 1946년 6월 27일 북한 임시인민위원회는 '농업현물세에 관한 결정서'를 공포하여 토지에 대한 단일세로서 수확고의 25%(후에는 작물별 또는 토지의 비옥도에 따라 10-27%로 개정)를 기준으로 하는 농업현물세제를 실시하였다. 그리하여 지난날 수확의 50-80%를 약탈당하던 농민들은 소작료와 온갖 가렴잡세로부터 영원히 해방되고 수확의 73-90%를 차지하게 됨으로써 물질문화생활을 빨리 높여 나갈 수 있게 되었다[42]는 것이다.

---

40) 김한길, 위의 책, 190쪽.
41) 김한길, 위의 책, 190쪽.
42) 김한길, 위의 책, 190쪽.

Ⅴ. 「개벽」과 『땅』에 나타난 북한의 사회현실

　　이기영은 일제 말기와 해방 전후에 어떤 생활을 하였을까? 이광수나 최남선이 친일한 것과 차별화된 행동양태를 보였을까? 후세의 문학사가로서 선배문인들의 행적이 참으로 궁금할 수밖에 없다. 하지만 이기영의 연보를 보면, 그도 어쩔 수 없이 일제 말기의 증세인 군국주의 물결에 일시적으로나마 휩쓸렸던 것만은 분명하다. 이기영은 1939년 총독부의 시국인식 간담회에 참석하였으며, 그해 10월 20일에 결성된 조선문인협회에 발기인으로 참여한 것으로 되어 있다. 그리고 1943년 4월에는 친일문인단체인 조선문인보국회 소설·희곡부회의 상담역을 맡은 것으로 나타나 있다. 하지만 다른 친일 문인들과는 달리 소극적으로 가담하고는 더 이상 이용당하는 것을 피하기 위해 1944년 3월 31일 가족들을 이끌고 강원도 내금강 병이무지리로 들어가 자기 손으로 농사를 짓다가 해방을 맞이한다. 1945년 9월 24일 이기영이 상경했다는 기사가 보이는 것으로 보아 그가 이때까지 일제 말기 증세의 강요를 피하기 위해 내금강으로 숨어들어가 살았다는 것을 알 수 있다. 그리고 이기영은 조선 프롤레타리아 예술동맹의 설립에 주도적인 역할을 한다.

　　해방 후 월북한 이기영은 1946년 4월에 8·15해방 1주년 기념사업으로 철원극장에서 상연된 희곡 「해방」을 발표하고, 곧이어 7월에 북조선문예총의 기관지인 『문화전선』 창간호에 북한의 토지개혁의 성과를 다룬 단편 「개벽」을 발표한다.

　　한편 『땅』 제 1부(「개간편」과 「수확편」을 1948년과 1949년 사이에 연이어 발표함)는 강원도 철원군에 위치한 말벌마을에서 당 지도원 강균의 암시를 받아 주인공 곽바위가 새로운 개간 사업을 벌여 농토를 새로 개간하고 저수지를 만드는 등 수리사업을 하는 과정을 그리고 있으며, 『땅』제 2부(1960년 발표하였다고 함)에서는 말벌의 영웅이며 최고인민 회의 대의원(1948년 8월 25일 총선거)으로 선출된 곽바위가 6·25 한 국전쟁에서 산으로 피난을 가고 미군(승냥이로 묘사하고 있음)을 상대로 하여 게릴라전을 벌이며 폭격으로 부상을 입는 과정 등이 상세하게 묘사 되고 있다.

이제 구체적으로 이기영의 「개벽」과 장편『땅』에 나타난 해방 직후 북한의 사회현실에 대해 살펴보기로 한다.

1. 토지개혁법령 발표에 대한 미화

「개벽」과 『땅』에서 가장 먼저 눈에 뜨이는 것은 작가가 해방 후 북한 에서 처음 시행된 토지개혁에 대해 상당히 감격하고 흥분하고 있다는 사 실이다. 그리고 토지개혁의 성과에 대해 적극적으로 선동·홍보에 열을 올리고 있다. 문학의 슬로건화는 경향문학의 폐단이라고 엥겔스는 언급 한 적이 있다. 또 이기영 자신도 종래의 프로문학은 너무나 이데올로기 에 치우친 감이 있다고 하면서 이데올로기 편중주의를 경계하였다.

> 이 이데올로기 편중주의는 작품으로서 다른 모든 조건을 무시하는 감이 있다. 문학은 어디까지 문학이어야 한다. 과거의 우리들은 문학을 문학적 범 주에서 소외하였다. …… 이러한 경향은 작품을 선전문이나 삐라처럼 강령 의 해석처럼 만들지 않았던가 ? 문학은 언제든지 문학이어야 한다. 그러나 그와 동시에 당파성을 잊어서는 안될 줄 안다. 또는 예술은 무기여야 할 것 이다마는 그와 동시에 예술은 예술이어야 한다는 것을 잊어서는 안된다.[43]

하지만 이기영은 「개벽」과 『땅』을 통해 토지개혁에 대한 성과에 대해 지나칠 정도로 미화시키고 있다. 우선 단편소설 「개벽」은 토지개혁법령이 발포된 며칠 뒤 어느 날을 시간적 배경으로 삼고 있다. 토지개혁법령 제정을 기념하기 위해 농민대중들이 시위행렬을 거행하고 있음을 서두에서 밝히고 있다. 농민대중들이 인솔자의 지휘아래 제각기 농구—낫, 호미, 괭이, 삽 등을 한 개씩 들고 나왔으며 그 수는 수만 명에 이른다고 설명하고 있다. 각 면·리·동네들에서는 저마다 특색을 내려고 별난 것들을 다 꾸며내었는데, 어떤 농민조합에서는 가마니를 길게 쳐서 거기다가 표어로 '오직 밭갈이를 하는 사람만이 토지를 가질 수 있다'고 한 큰 깃발을 들고 나왔다는 것이다.

또 그들은 기운차게 "조선자주독립 만세!"를 수없이 외쳤는데, 그것은 진심에서 우러나오는 감격의 외침이라는 점을 강조하고 있다. 오랫동안 토지에 주렸던 농민들은 일제 치하에서 지주한테 매여서 갖은 압박과 무제한한 착취를 받아왔는데 그것에서 해방되었을 뿐만 아니라 농민들에게 토지를 무상으로 분배하는 토지개혁법령이 채택되어 개벽된 세상을 맞이하게 되었다는 것이다. 새로운 세상이 열린 것을 「개벽」에서는 원첨지의 아내가 "개벽이야! 이거야말로 천지개벽이야!"[44]라고 외치는 것으로 상징적으로 묘사하고 있다. 작가는 농민들의 시위행렬과 토지개혁의 의미에 대해 다음과 같이 묘사하고 있다.

> 그것은 참으로 장엄한 광경이요, 적들을 전율과 공포에 몰아넣는 아직까지 있어보지 못한 일대 시위운동이었다. …… 그들은 어떤 긴박감에 눌리어서 공연히 가슴을 울렁거리었다. 도무지 웬 영문을 모르겠다.
> 토지를 농민들에게 값없이 나눠준다니 세상에 이런 일도 있을까? 실로 이

---

43) 이기영, 「창작방법문제에 대하여」, 『(이기영)문학론』, 풀빛, 1992, 195-196쪽.
44) 이기영, 「개벽」, 446쪽.

것은 고금에 처음 듣는 말이다. 하건만 사실이 그렇다는데야 어찌하랴 ! 그
것도 내년이나 그 후년 일이 아니라 바로 지금 당장 실행을 하여서 올해 농
사부터 짓도록 한다니 더욱 희한한 노릇이다. 이게 과연 정말일까. 참으로
그들은 심정을 걷잡을 수 없었다.[45)]

「개벽」이 토지개혁법령이 제정된 북한의 사회현실을 주로 다루었다
면, 장편『땅』은 법령 제정 이후 농민들의 자발적인 참여에 의해 북한의
농촌이 어떻게 개혁되고 민주화되어 가는가에 초점을 맞추고 있다. 따
라서 토지개혁법령의 발표에 따른 농민들의 감격에 대해서는 다음과 같
이 간략하게 묘사되고 있다. 그러면서 오히려 낡은 것과 새로운 것의 대
립과 형상화에 치중하고 있다. 즉 장편『땅』은 「개벽」보다는 사실성에
바탕하여 형상화되고 있으며, 작품의 총체성을 잘 살리고 있다고 할 수
있다.

그런데 이 달 초승에는 토지개혁법령이 덜컥 나와서 농민의 세기적 숙망
을 달성하였다. 정말 그것은 조선 독립의 기초를 세우는 한 부분이 되게 하
였다. 이 법령이 지주들에게는 청천벽력이었으나 소작인—빈농들에게는 무
상의 복음으로 되었으니 그것은 우선 이 벌말 일경을 보더라도 알 수 있는
일이었다.[46)]

2. 소작농들의 자주성 강조—일상적 실천과 창조적 노동 묘사

이기영이 「개벽」이나 『땅』 제 1부를 쓸 때는 북한에서 마르크스—레
닌주의 미학이 창작의 기본 이론으로 자리잡고 있을 때였다. 물론 1960

---

45) 이기영, 「개벽」, 『서화』, 서울, 풀빛, 1992, 430쪽.
46) 이기영, 『땅』(상), 서울, 풀빛, 1992, 16-17쪽.

년대 후반부터는 주체사상이 형성되어 주체적 문예이론이라는 것이 대두 된다. 구 소련의 문예이론에서 출발한 마르크스-레닌주의 미학이론은 창작원칙으로 예술의 인민성·계급성·당파성을 제기한다. 인민성의 문제는 여술의 마르크스-레닌주의적 이론에서 중심적 지위를 차지하는 문제들 가운데 하나이다. 그것은 마치 예술에서 그 성질 및 사상적 내용을 사회적 기능과 결합시켜 주는 중심점 같은 것이다. '인민적'이라고 부르는 여술작품은 주어진 시대에 달성된 사회적 의식의 최고계급을 특히 힘주어 표현하는 작품을 말한다. 이것은 그 시대의 사상, 감정, 정열, 사회적 분위기가 예술적으로 응결된 것이며 사회의 사실적 상태를 반영한 것이고 가장 가치 있는, 생존조건을 실현하기 휘한 투쟁에서 인류의 최고최선의 인도적 지향을 표현한[47] 것이다. 사회의 계급분화와 더불어 예술은 두 가지 방향으로 길을 걸어왔다. 첫째는 인민적 창조로서, 둘째는 개인적 창조(숙달된 예술)로서 예술은 발달하고 있다. 전자는 대중 자신 가운데서 직접적으로 존재해왔지만 '숙달된 예술'은 많건 적건 기본적 노동대중에게 닿지 않는 것[48]이다.

장구한 역사에 걸쳐 예술의 발달은 사회의 계급분열이라는 제 조건 속에서 진행되어 왔다. 그리고 제 계급의 사회적 존재는 그들 계급의 이데올로기적 상위와 대립을 만들어내었다. 사회의 계급적 분열은 제 계급의 견해, 개념, 이익에 조응하는 이데올로기를 만들어낸다. 예술현상을 과학적 마르크스주의적 관점에서 파악할 때 계급사회에서의 예술은 불가피하게 계급적 견해의 흔적을 남기게 된다는 결론에 도달하지 않을 수 없다. 사회생활의 역사는 예술이 항상 계급투쟁에 관여해왔음[49]을 보

---

47) 소련과학 아카데미 편, 『마르크스 레닌주의 미학의 기초이론 II』, 신승엽 외 옮김, 서울, 일월서각, 1988, 10쪽.
48) 소련과학 아카데미 편, 위의 책, 20쪽.
49) 소련과학 아카데미 편, 위의 책, 28-32쪽.

140

여준다.

　또 레닌은 당파성을 강조하였다. 노동자계급의 혁명적 투쟁과의 공공연한 결합, 사회주의 사업에 자신의 창작을 바치고자 하는 예술가의 의식적인 지향은 레닌에 의하면 예술의 당파성의 기초가 된다. 당파성은 예술이 생활에서 당면한 모든 사건과 그리고 자신의 이상을 위한 수백만의 투쟁과 유기적으로 결합시키는 것을 보장해주며 예술가에게는 자신이 투쟁하는 인민과 함께 있다는 행복을 보장해준다. 문학은 당파적으로 되지 않으면 안 된다고 주장하면서 레닌은 당파성을 다음과 같이 규정하고 있다. "문필활동은 전 프롤레타리아 사업의 일부, 전 노동자계급의 자각한 전위 전체에 의해 운전되는 하나의 단일한, 위대한 사회민주주의적인 기계 장치의 '톱니바퀴와 나사'가 되지 않으면 안된다. 문필활동은 계획적이며 조직적인 통일된 사회민주주의적 당 활동의 한 구성부분이 되지 않으면 안 되는 것이다."[50]

　이기영은 이러한 '인민성'(민중성)과 '계급성'에 대해 깊은 이해를 했던 것으로 보인다. 우선 「개벽」의 주인공이나 『땅』의 주인공을 소작농인 원첨지나 곽바위로 설정하고 있는 데서도 입증이 된다. 「개벽」의 원첨지는 황주사의 땅을 소작하는 처지일 뿐만 아니라 양식을 구하기 어려운 눈 오는 겨울이라 돈 오십 원을 오푼 변으로 변돈으로 쓰고 있는 빈농이다. 『땅』의 곽바위의 신세는 더욱 처절하다. 고향에서 빈농 출신으로 태어난 곽바위는 일찍 부친을 여의고 모친 슬하에서 누이동생 하나와 남매로 자라났다. 부친을 잃은 후에는 해마다 밀려오는 장리 빚과 비료 값 등의 농채를 진 데다가 초상 빚까지 치르려니 오막살이마저 팔아야만 했다. 집을 팔아서 빚을 가리고 나니, 그나마 농토까지 잡아뗀다. 그래

---

50) 소련과학 아카데미 편, 위의 책, 46-47쪽.

서 열네 살 먹은 곽바위는 주인집 머슴으로 들어가고 열한 살 먹은 동생과 어머니는 곁방살이를 하며 빨래가지와 방아품을 팔았다. 곽바위는 여동생이 제사공장에 취직하여 받은 삼백 원으로 장가도 가고 오막살이도 한 채 산다. 하지만 호사다마라고 하였던가? 여동생이 병이 나서 일을 날마다 할 수 없게 되었다는 소식과 빚만 늘어나 빚 때문에 제사공장 밖에도 나가볼 수 없게 되었다는 내용의 편지를 받는다. 동생을 위해 주먹을 불끈 쥐고 농사에 몰두하는 곽바위이지만 살림은 나아지는 것이 없었다. 그나마 못자리 검사를 나온 왜놈 농업 기수와 시비가 붙어 공무집행방해죄·구타죄 등으로 징역 6년의 억울한 옥살이까지 하고 나온 인물로 묘사된다.

그런데 두 작품에서 작가가 강조하고 있는 것은 세상이 바뀌었다는 사실과 이러한 천지개벽의 세상에서 빈농들이 능동적으로 현실에 대처한다는 점이다. 특히 『땅』에서 곽바위는 면당위원장 강균의 도움을 받아 농민들을 이끌어내어 벌말 개간사업을 주도하고, 쇠씨레를 비롯한 새로운 영농기술을 개발 창안한다. 그리고 두레를 조직하여 농민들의 조직력과 생산성을 고양시키는 데도 앞장선다. 여기에 비해 「개벽」의 원첨지는 능동적인 인물로까지는 묘사되지 않는다. 자신을 찾아온 지주 황주사가 변리를 감해준다는 소식을 듣고 흡족하게 생각하고, 세상이 바뀐데 대해서도 처음에는 반신반의한다. 하지만 그는 토지개혁법령 제정 기념행사에 참여하고 온 자식들과 아내의 이야기를 듣고는 현실을 깨닫는다. 그리고 새롭게 조직되는 농촌위원회에 빈농으로서 부위원장에 취임하면서 속도는 늦지만 전변한 현실을 몸으로 깨닫기 시작한다. 그 당시 농촌 현실을 살펴볼 때 오히려 『땅』의 곽바위보다는 「개벽」의 원첨지의 인물성격 설정이 좀더 타당하다고 할 수 있다.

　　"허허! 아니 상구두 모르십니다그려. 소작인이 지주한테 빚으로 쓴 것은 갚지 말라는 법률이 났으니까 안 갚는 게 당연치 않소. 갚으면 되려 법률 위반인데요. 허허 원!"

　　"아, 아니…… 그런 법이 어데 있단 말인가? 남의 돈을 쓰고서 안 갚아두 좋다는 법률이."

　　원첨지는 펄쩍 뛰면서 농민위원장의 말을 부인하려는 태도로 말한다.

　　그 바람에 농민위원장은 그만 결이 나서 토지개혁법령을 조끼주머니를 뒤져서 꺼내어 보이며 언성을 높인다.……………(중략)………

　　원첨지는 종시 알아듣지 못하는 수작으로 응대한다.[51]

　　특히 「개벽」에서 작가가 강조하고 있는 것은 자연계가 혹독한 겨울을 지나면 봄을 맞게 되듯이 역사의 수레바퀴는 일제의 파시즘을 몰아내고 인민의 새봄을 맞이하게 되었다는 점이다. 그리고 농부가 곡식을 가꾸듯이 근로대중이 각 직장에서 일상적 실천과 창조적 노동을 통해 무럭무럭 자라날 것이라고 미래에 대해 낙관적인 전망을 내리고 있다.

　　원첨지나 곽바위는 사실상 주체적 인간전형에 해당한다고 할 수 있으며 따라서 당연히 자주성을 지닌 인물로 묘사된다. 하지만 주체사상이 형성되기 이전의 작품이므로 일종의 전형적인 인물성격 창조 정도로 해석하는 것이 바람직하다.

3. 농촌위원회의 조직과 민주선거의 실시

　　해방 직후 북한은 토지개혁법령 등 몇 가지 혁명적인 정책을 내놓음으로써 민중들로부터 인기를 얻는다. 하지만 그러한 인기는 오래가지

---

51) 이기영, 「개벽」, 445쪽.

못한다. 왜냐하면 결국 자본주의와 같은 인센티브가 없기 때문에 생산성을 고양시키기 위해 헌신적으로 노력을 경주하지 않기 때문이다. 또 공산당 관료주의 등 생산성을 저하시키는 고질적인 병폐와 부조리가 90년대 들어와 잇단 자연적 재해와 결합되어 식량난이라는 심각한 양상으로 발전되는 것이다. 소위 김일성이 '인민들의 천국'으로 사회주의의 완성기에 접어들었다고 선언한 시기에 민중들 대다수가 굶주리고 있다니 그 얼마나 모순인가?

「개벽」에는 해방 직후 토지개혁법령이 제정된 다음 내놓은 소위 몇 가지 민주적인 정책들이 그대로 제시되어 홍보되고 있다. 작가 이기영은 소설 표제명에도 잘 나타나 있듯이 해방 후 공산주의를 실험하는 북한이 일제시대와 어떻게 달라지고 있는가를 사실적으로 묘사하는 데 초점을 맞추고 있다.

우선 「개벽」에는 '농촌위원회'의 조직에 대해 한 장을 따로 설정 하면서 상세하게 설명하고 있다. 농촌위원회의 구성원들은 주로 빈농층을 중심으로 하여 자작농과 고농들로 구성하게 되므로 원첨지는 마을에서 첫째 가는 빈농일 뿐 아니라 나이도 중노인축에 드는지라 당연히 위원될 자격이 충분하므로 일곱 명의 위원 중 한 명으로 지명되었다는 것이다. 그가 좀더 똑똑하든지 식자가 있었더면 위원장으로 뽑혔을 것인데 유감스럽게도 원첨지는 낫 놓고 기역자도 모르므로 위원으로 선출되었다는 친절한 설명이 뒤따른다.

> "난 모르겠수다. 어디 제맘대로 하는겐가요. 이번 농촌위원회는 가난한 농민이나 머슴꾼에게만 위원될 자격이 있다니까 아저씨 같은 사람이 빠지시면 누가 위원이 되겠소."
> 농민위원장은 정색을 하고 다시 이렇게 정중한 말로 설명해주었다.
> "그럼 떠벌이 김영감도 위원이 되겠수다. 홀아비로 머슴살이 삼십 년을

살았으니……호………"

　"암 그 영감이야 물론 위원의 자격이 있겠지요. 그래 위원이 되랬더니만 그 영감은 아주 좋아합디다. 응, 되라면 되지 에헴 하고, 금방 큰 기침을 하면서……… 하하하…………"[52]

　농촌위원회의 역할에 대해서는 장편 『땅』에 자세하게 나와있다. 동네의 토지를 사정해서 몰수된 지주의 토지를 토지 없는 농민과 토지 적은 농민들에게 점수제로 분배하는 기능을 떠맡았다. 그리고 신간한 농토는 삼 년간 세금도 안 내고 해먹을 수 있도록 북한의 임시인민위원회가 시행세칙을 마련해 놓았으므로 이를 바탕으로 하여 면 인민위원장이나 세포위원장 그리고 민청위원장 등 당의 행정일꾼들의 도움을 받아 개간사업을 적극적으로 추진할 수 있도록 노력동원 등의 생산독려를 떠맡는 일종의 농민자치기구에 해당하는 것이다. 『땅』의 곽바위도 농촌위원회 위원이 된다.

　　순이 어머니는 전과 달리 곽바위를 여간 위하지 않는다. 그전에는 곽바위를 하치않게 여겼는데 그가 인제는 농촌위원회 위원이 되고, 토지도 남과 같이 분여를 받았으므로 그에 대한 대우를 유달리 하고 싶었다.[53]

　이 시기에 농촌위원회는 중요한 역할을 떠맡았다. 그 당시 지주들의 저항이 만만찮았기 때문이다. 지주계층은 순순히 토지를 내놓으려 하지 않았고 정면으로 김일성 정권을 반대하여 농촌위원회를 습격하는 등 방화·파괴·테러 등 갖은 방해공작을 하였다고 한다. 그리고 농촌위원회 내부에까지 침투하여 방해공작을 일삼았다고 한다. 이 당시 북한의 조

---

52) 이기영, 「개벽」, 447쪽.
53) 이기영, 『땅』, 118쪽.

선공산당은 토지개혁의 위업을 완수하기 위해 전 당의 역량을 이 사업에 집중시켰는데, 당은 농촌에 빈농과 고용농으로써 12,000여 개의 농촌위원회를 조직하여 그것으로 하여금 토지개혁의 직접적인 집행자로 되게 함으로써 농민들의 정치적 열망을 제고시켰으며 토지개혁의 정확성을 보장[54]할 수 있게 하였다는 것이다.

북한의 농업정책의 골격은 해방 후 크게 네 번이나 바뀌었다. 첫째, 1946년의 토지개혁에 의한 소토지 소유 농업경제의 창출, 둘째, 1958년에 완수된 농업협동조합화, 셋째, 1964년 이후부터 추진되어 온 협동화 소유제의 전 인민적 소유제로의 전환, 넷째 1971년부터 1977년까지 진행된 농업기술혁명기를 거쳐 1978년부터 시행된 주체농법기 등으로 나뉘어진다. 북한연구소의 이원준은 북한 농정의 기간 구분을 제 1단계 농지개혁기(1946-1949)에서 동란기(1950-1953), 농업협동기(1954-1959), 농업생산 경쟁기(1960-1963), 농업노동자 동맹기(1964-1970), 농업기술혁명기(1971-1977)를 거치는 제 7단계 주체농법기(1978-1984)[55]로 구분하였다.

북한 농정의 중요한 정책변화는 소설 「개벽」이나 『땅』에서의 환희라는 용어로만 설명될 수 있는 유토피아적 극찬과는 달리 6·25 한국전쟁(북한의 표현으로는 '조국해방전쟁')에서의 폐허를 경험하면서 농민에 의한 사적 생산관계를 청산하고, 농업협동화를 도모하는 데서 드러난다. 6·25한국전쟁 후 북한은 전쟁으로 말미암은 농촌경리의 파괴와 개인농민 경리의 문제 그리고 40%에 이르는 농촌 빈농의 문제를 해결하기 위해 농업협동화 운동을 전개하게 된다. 그 핵심은 개인농민경리를 사회주의적 협동경리로 전환시키는 것이었다. 1953-1954년 시기에 농

---

54) 북한 사회과학원 역사연구소, 『조선통사』(하), 서울, 오월, 1989, 307-308쪽.
55) 김성훈·김치영, 『북한의 농업』, 서울, 비봉출판사, 1997, 38쪽.

업협동화를 가장 적극적으로 지지하는 빈농들과 농촌의 당 핵심들로써 경험적으로 개별 군에 몇 개씩의 농업협동조합들을 조직하고 수많은 관리 간부들과 기술일꾼들을 파견하였으며 농업협동조합들에 식량과 양곡을 대여해주고 농기계들을 우선 대여해 주었다. 이러한 지원에 힘입어 1956년말에는 전체 농가호수의 80%가 협동조합에 가입하였고, 1958년 8월에는 완성되었다[56]는 것이다. 즉 해방 직후에는 '소작제 철폐'와 '지주에게 예속되지 않는 농민'을 강조하던 북한의 농업정책은 1960년대 들어와 집단주의 농촌을 건설하기 위해 기술·문화·사상 등 농촌의 3대 혁명과업을 제시하는[57] 것으로 변하게 된 것이다. 이러한 시기에 중요한 강령이 바로 1964년에 발표된 김일성의 '우리 나라 사회주의 농촌문제에 관한 테제'이다. 소위 '농촌문제 테제'로 요약되는 이 강령은 지금도 북한의 농업정책의 기본 강령으로 자리잡고 있을 정도이다.

「개벽」에는 토지개혁 이외에 해방 후 북한의 김일성 정권이 역점을 두었던 정책들이 등장하지 않는다. 하지만 『땅』에는 해방 직후부터 1950년의 한국전쟁까지의 북한의 주요정책들이 거의 모두 망라되어 나온다. 그중 작가 이기영이 가장 역점을 두고 있는 것은 민중들의 손으로 자신들의 대표를 민주적인 선출방법으로 뽑는 첫 '민주선거'이다. 북한의 임시 인민위원회는 1946년 9월 5일 「북조선 도, 시, 군 인민위원회 위원 선거에 관한 법령」을 발포하고 그 해 11월 3일 첫 민주선거를 실시

---

56) 박태상, 『북한문학의 현상』, 서울, 깊은샘, 1999, 332쪽.
57) 김성훈·김치영, 위의 책, 45-48쪽.

"해방 이후 50년대에 걸쳐서 전개된 북한의 농정은 이른바 '농촌의 사회주의화'가 추진된 시기로 분류된다. 이 기간 동안 봉건적 토지소유관계를 청산하고 농업생산을 봉건적인 생산관계에서 해방시킨다는 과제 하에 대대적인 토지개혁을 단행하였고, 1958년에는 협동농장화가 완수되면서 농촌에서 자본주의적인 요소가 청산되었다. 이 기간 동안 북한에서는 봉건적 토지소유 관계가 청산되면서 경지가 실제 경작자인 농민들에게 분배됨으로써 농업생산 형태의 진보가 없었음에도 놀라운 생산 향상을 기록하기에 이른다."

하였다. 이 선거의 민주성을 홍보하면서 북한의 역사책들은 "인민정권은 일반즉 평등적 직접적 비밀선거 원칙에 의한 투표의 방식을 규정함으로써 선거에서 인민들의 자유의사가 철저히 반영되도록 법적으로 보장하였다"[58]고 강조하고 있다. 이 첫 민주선거의 결과 3,459명의 도, 시, 군 인민위원회 위원들이 당선되었는데, 그들의 사회성분은 노동자 14.5%, 농민 36.3%, 사무원 30.6%, 상인 4.3%, 문화인 9.1%, 기업가 2.1%, 종교인 2.7%, 전 지주 0.4%였고 그중 여성이 13.1%를 차지하였다[59]고 한다.

이기영의 장편 『땅』(하)에서는 11월 3일의 선거에 대해 9장 민주선거와 10장 인민회의 앞 부분 등 3차례나 언급을 하면서 선거의 의미와 현상을 다음과 같이 부각시키고 있다.

> 11월 3일에 일제히 실시한 북조선의 민주선거는 예기했던 이상으로 거대한 승리의 성과를 거두었다.
> 총선의 결과는 97.99%로 선진 국가 소련을 제외하고는 그 유례를 볼 수 없는 것이었다.
> 이는 실로 조선 인민의 정치적 능력을 전세계에 시위하였다. 곽바위도 최고의 점수로 대의원에 당선되어 무상의 영예를 느끼게 하였다.
> 하긴 그에게 반대 투표가 아주 없지는 않았다. 그러나 반대 투표는 극소수에 불과하였다. 그들이 반대한댔자 아무런 영향을 주지는 못하였다. 도리어 그들은 자기네의 비뚤어진 심사를 대중 앞에 폭로한 것뿐이었다.[60]

이기영의 『땅』에서는 민주선거 이외에도 논에서 나온 벼를 타작해서 4분의 1만 현물세로 바치면 된다는 농업현물세 제정, 산업국유화 법령

---

58) 북한 사회과학원 역사연구소, 앞의 책, 327쪽.
59) 북한 사회과학원 역사연구소, 위의 책, 329쪽.
60) 이기영, 『땅』, 307쪽.

과 남녀평등권법령의 공포 등 소위 북조선 민주개혁의 성과와 의미에 대해 장황하게 역설하고 있다. 특히 이러한 법령들은 민중들의 경제적 문화적 생활 수준을 향상할 수 있도록 물질적 조건을 보장해준 까닭[61]에 중요한 의미를 지닌다고 요약하고 있다.

4. 민주노선과 반동노선의 대립화 현상 묘사

이기영이 해방 직후 북한의 토지개혁의 성과를 다룬 단편 「개벽」과 장편 『땅』을 분석해 보면, 재미있는 현상을 발견할 수 있다. 「개벽」에서는 사실상 지주계층인 황주사가 주인공 역할을 하고 있으나, 『땅』에서는 머슴출신의 곽바위가 주인공 역할을 톡톡히 하고 있다. 즉 토지개혁의 천지개벽 같은 성격의 민주개혁에 들뜬 작가 이기영이 해방 후부터 6·25 한국전쟁 때까지 북한 내부에 잔존해 있던 반동노선과 민주노선의 대립과 갈등 양상을 두 작품에서 나누어 집중적으로 조명하고 있는 것이다. 하지만 두 작품 사이에는 상당한 작가의식의 변화가 엿보인다. 「개벽」에서는 소위 반동분자인 황주사의 견해를 일부 밝히면서 방해세력의 실체를 인정하고 그들을 통해 과연 민주개혁의 정책들이 성공할까 반신반의하는 소작농계층의 불안감을 반영하고 있다. 이것은 세상이 바뀌어도 의식이 쉽게 변화하지 않는 지주계층의 참 모습을 보여주고 있다는 점에서 반동노선의 한 전형성을 잘 그리고 있다고 할 수 있다. 하지만 장편 『땅』에 오면 확연하게 바뀐 작가의식을 보여준다. 즉 무조건적으로 낙관적인 전망을 보여준다. 곽바위를 마치 민담의 주인공처럼 영웅으로

---

61) 이기영, 『땅』, 280쪽.

미화시키고 못할 것이 없는 천하무적으로 묘사해 나간다. 과장이 지나칠 정도이며 마치 고소설의 영웅소설로 되돌아간 느낌이 든다. 그것은 아무래도 작가 이기영이 「오직 충성의 한 마음으로」에서 밝히고 있듯이 『땅』의 과오에 대한 김일성의 지적[62] 등 당대 독자계층으로부터 비판을 받아 자율성을 잃고 있었기 때문으로 보인다.

「개벽」은 지주계층인 황주사와 소작농인 원첨지의 대립양상을 기본 서사구조로 삼고 있는 단편소설이다. 황주사는 소위 반동노선의 전형인 인물이고, 원첨지는 민주노선을 대표하는 인물로 그려진다. 하지만 사실상의 주인공은 황주사로 보여진다. 작품의 전체 서사구조에서 차지하는 분량뿐만이 아니라 작가가 해방 직후 북한에서 아직도 어느 정도 영향력을 가지고 있는 지주계층의 저항을 사실적으로 반영하려는 리얼리즘기법을 구사하고 있는 것과 관련이 있다. 「개벽」에서 원첨지는 토지개혁법령 제정 군중시위행렬에 아내와 자녀들만 보내고 자신은 짚신 삼을 일이 밀렸다는 핑계로 적극 가담하지 않는다. 그것은 일제의 억압적 상황을 경험한 바 있는 소작농으로서 극단적인 자기보호본능에 해당하는 것이다. 원첨지는 사실은 일보다는 "어떤 의심이 없지 않아서 장래사를 두 길로 보려는 조심성으로 안 간 것"[63]이다. 이러한 원첨지에게 황주사

---

62) 이상경, 「토지개혁이라는 역사적 전변에 나타난 인간 변모의 형상화」, 『땅』(하) 해설, 풀빛, 1992, 330쪽.
　　"땅의 주인으로 된 곽바위 같은 농촌의 새 주인공이 결혼을 한다면 응당 처녀장가를 들었어야 할 것이었다.
　　그런데 이런 사람이 어째 지난날 첩으로 살던 여자(비록 농채 대신 강제로 끌려갔다 하더라도)에게 장가를 들게 하였는가? 이것은 나 자신이 해방된 농촌의 새 현실을 똑바로 인식하지 못하였기 때문에 범한 오류이다. 곽바위는 처녀와도 결혼할 수 있는 해방 후에 성장한 새 인물이다.
　　위대한 수령님께서는 『땅』의 이 부분이 잘못되었다고 정당한 지적을 해주시었다.
　　이 교시를 접하였을 때 나는 자신의 사상미학적 관점에 대하여 심각히 반성해보게 되었다. 수령님의 배려에 의해 지난해에 이 소설이 다시 재판되게 되었을 때 나는 교시를 받들고 이 부분을 깨끗이 고치었다."(『조선문학』 1974. 4)
63) 이기영, 「개벽」, 435쪽.

는 찾아가 빌려간 변리돈을 이자는 그만두더라도 원금이라도 빨리 갚으라고 재촉한다. 그리고 남한에 이승만정부가 들어섰다는 말까지 서슴없이 하면서 평양임시정부가 붕괴할 수도 있다고 다음과 같이 자신의 견해를 밝히면서 회유한다.

> "여보게, 자네두 평양임시정부가 오래 갈 줄 믿는가? 그리고 토지를 농민에게 거저 준다는 그 말을! 흥 그따위 풍설을 믿다가는 공연히 큰 코 다치지. ……(중략)……"
> "세상이 또 한번 뒤집히다니요? 아니 그건 또 어떤 일로 그렇다는 것입니까?"
> 고지식하기로 유명한 원첨지는 황주사의 말을 정말로 곧이 듣고 여간 놀라지 않았다.
> "저러니까 사람이 답답하다는거야. 해외임시정부가 벌써 들어온 지가 언제인데 아니 여적 그것도 모르나? 이승만박사가 지금 대한민국정부를 꾸미는데 그 정부가 중앙정부로 들어서게만 되면 이까진 평양정부는 깨지지 않고 배길 줄 아느냐 말야? 흥, 모두 다 헛일을 하는 줄 모르구서……"[64]

물론 이러한 대화 장면은 지주계층의 교활함과 사태의 반전을 꾀하는 책동의 예로 들고 있음에 분명하다. 하지만 민주노선의 전형적인 인물로 나중에 농촌위원회 위원이 되는 원첨지도 확고한 신념이 없이 귀가 솔깃한 형국을 드러내고 있다. 「개벽」에서의 지주인 황주사는 상당한 식견이 있고 자신의 태도와 신념을 어느 정도 설명할 수 있는 인물로 그려지고 있다는 데 주목해 볼 필요가 있다. 하지만 『땅』에서의 지주계층인 고병상은 논리성이 없이 어릿광대와 같은 행동을 반복하는 우스꽝스러운 인물로 희화화된다. 그것은 작가의 태도가 머슴이나 소작농계층의 전형성을 지니는 곽바위를 힘있고 용감하며 영웅적인 인물로 일관성 있

---

64) 이기영, 「개벽」, 435쪽.

게 그려나가기 위한 의도로 보여진다. 작가는 전형성을 훼손하면서까지 주인공 곽바위를 영웅화한다. 이기영은 그 이유에 대해 "이는 비단 곽바위가 힘이 세다는 것뿐만 아니라 조국과 인민을 위해서는 어떤 난관을 뚫고 나가겠다는 애국심과 그를 안받침한 용감성, 대담성의 표현이며 해방 후 땅의 주인으로 된 조선 농민의 기쁨을 그리기 위한 시도였습니다"[65]라고 밝히고 있다.

물론 「개벽」에서 황주사가 작품의 결말처리에서는 남한으로 도망가는 것으로 묘사되고 있다.

장편 『땅』에서 고병상은 해방 전 곽바위를 머슴으로 부렸던 지주계층이다. 그는 토지개혁법령을 아주 못마땅하게 생각하고 갖은 방법을 동원하여 방해를 한다. 부정적 전형인 고병상은 풍자수법에 의하여 지주로서의 착취적 본성과 간악성, 우매성이 더욱 잘 드러나고[66] 있다. 고병상은 친척인 고한상의 도움으로 창씨개명한 도장을 찍은 진정서를 농촌위원회에 제출했다가 망신을 당하는 등 갖은 저항을 한다. 또 고병상은 개구장 마누라에게 돈을 주고 곽바위를 죽일 독약이나 폭약을 준비하라고 사주하고, 막내 손자 쾌병을 시켜 농업 현물세 창고에 불을 지르려는 흉계까지 꾸민다. 하지만 방화사건은 실패로 돌아가고 손자와 함께 고병상은 도망을 가 버리는 것(초간본에서는 체포되는 것으로 묘사함)으로 대단원의 막을 내린다.

황주사·고병상으로 대표되는 반동노선은 일종의 낡은 것에 해당하므로 결국 쇠잔해간다. 하지만 곽바위·원첨지로 전형화되는 민주노선은 새 것으로 형상화되어 일취월장하면서 새로운 사회개혁에 앞장서는 것으로 장황하게 묘사되고 있다.

---

65) 이기영, 「주인공 설정과 작가의 의도」, 『문학신문』, 1966년 3월 25일자
66) 김홍섭, 『소설창작과 기교』, 평양, 문예출판사, 1991, 403쪽.

그것은 민주 노선과 반동노선의 명확한 길을 가르게 하였다. 한편에는 낡은 것이 쇠잔해가는 현상이 있는가 하면 다른 한편으로는 비록 아직 눈에 띄지 않는 것도 새 것의 불가극복성을 엿볼 수 있게 하였다.

낡은 것의 운명은 마치 지금 이때의 낙엽된 고목과 같이 소조하였다. 그러나 새 것의 앞날은 마치 새해 봄철의 새 잎과 같이 천지만엽의 난만한 개화를 약속하는 것이었다.

곽바위를 중심으로 한 이 마을의 빈농들이 역시 그러하였다. 그들이 민주주의의 새봄을 만난 푸른 싹과 같다면 토지개혁은 우로(雨露)와 같이 그들을 살찌게 하는 영양소요, 생명수가 되었다.[67]

VI. 맺음말

모친을 일찍 잃은(11살) 모성결핍이 자신이 작가가 된 동기(『문장』 1940. 2, 「문학을 하게 된 동기」)라고 스스럼없이 밝힌 이기영은 아이러니컬하게도 고소설과 『추월색』, 『치악산』 등 신소설을 독파한 후 신문학에 대한 동경이 절정에 달해 춘원과 육당의 작품을 애독하게 되었다고 일제 말기에 회고하고 있다. 자신이 카프의 맹원이었고 좌파의 기수인데도 불구하고 우파 민족주의자의 거두라고 평가받던 춘원문학에 심취하여 문학을 시작하였다고 당당하게 말할 수 있는 용기는 바로 그의 솔직담백함과 순수함에서 비롯함을 알 수 있다.

또 어린 시절인 9-10세 무렵의 "빈궁이 극도에 달하였던" 시기를 벗어나기 위해 서울 유학이나 일본 밀항을 통해 해외 유학을 꿈꾸었던 민

---

67) 이기영, 『땅』, 279-280쪽.

촌 이기영은 청소년기의 방랑생활의 실감나는 체험이 자신이 작가가 되는 데 밑거름이 되었다고 언급하였다. 결국 우여곡절 끝에 일본 동경 간다구에 있는 영어정칙학교를 다니면서 문학에 심취하였는데, 특히 러시아문학인 「사닌」 등을 읽고 문학을 더욱 더 동경하게 되었다. 동경에서 가난하였던 고학생 민촌은 홍문사의 필생(일종의 대서업)으로 아르바이트를 하면서 어렵게 야학으로 영어학교를 다녔다. 이때 같이 고학하던 친구가 직업적 사회운동가로 나섰는데, 하루는 그가 건네준 『자본주의의 기구』라는 서적의 팜플렛을 읽고 영향을 받아 마르크시즘의 서적을 탐독하기 시작한다. 이 무렵 민촌은 드디어 계급의식에 눈을 뜨기 시작한 것이다. 그와 동시에 처음으로 러시아문학인 푸쉬킨, 고골리, 톨스토이, 투르거네프, 체홉, 고리키의 작품을 읽었다. 그중에서 특히 고리키의 작품을 애독하게 되었다고 한다. 그 이유는 고리키의 유년시대의 역경이 자신의 그것과 방불한 점이 있어서 계급적 공통성을 느끼게 하였고 그의 고상한 인도주의 정신에 감동을 받았기 때문이었다. 특히 민촌은 낡은 사회를 때려부수기 위한 자각된 노동계급의 영웅적 투쟁성과 민중계층의 아름다운 품성을 알게 해준 고리키의 「어머니」를 읽고 세계관에 큰 영향을 받게 되었다.

물론 민촌은 관동대지진으로 학문을 마무리짓지 못하고 귀국하여 고향에 칩거, 장편 「사(死)의 영(影)에 비하는 백로군」이란 일천수백 매의 소설을 완성한다. 하지만 그 작품을 들고 조선일보 홍덕유 씨나 동아일보 편집국장 벽초 홍명희를 만났으나 거절당한다. 좌절한 민촌은 "나의 환경부터 문학을 허치 않는데 소질까지 없는가 싶어서"라고 하면서 기로를 헤매게 되었다. 기미독립선언 전후에 부친상을 당해 아우와 단가살림을 하던 민촌은 고소설 주인공이 도사를 구하러 다니는 격으로 남한 일대를 방황하다가 예수교를 믿기 시작하였고 논산 영화여학교 교원,

호서은행 전임 등을 지낸다. 이 시기에 기독교에 빠져 들었던 체험이 「최전도사」 등의 일련의 반종교소설을 쓰게 된 계기가 되었다. 그 다음 해 민촌은 『개벽』 현상공모에 단편 「오빠의 비밀편지」가 말석으로 당선되어 문단에 나오게 된다. 1920년대와 30년대의 식민지 시대를 거치면서 민촌 이기영의 소설문학은 몇 차례의 변모양상을 보이게 된다. 초기 소설인 「가난한 사람」(1925), 「민촌」(1925), 「농부 정도룡」(1926) 등에서는 충청도의 고향에서의 가난한 삶의 체험에 바탕한 자전적인 경향을 보였으나, 1927년을 전후하여 카프 내의 목적의식론(방향전환론)에 영향을 받아 그 당시 나온 『농민소설집』에 「홍수」(1930)와 「부역」(1931)을 발표한다. 그리고 1930년대 초에 프로문학 내에서의 안함광과 백철의 농민문학론 논쟁(1931)을 보고 발표한 「서화」(1933)와 『고향』(『조선일보』, 1933. 11. 15-1934. 9. 21)은 소설가 김남천으로부터 "리얼리즘의 승리", 평론가 박영희로부터 "농민생활의 축도"라는 호평을 받게 된다.

민촌은 일제 암흑기인 30년대말부터 40년대초에도 『인간수업』(1936), 『신개지』(1937), 『대지의 아들』(1939) 등을 발표하여 작가 고향에 가까운 천안읍이 일제의 근대화 과정을 통해 변화해 가는 과정(『신개지』) 및 천안 사람들의 풍속 모랄의 변화양상을 사실적으로 다루거나 만주의 개량툰 농장을 배경으로 만주 이농민들의 삶의 애환(『대지의 아들』)을 심도 있게 묘사하였다. 하지만 일제가 군국주의의 말기 증세를 보이자 1944년 강원도 금강군의 궁벽한 산골마을 병이무지리에 들어가 농사를 지으면서 살아가다가 해방을 맞이한다.

한편 해방 후 외부정세는 북한은 소련군의 점령 후 들어온 김일성에 의해 1946년 '북조선 토지개혁에 대한 법령'을 발표하고 무상몰수-무상분배의 혁명적인 방식을 택했다. 이에 비해 남한은 우여곡절 끝에 1948년 3월 군정 법령 제 173호로 '중앙토지행정처'를 설치, 신한공사

소유의 귀속 농지 분배사업을 단행하여 유상몰수-유상분배의 방식을 택하는 농지개혁을 취한다. 그리고 대한민국 정부수립 후인 1950년 3월 법률 제 108호로 개정법이 공포되고 3월 25일에는 농지개혁령이 공포되었다.

작가 이기영은 북한에서 해방 이후 토지개혁이 시행된 것에 지나치게 감격한 듯하다. 따라서 민촌은 단편소설 「개벽」(1946)과 장편소설 『땅』(1948-1949)을 통해 북한의 사회현실을 다소 과장되게 다루게 된다. 즉 토지개혁에 대한 성과를 지나칠 정도로 미화시키고 있다. 우선 「개벽」이 토지개혁법령이 제정된 북한의 사회현실을 주로 다루었다면, 장편 『땅』은 법령 제정 이후 농민들의 자발적인 참여에 의해 북한의 농촌이 어떻게 개혁되고 민주화되어 가는가에 초점을 맞추고 있다.

둘째, 민촌은 두 작품을 통해 일상적 실천과 창조적 노동 묘사 등 소작농들의 자주성을 강조하고 있다. 물론 이러한 사실적 묘사는 소련의 사회주의적 리얼리즘의 창작 원칙인 인민성 · 계급성 · 당파성에 근거한다. 이기영은 「개벽」의 주인공 원첨지와 『땅』의 주인공 곽바위를 모두 빈농이며 소작농인 인물로 설정하고 그들을 통해 세상이 바뀌었다는 사실과 이른한 천지개벽의 세상에서 빈농들이 능동적으로 현실에 대처하고 있는 점을 강조한다.

셋째, 「개벽」과 『땅』에서는 토지개혁법령이 제정된 다음 내놓은 몇 가지 민주적인 정책들이 그대로 제시되어 홍보되고 있다. 「개벽」에서는 농촌위원회의 조직에 대해서, 그리고 『땅』에서는 민주선거의 실시, 농업현물세 제정, 산업국유화법령과 남녀평등권법령의 공포 등 소위 북조선 민주개혁의 성과와 의미에 대해 장황하게 역설하고 있다.

넷째, 「개벽」과 『땅』에서 가장 중요하게 다루어지고 있는 문제가 바로 '민주노선과 반동노선의 대립화 현상'의 묘사라고 할 수 있다. 「개벽」은 지주계층인 황주사와 소작농인 원첨지의 대립양상을 기본 서사구조로 삼고 있는 단편소설이다. 황주사는 소위 반동노선의 전형이고 원첨지는 민주노선을 대표하는 인물로 그려진다. 하지만 사실상의 주인공은 황주사로 느껴진다. 그러나 장편『땅』에 와서는 전형성을 훼손하면서까지 작가가 곽바위를 영웅화한다. 작가 이기영의 표현대로라면 '묘사의 대담성'이라는 기법인 것이다. "보통 인간을 두고 보더라도 비록 최소한 약질일망정 그가 담대한 사람이면 능히 강자를 압도할 수 있듯이 옹골진 작품을 만드는 데는 대담한 묘사가 요구된다"는 것이다. 이것은 작가의 정열문제라는 것이다. 이러한 기법을 사용하는 것은『땅』에서 곽바위를 힘있고 용감하며 영웅적인 인물로 일관성 있게 그려나가기 위한 의도로 보여진다.「개벽」과『땅』에서 황주사와 고병상으로 대표되는 반동노선은 일종의 낡은 것에 해당하므로 결국 쇠잔해간다. 하지만 곽바위 · 원첨지로 전형화 되는 민주노선은 새 것으로 형상화되어 일취월장하면서 새로운 사회개혁에 앞장서는 것으로 장황하게 묘사되고 있다.

새로 발견된 북한『서정시 선집』연구
- 월북시인들의 동향과 당대 사회현실을 중심으로

I. 머리말

2000년 국내의 최대 뉴스는 역시 남북정상회담일 것이다. 금년 6월 15일 평양의 순안비행장의 트랩 위에서 김대중 대통령은 한참동안 북한의 산하를 둘러보며 트랩을 바로 내려오지 않았다. 이러한 장면을 TV화면에서 본 사람들은 누구나 뭉클한 감동을 느꼈을 것이다. 김대중 대통령과 김정일 국방위원장 간의 역사적 정상회담은 그 동안의 냉전구조의 패러다임을 허물고 평화시대의 새로운 담론체계를 형성해 나갔다.

북한이 진실로 변하고 있는가 그렇지 않으면 단지 어려운 경제현실을 뛰어넘기 위해 일시적으로 해빙기를 조성하려고 하는가에 대해 누구도 확실한 답변을 주지는 못할 것이다. 하지만 북한이 내부적으로 상당히 변하고 있으며 그 변화의 물결을 누구도 쉽게 허물지는 못할 것이라는 것만은 분명하다. 어찌되었든 북한은 미·북간이나 일·북간에 외교관계를 맺고 서방의 경제원조를 통해 그간의 취약했던 민족자립경제구조의 틀을 바꾸려고 노력하고 있다. 그러한 발판으로 남북간의 경협과 각 분야에서의 상호교류를 도모하여 내외적 분위기를 화해적 상황으로 뒤바꾸려고 시도하고 있다. 상징적으로 대화분위기를 느끼게 해주는 것이 2차 남북 이산가족 상봉단의 상호방문이다. 특히 2차 상봉단의 신청명단에 「향수」의 정지용 시인의 셋째아들 정구인 씨(북한의 조선중앙방송 기자출신)가 포함된 것은 언론의 주목을 받을만했다. KBS TV 9시 뉴스팀은 필자의 자문을 받아 정지용 시인의 마지막 행적에 대한 특종보도를 하였다. 이러한 정구인 씨의 방문신청으로 인한 언론의 관심은 그동안 잊혀졌던 월북시인들의 동향에 대해 다시금 재조명하게 하는 효과를 가져왔다.

이러한 때에 마침 중요한 북한 자료들이 발견되어 필자에게 입수되었다. 청주에서 9월 중순부터 10월 말까지 열렸던 〈고인쇄출판박람회〉의 북한도서전시회장에 전시되었던 북한의 시집들 중 해방 직후부터 활동했던 북한의 주요 시인들이 망라된 『서정시 선집』(1955)과 『스딸린의 깃발』(1953), 『영광의 한길』(1955), 『김일성시집』(1955), 『청춘송가』(1964) 등 10여 권의 희귀시집이 발견된 것이다.

이 중 『서정시 선집』을 텍스트로 하여 월북시인들의 동향과 해방 이후 45년부터 50년대 초까지의 북한의 사회현실에 대해 구체적으로 살펴보기로 한다. 민족의 숙원인 통일과 진정한 민족통합을 이루기 위해서는 양쪽 문학사에서 동시에 사라져 버린 월북문인들의 업적과 위상을 복원하여 제대로 된 통일문학사의 서술에 대비하여야 할 것이다.

II. 북한문학사에서의 해방 후 시기구분

　북한에서 나온 문학사는 그간 10여 종이 있었다. 하지만 역사상 뚜렷한 차별성을 보이는 것으로는 세 가지 종류가 있다. 1959년에 나온『조선문학통사』(상, 하권)와 1977년부터 1981년 사이에 나온『조선문학사』(5권) 그리고 1991년부터 2000년까지 지속적으로 출간되고 있는『조선문학사』(15권)가 바로 그것이다. 이중『조선문학통사』는 마르크스-레닌주의 미학원리에 의해 저술된 것이고, 나머지 두 가지는 주체사상(주체문예이론)에 의해 기술되었다. 그중 5권으로 된『조선문학사』는 김일성 주석시대를 대변하는 문학사라고 한다면, 15권으로 된『조선문학사』는 김정일 국방위원장 시대의 문학사라고 말할 수 있다.

　15권으로 된『조선문학사』를 근간으로 하여 북한문학사 시문학 분야의 시기구분을 살펴보면, 크게 여섯 가지로 나뉘어지고 있음을 알 수 있다. 첫째, 평화적 민주건설 시기 문학(1945-1949)으로 리찬의 불멸의 혁명송가가 창작되었고 조기천의 장편서사시『백두산』과『두만강』이 만들어졌다. 그리고 건당·건국·건군의 벅찬 현실에 대한 시적 향상이 이루어졌고, 남한혁명과 조국통일 주제의 시들이 창작되었다. 둘째, 소위 조국해방 시기문학(1950-1953)으로 인민군의 전투력을 고양시키고 고무 추동하는 내용의 시들이 많이 창작되었다. 김람인의 서사시『강철청년부대』와 조기천의『조선은 싸운다』가 유명하며 미군에 대한 비판과 규탄의 성격의 시들이 많이 창작되었다. 셋째, 전후복구 건설과 사회주의 기초건설 시기의 문학(1954-1960)으로 농업협동화에 대한 찬양 및 복구와 건설을 고취하는 내용의 시들이 많이 등장하였고, 조국통일의

160

염원을 담은 시들도 창작된 것이 특징이다. 넷째, 사회주의의 전면적 건설 시기의 문학(1961-1972)으로 김정일이 창작한 주체시가문학이 등장했다고 찬양하고 있다. 이 무렵에는 노동당 당중앙위원회 제 4기 제 5차 전원회의가 소집되어 경제건설과 국방건설의 병진을 모색하였고, 1967년 5월에는 당중앙위원회 제 4기 제 15차 전원회의가 열려 당의 유일사상체계를 확립하였다. 이 시기에는 가사문학과 장시가 비약적으로 발전하였고, 서사시 · 서정서사시 · 담시의 발전이 이루어졌다고 한다. 이 시기의 특이한 점은 '서정시의 발전(주체의 서정시)' 라는 항목이 등장한다는 점이다. 즉 이러한 서정시의 본격적인 강조가 김정일시대의 도래와 밀접한 관련이 있음을 입증해 주는 예가 될 수 있다.

다섯째, 1970년대 문학발전의 정형이 형성된 시기(1973-1979)인데, 이 시기에는 김일성을 찬양하는 송가문학과 김정일을 칭송한 시가문학이 등장하기 시작했다는 데 그 특성을 찾을 수 있다. 이 시기에는 커다란 정치적 사건이 있었는데, 1973년 2월에 시작한 '3대혁명 소조운동의 발기' 가 바로 그것이다. 이러한 군중동원운동은 세대교체를 의미하는 동시에 김정일의 후계구도가 그 모습을 드러내기 시작하였다는 것을 뜻한다. 이 시기의 시가문학으로는 사회주의 현실주제의 서정시 『나의 조국』이 창작되었고 조국통일 열망의 시적 구현이 지속적으로 이루어졌다는 것이 특징이다. 여섯째, 온 사회의 주체사상화 위업에 이바지하는 문학창조 발전이 이루어진 시기(1980-1989)인데, 이 시기에는 서사시의 왕성한 창작이 이루어진 것이 특징이고, 사회주의 현실을 다루는 서정시가 많이 등장한 것도 주목할 만하다. 이 시기에는 그전 시기와 마찬가지로 주체의 사회주의 조국에 대한 찬가나 조국 통일에 대한 지향과 염원을 보여주는 시작품들이 많이 지어졌다고 강조하고 있다. 1980년 10월에는 제 5차 대회 이후 10년 만에 조선노동당 제 6차 대회가 열렸다.

이 대회에서 새로운 상무위원회에 김정일이 들어가게 되어 김일성·김일·오진우·김정일·이종옥으로 구성이 되었다. 그리고 김일성을 제외하고는 김정일이 유일하게 정치국, 비서국, 군사위원회라는 당내 3대 권력기구에 모두 선출[1]이 되었다. 한마디로 제 6차 당대회는 김정일의 후계체제를 가시화하고 공식화한 자리였다고 할 수 있다.

  이번 『서정시 선집』에 실린 시들은 북한문학사의 시기구분의 총 6기 중 1기-3기(1945-1955)에 걸쳐 쓰여진 시들로 구성되어 있다.

III. 월북시인들의 동향과 새로운 신인들의 등장

  해방 후 북한은 정치적 파동을 여러 차례 겪는다. 최근에는 김일성 수령과 김정일 국방위원장의 경우에서 보듯이 확고하게 권력을 다져 1인 체제를 유지하고 있지만 김일성을 정점으로 한 유일체제를 구축하는데 22년이란 세월이 요구되었다. 특히 6·25 한국전쟁의 실패 때와, 소련에서의 스탈린 사망 이후 후르시초프에 의한 우상숭배 비판시기, 그리고 중국의 문화혁명 후의 시기 등 몇 차례의 국제 정치 현상의 변화는 김일성의 확고한 권력유지에 장애요인으로 작용했다. 물론 이러한 권력 투쟁을 이겨내고 김일성은 국가주석으로 확고한 위상을 정립하였고 우상화작업에 몰두하여 수많은 정적들을 피의 숙청으로 몰아넣었다. 권력 투쟁에 의한 북한정치사의 굴곡은 문학사 등에도 커다란 파장을 몰고 왔

---

1) 이종석, 『새로 쓴 현대북한의 이해』, 역사비평사, 2000, 511쪽.

다. 김일성에 의해 자행된 자신의 빨치산 직계의 일부까지도 도려내는 피의 숙청은 '반종파투쟁'이라는 이름으로 그에 연루된 많은 예술가들의 희생을 가져왔다.

우선 김일성은 해방 후에 남로당을 사실상 주도하던 국내파 공산주의자의 우두머리인 박헌영과 이승엽 등과 동거정권을 형성하여 형식상의 화학적 결합을 시도한다. 하지만 한국전쟁의 실패에 따른 책임문제를 놓고 결국은 박헌영 등 남로당계열의 정치가를 제거하여 희생양으로 삼는다. 김일성은 미국과 남한이 정전협정을 둘러싼 신공세를 준비중이던 1952년 12월 조선노동당 중앙위원회 제 5차 전원회의를 소집하고 갑자기 '당의 조직적 사상적 강화는 우리 승리의 기초'라는 보고를 하면서 종파주의를 극복하기 위해서는 당성을 꾸준히 단련하고 당조직 규율을 강화하여 민주주의적 중앙집권제의 원칙을 관철해야 한다고 교시하였다. 이러한 명분을 내세운 박헌영의 제거는 그와 가까웠던 임화를 비롯하여 이태준·김남천·이원조 등 수많은 작가들의 숙청으로 이어져 문학사의 왜곡을 가져왔다.

두 번째의 파동은 소련파와 연안파의 거세와 연관이 있다. 소련파의 허가이를 자살로 처리했던 김일성은 세계정세의 변화에 직면하여 위기를 맞이한다. 소련의 스탈린 사망 후 후르시초프에 의한 스탈린 격하운동이 전개되자 1956년 6월1일부터 7월 14일까지 소련과 동구권의 경제원조를 위해 장기여행중이던 김일성을 연안파들이 제거할 음모를 꾸민다. 그리하여 유명한 반종파투쟁[2]이 벌어지게 되었다. 1956년 8월 30일에 중앙위원회 8월 회의가 열렸는데, 이 자리에서 연안파의 서휘와 윤공흠은 김일성에 대한 개인숭배를 비판하였고 최창익은 북한경제발전의

---

2) 박태상, 『북한문학의 현상』, 깊은샘, 1999, 22-23쪽.

난관을 초래하는 중공업의 치중을 비난하고 생필품의 생산확대를 위해 경제계획을 개편할 것을 촉구하였다. 그리고 군부에서 연안파의 김을규·최월종·최종학 등이 인민군의 전통은 비한국적인 빨치산 전통보다는 일제 치하의 북한에서 열렸던 농민운동에서 계승되어야 한다고 주장하였다. 김일성은 1956-57년 사이에 당증 재발급 사업을 벌이면서 연안파의 인물들을 당과 정부로부터 축출[3]하였다. 이 사건에 연루되어 기석복·정률 및 이들을 추종한 김조규·민병균 등이 작가동맹 중앙위원에서 제명[4]되었다.

또 김일성은 이 무렵인 1958년 10월에 내린 교시에서 「작가 예술인들 속에서 낡은 사상 잔재를 반대하는 투쟁을 힘있게 벌일 데 대하여」에서 문학계 내부에 잔존하고 있는 부르주아적 잔재와의 투쟁을 요구하였다. 그리고 조선작가동맹 중앙위원회 제 4차 전원회의에서 한설야가 「공산주의 교양과 우리 문학의 당면 과제」란 보고문을 발표하였고 이 결과 채택된 결정서에서 "부르주아 문학사상에 물젖은 안막·서만일·윤두헌 등을 폭로 비판"[5] 하였다. 다음으로 1967년 유일사상체계가 확립되기 직전인 1964-65년 사이에 이에 적극적으로 협조하지 않았던 한설야·박팔양 등이 숙청(1962년경부터 비판이 시작되었다는 견해도 있음)되었다. 한설야·박팔양 등은 협동농장에 보내졌다가 다시 출판사의 교정원으로 한동안 일하면서 사실상 연금상태에 처해졌다고 알려져 있다.

해방 직후 북한문학계는 월북한 기존의 카프계열의 작가들인 임화·박팔양·박세영·리찬 등과 1930년대 중반 이후 문단에 나온 민병균·김우철·안룡만·김북원 그리고 오장환·조벽암·이용악·백석 등의

---

3) 서대숙, 「정권의 수립과 변천과정」, 최명 편, 『북한개론』, 을유문화사, 1990, 69-75쪽.
4) 김재용, 『북한문학의 역사적 이해』, 문학과 지성사, 1994, 140쪽.
5) 김재용, 위의 책, 148-149쪽.

164

월북시인들과 새로 문단에 나온 김순석·리맥·김상오·강승한·김광섭·정문향·정서촌 등으로 북적거리고 있었다. 이들 중 리찬(1910-1974)은 함경도 북청군 출신으로 1930년대 서울 경복중학교를 졸업하고 일본에 건너가 대학에서 공부하다가 학비가 없어 1933년 중퇴하고 귀국하였다. 그는 1937년에 발표한 서정시『국경의 밤』과『눈내리는 보성의 밤』(1938)이 유명하며, 북한에서 현재 애국가보다 더 많이 불리고 있는『김일성 장군의 노래』(1946)를 작사하였다.

다음의 도표를 보면 안막·서만일 등이『서정시 선집』(1955) 이후에는 실종되었음이 확인되고 있다. 그리고 박팔양과 민병균, 김조규 등도 활동이 주춤하고 있음을 알 수 있다. 그 외 월북문인으로는 조령출, 조벽암, 리용악 등이『서정시 선집』이후에 등장하지 않고 있는 점도 특이한 현상이다.

그리고 1950년 한국전쟁 통에 사라진 정지용, 김기림, 백석, 오장환 등과 전쟁중 인민군과 함께 종군하다가 사망한 것으로 알려진 조기천 등도 나타나지 않고 있다. 이중 정지용과 김기림은 6·25중 체포되어 서울 서대문형무소에서 북으로 끌려가 평양감옥에 있다가 정치보위부원의 호출에 의해 나간 후 사라진 것으로 목격자들의 증언에서 확인되고 있다. 백석(1912- ?)의 경우 오산고보 재학중 일본에 건너가 일본 청산학원 영문과에 입학하여 다니다가 1934년 귀국하여 조선일보사의 잡지『여성』의 편집기자로 활동하였다. 그는 1936년 발행한 시집「사슴」으로 일약 유명해졌는데, 1937년(26세) 때에는 함흥시의 영생고보 교사로 전직했다가 다시『여성』에서 잠시 활동했다. 그 이후 1942년 만주의 안동(현재 단동)의 세관에서 일하다가 1945년 신의주를 거쳐 고향 정주에[6]

---

6) 박혜숙,『백석』, 건국대출판부, 1995, 102-104쪽. 작가연보 참조.

머물게 된다. 하지만 이 무렵 조만식 선생의 비서직을 수행한 것이 문제
가 되어 문단에서 사라져 버리게 된다. 오장환(1918-1950년대 초)은 충
북 보은군 회인 출생의 시인인데, 휘문고보 시절 정지용으로부터 시를
배웠다. 그는 일본으로 건너가 지산중학교를 거쳐 메이지대학을 중퇴하
고 귀국해 종로 관훈동에서 '남만서점'을 운영하던 중 서정주, 김동인,
김광균, 함형수 등과『시인부락』동인으로 활동하였다. 오장환은 6·25
한국전쟁중 서울을 다녀갔다는 설이 있으나 확인이 되지 않고, 50년대
초 신장결핵을 치료하기 위해 모스크바에 건너갔다가 그곳에서 사망했
다는 설[7]이 가장 유력하다.

다음의 도표를 참조해 볼 때『서정시 선집』을 비롯하여 5개 시집에
모두 등장하는 시인으로는 안룡만과 김북원이 있고, 4개 시집에 참여한
인물로는 정문향과 정서촌이 있다. 김북원(1911-1984)은 함경남도 홍원
군에서 빈농의 아들로 태어나 1927년경 시「이때는 새벽」,「폭풍우」
(1928) 등을 발표함으로써 문단에 등장하였다. 그는 해방 후 함경도 인
민위원회 문학과장으로 근무하면서 시집『조국』을 펴냈다. 그는 6·25
중 종군하면서 가사「우리의 최고사령관」을 창작하였고 인민군을 찬양
한『낙동강』을 발표하면서 유명해졌다. 김북원은 전쟁 후에 작가동맹 시
분과위원장을 지냈다.[8]

그 외의 신인들로 마우룡, 리맥, 김철, 김순석, 리호남, 강승한, 리원
우, 리정구, 리효운, 백인준, 김광섭, 김상오, 홍순철, 동승태, 김귀련,
상민, 김춘희, 강립석, 감학연, 김소민, 김영철, 김경일, 리병철, 박문서,
박근, 박승수, 신동철, 신상호, 원진관, 전태정, 전동우, 전초민, 주태순,
최명화, 한명천, 한진석, 한진태 등이『서정시 선집』에 시를 발표하고

---

7) 신경림,『시인을 찾아서』, 우리교육, 1998, 181쪽.
8) 윤종성 외 편,「김북원」,『문예상식』, 평양, 문예출판사, 1994, 228쪽.

있다.

또 비교대상 시집 중 가장 뒤에 나온 『청춘송가』(1964)에는 이름이 생소한 새로운 신인들이 풍성하게 등장하고 있다. 그들의 이름을 나열하면, 민인순, 차승수, 신운호, 리범수, 김병만, 하우연, 전관진, 김영철, 최진용, 리계심, 리호일, 정건석, 채정린, 홍종린, 김희중, 박호범, 리수형, 한진식, 리신복, 양운한, 안충모, 리숙녀, 박승, 오영환, 송동식, 조빈, 리상건, 정렬, 전동우, 림호권, 백하, 남태범, 함영기, 김시권, 로승모, 송찬웅, 김응하, 김죽성 등이다. 이들은 최근의 북한 시문학계에서 활발하게 활동하고 있다.

Ⅳ. 북한 문학계에서 서정시의 존재가치와 한계

1. 서정시의 위상과 미학적 원칙

북한에서 서정시가 크게 부각된 것은 문학사상 두 번에 걸쳐 있었다. 한 번은 해방 직후였고, 다른 한 번은 60년대 후반부터 70년대 초 사이에 '주체의 서정시'란 명칭으로 이루어졌다. 전자의 경우, 해방의 감격을 표현하기 위해서 불가피했으며, 「정강 20개조」 3조에 포함된 창작의 자유에 대한 시인들의 폭발적인 기대감을 반영한 것도 또 다른 한 요인이 되었다. 후자는 김정일에 의한 김일성 우상화작업과 밀접한 관련이 있다. 후자의 이론은 90년대에 와서 한 권의 이론서로 나올 정도로 정돈이 되었다. 후자의 이론을 좀더 구체적으로 살펴보기로 한다.

시는 서정의 문학이다. 시문학의 형태적 특징은 서정성이다. 따라서 서정성은 서정적 묘사방식의 특성에 의하여 규제되는 시의 특성이다. 서정적 묘사방식이란 시인이 생활에서 받은 충격과 자기가 체험한 사상 감정을 정서적으로 토로하는 생활반영의 방식이다. 시형상의 힘은 정서적 공감력이다. 시의 정서적 공감력은 사상이 정서를 타고 흘러나올 때 발휘된다. 이러한 설명만을 보면 북한에서의 서정시는 부르주아사회에서의 서정시와 차이점이 없다. 하지만 서정의 본질에 대한 파악에서 근본적인 차이를 드러내고 있다.

부르주아 문예이론에서는 서정의 본질을 순수한 주관의 '자체표현'으로 본다는 것이다. 여기에서는 서정의 세계관적, 심리적 기초를 종교적이며 신비적인 '자아'의 세계가 아니면 '자의식'세계에 두거나 순수 감각적인 것에 둠으로써 시문학의 인식교양적 역할을 말살하였으며 형식주의적이며 자연주의적인 시문학을 합리화하였다[9]고 비판한다.

한편 감정은 무엇보다 먼저 인간의 자주적인 활동에 의하여 생겨난다. 사회적 존재인 사람은 사상의식을 가지고 자주성을 실현하기 위한 투쟁을 벌인다. 인간의 감정은 이러한 자주적 활동의 산물[10]이라는 것이다.

시에 서정이 있게 하는 요인은 시의 사상적 요인과 감정 정서적 요인의 유기적 결합이다. 시에서의 사상은 무엇보다도 현실에 대한 시인의 태도와 입장을 반영하고 있다. 깊이 있고 의의 있는 사상을 반영하는 것은 사회적 의식의 한 형태로서 문학예술의 필수적 요구이다.

그리고 서정시는 시대의 주도적인 사상감정을 반영하게 마련이라는 것이다. 시대의 주도적인 사상감정은 자주적이며 창조적인 인민대중의 염원과 의지, 신념 등이다. 모든 시대에는 시대정신, 인민대중의 주도적

---

9) 장용남, 『서정과 시창작』, 평양, 문예출판사, 1990, 11쪽.
10) 장용남, 위의 책, 19쪽.

인 사상감정이 있다. 인민대중의 주도적인 사상감정과는 동떨어져 그 어떤 감상적이며 애상적이며 변태적인 감정세계에 매달린 시들은 예외 없이 자연주의적이며 형식주의적인 것으로 전락되었다.

역사가 발전함에 따라 노동계급의 혁명사상이 나오고, 이에 기초하여 선진적인 문예이론이 출현함으로써 서정에 대한 사실주의적인 견해, 인민적이며 혁명적인 견해가 나오게 되었다는 것이다. 그리하여 서정의 사회계급적 성격이 강조되게 되었으며 생활의 본질과 시대정신을 구현한 서정의 진실성과 민족성, 시대성에 대한 논의가 강화되게 되었다[11]는 것이다. 북한의 서정시이론은 시대의 주도적 감정을 거론하면서 종국에는 다음과 같이 '충성의 서정'을 강조하는 것으로 귀결된다.

> 우리 시문학의 서정은 충성의 서정으로 되어야 한다. 충성의 서정, 이것은 위대한 수령과 친애하는 지도자동지에 대한 끝없는 흠모의 서정이며 효성의 서정이며 수령께서 마련해주시고 지도자 동지가 빛내어 주시는 조국에 대한 열렬한 사랑이며 우리 나라 사회주의 제도와 우리 인민의 행복한 생활에 대한 견결한 옹호정신이다. 충성의 서정은 실로 우리 시대 인간의 가장 아름다운 정신적 미를 집중적으로 체현한 서정이다.
> 충성의 서정은 주체적 시문학의 특징을 규정짓는 가장 본질적인 요인으로 된다.[12]

하지만 북한에서의 이러한 서정시에 대한 이론은 두 가지 점에서 커다란 한계를 지닌다. 하나는 서정시가 개인의 감정, 정서에 바탕하는 데 비해 북한의 사회주의적 리얼리즘이론은 집단의식에 바탕하고 있다는 점이다. 다른 하나는 서정시의 본령은 개인정서의 자유로운 표출인 데 비해 북한에서의 서정시이론은 결국 혁명적 수령관의 표현으로 이어져

---

11) 최길상, 『주체문학의 새 경지』, 평양, 문예출판사, 1991, 142쪽.
12) 장용남, 위의 책, 52-53쪽.

창작의 제한이 이루어진다는 점이다.

2.『서정시 선집』수록 시인들의 면모와 특성

『서정시 선집』은 해방 직후에 월북하였거나 북한에서 이미 활동하고 있거나 또는 새로 해방 이후에 문단에 나왔던 북조선작가동맹 소속 모든 시인들이 망라되어 있다는 점이 특징이다. 따라서 해방 이후부터 50년 대 초까지의 북한문학계의 동향을 파악하기에 가장 좋은 작품집이라는 데 의미가 있다.

특히 앞서 월북시인들의 동향을 살피면서 제시한 도표에도 잘 나타나 있듯이 그 전후시기에 북한에서 발행된 어떤 시집보다도 참여시인들의 수가 월등히 많다는 점이 주목해볼 점이다. 그것은 아무래도 북한 시 문학이론서에도 나와있듯이 "서정시는 모든 문학의 생명이고, 정신이며, 주되는 문학이며 문학의 문학이므로"[13] 당대에 시인이라고 행세한 모든 이들의 참여가 가능했던 것으로 보여진다.

『서정시 선집』수록 시인들의 면면을 살펴보면, 크게 세 가지 부류로 나눌 수 있다. 첫째, 1920년대 중반부터 카프에 참여하여 활동하였다가 해방 직후 조선공산당이 주도한 조선정판사 사건으로 인해 미군정이 공산주의자들을 검거하거나 수배하는 등 강력하게 단속하자 체포를 피해 1947-48년경 월북하였던 박팔양, 안막, 리찬, 박세영, 김우철(임화 포함) 등이 있다. 이중 리찬은 북한에서 애국가 못지 않게 불리어지고 있는「김일성 장군의 노래」를 작사하는 등『조선문학사』에서 커다란 평가

---

13) 최길상, 앞의 책, 142쪽.

를 받고 있다. 박세영(1902-1989)은 북한 문학사에서 박팔양과 쌍벽을 이루는 시인으로 높이 평가받고 있는 시인이다. 그는 배재고보를 다니다 연희전문에 편입하여 재학중 1925년에 카프에 가맹하였다. 그의 초기 시는 주로 자연을 노래하였으나 1930년대 들어와 점차 현실적 모순을 파헤치면서 노동자, 농민들의 비참한 생활과 그들의 투쟁을 그리는 것으로 지향하였다. 1928년에 쓴 시 「타작」이 유명하며, 시 「산제비」와 1956년에 나온 『박세영 시선집』이 북한문학사에 기술되어 있다. 둘째는 1930년대 중반쯤 문단에 나왔다가 월북한 문인들인 오장환 · 안룡만 · 조벽암 · 민병균 · 리용악 · 박산운 · 조령출 · 서만일 · 김조규[14] 등이 있다. 이들 중 안룡만과 리용악 그리고 조벽암은 북한문학사에서 그 족적을 크게 평가받고 있는 시인들이다. 셋째는 해방후 소련에서 입국한 조기천과 새로 문단에 데뷔한 신인들의 등장이다. 대표적인 인물로 김북원, 리맥, 김순석, 김철, 리효운, 김상오, 정문향, 정서촌, 강승한, 김광섭, 리호남, 김춘희, 김귀련, 리원우, 리정구, 백인준, 홍순철, 상민 등이 있다. 그 외에도 중견, 신인급 시인으로 강립석, 김학연, 김소민, 김영철, 김경일, 리병철, 박문서, 박근, 박승수, 신동철, 신상호, 원진관, 전태정, 전동우, 전초민, 주태순, 최영화, 한명천, 한진석, 한진태 등이『서정시 선집』에 시를 발표하였다. 그런데 이미 6 · 25 한국전쟁중에 실종되었거나 박헌영 실각 때 같이 희생되었던 시인들은 『서정시 선집』에 누락되어 있어 안타깝다. 대표적인 인물이 정지용, 백석, 김기림, 오장환, 조기천 등이다.

---

14) 김학렬, 『조선프로레타리아 문학운동 연구』, 평양, 김일성종합대학 출판사, 1996, 45쪽. 『카프』기관지격으로 나온 문예잡지인 『제3전선』(1927), 『군기』(1930), 『집단』(1932), 『이러타』(1931), 『형상』(1934) 등이 당시에 간행되거나 편집되었는데 압수되거나 미발간된 경우도 있었다. 이중 『형상』은 리갑기가 간행하였는데, 시가라는 항목에 리무영, 박세영, 김기림, 박아지, 김조규, 조벽암, 조령출, 리흡 등의 시가 수록되어 있고, 1934년 문단에 대한 희망이라는 항목에 김기림, 조벽암, 권환, 리무영 등의 시인의 글이 나온다.

그리고 또 한 가지 기이한 일은 북한문학사가 높이 평가하는 카프계열 시인들인 권환, 김창술, 류완희, 박아지, 송순일, 김해강, 김람인, 리흡, 김소엽, 림학수, 김태오, 리설주 등이『서정시 선집』에서 왜 제외되었는가 하는 점이다. 이들은 그 이후에 나온『영광의 한길』(1955)이나『청춘송가』(1964)에도 누락되어 있다. 이들 중 권환(1903-1953)은 1953년 사망한 것으로 되어 있어 누락된 이유를 알 수 있다. 다른 시인들도 이러한 이유가 아닐까 추정해 본다. 단 1960년에 조선작가동맹출판사에서 펴낸,『현대조선문학선집』11(시집)에는 송순일, 박아지, 리찬, 안룡만, 조벽암, 송완순, 김우철, 양운한, 김조규, 민병균, 조령출, 리용악, 김람인, 김소엽, 리원우 등이 망라되어 있다. 이러한 부분에 대해서는 추후 다른 논문에서 상세하게 다루기로 한다.

3.『서정시 선집』에 나타난 당대 북한의 사회현실

『서정시 선집』에는 그 당시 북조선작가동맹에 소속되어 있던 작가들 대다수가 참여한 것이 특징이다. 그리고 시기적으로는 1945년 해방시점부터 1955년도 시집이 발행되어 나올 때까지의 서정시들로 채워져 있다. 특히 1950년 한국전쟁 시기에 직접적으로 종군기자로 참여한 시인들이 많았기 때문에 유난히 한국전쟁을 소재로 하여 그 체험을 사실적으로 다루면서 인민군대의 활동상을 찬양하고 미군에 대한 적개심을 표현하는 작품들이 압도적으로 많다. 다음으로는 해방 직후 소련군의 점령으로 일제를 몰아낼 수 있었기 때문에 소련과의 친선을 강조하고 소련군이나 간호장교에 대한 고마움을 표현하는 시들이 많다. 이러한 소련과의 친선강조는 소련과 중국이 국경분쟁을 빚어 사이가 나빠진 이후에는 등거리외교를 하는 원칙 때문인지 문학이나 역사에서 사라지게 된다. 한마디로 『서정시 선집』에는 해방 직후부터 50년대 중반까지의 북한의 사회현실이 적나라하게 드러나고 있는 점이 특징이다.

1)소련과의 친선 강조와 국제주의 예찬

　『서정시 선집』(1955)에 실려있는 시중 양적으로나 질적으로 가장 두드러지게 보이는 것이 소련에 대한 고마움을 표시하고 친선을 강조하는 내용의 시들이다. 대표적인 시가 김북원의 「그대의 손길은」이다. 이 작품은 소련인 기술자 이바노브를 찬양하는 작품으로 그의 손길은 "사회주의 나라 건설에서 / 저 동력의 심장 드네쁘르에서 자란 손"이라고 찬양하면서 "그대의 조국 / 위대한 소련에 / 감사와 영예를 보내며 / 돌아가는 기계 앞에서 / 쏟아지는 붉은 쇳물 옆에서 / 그대와 우리는 승리를 불렀다"고 하면서 소련에 대한 고마움을 최대의 찬사로 표현하고 있다. 또 김조규가 1946년 쓴 시 「쓰탈린에의 헌시」는 스탈린을 러시아의 하늘에 떠오른 〈빛나는 하나의 태양〉이라고 예찬하면서 그에 의해서 평화와 안전과 자유와 평등이 구현되었다고 칭송하고 있다. 그리고 시의 끝 부분에서는 "민주 조국 창건을 위한 / 이 나라 백성들의 노래 소리 우렁찬데 / 밝고 따뜻한 태양으로 이끄시는 / 세계 인민의 수령에게"라고 하여 소련군에 의해 북한이 일제의 질곡으로부터 해방될 수 있었다고 그 고마움과 공적을 스탈린에게 돌리고 있다. 안룡만의 「자작나무」는 1951년에 쓰여진 시로 소련군이 참전하여 목숨을 바쳐 싸워준 것에 대한 보답의 시를 바치는 형식을 취하고 있다. 특히 소련 군인의 한 명인 쎄로샤에게 전쟁에 참여하여 신명을 다 바쳐 싸워줌으로써 원수에게 장송곡을 보낼 수 있었다고 예찬하면서 쎄로샤의 정신을 이어받아 북한의 군인들도 자작나무 언덕을 지켜나갈 것이라고 조국수호의 뜻을 다지고 있다.

그대처럼 나는
보습 쥐던 손에 따발총 들고
장엄한 싸움의 불을 거쳐
떳떳한 평화의 전사로
영웅 조선의 이름으로 자랐다.

오늘은 조선의 이름이
세계의 별로 빛나는 땅에서
한 그루 자작나무처럼
어머니의 땅에 뿌리 박고
창공으로 손 저어 뻗어 가리라

하기에 쎄로샤
전우의 인사를 보낸다.
국제주의 무적한 깃발로
원쑤에게 장송곡을 보내며
우리 청년들은 언제나
사랑과 기쁨 속에 살아가리니

그대가 고향의 자작나무
사랑하는 황금빛 수풀―
한 그루 나무를 위하여서도
목숨을 바쳐 싸웠듯이
우리도 소대의 깃발을 높여
자작나무 언덕을 지켜 가리라

안룡만, 「자작나무」

1947년에 쓰여진 서정시인 김순석의 「잣나무」도 해방을 맞이하여 제일 먼저 북한에 상륙한 소련군인 글린까에게 바치는 시이다. 이 시에서 "청진에서 라남으로 / 라남에서 이곳까지 / 그래 이곳에 며칠을 묵어 / 패잔 왜병을 모는 진격의 발걸음 / 남으로 돌려야 하는 그 날이었지"라고 하면서 패잔 왜병들을 몰아내는 감격의 순간들을 회상하며 소련에 대해 감사의 뜻을 전하고 있다. 특히 김순석은 이 시에서 새로운 나라에서 자라나는 새 청년인 자신들이 잣나무처럼 햇살을 받아 잎새 번쩍거리며 우뚝 서 있을 것이라고 다짐하고 있다.

소련에 대한 친선을 강조하는 시는 이 이외에도 김춘희의 「축수」, 리정구의 「영원한 악수」와 「과학기술 소련」, 안막(최승희의 남편, 월북하였다가 숙청 당함)의 「두 아들」, 강승한의 「려사에서」, 박산운의 「위대한 인민의 손길」 등이 있다.

2) 인민군대 예찬과 미군에 대한 증오심 표출

『서정시 선집』에 발표된 시는 시기적으로 1950년을 전후하여 쓰여진 작품이 많아서인지 6·25 한국전쟁을 배경으로 하는 작품이 압도적으로 많다. 그리고 당대 북한의 최고 서정시인 그룹에 속한다고 할 수 있는 리찬·김조규·김북원·김순석·안룡만 등의 시가 망라되어 있다. 물론 가장 유명한 시는 김북원의 「낙동강」(1950. 8. 8)이다. 김북원은 임진왜란 때 왜구의 침입과 일제 36년의 역사 등 낙동강의 파란만장한 내력을 나열한 후에 인민군의 전투성과 용맹성을 찬양하고 인민군대의 활약상을 해방과 자유를 위한 싸움이라고 강조하고 있다.

새 날이 동터온다

락동강에 새 날이

원쑤를 휩쓸어 도로 찾은 우리 강산에
인민의 새날이
보병 부대
땅크 부대
엄호 협동으로
락동강 건너 대안 고지에 올랐나니

또치까 불이 꺼졌다.
원쑤의 화선 묵묵케 한
너 인딘 군대

불패의 무력아!
진격하라! 대구로 부산으로―
악착한 침략자의 손아귀에서
인민을 해방하기 위하여
나아가라! 최후 승리의 언덕으로

김북원, 「낙동강」

　김선려 · 이근실이 집필한 북한의 『조선문학사』 11권은 김북원의 「낙
동강」을 "인민군대의 영웅적 도하장면을 처음부터 마지막까지 노래한
장시로서 사건 위주가 아니라 체험세계의 개방을 기본으로 서정의 색깔
과 감정의 기복을 다양하게 조성함으로써 지루감을 주지 않고 독자들을
시종일관 시세계에로 끌어들이는 커다란 시적 견인력을 가지고 있다"[15]
고 높게 평가하고 있다.

　안룡만의 「나의 따발총」과 「포화 소리 드높은 칠백리 락동강에」도

---

15) 김선려 · 이근실, 『조선문학사』 11권, 과학백과종합출판사, 1994, 88쪽.

6·25 한국전쟁중의 인민군대의 활약상과 용맹성을 찬양한 작품이다. 「나의 따발총」(1950)은 빨치산 출신의 청년을 시적 화자로 내세워 김일성을 찬양하고 돌격전에 앞장서 나가 따발총을 원수에게 퍼부어 승승장구하며 승리할 것이라고 고무·추동하는 시작품이다. 이외에도 김조규의 「이 사람들 속에서」와 「간호장 박기호」, 김순석의 「어랑천」, 리찬의 「나무 한 그루 바로 못선 고지에」, 김학연의 「독로강 기슭에서」와 「화선에서」, 동승태의 「호랑이 사수」와 「너, 나 서로의 조국을 위하여」, 박세영의 「숲속의 사수 임명식」 등이 있다.

미군에 대한 적개심과 극도의 증오심을 표현한 작품으로는 백인준의 「얼굴을 붉히라 아메리카여」가 있다. 백인준은 이 시에서 미군을 식인종에 비유하며, 미군이 70살 넘은 할머니까지 강간했다고 적개심을 표현하면서 조선에서 미군을 불러들이라고 외치고 있다.

또 6·25 한국전쟁을 배경으로 하는 시 중에서 특이하게 종전에 대한 희망을 피력하고 평화희구의 내용을 다룬 시도 있어 주목된다. 이러한 시작품에는 서만일의 「봉선화」와 박근의 「해당화」가 있다.

3) 김일성의 고매한 인간성 찬양

『서정시 선집』은 해방 직후에 쓰여져서 그런지 생각보다 김일성을 찬양하는 작품이 압도적 다수를 차지하지는 않는다. 그리고 주체사상이 형성된 70년대 이후의 작품들과는 달리 김일성의 인민과 함께 하려는 정신과 인민들의 어려움을 하나라도 풀어주려는 자상한 성품을 미화하고 있는 작품이 많다는 것이 특징이다. 김우철의 「경애하는 수령」(1952 여름)은 김일성이 후방 전선을 돌아보다가 영예군인학교를 찾아준 것에 대한 고마움을 표시한 작품이다. 이 시에서 김우철은 "그날의 감격만은 감추어 둘 수 없다 / 심장의 높은 고동을 한마디로 옮기면 / 김일성 장군은 우리와 함께 있다!"고 하여 김일성이 인민들과 함께함을 강조하고 있다. 또 인민들에게 마음에 품은 소원을 말해 보라고 하면서 "이 동무들 요구를 다 들어 줘야지"라고 인민의 아픔과 슬픔 그리고 빈곳을 채워주려고 하는 자상한 성품을 미화시키고 있다. 또 리맥의 「장군께서 오신 마을」(1951)도 바쁜 전쟁 와중에도 김일성이 농촌 마을을 찾아와 농민들에게 부족한 것이 무엇인지 묻고 "소금이 없으면 / 소비조합에 말해 / 얼른 실어 주시오"라고 간곡하게 말했다고 김일성의 인민제일주의의 성품을 찬양하고 있다.

하지만 박팔양의 「무궁한 세월에 우리의 태양이 빛나리」(1954)와 박세영의 「수령은 우리를 승리에로 부르셨네」(1953), 김춘희의 「태양을 따르는 해바라기처럼」(1949), 박승수의 「우리의 최고사령관」(1954)에 오면, 유일체제 구축 이후의 시처럼 김일성의 영웅성과 혜지를 찬양하고 무조건적인 충성을 강조하고 있다. 특히 박팔양은 김일성이 일제를 내몰고 인민들을 해방시킨 점과 새로운 인민정권의 수립, 그리고 6·25 한국전쟁에서 미군의 침략("해적의 무리 대양을 건너와 / 우리 강산을 더럽히였건만")을 막아낸 점 등을 제시하면서 "동방 하늘에 무지개 섰네"라고 김일성을 예찬하고 있다.

높고 높은 백두산
하늘에 맞닿은 천지 우에
칠색 령롱한 무지개 섰네
동방 하늘에 무지개 섰네

반만년 력사 깃들인 대지
아침 햇발 찬란한 이 나라에
인민의 수령이 나섰네

김일성 원수가 나섰네

박팔양, 「무궁한 세월에 우리의 태양이 빛나리」

4) 새 공화국 예찬과 '민주기지론' 등장

『서정시 선집』에 나오는 시 중 상당수는 해방의 기쁨을 노래하고 북한에 새로운 인민공화국이 들어서게 된 점을 대단한 긍지 속에서 미화시키고 있다. 특히 해방 후 김일성을 주축으로 한 임시 인민위원회를 설치하여 일제와 친일 민족반역자들이 차지하고 있던 토지와 산업을 몰수하여 소작농 등 빈농들에게 무상으로 나누어주고, 국가가 일체의 산업을 국유화하여 민족경제 발전의 토대를 쌓은 것을 첫 번째 사업으로 삼은 것을 미화시키고 있다. 그리고 노동력의 동원을 통한 산업 생산성을 높이기 위해 노동법령과 남녀평등권법령을 발표한 것도 획기적인 조치였다고 할 수 있다. 그리고 노동당의 창건과 첫 민주선거의 실시는 북한 사회주의 건설의 토대를 마련한 정치·사회적 개혁방안이라고 할 수 있다. 『서정시 선집』에 수록된 시들은 이러한 정치적 변화를 가져온 새 공화국의 등장을 예찬하고 있다.

이러한 작품으로는 박팔양의 「선거장으로」(1948), 조벽암의 「영광스러운 우리 조국」, 김조규의 「모란봉」, 김순석의 「낯선 마을을 지나며」, 조령출의 「북조선으로」 등이 있다. 해방 직후 북한에서는 1946년 8월 28일부터 30일까지 3일간 공산당과 신민당을 통합한 조선노동당 창립대회가 열렸고, 1946년 11월 3일에는 첫 민주선거가 실시되어 3,459명의 도·시·군 인민위원회 위원들이 당선되었다. 이러한 선거를 발판으로 하여 급속하게 사회주의 건설을 위한 개혁조치들을 단행[16]하고 드디어 1948년 8월 25일에는 최고인민회의 대의원을 뽑기 위한 총선거를 실시하게 되었다. 박팔양의 「선거장으로」는 최고인민회의 대의원을 뽑는 8월 25일 선거에 나가 애국열사 후보에게 한 표를 던질 것을 다짐하는 내용을 다음과 같이 담고 있다.

> 립후보 그분은 존귀한 인민의 대표
> 조국의 영예 위하여 싸워온 애국 렬사
> 나도 조국과 인민을 사랑하는 까닭에
> 내 그분에게 정성의 한 표를 드리겠노라
>
> 백두산에서 한라산까지의 삼천만의
> 오직 한곳 통일 민주 독립 위하여
> 최고 인민회의 대의원 선거하는 날
> 영광스러운 선거장으로 나아가겠노라
>
> 박팔양, 「선거장으로」

조령출의 「북조선으로」는 1948년에 쓴 시로 남한의 이승만 괴뢰정부를 타도하자는 플래카드를 보면서 3.8선을 넘어 북조선으로 가자고 선동하고 있는 시인데, 재미있는 것은 '조선의 민주기지'론을 전개하고 있다는 점이다. 그리고 벌판의 나락과 보리이랑은 모두 이제 농민의 것임을 강조하고 조국의 자유를 찾아준 스탈린 대원수와 민족의 앞길을 밝혀준 김일성 장군을 따라 새 공화국 수립에 앞장서자고 강조하고 있다.

한편 조벽암의 「영광스러운 우리 조국」(1953)은 북한 조선인민공화국 탄생일을 축하하는 시인데, 민주기지론에 입각하여 미군과의 한국전쟁의 싸움에서 북한을 지켜냈다는 기쁨을 노래한 시이다. 이 시는 1953

---

16) 북한 사회과학원 역사연구소, 『현대조선역사』, 서울, 일송정, 1988, 329쪽.

년에 쓰여진 것으로 보아 전쟁이 휴전선을 사이에 두고 교착상태에 빠진 상태에서 종전이 눈앞에 다가왔음을 인식하고 전쟁 후에 폐허상태에 빠진 조국산하를 재건하기 위해 곡괭이를 들어야 한다고 부르짖고 있다. 단순히 해방 후의 북한 정권의 수립을 찬양한 시가 아니고 전쟁의 잿더미 속에서 다시 출발해야 한다는 불굴의 투지를 밝히고 있어 비장하기까지 하다. "인류의 원쑤 미제는 / 이 땅에 불을 질러 / 일어서는 우리의 민주 기지를 앗으려 했으나 / 가혹한 시련은 / 우리의 의지를 더욱 더 굳혔을 뿐"이라고 비장한 신념을 밝히고 있다.

원래 1946년 10월 10일부터 13일까지 진행된 서북 5도 당책임자 및 열성자 대회에서는 조선공산당 북부조선분국의 설치라는 중요한 사항을 결정하였다. 그리고 1945년 11월 18일 민주여성동맹의 결성을 시작으로 직업동맹, 민주청년동맹, 농민동맹 등이 결성되고 1946년 2월 8일에는 북조선임시위원회가 결성된다. 이 무렵 민주기지론이 부상하게 되는데, 그 논리는 소련의 후원 하에 있는 북한이 남한에 비해 전반적으로 혁명을 건설하기에 유리한 여건을 가지고 있기 때문에 우선 북한에서 민주기지를 건설하고 이를 기초로 하여 한반도 전체의 해방을 꾀하자는 논리[17]이다. 조벽암의 시를 보면, 민주기지론에 입각하여 북한이 침략을 감행하였는데 해방의 기쁨을 맛보지도 못하고 미국의 개입으로 조국산하가 초토화된 상태에서 전쟁이 끝나는 데 대한 처절한 심정을 표현하고 있으며 그래도 다행스러운 것은 민주기지를 이 상태에서 지키게 되었으므로 다시 건설의 삽을 들고 재건하여 해방의 기회를 엿보자는 논리를 펴고 있다.

---

17) 김재용, 『분단구조와 북한문학』, 소명출판, 2000, 30-31쪽.

5) 민주개혁조치에 대한 지지와 변화된 농촌(노동) 환경에 대한 기쁨 표현

『서정시 선집』에는 북한에서 해방 후 시행된 소위 민주개혁 조치들인 토지개혁과 농업 현물세 제정 그리고 산업국유화 조치 등을 지지하거나 농민들이 이러한 정책에 적극 참여하여 생산성을 높이자는 권유 형식의 시들이 매우 많이 삽입되어 있다. 또 농업협동화 조치에 대한 예찬의 시들도 눈에 뜨인다.

우선 토지개혁 조치를 미화시킨 시작품으로는 민병균의「고향」과「재령강반에서」와 김우철의「농촌위원회의 밤」이 있다. 농업현물세의 제정에 대한 예찬으로는 김광섭의「감자현물세」와 리호남의「지경돌」이 있다. 그 외 농업협동화 조치에 대한 시로는 김철의「기뻐하노라」가 있다.

산업국유화 조치에 따른 노동환경의 변화에 대한 묘사를 한 시로는 김상오의「기사」,「압연공」과 정문향의「대의원이 나서는 구내」가 있다.

그리고 토지개혁 등의 민주개혁 조치를 통해 농민들의 생활상의 변화양상이나 생활수준의 향상에 대한 기대감을 표명하는 시들도 눈에 뜨이고 있다. 이러한 시작품에는 김순석의「산향」과 리효운의「어머니께 드리는 편지」그리고 정문향의「푸른 벌로 간다」, 조기천의「그네」등이 있다. 그리고 6·25전쟁 후 폐허된 농촌을 재건하자는 취지의 리용악의「봄」이란 시도 있다.

정문향의「푸른 벌로 간다」(1946)는 어느 농촌 마을에 있는 삼형제 바위를 소재로 하여 자신의 땅을 자신이 개간하는 기쁨에 들떠있는 농민들의 생동감 있는 생활상을 표현하고 있으며, 토지개혁의 민주개혁 조치를 실시한 김일성에 대한 충성을 은근하게 요구하고 있다.

귀를 기울이면 소리치는 전선줄
이삭 패는 구수한 냄새
해가 떠도, 해가 져도
날마다 명절처럼 기쁘고 즐거울
안해와 아이들

무엇으로 보답하랴!
무엇을 아끼랴!
빼앗긴 내 땅을 찾아 주신 그이 앞에!

삼형제바위 세 갈래 길을 돌아
대를 이어 다지고 다지던
맹세를 깃발에 감아 쥐며

우리는 푸른 벌로 간다.
반작이 없는 푸른 벌로
내 땅을 내가 가는 푸른 벌로 간다.

정문향, 「푸른 벌로 간다」

6) 미군철수 주장과 남한에 대한 비판

평화적 통일 독립 만세를 겉으로 부르짖으며 사실상은 미군 철수를 주장하는 것은 최근까지 내려오는 북한의 전통적인 메뉴이다. 그런데 이러한 주장의 뿌리를 『서정시 선집』에 나오는 홍순철의 「조선의 소리」(1954)에서 발견하는 것은 재미있는 일이다.

홍순철은 대동강 기슭에 포근히 앉은 애육원 교사에서 어린아이들이 칠판에 '평화 통일 독립 만세'를 쓴 것을 소재로 하여 미군의 철수와 남한에 대한 강한 비판을 담은 시를 창작하고 있다.

미제와 그 앞잡이 리승만 역도의
검은 그림자가 사라지지 않는 한
남녘 땅 어린이들의 웃음이 있을 수 없고
어머니들의 행복이 있을 수 없다는 것을 ……

그러기에 그들은 다시 한번
주먹들을 쳐들어 소리소리 웨친다
미제는 조선에서 물러가라!
평화적 통일 독립 만세!

홍순철,「조선의 소리」

한편 박세영의「아 여기들 모였구나」(1946)는 해방된 지 얼마 되지 않아 창경원의 밤 벚꽃놀이에 인파가 몰리고 있는 현실을 소재로 하여 남한이 사실상 친일매국노집단의 온상인 것처럼 비판한 독특한 내용의 시작품이다. 박세영은 "미친 사람들처럼 / 허둥지둥 들어들 간다 / 밤「사꾸라」를 못 잊어 / 창경원으로 요마의 비원으로"라고 벚꽃놀이 인파를 비꼬면서 "진정으로 조국을 사랑하기에 / 뜨거운 마음이 북바쳐 올라 / 기름때 묻은 옷, 헐벗은 옷대로 / 민주주의 깃발을 휘날리며 나가던 때 / 노도 같은 인민의 산 행렬에 / 훼방을 놀던 너이들"이라고 남한의 민중들을 반통일·반민주 세력으로 몰아세우고 있다.

V. 맺음말

북한에서 서정시에 대한 언급은 『조선문학통사』(1959)에서부터 시작되었다. 특히 해방 직후 서정시에 대한 기대가 컸던 것은 몇 가지 요인이 있었다. 우선 해방의 기쁨을 담기에 서정시는 좋은 그릇 역할을 했다. "해방은 우리 시인들의 심장을 얼마나 크나큰 감격으로 고동치게 하였던가"(『조선문학통사』)라는 데서 알 수 있듯이 일제의 구속과 억압적 상황에서 일단 벗어난 시인들은 그 개인적 감격과 흥분상태의 정서를 서정시로 담아내려고 시도하였다. 특히 '억압받는 시인'으로부터 '자유로운 시인'이 된 기쁨을 그대로 담아내려고 노력하였던 것이다.

두 번째로 카프계열의 시인을 비롯한 좌파 시인들의 경우, 일제 시대에 핍박받던 노동자나 농민들의 아픔과 질곡을 순수하게 담아내기 위해 서정시를 선택하였으나 해방이 되고 1946년 2월 8일 북한에서 임시인민위원회가 조직되어 가장 당면한 과제로 "지방에 있는 지방 정치기관들을 튼튼히 하여 그로부터 친일파와 반민주주의적 분자들을 숙청할 것입니다"와 "일본제국주의와 민족반역자 급 조선인 지주들의 수중에 든 사용할 만한 토지와 삼림을 국유화하는 기초에서 토지개혁과 또는 소작제도를 없이 하고 토지를 농민들에게 무상 분배할 것을 준비하여 실시할 것입니다" 등을 제시한 데 대한 기대감과 미래의 사회주의 사회 건설에 대한 희망 등이 서정시의 창조로 이어졌다고 할 수 있다. 특히 1946년 3월 23일에 발표된 「정강 20개조」 3조에서 '전체 인민에게 언론, 출판, 집회 및 신앙의 자유를 보장시킬 것'이라고 포고한 것은 '창작의 자유'에 대한 시인들의 폭발적인 기대감을 충족하기에 충분하였다. 『조선문학통사』에도 "해방 후 우리 시인들은 비로소 당과 정부의 두터운 배려에 의하여 진정한 출판의 자유, 론쟁의 자유를 얻게 되었다"고 격정적으로 서술하고 있는 데서 직접적으로 그러한 기쁨을 느낄 수 있게 된다.

하지만 이러한 기쁨이 채 가시기도 전에 남한에서 미군정에 의해 수배받거나 검거령 속에서 월북한 시인들이 물밀듯 북한으로 넘어오게 된다. 그리고 북한정권 내부에서 권력의 암투가 시작된 가운데 6·25 한국전쟁이 발발하고 국내파 공산주의의 거두인 박헌영 일파가 숙청되자 감격은 사라지고 자신의 신변에 대한 걱정과 미래에 대한 불안이 겹치게 된다. 수많은 문인들은 서정시에 대한 기대보다는 김일성 정권의 요구 사항이었던 항일 혁명투쟁의 역사와 김일성 수령 개인의 영웅성과 위대성에 대한 서사시적 접근을 요구받아 단지 당의 명령에 충실한 충복으로 전락하게 되었음을 곧 발견하게 된다.

한동안 크게 부각되지 않았던 서정시는 아이러니하게도 1960년대 후반부터 김일성에 의해 유일사상 체계가 구축되면서부터 다시 '주체의 서정시'란 이름으로 둔갑되어 북한의 문학사에서 크게 부상하게 되었다.

어찌되었든 해방 후 북한에서 해방의 감격과 민주개혁 조치에 의한 사회주의 건설에 대한 기대감으로 크게 부상했던 서정시를 망라해 놓은 『서정시 선집』(1955)이 발견된 것은 한국문학사에서 커다란 의미를 지닌다. 우선 남북한 문학사에서 동시에 사라졌던 월북 시인들의 동향을 어느 정도나마 파악할 수 있게 된 데에서 커다란 의미를 찾을 수 있다. 정지용, 김기림, 백석, 오장환 등의 시인들은 50년대 초반에 사라진 이후 그 무렵 어느 시집에도 다시 등장하지 않았음이 확인이 되었고, 북한 내부의 권력투쟁의 여파로 수많은 시인들이 연루되어 숙청된 결과 문학사를 수놓았던 임화, 안막, 민병균, 서만일, 김조규, 박팔양 등의 중요한 시인들이 줄줄이 실종되어 버리는 상황이 도래하게 된다. 하지만 숙청되지 않고 명맥을 유지한 리용악, 조벽암, 김조규(한때 제명되었으나 다시 부상함) 등이 건재함을 과시하는 것은 놀라운 일이다.

그 반면 안룡만, 김북원, 김순석, 리맥, 리효운, 정문향, 정서촌, 동승태, 마우룡, 리호남, 강승한, 김광섭, 상민, 김귀련, 김춘희, 김철 등 해방 전후에 등단한 신인들이 북한 문학사를 새롭게 떠맡게 된 것을 확인한 것도 큰 의미를 지닌다.

물론 해방 후 서사시의 세계를 새롭게 개척한 조기천, 리찬, 김람인의 북한문학사에서의 존재가치를 목격하게 된 것도 수확이라고 할 수 있다.

최근의 북한문학사에서 서정시는 '주체의 서정시'로 둔갑되어 결국은 '혁명적 수령관'으로 연계됨으로써 그 생명성을 상실하게 되었다. 북한의 서정시이론을 살펴보면, 그 핵심은 시문학에 대한 주체적 이론은 서정의 본질은 사상 감정이 정서적으로 표현되는 과정이라고 파악함을 알 수 있다. 사회적 존재인 인간은 사상의식을 가지고 자주성을 실현하기 위한 투쟁을 벌이는데, 인간의 감정은 이러한 자주적 활동의 산물이라는 것이다. 또 시의 사상은 당 시대의 주도적 감정인 '시대정신'을 정서적으로 반영하는데, 그것은 결국 '충성의 서정', 즉 위대한 수령과 친애하는 지도자동지에 대한 끝없는 흠모의 서정으로 이어져야 한다고 결론짓고 있다. 한마디로 서정성에 대한 철저한 왜곡이 시도되고 있는 것이다.

끝으로 『서정시 선집』에 발표된 당대 북한을 움직인 서정시인들의 시를 분석해보면, 해방 직후부터의 북한 사회의 변화양상을 엿볼 수 있게 된다. 첫째, 이들 서정시는 소련과의 친선을 강조하고 국제주의를 예찬한다. 둘째, 6·25 한국전쟁을 배경으로 한 시들에서는 인민군대를 예찬하고 미군에 대한 증오심을 표출하고 있다. 셋째, 김일성에 대한 찬양이 나오되, 고매한 인간성과 인민에 대한 자애로움을 강조하는 데에 초점을 맞추고 있음을 알 수 있다. 넷째, 새 공화국에 대한 기대감을 표현하고 '민주기지론'을 강조하여 통일에 대한 분리주의적 태도를 보여준다. 다섯째, 토지개혁 등 민주개혁 조치를 지지하고 이러한 개혁을 통한 농촌이나 공장 등에서의 변화된 환경에 대한 기쁨을 노래하는 시가 많이 눈에 띈다. 여섯째, 자주 통일 독립을 위한 미군의 철수를 주장하고 남한에 대한 비판(주로 이승만정권을 괴뢰정부로 묘사함)을 노골적으로 하고 있다.

요약하면, 그 동안 북한의 『조선문학통사』와 『조선문학사』, 그리고 『조선문학』이란 잡지에 실린 일부 시만 분석하는 데서 머물지 않고 새로 발견된 『서정시 선집』을 꼼꼼하게 분석함을 통해 문학사에서 풀지 못했던 몇 가지 중요한 의문점들을 해명하게 된 것은 커다란 성과였다고 생각한다.

새로 발견된 이기영의 『기행문집』연구
- 소련기행을 중심으로

Ⅰ. 머리말

북한 최고의 작가 이기영이 지은 소련기행문집이 새로 발견되었다. 민촌의 『기행문집』[1]이 주목을 받는 이유는 북한의 초기 사회주의 정권의 발전모델로서의 소련의 모습이 사실적으로 묘사되어 있기 때문이다. 이기영은 소련을 노동자 천국이자 유토피아로 파악하고 있다.

해방이 되자 민촌은 강원도 인민위원회 교육부장을 맡았다가 1946년 4월부터 조소친선협회 위원장(1982년까지 35년간 재임)을 맡아 25

---

1) 이기영, 『기행문집』, 평양, 조선작가동맹 출판사, 1960.
　　『기행문집』은 387쪽 분량의 노란색 바탕의 책이다. 이 책은 중국에서 2000년도에 열렸던 북한도서전시회에 북한에서 출품했던 도서들 중에 끼어있었는데, 대훈서적에 의해 국내에 유입이 되어 필자의 손에 들어왔다. 『기행문집』에는 「소련은 인민의 위대한 벗」, 「위대한 생활을 창조하는 소련」, 「공산주의 태양은 빛난다」의 3편의 소련기행문과 「새 생활을 건설하는 독일 인민들」, 「아름다운 나라 체코슬로바키아」의 구동독, 체코슬로바키아방문기 2편이 동시에 실려있다.

명의 대표단을 이끌고 사회주의 혁명의 발상지인 소련을 방문하여 공산주의의 이상국으로서의 선진문화를 배우기 위해 노력을 경주하게 된다. 그 외에도 민촌은 1954년까지 네 차례나 소련을 방문하여 소련과의 친선을 강화하고, 공산주의 국가로서의 종주국인 소련의 발달된 문명을 도입하기 위해 노력한다. 이 당시에 대표단을 이끌고 소련 등을 방문한 기행문이 있다는 것은 이미 알려졌었으나 실제로 『기행문집』이 국내에서 발견되기는 이번이 처음이다. 이기영은 북한에서 토지개혁을 다룬 단편 「개벽」(1946), 「농막선생」(1950) 등과 장편 『땅』(1948), 전 3부작 『두만강』(1954–1961) 등을 펴냈다. 민촌은 북한에서 최고인민회의 부의장(1957)을 역임하고 1962년부터는 조선문학예술 총동맹 위원장을 맡기도 했으며 북한문화인에게 주는 최고의 영예인 '김일성 상'을 수상하기도 했다고 알려지고 있다.

한편 민촌이 북한 인민 대표 25명과 함께 소련과 그루지야공화국 및 아르메니아공화국 등을 방문한 기행문은 상허 이태준에 의해서도 이미 쓰여져 『소련기행』(1947)[2]으로 발간되어 있으므로 이기영의 『기행문집』과 비교 연구할 수 있게 되었다. 아이러니하게도 이 시기에 함께 소련을 여행하였던 상허 이태준은 박헌영의 공화국 전복 음모와 반국가적 간첩 테러 및 선전선동행위에 대한 사건(1953년 8월 3일부터 8월 6일지 북한의 최고재판소 군사재판부(재판장 김익선 소장)에서 처리)에 직접 연루된 조소친선문화협회 중앙위원회 부위원장 임화와 가깝다는 이유로 김

---

2) 이태준의 소련기행문은 1947년에 북조선출판사에서 펴낸 『소련기행』과 1950년에 문화전선사에서 발행된 『혁명절의 모쓰크바』(소련 혁명 32주년 기념식에 작곡가 김순남, 배우, 노동자, 농민 대표 그리고 재정상 최창익 등과 함께 참석함)의 2권이 있다. 후자는 현재 미국 워싱턴의 국립문서보관소에 있는데 원광대의 김재용교수가 1999년 여름 찾아내어 『한겨레신문』(2000년 10월 23일자)에 공개함으로써 학계에 알려졌다. 전자는 2001년 7월 『이태준문학전집』중 제 4권 『소련기행·농토·먼지』로 깊은샘에서 출판되었다. 한편 상허는 중국기행문집인 『위대한 새 중국』(1951년 10월 1일, 건국 2돌을 맞는 중국을 축하하기 위해 참석함)도 1952년 국립출판사에서 펴냈다.

남천, 이원조 등과 함께 숙청되어 역사의 뒤안길로 사라지고 만다.

이기영은 『기행문집』(1960)에서 "조선 인민이 진실로 러시아를 동경하게 된 것은 위대한 사회주의 10월 혁명의 승리로써 러시아의 프롤레타리아트가 주권을 장악하고 세계 유일의 사회주의 제도를 창설한 이후"[3]부터였다고 지적하면서 소련을 인류의 최고 이상 사회라고 극찬하고 있다. 이러한 소련에 대한 호감은 이태준의 『소련기행』(1947)에서도 마찬가지의 서술태도로 드러나고 있다.

II. 소련방문의 목적과 여정

1. 제 1차 소련방문

이기영은 1946년 조소친선협회('조소문화협회'로도 호칭함) 중앙위원회 위원장(1982년까지 35년간 재임) 자격으로 북한 인민대표 25명을 인솔하고 처음으로 소련을 방문하였다. 이때 북한의 소련방문 대표단으로는 농민, 노동자, 학자, 정치가, 예술가 등 인민 각 계층을 망라하였다고 선전되고 있는데, 문인으로는 이기영, 허정숙(겸 정치가), 리찬(김일성 장군의 노래 작사가·시인), 이태준 등이 포함되었고 소련까지의 여행의 안내자로 소련군의 풀소프 소장과 강소좌의 2명 등 총 27명으로 알려져 있다.

---

3) 이기영, 『기행문집』, 조선작가동맹출판사, 1960년, 4쪽.

　이기영은 제 1차 소련방문에 대해서 일정은 개략적으로 소개하고 있으나 자세한 기행문은 책에 남기지 않고 있다. 그 이유는 아마도 1947년에 이미 발행된 이태준의 기행문집『소련기행』과 중복을 피하기 위한 것으로 생각된다.

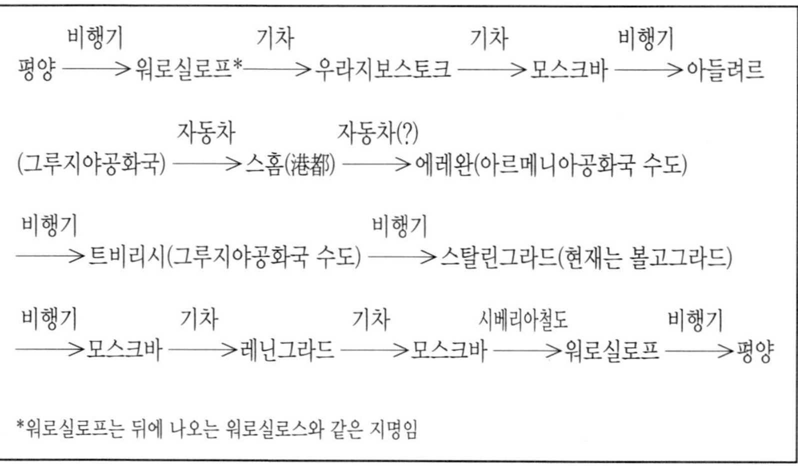

〈제 1차 소련방문 일정〉

　제 1차 소련방문(1946년 8월 10일 출발, 10월 17일 평양 도착, 약 70일간의 여행)의 목적은 아무래도 소련과 조선간의 친선과 문화교류에 있었던 것으로 생각된다. 그것은 초청하는 쪽이 모스크바 대외문화협회였으며, 안내가 소련의 원동군단과 조선주둔군(당시 사령관은 치스차코프 대장) 군장성인 것에서도 확인된다. 소련방문단은 평양비행장에서 수백 명의 군중들의 환호 속에 출발하였다.

　제 1차 소련방문단의 인솔책임자가 이기영(조소친선협회 위원장)이었던 것을 알 수 있는 자료로는 이태준의『소련기행』(북조선출판사, 1947)이 있다. 이 기행문을 보면, 워로실로프 격리촌(천연두의 창궐로

외국 방문객은 우선 격리촌에서 건강검사를 마치고 여행을 허가했던 것
으로 추정됨)에서의 소련군의 원동군단의 환영 기념식순을 보면, "이기
영 씨의 가 회사, 허정숙 씨의 8·15기념보고, 풀소프 소장의 축사, 이찬
씨의 기념시 낭독, 스탈린 대원수에게 메시지, 김일성 장군에게 축전 그
리고 조국 남쪽을 향한 만세"[4]등으로 되어 있는 데에서 확인이 된다.

2. 제 2차 소련방문

　제 2차 소련방문단은 조소친선협회의 위원장인 이기영 혼자서 초대
를 받은 것으로 나타나고 있다. 그 이유는 자세히 알 수 없으나 내부적
으로 권력투쟁이 심화되어 갈등이 노골화되었기 때문이 아닌가 추정해
본다. 여전히 소련측 초청인사는 '소련대외문화연락협회(약칭 복스)' 로
나타나고 있다. 이기영이 모스크바 비행장에 도착했을 때 영접인사는
대외문화련락협회 원동부장과 이외 직원 한 명과 동양대학 조선어과 4
학년생인 마즈루 동무 등이었다고『기행문집』에서 스스로 밝히고 있는
데에서 알 수 있다. 이기영은 모스크바의 붉은광장 옆에 있는 나쵸날
호텔에 묵게 되었는데 그곳은 1차방문 때 투숙했던 사보이 호텔과 그리
멀지 않은 큰 거리에 있다고 설명되고 있다.
　이기영의 2차 소련방문의 일시는 1949년 6월 14일(비행기를 19시간
이나 탔다고 설명되어있는 것으로 보아 6월 13일에 평양을 출발한 것으
로 생각됨)이었고, 방문목적은 소련 최고의 시인인 푸시킨(1799-1837)[5]
탄생 150즈년 기념축전(원래 푸시킨 탄생일은 6월 6일)에 조선을 대표

---

4) 이태준,『소련기행·농토·먼지』, 깊은샘, 2001, 25쪽.

하는 축하사절로 참석한 것으로 묘사되어 있다.

> 위대한 쏘련의 수도 모스크바에서 성대히 개최된 푸시킨 150주년 기념 축전에는 세계 각국으로부터 문화인 대표들이 다수 참석하였는데 그중에는 세계적으로 유명한 작가, 시인, 사회활동가들이 많았으므로 이 축전은 한편 각국 인민들 간의 친선 관계와 문화 교류 사업을 일층 강화하는 력사적 회합으로 되었다.
> 금번 푸시킨 탄생 150주년을 축하하기 위하여 중국, 몽고, 웨그리야, 독일, 파란, 볼가리야, 루마니아, 체코슬로바키야, 정말, 영국, 이태리, 분란, 노르웨이, 칠리 기타 세계 각국의 저명한 작가, 시인들이 소련을 방문하였다.
> 이 성대한 대회에 나는 조선 민주주의 인민공화국 문화인의 한 사람으로 참석하게 된 것을 무상의 영광으로 생각하였던 것이다.[6]

이기영의 제 2차 소련방문은 혼자 참석할 수밖에 없었던 내부요인도 있었겠지만, 김일성 내각수상의 특별한 지시가 있지 않았나 생각된다. 즉 혼자 참석한 배경은 소련의 경제발전계획과 추진상황 그리고 선진적으로 발전한 콜호스나 각종 공장 등을 방문하고 북한 사회주의 국가발전의 한 모델로 삼기 위한 보고서를 제출하라고 요구했을 가능성이 있다. 그것은 민촌이 방문목적과 달리 문화관련 기관보다는 콜호스의 분조관리제, 뜨락또르(트랙터)공장, 지하철도 노동자 문화회관, 농학과학원 시험농장의 자연개조계획, 소련의 스타하노프 운동(노동자의 창발성을 높여주기 위해 경쟁심을 유발하는 당 차원의 대중운동) 등을 세심하게 둘러보고 그것에 대해 치밀하게 설명하고 있기 때문이다.

---

5) 소련과학 아카데미 역사연구소 편, 『러시아문화사』, 논장, 1990, 58-59쪽.
   푸시킨은 러시아 최대의 시인이다. 그는 원래 서정시인으로 시단에 등장했다. 사랑의 체험, 우정, 기쁨이 그의 많은 시에서 주제로 다루어졌다. 1812년 러시아군의 승리에 감격한 푸시킨은 조국애와 국민에 대한 사랑을 노래하였다. 러시아문학에서 리얼리즘의 확립은 푸시킨과 밀접한 관련이 있다.
6) 이기영, 『기행문집』, 평양, 조선작가동맹출판사, 1960, 26쪽.
   앞으로는 『기행문집』의 경우 쪽수만 표기하기로 한다.

민촌은 평양에서 기차를 타고 청진으로 가서 다시 배를 타고 블라디보스도크로 갔다. 그곳에서 3일 머물면서 워로실로스에 들러 은행일 등을 보고 다시 비행기를 타고 하바로프스크, 망다가시, 이르쿠츠크 등을 경유하게 된다. 이르쿠츠크에서 비행기를 갈아타고 5시간을 비행하여 노보시빌스크, 옴스크, 스웰드로프스크를 거쳐 드디어 최종목적지 모스크바에 도달하게 된다. 비행기를 탄 시간만도 평양을 출발하여 19시간에 걸칠 정도로 긴 여행이었음을 상기시키고 있다.

기차   배   기차   기차
평양 ——→ 청진 ——→ 우라지보스도크 ——→ 워로실로스 ——→ 우라지보

비행기   비행기   비행기   비행기
스도크 ——→ 하바로프스크 ——→ 망다가시 ——→ 이르쿠츠크 ——→ 노보시

비행기   비행기   비행기
빌스크 ——→ 옴스크 ——→ 스웰드로프스크 ——→ 모스크바 ——→ 평양도착

〈제 2차 소련방문 일정〉

이기영의 제 2차 소련방문의 일정을 도표로 그리면 위와 같다.

민촌은 지금까지 세계 사상가들이 사회개량의 설계를 해보았지만 모두가 부질없는 관념의 유희에 불과했다고 회고하면서 위대한 사회주의 10월혁명이 성공함으로써 꿈이 현실이 되었다고 말하고 있다. 이러한 위대한 꿈의 나라인 소련 모스크바에 두 번째 방문을 하는 감격을 묘사한 후에 민촌은 통역인 마즈루의 안내로 소련주재 북한대사관(리주연 대사)을 방문하고 10,000명 수용의 대극장을 갖추고 있는 고리키공원[7]을 방문한다. 그리고 복스에서 민촌에게 내준 전용 자동차 뽀베다를 마즈루와 함께 타고 푸시킨 탄생 150주년 기념 축전에 세계 각국(중국, 몽

196

고, 웽그리야, 독일, 폴란드, 불가리아, 루마니아, 체코슬로바키아, 덴마크, 영국, 이탈리아, 분란, 노르웨이, 칠레 등)에서 온 문화인 대표들과 함께 참석한다.

그리고 다음날인 6월 15일에는 성대한 군중대회로 열린 덴마크 작가 마루친 안데르센 넥세의 80주년 탄생 축하야회에 참석한다. 이 모임은 소련작가동맹 위원장인 파제예브가 진행하였으며 칠레의 혁명시인 파블로 네루다가 참석하여 「스탈린그라드」라는 스탈린그라드 전투중에 지어보낸 자작시와 「쇠사슬」 등을 낭독해서 만장의 박수를 받았고 소련의 계관 시인인 미하일꼬프가 축시 「원자탄을 반대하여」를 낭송하여 청중들의 갈채를 받았다고 설명하고 있다.

민촌은 그 다음 일정으로 스탈린그라드와 우크라이나공화국, 그리고 우랄의 대도시 스웨르드로프스크를 방문하고 다시 모스크바로 와서 근교의 고리키촌(니주니노브고로크)의 레닌박물관과 그녜시네 음악대학원과 무용대학 그리고 지하철도 노동자문화회관 등을 방문한다.

제 1차 소련방문 때도 갔었던 스탈린그라드에서는 방위박물관을 먼저 둘러보고 소련의 조국전쟁 당시의 영웅인 볼가강변에 있는 스완나의 동상을 찾게 된다. 다음으로 민촌은 뜨락또르공장을 견학한다. 이 공장에서 민촌은 소련의 각 농장으로 보내질 하루 75대의 뜨락또르 생산과정을 둘러보게 된다. 특히 스타하노프 운동자인 노동자와 기술자들이 무려 70%를 차지하고 5개년 계획을 벌써 달성한 사람이 많으며 한 노동자는 10개년 계획 숫자를 3년 동안에 달성하고 있는 것을 목격하게 된

---

7) 소련과학아카데미 역사연구소 편, 『러시아문화사』, 203-204쪽.
　막심 고리키(1868-1936)는 19세기 비판적 리얼리즘의 전통을 확고하게 계승하여 그것을 혁명적 낭만주의와 결합시켰다. 그는 일찍부터 노동자계급의 역사적 사명을 이해하고 있었다. 프롤레타리아대중의 혁명운동에 점점 견고하게 결합하며 사회주의 사상으로 무장을 하고, 후에는 레닌과 교우를 맺는 동시에 현명한 스승이기도 했던 고리키는 문학사에서의 새로운 단계 즉 사회주의 리얼리즘을 개척하였다.

다. 그래서 민촌은 "이 노동자를 가장 고상한 인간의 전형으로 보았으며 그만큼 감탄해 마지않았다"[8]고 생각하게 된다. 다음 일정으로 민촌은 스탈린그라드 대도시 설계에 관한 설명을 건축가로부터 듣게 된다. 승리광장 뒤에는 아동공원을, 중앙광장 앞에는 스탈린그라드 방위 박물관을 각각 건설하고 승리탑 높이를 320m로 하여 탑상을 승리의 상징으로 장식하게 된다는 설명을 듣게 된다. 아울러 17개년 계획을 세워 볼가강변에 목욕탕과 사범대학, 농업대학, 기계 대학 등 6개 대학을 세우고, 탁아소, 중학교 등을 지을 계획에 대해 상세한 설명을 듣는다. 그리고 중앙광장에는 120m높이의 스탈린 대원수 동상을 건립하려는 계획에 대해서도 듣는다.

민촌은 처음으로 우크라이나공화국(수도 키예프)을 방문해서는 키예프작가동맹에서『외과의 크레체트』의 작가 코르네이추크를 만나고 좌담회를 하게 되며 농노 출신의 화가이자 시인이었던 쉽첸코 박물관을 둘러본다. 특히 민촌은 와실렙 콜호스와 붉은 빨치산 콜호즈를 방문해서 인상깊은 것들을 발견하게 된다. 제 2차 세계대전중에 독일군에 의해 파괴되었던 농장을 재건하여 토마토를 1년에 두 번 수확하는 방법을 연구하고 감자꽃에서 씨를 얻어 씨로 심는 방법을 개발하여 감자눈을 따서 심는 방법보다 10배 이상의 수확을 올리는 방법을 연구하고 있다는 설명을 듣게 된다. 또 야채 저장고와 콜호스 농민들의 주택을 방문하고 놀라게 되는데, 다섯 집 가운데 두 집 정도에 피아노까지 있다는 사실을 목격하게 된 것이다. 그리고 붉은 빨치산 콜호스에서는 기계화한 농장 건축계획을 듣고 70-80명이 소속된 작업반 13개(각각 5-6개 분조 가짐)의 '분조관리제'에 대한 조직관리방법을 배우게 된다.

---

8) 이기영,『기행문집』, 35쪽.

다시 모스크바로 와서 방문한 농학과학원 시험농장에서 민촌은 개량 보리종(농학과학원 총장 리쎈꼬의 연구 발명품종)을 보고 깜짝 놀라 보리종자를 얻어오게 된다. 이 개량종 보리는 서로 다른 종자들을 가지고 우량종으로 교배를 시켜서 만든 것인데 1947년도에 완전히 실험 성공했다는 것이다. 그리고 그곳에서 민촌은 조림묘목을 구경하게 되는데, 소련공산당 내각이 1950년부터 15년간 계획(구라파 부분의 초원지대와 삼림 초원지대에 높은 수확을 보장하기 위해 호전림을 조성하고 목초 농작물을 순환 파종법으로 보급시키며 소택지들과 저수지들을 만들 계획을 수립함)으로 수만 개의 조림반을 조직하여 130개소에 340억주의 묘목을 재배하여 웅장한 자연개조계획을 국가 차원에서 펼쳐나가는 것에 대한 설명을 듣게 된다.

3. 제 3차 소련방문

민촌의 제 3차 소련방문은 1952년 2월 23일에 이루어지는데 방문목적은 소련의 위대한 작가인 고골리(1809-1852)[9]의 서거 100주년 기념 제전에 조선의 문화인 대표로 참석하기 위함이었다. 이 시기는 한국전쟁중이라 민촌의 감격은 더욱 컸으리라 생각된다. 비행기를 타고 가면서 민촌은 중국어로 번역된 오스트로프스키의 『강철은 어떻게 단련되었

---

9) 소련과학아카데미 역사연구소 편, 『러시아문화사』, 63-64쪽.
   니꼴라이 바실리예비치 고골리는 19세기 전반기 농노제 러시아의 현실을 묘사한 가장 우수한 작품 중의 하나로 진정하게 리얼리즘 정신으로 씌어진 서사시적인 『죽은 혼』을 썼다. 고골리의 서사시에서 이상하리만큼 충실하게 묘사된 지주의 생활은 야만적인 풍습이고 공포스러운 유물이며, 혐오감과 분노를 불러일으킨다.
   고골리는 다시 엄청난 정열을 기울여 러시아의 관료기질을 풍자적 희곡 『검찰관』(1836)에서 폭로하였다. 흔히 고골리의 작품세계를 '비판적 리얼리즘'이라고 러시아문학사에서 부른다.

는가』를 읽으면서 여정의 피로를 달래게 된다. 세 번째 소련방문에서 민촌은 소련의 놀라운 전변에 놀라게 된다. 특히 모스크바 시내의 가로수가 울창하여 졌으며, 자동차가 매우 증가하였음을 피부로 느끼게 되었다. 그리고 스탈린그라드에서는 전 시가지의 파괴 흔적이 사라지고 도로와 상하수도가 정비되었으며 길거리에 현대식 고층건물이 즐비하게 서있음을 보고 놀라움을 금치 못하게 된다. 이러한 변화는 스탈린에 의한 제 4차 5개년 계획의 초과달성 덕분이라고 극찬하고 있다. 그 외 민촌은 고리키대극장을 둘러보고 천장의 원형 장식 주위에 그려져 있는 푸시킨, 톨스토이, 벨린스키, 레핀, 차이코프스키, 오스트로프스키의 6명의 초상을 확인하게 된다. 이어서 민촌은 산원(산부인과 병원)을 견학하고 붉은 10월 공장의 기술회관과 3·18공구 제작소를 방문하였다.

　민촌은 우선 고골리 서거 100주년 기념제전의 한 행사인 모스크바 스웨브 거리에 설치하게 된 고골리 동상 제막식에 참석하고 교외박물관 안에 있는 고골리 묘지(묘지 앞에도 정부에서 세운 고골리 반신상이 있음) 화환증정식에 참여하게 된다. 그리고 소련작가동맹 문화회관에서 열린 좌담회에 참석하여 전시 하에서 조선 작가들이 어떻게 창작활동을 하고 있는가에 대한 질문에 답변하게 된다. 전쟁 초기에 작가 김사량을 위시한 많은 증군작가들이 활동한 형편을 설명하고, 그들의 작품을 실례로 들었으며 그중에서 고귀한 희생자들이 적지 않았음을 역설하게 된다.

　고골리 기념사업이 끝난 후 민촌은 스탈린그라드를 2일간 견학하고 모스크바로 돌아와서는 북한으로부터의 전보를 받고 노르웨이 오슬로 평화회의 확대이사회에 소련 대표 파제예프, 에렌부르그, 코르네이추크, 중국 대표 곽말약, 모둔 등과 함께 조선 대표로 참가하게 된다. 오슬로 평화회의에서는 주로 세균무기 사용에 대한 반대토론이 주를 이루었는데, 4월 1일 본회의에서는 "5대 강국 평화조약 체결운동, 독일·일본의 재무장 반대운동, 독일 부근의 인접 국가에서의 이 운동의 강력화와 윈나 회의 결정을 계속 진행할 것, 전 세계 학자들에게 편지를 보낼 것과 미제의 세균무기 사용에 대한 재료를 수집 출판하여 전 세계 인민에게 널리 선전할 것 등등을 결정하였다"[10]고 민촌은 서술하고 있다. 그리고 1)세균무기를 반대할 데 대한 호소문, 2)세계 학자들에게 보내는 편지, 3)기타 결정서 등을 만장일치로 채택하였다[11]고 기행문에서 기술하고 있다.

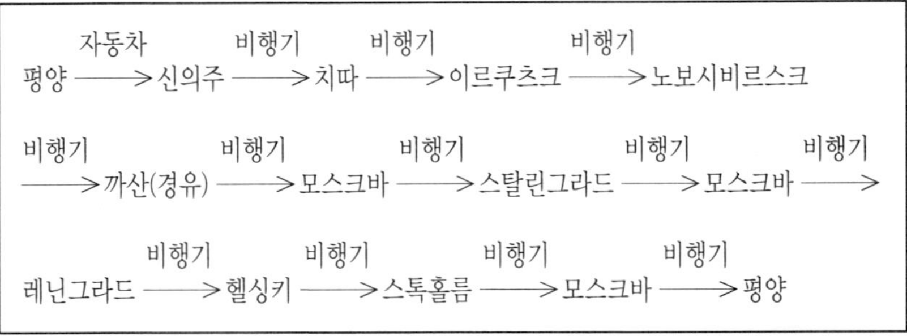

〈제 3차 소련방문 일정〉

민촌 이기영의 제 3차 소련방문의 일정은 위의 도표와 같다.

4. 제 4차 소련방문

민촌 이기영은 1953년 10월 18일 소련 모스크바를 네 번째로 방문하여 1954년 2월 1일까지 체류하게 된다. 민촌의 방문 목적은 소련 대외

---

10) 이기영, 『기행문집』, 135쪽.
11) 이기영, 『기행문집』, 같은 쪽.

문화협회 초청으로 사회주의 10월 혁명 36주년 기념보고대회에 참석하기 위해서였다. 이때가 북한으로서는 매우 민감한 시기였다. 6·25 한국전쟁이 폐허상태에서 끝났으며 혈맹 소련 또한 스탈린의 사망으로 혼돈상태에 빠져있었기 때문이다. 북한 대표단을 인솔하고 참석한 민촌도 개인적으로 위장병이 도져 한 달 동안이나 더 체류하면서 요양소에서 치료를 받게 되는 어려움에 처하게 되었다. 하지만 민촌은 소련 체류기간 중 자신의 역저인 장편소설 『땅』이 러시아어로 번역되는[12] 기쁨을 맛보기도 하였다. 또 그는 해방 후 북한에서 쓴 최고의 대하소설로 손꼽히는 『두만강』의 초고를 위장병으로 요양하는 동안에 추고를 시작하였다[13]고 서술하고 있다.

민촌과 북한 대표단은 우선 레닌과 스탈린 묘소를 참배하여 생화를 바친다. 그리고 사회주의 10월 혁명 36주년 기념보고대회에 참석하고 붉은광장에서 거행되는 경축대회에 참가하였다.

민촌은 그 다음날부터 건설박물관을 방문하여 조립식 주택건설사업에 대한 견학을 하고 고리키 자동차공장과 제지공장(발라흐나에 소재함)을 둘러보았으며 농업대학과 시외의 콜호스를 찾아가 농촌경리사업과 농업기계화사업을 참관하였다. 이 기간중 민촌은 문화도시 레닌그라드(페체르부르그)로 건너가 에르미따쥬 예술박물관을 방문하는 한편 '노동보호연구소'를 살펴보고 감동을 받게 되었다. 이 연구소는 노동자들의 안전노동과 생산기술 향상을 위해 공기의 보온장치와 공기정화시설 연구 등 과학적인 연구사업을 하는 곳이다.

---

12) 이기영, 『기행문집』, 261쪽.
13) 이기영, 『기행문집』, 307쪽.

Ⅲ. 북한의 초기 사회주의 발전모델로 반영된 소련의 형상

1. 이기영의 세계관과 신념

민촌 이기영은 해방 직후 4차례나 소련을 방문하였다. 민촌은 해방 후 북한정권을 이끌어나갈 지도자 중의 한 사람의 위치에 있었다. 물론 정치적 영향력은 미약하였지만 지성인으로서 북한 정권의 수립과정과 사회주의 발전모델을 정립해 나가는 데 의견을 제시할 만한 역량과 위상을 가지고 있었다. 이기영은 애초에는 철저한 마르크스주의자였다. 하지만 김일성 유일체제가 구축되어 가는 시점에서는 현실에 굴복하고 만다. 임화와 이태준, 김남천 등이 줄줄이 숙청되고 종국에는 한설야, 박팔양마저 무너져나가는 형국에서는 자신의 초기의 신념과 이데올로기를 지켜나가기가 곤란함을 알게 된 것이다. 그는 현실과 타협하고 현실에서 굴절됨으로써 '김일성 상'을 수상하는 등 북한 최고의 소설가로 자리매김하게 되는 것이다. 그도 자신의 대표작인『땅』의 줄거리마저 김일성의 교시에 의해 수정되는 현실에서 무엇인가 사회주의적 이상주의를 실천하는 것이 불가능한 것을 알게 된 것일까?

오늘날 구소련연방은 해체되고 동구권의 변혁도 가속화되었다. 특히 옐친에 의해 공산주의가 문을 내리고 자본주의적 시장경제 체제를 수용하면서, 소련은 더 이상 레닌이 꿈꾸던 노동자 천국이나 계급이 없어진 지상 천국이 아니다. 하지만 일제 억압에서 벗어나 해방정국에서 새로운 사회주의적 이상국가를 꿈꾸었던 한 막시스트는 소련을 이상국으로 파악하였고 선진문화와 새로운 사회주의적 혁명과정을 북한에 도입하려고 노력하였다. 결국은 실패한 실험이었지만, 오늘날 북한 민중이 저렇게도 식량난에 허덕이는 가난한 현실에 봉착하게 된 배경을 파악하는 데 이기영의 『기행문집』은 좋은 교과서가 될 수 있을 것으로 보인다. 특히 민촌의 『기행문집』을 읽어 내려가다 보면, 그가 소련 견학에서 얻은 상당수의 결실들이 북한 정권의 초기정책으로 그대로 반영되었음을 알 수 있게 된다.

1) 평화와 민주에 대한 새로운 희망

민촌은 첫 번째와 두 번째 소련방문에서 10월 혁명을 성공시킨 레닌의 나라로서의 소련을 꿈나라라고 생각하고 있다. 그는 옛날부터 이 꿈나라를 동경해왔는데, 비행기를 타고 이 꿈나라의 서울 모스크바로 날아왔다고 감격하고 있다. 옛날부터 사상가들은 인간의 이상향을 꿈꾸어 왔으나 모두 관념의 유희에서 헤매다 말았지만 현실 사회의 본질을 포착하여 과학적으로 해명한 사람은 마르크스와 레닌밖에 없다고 강조하고 있다. 오직 위대한 사회주의 10월 혁명이 승리함으로써 인류의 세기적인 꿈은 현실로 되게 되었다[14]고 역설한다. 민촌은 그동안 레닌의 삶의 흔적과 사상의 실천과정을 직접 눈으로 목격하는 것을 몹시도 희망하였던 것이다. 소련은 그에게 평화와 민주의 실천공간으로서, 그리고 사회주의와 공산주의의 메카로서 빛을 발하고 있었던 것이다.

민촌이 소련에 대해 고마움을 느끼게 된 것은 소련군에 의해 북한의 공산정권이 수립하게 된 역사적 현실 때문이었다. 모스크바에 있는 북한 대사관을 방문하고 돌아오는 길에서 그는 "이렇게도 조국을 잃은 자

---

14) 이기영, 『기행문집』, 22쪽.

로서의 설움을 맛본 조선 인민이 위대한 소련 군대의 힘으로 8·15 해방을 얻게 되었으며 또한 영광스러운 조국-조선 민주주의 인민공화국을 수립하게 되었으니 이 민족적 행복감을 정말 무엇에다 비길 수 있겠는가?"[15]라고 감격스럽게 서술하고 있다.

2) 인민성에 대한 확고한 인식

민촌은 네 번째 소련방문에서 위장병으로 요양소에서 28일간 머물면서 병을 치료하면서 소련의 사회주의 국가가 정책을 펼 때 가장 염두에 두는 것이 '인민성'이라는 것을 깨닫게 된다. 그래서 그는 요양소 하나만 보더라도 인민성과 비범성의 관계를 알 수 있게 된다고 강조한다. 10월 혁명 후 소련에는 키슬로워드스크에 17개의 훌륭한 요양소가 새로 건설되었다고 말하고 있다. 현재는 전부 46개인데 매년 100만 명 이상이 치료를 받을 수 있다고 서술하고 있다. 이 요양소에는 종합병원이 부설되어 있어서 위장병과 피부병을 동시에 치료할 수 있게 되었다고 민촌은 흡족감을 드러내고 있다. 요양소 근처에는 높은 엘부르스산이 있는데, 1,070미터 높이의 '붉은 태양' 까페가 있는 산 중턱까지 자주 산책과 등반을 하게 되었다고 회상하고 있다. 이 산에서 보면 동남에서 서쪽으로 뻗은 고원 지대의 여러 갈래의 산맥이 연연기복하여 중첩한 파상형의 능선을 이룬 것은 마치 대양의 파도가 꿈틀거리고 나간 것 같다고 묘사하였다. 어제는 그 산에 눈이 내려서 사면에 눈이 쌓였는데, 산상에서 주변을 둘러보면서 인민성과 비범성에 대한 상념에 젖게 되었다고 말하고 있다. '비범성'은 '인민성'과 분리시켜서 생각할 수 없지 않은가라고

---

15) 이기영, 『기행문집』, 24쪽.

반문하면서 '비범성'은 '인민성'에서 파생되는 것이다라고 역설하고 있
다. 민촌은 엘부르쓰 고봉과 그 밑에 중첩한 봉만이 깔려 있는 고원 지
대를 전망할수록 그런 감상이 떠올랐다고 언급한다.

> 이와 마찬가지로 사람의 행동에 있어서도 인민성을 떠나서는 비범성을 말
> 할 수 없다. 비범성이니 영웅성이니 하는 것은 결국 인민과 군중을 배경으로
> 하는—대중성을 띠는 데서 나올 수 있다. 그러므로 비범성이나 영웅성을 개
> 인적 행동으로 설명하려는 것은 부르죠아적 해석이다.
> 력사적으로 이를 고찰할 때 지배계급의 폭군이나 소위 영웅들은 인민을
> 압박 착취하는 죄악이 있을 뿐으로서 그들은 일종의 폭행자에 불과하였다.
> 따라서 세계적으로 위대한 인물일수록 그는 인민성이 풍부하였다는 것과
> 그만큼 그들은 그 시대 인민의 대표적 인물로 등장하였던 것이다.[16]

위장병과 피부병을 치료하기 위해 요양하면서 행한 등산에서 민촌은
마르크시즘의 신봉자로서의 바탕인 '인민성'에 대한 확고한 신념을 갖
게 된다. 인민성을 떠나서 비범성을 말할 수 없다는 확고한 인식은 초기
의 북한의 사회주의 정권의 발전모델의 한 토대가 되었을 것으로 보인
다. 이러한 요양소에서의 체험은 조선에서도 인민들을 위해 휴양소와
정양소를 훌륭하게 만들어야 하겠다는 생각으로 발전하게 된다. 민촌은
결국 평양 부근의 강서 약수와 용강 온천은 훌륭한 정양소가 될 수 있으
며, 남포 부근의 우산장 휴양소는 황해 바다의 아름다운 전망과 울창한
삼림 속에 근로 인민들의 좋은 휴식처와 해수욕장으로 건설할 수 있을
것이라는 결론에 도달하게 된다.

---

16) 이기영, 『기행문집』, 320-321쪽.

3) 노동자를 우선 생각하는 국가적 배려

제 4차 소련방문에서 민촌은 레닌그라드를 세 번째로 찾게 되었다. 그는 그동안 방문하지 못한 새로운 곳을 견학하게 되었는데, 그중 가장 감명이 깊었던 곳이 바로 전연맹직업동맹 중앙위원회 소속의 '노동보호연구소' 방문이었다고 회고하고 있다. 그곳의 공업 통풍부에는 두 개의 실험실이 있었는데, 하나는 공기의 보온 장치를 한 것이고, 다른 하나는 공기를 정화하는 기계라는 것이다. 현재 고속도로 기계화되어 가는 소비에트 공업에 있어서는 공장의 길이가 1km 이상 되는 곳에서도 노동자의 수효는 극히 적다. 그것은 생산의 기계화, 자동화가 급속히 발전되고 모든 중노동을 기계들이 대신하게 되어 사람의 노력을 크게 감소시킨 때문이라는 것이다. 이러한 공장의 온도는 상당히 높은데도 불구하고 신선한 공기를 보내주어서 환기장치를 잘 해주면 그들의 노동을 완전히 보호할 수가 있다. 그것은 실내의 공기 중에서 먼지를 빼내고 온도와 습기를 적당히 조절하는 것이라는 것[17]이다.

민촌 등 대표단은 그 다음으로 방음 실험실로 들어갔다. 방음 실험실 연구책임자인 슬라빈 학사는 친절하게 일행을 맞으면서 이 방에서는 산업 직장 내부의 소음을 방지하는 기구의 방법들을 연구하고 있다고 설명하였다. 소음은 사람들의 주의력을 약화시키고 노동 능률을 저하케 하는 유해로운 것이다. 그런데 이 연구소의 연구 성과는 각 공장의 생산 제고에 커다란 역할을 하고 있다는 것이다.

이 연구소에서 민촌은 커다란 감동을 받게 되었다. 그리하여 "참으로

---

17) 이기영, 『기행문집』, 272쪽.

노동자를 위하여 이와 같은 국가적 배려를 돌리는 나라가 이 세상에 어데 또 있는가? 이것은 오직 위대한 사회주의 나라인 소련에서만 볼 수 있는 국가적 시설로만 가능한 것으로 볼 수 있다"[18]고 강조하고 있다. 자본주의 사회에서는 노동자들의 피와 땀을 한 방울이라도 더 짜내기 위하여 가혹한 노동 조건으로 그들을 착취하기에 급급하고 있다. 그래서 위험한 중노동에도 노동자들을 보호하는 아무런 사회적 시설이 없다. 그들에게는 8시간 노동제도 없고 사회보험의 혜택도 없다. 그러니 노동의 안전보호라는 것은 상상조차 할 수 없지 않은가라고 반문하고 있다. 이렇게 민촌은 자본주의의 모순을 비판하면서 사회주의의 우월성에 대해 역설하고 있는 것이다. 즉 사회주의 사회와 자본주의 사회는 천양지판으로 이렇게 딴 세상같이 되어 있다는 것이다. 그것은 전자를 지상 낙원이라고 한다면 후자는 인간 지옥이라는 것이다.

2. 스타하노프운동-노력영웅들의 출현

북한은 6·25 한국전쟁후의 민족경제 재건을 기치로 내걸고 전후 인민경제의 복구건설을 최우선과제로 실천하였다. 이러한 복구사업을 위한 자본과 기술에 대한 원조를 얻기 위해 김일성은 1956년 6월과 7월 사이에 소련을 비롯하여 독일, 루마니아, 헝가리, 체코, 알바니아, 폴란드, 불가리아, 몽고 등을 친선 방문한다. 특히 소련에서는 이미 종전에 준 5억 7천만 루불의 상환을 면제해주고 3억 루불의 무상원조를 포함한 4억 7천만 루불의 새로운 원조를 해주기[19]로 약속받게 되었다. 이 시기

---

18) 이기영, 『기행문집』, 277쪽.
19) 북한 사회과학원 역사연구소, 『조선통사』(하), 서울, 도서출판 오월, 1989, 503쪽.

에 국내에서는 최창익을 위시한 종파주의자들에 의한 혁명이 도모되어 김일성은 급거 귀국하여 그 음모를 분쇄하게 되었다. 그리고 1956년 12월에 이어 열린 조선노동당 중앙위원회 전원회의에서 3개년 계획에 대한 점검과 제 1차 5개년 계획에 대한 전인민적 동원을 결정[20]하게 되었다. 전원회의가 있은 다음 김일성은 당과 정부의 지도간부들을 전국 각지의 중요 공장과 농촌들에 파견하고 몸소 강선제강소에 나가서 증산운동과 절약운동을 천리마의 기세로 다그치라고 독려하게 되었다. 김일성 저작집에서는 천리마운동의 의의를 "이 노선의 본질은 모든 근로자들을 공산주의 사상으로 교양하고 개조하여 당 주위에 더욱 굳게 묶어세우며 그들의 혁명적 열의와 창조적 재능을 높이 발양시켜 사회주의를 더 잘 더 빨리 건설한다는 데 있습니다"[21]라고 밝히고 있다.

이러한 군중동원을 위한 천리마운동의 기초는 소련의 스타하노프운동에서 출발하였다. 민촌은 『기행문집』의 도처에서 소련 노동자들의 증산과 절약을 위한 창발운동인 스타하노프운동의 역사적 의의와 가치에 대해 역설하고 있다. 그는 "나는 모스크바를 위시하여 스탈린그라드, 키예프, 스웨르드로프스크 등 도처에서 스타하노비치들의 기적적인 로력적 성과를 알게 되었다"고 언급하면서 소련에서는 모든 사업 부문에 있어서 이론과 실천이 완전히 합치되어 근로자들은 자기 사업을 질적으로 제고시키고 창발성을 발휘하며 각자가 자기 사업의 탁월한 능수로 되고 있다고 강조하였다. 특히 민촌은 소련 인민들은 노동도 잘하지마는 휴식도 잘할 줄 안다고 언급하고 있다. 레닌의 말인 "잘 쉴 줄 모르는 사람은 일도 잘할 줄 모른다"를 인용하면서 휴식은 노동력의 원천임을 설명하고 소련 인민들은 이 진리를 누구보다도 먼저 깨달았다고 강조한다.

---

20) 북한 사회과학원 역사연구소, 『조선통사』(하), 516쪽.
21) 북한 사회과학원 역사연구소(김한길), 『현대조선역사』, 서울, 일송정, 1988, 368-369쪽.

덧붙여 레닌 선생도 날마다 다망하신 가운데도 일요일만은 잘 쉬셨다는 것이다. 사회주의 건설이 완성되고 점차 공산주의 사회 건설에로 이행하고 있는 오늘 소련 근로자들에게는 노동에 대한 권리가 완전히 보장되어 있는 것과 같이 휴식의 권리를 보장받고 있다는 것이다. 8시간 노동제가 실시되고 온갖 문화시설과 휴양소, 정양소에서 마음껏 휴식할 수 있는 그들의 휴식 생활은 정말 문화적 휴식이라 하겠다[22]고 하면서 민촌은 부러운 듯이 설명하고 있다.

3. 스탈린식 계획경제 도입과 〈3대 혁명 소조운동〉의 모태

민촌은 3년 만에 다시 찾은 1949년의 제 2차 소련방문에서 놀라운 전변을 목격하고 놀라움을 금치 못한다. 1949년도에는 벌써 배급제도가 폐지되었으며 수차에 걸친 물가인하와 화폐개혁은 소련 인민들의 물질문화 생활수준을 급격히 향상 발전시켰다는 것이다. 그것은 전전 수준을 돌파하도록 제 4차 5개년 계획을 이미 초과 달성한 부문이 많았던 까닭이라고 민촌은 나름대로 진단을 내렸다. 아울러 그는 위대한 소련 인민들의 영웅적 투쟁은 이와 같이 불과 3년 동안에 평화건설 사업에 빛나는 성과를 쟁취하였다[23]고 열변을 토하고 있다.

한편 민촌은 제2차 소련방문에서 모스크바에 있는 지하철도 노동자 문화회관을 방문하여 노동자들을 교육시키는 새로운 방법을 터득하게 된다. 그것은 놀랍게도 북한이 김정일에 의해 1970년초에 과감하게 도입하였던 〈3대 혁명 소조운동〉인 기술혁명·사상혁명·문화혁명의 기

---

22) 이기영, 『기행문집』, 90쪽.
23) 이기영, 『기행문집』, 107쪽.

본방향과 일치하고 있다. 노동자 문화회관에서 뽀나미여 총장은 민촌에게 "이 문화회관에서는 세 가지 방향으로 노동자들을 교육하는데 그것은 과학지식, 정치 이론, 문화사업이라고 설명"[24]하였다. 이 문화회관에서는 매 화요일을 스타하노비치 날로 정하고 기술연구에 대한 토론과 상호 경험을 교환하며 선진 스타하노비치는 후진 청년들을 지도하며 기사는 발명에 관한 연구를 발표하고 또한 기술 지식이 부족한 노동자에게는 기술에 대한 지식을 가르쳐 준다는 것이다. 정치 강좌는 마르크스-레닌주의 이론 문제, 공산당과 정부의 정책에 관한 문제, 국제 시사 등 제 문제를 취급한다는 것이다. 또한 문화회관 사업에서 서클 사업은 중요한 자리를 차지한다고 한다. 서클 조직을 보면 연극, 합창, 무용, 성악, 바이얀 악기, 민족 악기, 음악 이론, 미술, 문학, 아동 합창, 낭독, 재담, 재봉, 사진, 재단 등 서클이 있다는 것이다. 이상의 각 서클 지도자는 대학 졸업의 전문가들이며 전임 일꾼들이라는 것이다. 그런데 정부 예술위원회에서는 문화인 예술인들을 수시로 파견하여 인민 창작에 대한 연구회를 노동자들과 조직한다[25]고 한다. 이러한 노동자교육프로그램은 이기영의 건의로 김정일에 의해 도입되어 〈3대 혁명 소조운동〉의 바탕이 된 것으로 보인다.

4. 콜호스의 '작업반 분조관리제'

1949년 2차 소련방문을 하였을 때 민촌 이기영은 1차방문 때의 모스크바 근교의 승리 콜호스(처음으로 벼농사 실험)에 이어 우크라이나공화

---

24) 이기영, 『기행문집』, 63쪽.
25) 이기영, 『기행문집』, 63-64쪽.

국에 있는 와실렙 콜호스를 방문하게 된다. 이곳에서 그는 토마토나 감
자 등에 대한 개량농법이 시행되고 있었고 파종기, 또락또르, 수확기,
기타 농기계 등 농촌기계화사업이 활발하게 전개되고 있음을 목격하게
된다. 또 인근의 붉은 빨치산 콜호스에서는 작업반 분조제가 시행되고
있음을 확인하게 된다. 이 콜호스는 1930년에 조직되었는데 맨 처음은
겨우 23호의 농민들이 조직에 참가하였다고 한다. 그러나 국가에서는
매년 농구와 기계를 원조하여 주어서 콜호스가 발전 강화됨을 보자 농민
들은 전부 콜호스원이 되기를 자원하여 들어왔다고 한다. 그 후 콜호스
는 더 발전하여 좋은 건물과 가축사, 농구 수리소 등이 많이 시설되었다
고 한다. 이 콜호스의 조직 체계는 작업반 13개 중에 7개는 곡물, 3개는
야채, 1개는 목축, 1개는 농구 야장, 1개는 주택 건설 등이라고 한다. 이
13개 작업반들에는 각각 5개에서 6개의 분조를 가지고 있다고 한다. 매
작업반에는 70-80명의 남녀 농민들이 소속되어 있다고 하였다. 거기에
다는 토지(기정지)150헥터를 주고 책임자에게 생산책임량을 지운다고
한다. 그리고 자기 책임량을 초과 실행한 콜호스원들에게는 따로 더 보
수를 주기로 되었는데 그 책임량은 콜호스 회의에서 결정한다[26]고 설명
되고 있다.

　'분조관리제'란 작업반의 하부단위인 분조에 일정한 면적의 토지와
노동력, 역축과 기타 생산도구를 고정시키고 정보당 수확고와 정보당
노력일 투하에 대한 계획을 주어 생산을 책임적으로 수행하게 하며 연말
에 가서 분조 성원들에 대한 노동일을 정보당 수확고 계획수행에 따라
확정 지불하는 협동농장의 생산조직 형태이자 분배형태[27]를 말한다. 물

---

26) 이기영, 『기행문집』, 50-51쪽.
27) 「협동농장들에서의 분조도급제」, 『근로자』 제 24호, 1965년 12월 20일, 2-3쪽, 이일영 ·
　　전형진, 「북한 농업제도의 전개와 개혁 전망에 관한 연구: 분조관리제를 중심으로」, 『통일
　　문제 연구』, 1997년 하반기호, 평화문제연구소, 1997, 117쪽, 재인용.

론 토지나 생산수단의 소유권이 분조에 주어졌던 것은 아니고 소유단위, 경영단위는 여전히 협동농장이었다.

'분조관리제' 가 도입되기 전에 북한의 농촌에는 1960년 2월 김일성의 청산리 현지지도를 계기로 '작업반 우대제' 가 실시되고 있었다. 하지만 이 방법은 몇 가지 결함을 가지고 있었다. 문제점 극복을 위해 김일성은 1965년 5월 11일 소위 '분조관리제의 고향' 으로 일컬어지고 있는 강원도 회양군 포천리 포천협동농장에 대한 현지지도에서 작업반을 새로 개편하여 그 규모를 줄이는 것보다 분조를 그에 맞게 개편(15-20명)하는 쪽이 합리적이라고 지적하였다. 정책적으로는 1965년 11월 15일-17일 조선노동당 제 4기 제 13차 총회에서 분조관리제 도입을 결정하고 1966년경부터 전국적으로 분조관리제를 시행[28]하게 되었다고 한다.

5. 자연개조계획의 전개

민촌은 제 4차 소련방문 때 우크라이나공화국의 키예프 근교에 있는 콜호스를 견학하게 되었다. 이 콜호스는 제 2차 방문 때의 와실렙 콜호스 보다는 규모가 작은 중급 콜호스였다. 이 콜호스는 1929년에 빈농들을 중심으로 조직되었다고 한다. 조직 첫 시기부터 뜨락또르로 농지를 경작하였는데, 기계화농법은 종전보다 수배의 다수확을 확보하였다고 한다. 현재 이 콜호스에는 750두의 암소와 600두의 돼지와 기타 양, 면양, 말과 닭, 오리 등의 가금을 많이 사육한다. 이 콜호스는 목장이 있고 부속건물들이 있다. 그리고 전기모터가 50개 이상 있다고 한다. 매 농가

---

28) 이일영 · 전형진, 위의 글, 118-119쪽.

에서 라디오를 청취하고 영화는 1주일에 2회씩 감상한다고 하며 전 농가 670호 중에서 500호가 신문을 구독한다고 한다. 현재 이 콜호스는 작업의 80% 이상이 기계화되었다. 이 지대 농민들은 자연의 혜택을 기다리지 않고 자기의 노력으로써 불리한 자연을 극복하고 있다. 위대한 자연개조 계획[29]은 사막을 변하여 옥토로 만들게 하거니와 오늘 장엄한 공산주의 건설에로 들어선 소련 인민들은 이와 같이 척박한 불모지—백사지 땅에서도 옥토에 못지 않게 다수확을 내고 있다[30]고 민촌은 감탄하고 있는 것이다.

이러한 소련 협동농장의 자연개조계획은 1970년대 들어와서 북한이 의욕적으로 펼치는 자연개조 5대 방침의 밑거름이 되었다. 김일성은 1976년 10월에 열린 당중앙위원회 제 5기 제 12차 전원회의에서 밭 관개의 완성, 다락밭 건설, 토지정리와 개량, 치산치수와 간석지개간을 기본내용으로 하는 자연개조 5대 방침을 제시하고 전당과 전체 인민을 그 관철에로 조직동원[31]했다. 자연개조 5대 방침을 관철하기 위한 투쟁이 전군중적으로 벌어졌으며, 특히 밭관개를 완성하기 위한 사업은 1977년 4월 당중앙위원회 제 5기 제 13차 전원회의에서 제시한 지하수 혁명방침을 관철하기 위한 투쟁과 결합됨으로써 더욱 힘있게 추진되었다. 그리하여 1977년 한 해 동안에 20만 정보의 밭 관개가 완성되었으며 이에

---

29) 이기영, 『기행문집』, 52-55쪽.
　　제 2차 스련방문 때 모스크바의 고리키촌에 있는 농학과학원 시험농장을 민촌이 방문했을 때 개량종 보리 등을 실험하고 있을 뿐만이 아니라 말사스의 인구론과 다윈의 진화론에 근거하여 종자로 모를 불러 나무의 다른 종자간에 생존경쟁을 유발하여 묘목을 키우는 방법을 실험하고 있었다. 이 실험의 결과로 자연개조를 위한 조림계획에 있어서 새로운 방법을 창안하게 되었다는 것이다. ……이 계획은 1950년부터 시작하여 15년간에 완수하게 될 것인데 이미 수만 개의 조림반을 조직하였다는 것이다. 이 130개소의 국영 묘포에서는 실로 340억 주의 묘목을 재배하고 있다. 이상과 같은 웅장한 자연개조계획은 국가의 적극적인 원조와 꼴호즈 농민들의 애국적인 투쟁에 의하여 성공적으로 진행되고 있다고 한다.
30) 이기영, 『기행문집』, 254-256쪽.
31) 북한 사회과학원 역사연구소(김한길), 『현대조선역사』, 앞의 책, 429쪽.

따라 북한의 수리화 체계는 중간 및 산간 지대에까지 확대되었다.

Ⅳ. 맺음말

민촌 이기영의 『기행문집』을 꼼꼼하게 읽은 결과, 그가 소련 사회에 대해 너무 편향적으로 다루고 있는 것이 아닌가하는 의구심을 떨쳐버릴 수 없었으며, 민촌 자신이 마르크스-레닌주의에 심취하여 이상주의자로서의 면모를 강하게 풍기고 있음도 알 수 있게 되었다. 이번 연구는 해방 직후 한 이상주의적 공산주의자의 여행기를 통해 오늘날 북한 사회의 실패 원인을 찾는 데 활용해 보고자 함에 있다. 소련 사회가 스탈린(1928년부터 1953년까지 권좌에 있었음)이라는 독재자의 장기집권 이후에 공산당과 KGB중심의 중앙집권적이고 관료적인 성향을 지님에 따라 인민성에서 점차 멀어지는 정책을 강압적으로 시행하여 결국 1989년 소련연방의 해체와 동구권의 변혁으로 침몰하고 만 역사의 아픈 경험이 있다. 그러나 민촌 이기영은 그것을 체험하지 못하고 1984년에 사망하였다. 북한도 똑같이 김일성 중심의 유일체제의 구축과 선군정치로 인해 1990년대말의 식량난이 밀어닥쳤을 때 노동자 천국인 이상적 사회주의의 모습에서 벗어나 인민이 헐벗고 굶주리는 세계에 몇 안 되는 최빈곤국으로 전락하게 되었음을 만천하에 보여주었다는 점에서 공통점을 지니고 있다.

하지만 해방정국에서 북한은 이기영 등의 지성인으로 대표단(물론 각계 각층의 인민 대표들로 구성)을 구성하여 소련을 몇 차례나 방문케

하여 소련의 스탈린식 계획경제 등 선진문화와 사회주의 개량정책을 신속하게 받아들이려고 노력하였다는 것은 사실이다. 특히 이기영이 보고서 형식으로 또는 언론의 기고 등으로 발표한 기행문, 「소련은 인민의 위대한 벗」(『기행문집』은 1960년에 발행)은 최고지도자인 김일성 내각 수상 등에게 바로 읽혀져서 북한의 초기 사회주의 발전모델로 활용되었던 것으로 보여진다.

이기영은 1946년부터 1954년 사이에 모두 네 차례에 걸쳐 소련을 방문하였다. 제 1차 소련방문(1946년 8월 10일 출발, 10월 17일 평양 도착, 약 70일간의 여행)의 목적은 아무래도 소련과 조선간의 친선과 문화교류에 있었던 것으로 생각된다. 그것은 초청하는 쪽이 모스크바 대외문화협회였으며, 안내가 소련의 원동군단과 조선주둔군(당시 사령관은 치스짜꼬프대장) 군장성인 것에서도 확인된다. 소련방문단은 평양비행장에서 수백 명의 군중들의 환호 속에 출발하였다. 제 1차 소련방문단의 인솔책임자가 이기영(조소친선협회 위원장)이었던 것을 알 수 있는 자료로는 이태준의 『소련기행』(1947)이 있다.

제 2차 소련방문단은 조소친선협회의 위원장인 이기영 혼자서 초대를 받은 것으로 나타나고 있다. 그 이유는 자세히 알 수 없으나 내부적으로 권력투쟁이 심화되어 갈등이 노골화되었기 때문이 아닌가 추정해 본다. 여전히 소련측 초청인사는 '소련대외문화 련락협회(약칭 복스)'로 나타나고 있다. 이기영의 2차 소련방문의 일시는 1949년 6월 14일(비행기를 19시간이나 탔다고 설명되어있는 것으로 보아 6월 13일에 평양을 출발한 것으로 생각됨)이었고, 방문목적은 소련 최고의 시인인 푸시킨 탄생 150주년 기념축전(원래 푸시킨 탄생일은 6월 6일)에 조선을 대표하는 축하사절로 참석한 것으로 묘사되어 있다. 이기영의 제 2차 소련방문은 혼자 참석할 수밖에 없었던 내부요인도 있었겠지만, 김일성 내각

수상의 특별한 지시가 있지 않았나 생각된다. 즉 소련의 경제발전계획과 추진상황, 그리고 선진적으로 발전한 콜호스나 각종 공장 등을 방문하고 북한 사회주의 국가 발전의 한 모델로 삼기 위한 보고서를 제출하라고 요구했을 가능성이 있다. 그것은 민촌이 방문목적과 달리 문화관련 기관보다는 콜호스의 '분조관리제', 뜨락또르공장, 지하철도 노동자 문화회관, 농학과학원 시험농장의 자연개조계획, 소련의 '스타하노프운동'(노동자의 창발성을 높여주기 위해 경쟁심을 유발하는 당 차원의 대중운동) 등을 세심하게 둘러보는 것에서 확인이 된다.

민촌의 제 3차 소련방문은 1952년 2월 23일에 이루어지는데 방문목적은 소련의 위대한 작가인 고골리의 서거 100주년 기념제전에 조선의 문화인대표로 참석하기 위함이었다. 이 시기는 한국전쟁중이라 민촌의 감격은 더욱 컸으리라 생각된다. 민촌은 우선 고골리 서거 100주년 기념제전의 한 행사인 모스크바 스웨브 거리에 설치하게 된 고골리 동상 제막식에 참석하고 교외박물관 안에 있는 고골리 묘지(묘지 앞에도 정부에서 세운 고골리 반신상이 있음) 화환증정식에 참여하게 된다.

고골리 기념사업이 끝난 후 민촌은 스탈린그라드를 2일간 견학하고 모스크바로 돌아와서는 북한으로부터의 전보를 받고 노르웨이 오슬로 평화회의 확대 이사회에 소련대표 파제예브, 에렌부르그, 꼬르네이츄끄, 중국 대표 곽말약, 모둔 등과 함께 조선 대표로 참가하게 된다. 오슬로 평화회의에서는 주로 세균무기 사용에 대한 반대토론이 주를 이루었다.

민촌 이기영은 1953년 10월 18일 소련 모스크바를 네 번째로 방문하여 1954년 2월 1일까지 체류하게 된다. 민촌의 방문 목적은 소련 대외 문화협회 초청으로 사회주의 10월 혁명 36주년 기념보고대회에 참석하기 위해서였다. 이때는 북한으로서는 매우 민감한 시기였다. 6·25 한국전쟁이 폐허상태에서 끝났으며 혈맹 소련 또한 스탈린의 사망으로 혼돈상태에 빠져있었기 때문이었다.

이기영의 『기행문집』에는 필자인 민촌의 세계관과 문학관이 잘 드러나 있다. 공산주의적 이상주의에 빠져 있던 민촌은 1)평화와 민주에 대한 희망을 피력하며 북한의 새로운 정권에서 그것이 구현되기를 꿈꾸었다. 2)인민성에 대한 확고한 인식이 『기행문집』의 도처에서 드러나고 있다. 3)민촌이 소련에서 가장 감명깊게 느낀 점은 국가 당국이 노동자를 최우선으로 생각하는 국가적 배려를 하고 있다는 점이었다. 일례로 소련은 〈노동보호연구소〉를 차려놓고 노동자들의 안전과 건강을 위한 연구를 이미 하고 있었고, 노동에 대한 권리가 완전히 보장되어 있는 것과 같이 휴식의 권리도 보장받고 있다는 것을 몸소 체득하였던 것이다.

한편 민촌의 『기행문집』에는 북한의 초기 사회주의 발전모델로 반영된 소련의 형상들이 잘 나타나 있다. 우선 1956년쯤부터 북한의 사회주의 건설에서 많이 강조되던 천리마운동은 바로 민촌이 『기행문집』의 여러 곳에서 언급하고 있는 소련의 '스타하노프운동'의 모방이라고 할 수 있다. 특히 소련에서 '스타하노프운동'을 통해 노력영웅을 만들어내고 그들을 통해 각종 공장에서 증산운동과 절약운동을 펼쳐나가고 있는 데에 필자는 감명을 받은 것으로 드러나고 있다. 또 민촌은 몇 차례의 소련방문을 통해 '스탈린식의 계획경제'를 통해 제 2차 세계대전 때에 거의 폐허가 된 도시와 농촌이 '눈부신 전변'을 하게 된 데 놀라움을 표현하고 있다. 또 민촌은 지하철도 노동자 문화회관을 방문해서는 세 가지 방향에서 노동자들을 교육하는 것을 목격하게 되는데, 즉 그것은 '과학지식', '정치이론', '문화사업'인 것이다. 이러한 모델은 바로 북한이 김정일의 등장 후 대중노선으로 강력하게 펼쳤던 기술혁명, 사상혁명, 문화혁명의 〈3대 혁명 소조운동〉의 근원인 것이다.

끝으로 민촌은 몇 군데 콜호스를 견학하고는 소련의 협동농장들이

‘작업반 분조관리제’와 ‘자연개조계획’의 원대한 이상을 펼치는 것을 보고 이것을 한국전쟁으로 인해 폐허상태가 된 북한의 공산주의 사회건설과 전후 인민경제의 복구건설에 활용하려한 것으로 보인다.

요약하면, 이기영의 『기행문집』은 해방 후의 북한 사회에서 권력투쟁과 김일성 중심의 유일체제가 구축되기 전까지 초기 공산주의 발전모델로서 활용이 되었던 소련의 여러 가지 선진적 면모를 잘 담고 있어 결국은 실패한 모델이지만 그것의 원인과 결과에 담겨진 역사적 의미를 되새겨 보는 데 중요한 교과서가 되리라고 확신한다.

제4부 해외동포 문제를 다룬 북한문학

양우직의 장편『비바람 속에서』·『서곡』연구

양우직의 장편『서곡』연구

양우직의 장편 『비바람 속에서』·『서곡』 연구
- 북한의 재일 조총련 사업성과를 중심으로

Ⅰ. 머리말

최근 2001년 1월 17일 북한의 김정일 위원장이 주룽지 중국 총리의 안내로 중국 상해 푸둥(浦東) 지구를 방문하여 반도체공장 등과 증권거래소를 둘러보면서 자본주의 시장에 대한 학습과 외자유치 등에 관심을 기울인 것은 세계적인 뉴스가 되었다. 김정일 위원장이 서둘러 중국을 방문한 것은 부시 행정부의 등장과도 밀접한 관련성이 있다. 부시 행정부의 콜린 파월 미국무장관 지명자는 1월 17일 자신의 인사청문회에서 차기 부시 행정부의 한반도정책방향에 대해 "한국이 추구하고 있는 역사적 화해를 지지하며 촉진되도록 도울 것"과 "북한이 북-미 기본합의(제네바 합의)를 준수하는 한 우리도 지킬 것"이라고 밝히면서도 "대북 상호주의"를 강조한 것과 김정일 위원장을 "북에 있는 독재자"[1]라고 지칭한 것은 의미심장한 표현으로 보여진다. 이번 방문은 이러한 대북 강경정책을 취할 수 있는 부시 행정부의 등장에 대해 중국 지도부와 사전 협의가 필요했을 것이고 개방만이 살길이라는 전면적인 인식의 전환도 요구되는 시점이라는 점에서 세계적 주목을 받을 만하다.

또 하나 북한은 최근 대서방 외교에 총력을 기울이고 있다. 북·미간과 북·일간의 외교관계 수립에도 힘을 경주할 뿐만 아니라 영국을 비롯한 유럽의 서방국가들과의 관계개선에 힘을 쏟고 있다. 영국의 로빈 쿡 외무장관은 1월 19일 아셈(ASEM, 아시아 유럽 정상회의) 개막 전야제에서 북·영간의 외교관계 수립을 공식 발표하여 아셈회의 정상들로부터 스포트라이트를 받았다. 영국과의 외교관계 수립은 남북 정상회담의 결실이자 북·미간 북·일간 외교관계 수립의 디딤돌이 될 것임에 틀림없다.

이러한 전환의 시점에서 북한의 재일 조총련 사업의 성과와 한계를 살펴보는 것은 큰 의미를 지닌다고 할 수 있다. 재일 조총련 사업의 성과는 양우직의 장편소설 『비바람 속에서』와 『서곡』에 사실적으로 묘사되어 있다. 양우직은 총련 출신의 작가이기 때문에 총련의 실상에 대한 자료를 누구보다 많이 수집하여 서사적으로 형상화했을 것으로 생각되어 작품의 리얼리티가 잘 드러나 있을 것으로 생각된다. 특히 김정일의 총련 관련 문건을 모은 『재일본 조선인운동과 총련의 임무』(2000년)의 출판은 양우직 소설에 나타난 조총련의 정책방향과 한계를 보다 선명하게 입증해 줄 자료로 가치가 있을 것으로 보여진다.

이제 구체적으로 양우직의 『비바람 속에서』와 『서곡』의 두 편의 장편소설을 분석하되 이번 논문에서는 『비바람 속에서』를 중심으로 총련 사업의 공과에 대해 살펴보기로 한다.

---

1) 『동아일보』 2001년 1월 19일(금) 종합면.

II. 재일 조총련의 형성과 변모양상

해방 이후 재일 조총련이 창립되기까지는 우여곡절이 많았다. 해방 시기에 '조련'이 먼저 생겨났고 그 다음으로 '민전'이 출현하였다. 조선인 연맹의 약칭인 '조련'은 해방 직후 결성되었으나 미군정사령부의 〈단체 등 규정령〉에 의해 해산이 되었다. 그리고 결성된 것이 조선민주통일전선의 약칭인 '민전'이다. 작품에서 '민전'은 치졸한 논전과 좌경적 언행으로 동포 상공인들을 괴롭혔기 때문에 동포들이 환멸을 느끼고 이탈해나간 것으로 묘사[2]되고 있다. 하지만 김정일이 발표한 문건에 보면, 민전은 지도적 지위에 있던 자들이 사대주의와 민족 허무주의, 공명주의에 물젖어 있었기 때문에 그들에 의해 재일 조선인 운동이 농락되었다고 다음과 같이 비판하고 있어 실패의 원인을 지도층의 문제로 돌리고 있다.

재일동포들은 지난 조국해방전쟁 시기에 〈모든 힘을 전쟁의 승리를 위하여〉라는 위대한 수령님의 력사적인 방송연을 높이 받들고 일본 각지에서 조국방위대를 뭇고 조선민주주의 인민공화국을 사수하기 위한 투쟁을 떨쳐나셨습니다……(중략)…… 이 시기에 재일동포들의 민족통일전선체로서 민전이 출현하였는데 그 자체는 환영할 만한 일이였습니다.
그러나 민전은 재일조선인운동의 지도권을 차지한 자들에 의하여 심히 롱락되였습니다. 민전시기의 용납할 수 없는 로선상 오류는 투쟁강령에서 조선 민주주의 인민공화국을 수호할 데 대한 조항을 없애고 자기 본연의 민족적 임무인 조선혁명을 포기한 것입니다. 민전의 지도적 지위에 있던 자들은 사대주의와 민족허무주의, 공명주의에 물젖은 자들이였습니다. 그러다보니

---

2) 양우직, 『서곡』, 평양, 문예출판사, 1995, 162쪽.

그들은 주체를 잃고 민족배신의 진탕속에 굴러 떨어졌던 것입니다.[3]

민전은 1955년 5월 해체되고 북한의 노동당의 직접 통제 하에 '조총련'이 설립되었다. 20여만 명의 조총련은 북한의 지원을 받으면서 친북한 활동을 전개하여 왔다. 이에 앞서 1954년 3월에는 일·조 무역협회를 설립하여 경제교류를 실시하고 1959년 8월에 협정을 통하여 재일교포의 북송 사업을 추진[4]시켰다.

조총련의 결성은 북한의 대일정책 목표와 긴밀하게 연관이 된다. 일본은 미국과 마찬가지로 그들의 적대국이지만, 미국처럼 북한의 안보와 통일에 일차적으로 위협이 되거나 장애가 되지는 않는다. 하지만 북한은 일본의 경제력에 바탕한 군사력의 증대를 두렵게 생각하였고, 한·미·일의 3각 군사협력체제의 형성을 크게 경계하고 있었다.

북한의 대일 정책 목표는 1)미·일 동맹관계의 밀착을 방지하고, 특히 한·미·일 3각 군사협력 강화를 지지하며, 2)일본의 비무장 중립정책을 지지 성원하며 일본 군국주의 부활을 저지하고, 3)한·일 관계의 긴밀화를 저지하며, 가능하면 일본이 남북한에 대해 균형 잡힌 외교정책을 추진하도록 유도하고, 4)경제기술 수준이 높고 지리적으로 가까운 일본과의 경제교류 협력의 증진을 도모하며, 5)남·북한 경쟁의 관점에서 60여만 재일교포들의 지지와 충성을 확보하는 것[5]이라는 것이다. 그리하여 북한의 대일 접근은 일찍부터 시도되었다고 한다. 1955년 북한의 남일 외상은 각이한 사회제도를 가진 모든 국가들과 평화공존의 원칙에서 출발하여 정상적인 관계를 수립할 용의가 있다고 강조하면서, 일

---

3) 김정일,『재일본 조선인 운동과 총련의 임무』, 평양, 조선로동당출판사, 2000, 13-14쪽.
4) 최명 편,『북한개론』, 을유문화사, 1990, 591쪽.
5) 최명 편, 위의 책, 591쪽.

본 정부와 구역, 문화관계 및 기타 조일관계 수립발전에 관한 문제들을 구체적으로 토의할 용의가 있다고 밝혔다.[6] 조총련의 설립도 이러한 북한의 대일외교의 일환이라고 할 수 있다.

그러면 이렇게 험난한 과정을 겪으며 설립된 조총련에 대해 북한 당국은 어떠한 입장에서 바라보고 있는가? 자료가 많지는 않지만, 김정일의 담화문을 보면, 우선 조총련을 민족적 애국운동으로 파악하고 있다. "재일조선인 운동은 조선혁명의 한 구성부분이며 위대한 수령님의 사상과 령도를 실현해나가는 민족적 애국운동"[7]이라고 본다. 그 당시 김일성은 민전 등의 활동에 대해 비판을 하였다. 그 이유는 그때까지만 해도 국제공산당이 내놓은 일국 일당 원칙에 따라 해외교포운동을 해외교포들이 살고 있는 나라 혁명운동의 일환으로 보는 오류를 범하였던 때문이었다. 그래서 김일성은 해외교포운동은 자기 나라 혁명에 복무하는 민족적 애국운동으로 되어야 한다는 것을 강조하였던 것이다.

이렇게 우여곡절 끝에 형성된 조총련은 몇 가지 중요한 투쟁을 하면서 결속력을 다져나가게 된다. 첫째는 1963년부터 조국내왕을 위한 투쟁을 펼쳐나간다. 1964년 봄에 오사카와 도쿄 사이의 2,000리 길을 도보로 행진하는 조국내왕 투쟁에 약 16만 명의 재일동포들이 참가하여 큰 성과를 나타내었다고 한다. 사실 조총련은 이미 1959년 8월에 협정을 통하여 재일교포의 북송사업을 추진하였다. 둘째는 민단과 손을 잡고 박정희 정권이 1964년 내로 완결 지으려고 하던 〈한일회담〉을 저지시키려는 운동을 펼쳐나간다. 그리고 김정일은 단결을 강조하면서 민단 산하 동포들과 한일회담 반대 공동투쟁을 펼친 것은 민족적 단합을 이룩하는 데에 커다란 성과라고 추켜세운다.

---

6) 『로동신문』1955년 2월 26일자. 최명 편, 『북한개론』, 591쪽 재참조.
7) 김정일, 앞의 책, 17쪽.

　지난 해에 총련은 민단과 손을 잡고 일본반동들과 남조선 괴뢰도당이 1964년 안으로 타결하려던 〈한일회담〉을 저지 파탄시켰는데 이것은 총련이 애국활동에서 이룩한 특별히 빛나는 성과입니다. 총련동포들과 함께 민단 산하동포들이 잘 싸웠습니다. 민단 산하 동포들도 우리 동포들인데 그들과 단합하지 못할 리유가 없습니다. 일본에서 살고있는 우리 동포들이 한일회담 대표로 간 남조선 괴뢰장관놈을 일본에서 내쫓았다고 하는데 이것이 얼마나 장한 일입니까. 참으로 통쾌한 일입니다. 박정희놈이 이번에 된매를 맞은 셈입니다.[8]

　셋째는 소위 민주주의적 민족교육 사업을 벌이면서 민족적 자주권을 지키기 위한 투쟁을 펼쳐나간다. 해방 직후 국어강습소란 이름으로 일본 도처에 우후죽순격으로 생겨나 있었던 비정규학교를 통합하여 정규학교로 설립하려고 하던 운동인데, 이러한 사업은 그 당시 일본에서 설움을 받고 있던 1-2세대 재일동포로부터 전폭적인 환영을 받게 된다.

　민주주의적 민족교육사업은 재일동포들의 민족적 자주권을 지키기 위한 투쟁이며 민족을 도로 찾는 숭고한 애국사업입니다. 민족은 언어와 문화의 공통성에 기초하여 이루어지는 것만큼 이역땅에서 사는 동포들이 자기 나라의 말과 글, 력사와 전통을 모른다면 아무리 한피줄을 이은 혈육이라고 해도 같은 민족이라고 말할 수 없습니다. …… 재일동포들의 만주주의적 민족교육사업은 해방직후부터 전동포적인 애국사업으로 줄기차게 벌어졌으며 일본반동들의 방해책동을 짓부수고 민족교육의 권리를 지키기 위한 피어린 투쟁속에서 발전하여 왔습니다.[9]

　하지만 조총련 사업은 그렇게 순탄하지만은 않은 듯했다. 조총련이 그렇게 반대투쟁을 했지만 1965년 6월 22일 한일국교 정상화가 조인이

---

8) 김정일, 위의 책, 19쪽.
9) 김정일, 위의 책, 27쪽.

되었다. 한일 국교협정은 재일한국인의 법적 지위문제 등을 다루는 '기본조약' 외에 두 개의 경제관계 협정을 골자로 했다. '어업협정'과 '재정 및 청구권에 관한 문제의 해결 및 경제협력에 관한 협정'이 그것이다. 이중 가장 핵심이 되는 청구권 자금은 '김-오오히라 비밀메모'에서 합의한 대로 무상자금 3억 달러, 유상 자금 2억 달러 도합 5억달러였다. 그리고 여기다가 경제협력이란 이름 밑에 3억 달러 이상의 상업베이스 민간차관을 제공한다[10]는 부대조항을 달았다.

이러한 한일국교협정은 그 과정이 그렇게 순탄한 것은 아니었다. 6·25 한국전쟁중의 제 1차 한일회담에서 출발하여 총 7차례의 한일회담이 열린 결과 타결이 된 것이다. 우선 전시중인 1952-53년간에 모두 3차례의 한일회담이 열렸다. 이 회담은 다음의 5가지 의제를 주로 다루었다.

그것은 1)양국간의 기본관계, 2)재일한국인의 국적 및 처우문제, 3)선박, 4)재산청구권 문제, 5)어업문제를 중심으로 다루어졌다. 하지만 이 3차에 걸친 회담은 성과 없이 끝나고 말았다. 그 이유는 두 가지인데, 하나는 1951년 1월 당시의 이승만 대통령에 의해 일방적으로 선포된 '해양주권 선언'의 철폐를 일본측이 회담의 전제조건으로 내걸었기 때문이고, 다른 하나는 3차 회담 당시 일본측 대표인 구보다(久保田)의 망언 즉 한국측이 과거 식민지 통치기간에 대하여 어떤 배상을 운운하는 것은 옳지 않다는 것, 즉 일본의 한국통치가 반드시 나쁜 측면만 있었던 것은 아니고 한국근대화에 유익한 면도 있었다는 주장[11]때문이었다.

다음으로 1958년 4월 15일 제 4차 회담이 열렸으나 재일교포의 '북송문제'가 제기되었고, 이를 계기로 한국측은 일본통상조치(1959. 6.

---

10) 이대근, 『한국경제의 구조와 전개』, 창작과비평사, 1987, 301쪽.
11) 이대근, 위의 책, 296-297쪽.

25)까지 단행하게 되자 회담은 자동적으로 중단되고 말았다. 그러나 장면 정권이 들어선 후인 1960년 10월 제 5차 한일회담이 열려 상당한 의견 절충이 이루어져 1961년 9월에 본회의 개최를 합의하는 데까지[12] 이르렀다. 하지만 장면 정권의 붕괴로 이 회담은 결실을 맺지 못한다.

5·16군사정권이 등장한 후 일본과의 공동 반공노선 정립과 경제난국의 타개를 위한 일본과의 경제협력이 긴요했던 정부는 1961년 10월에 열린 제 6차 한일회담을 재개하여 박-이께다 회담(1961. 11)에 이어 김종필-이께다 회담(1962. 2) 등 고위층 회담과 1962년 10월 11월의 두 차례에 걸친 '김종필-오오히라 회담'을 통해 악명높은 '김-오오히라 비밀메모'를 합의[13]하기에 이르른다.

이러한 1965년 6월 22일의 한일국교협정의 조인은 조총련 사업에 엄청난 타격을 준다. 우선 일본정부는 재일조선인 동포에게 '재일교포 법적 지위에 관한 협정'의 발효를 내세우면서 영주권신청과 한국인국적을 가질 것을 권고하였던 것으로 보인다. 그리고 한일국교협정을 조인한 다음 해인 1966년 1월 26일 김정일은 노동당 중앙위원회 일군들과 한 담화에서 일본 정부가 귀화상담소를 차려놓고 조선인 동포들에게 일본사람으로의 귀화를 유도하기 위해 교활하게 책동하였다고 다음과 같이 신랄하게 비판하고 있다. 한편 그 대안으로는 민족적 자존심을 높이기 위한 교양사업을 강화하는 것이 중요하다고 강조하였다.

> 지난 해에 남조선괴뢰도당과 범죄적인 《한일조약》을 체결한 일본반동들은 요즘 《재일교포 법적 지위에 관한 협정》의 《발효》를 떠들면서 《영주권신청》놀음을 벌려놓고 위협공갈과 사기협잡의 방법으로 재일조선동포들이 《한국국적》을 가질 것을 강요하고 있습니다. 일본반동들은 재일조선동포들

---

12) 이대근, 위의 책, 298-299쪽.
13) 이대근, 위의 책, 299-301쪽.

이 일본에서 살려면 《영주권》을 신청하여 일본당국의 허가를 받아야 한다고 떠들고 있습니다. 그들은 《영주권신청》을 빨리 하지 않으면 생활에서나 기업활동에서 해롭다고 하면서 위협하는가 하면 《영주권》을 얻으면 우대를 받으며 잘 살 수 있다고 회유하고 있습니다. 한편 일본반동들은 《귀화상담소》라는 것까지 꾸려놓고 일본에서 사는 조선사람들을 일본사람으로 귀화시켜 보려고 교활하게 책동하고 있습니다.[14]

또 하나 조총련 사업의 장애요인은 조선인학교에 대한 탄압과 간섭을 강화할 목적으로 외국인학교법안의 입법화를 통해 재일동포들들의 민족교육을 말살하고 동포자녀들에게 동화교육을 강요하려고 획책하고 있다고 이어서 김정일은 비판하였다. 그리하여 이러한 방해책동을 부수기 위해서는 첫째, 민족교육의 합법적 지위를 쟁취하기 위한 투쟁을 더욱 강화하여야 하며 그 일환으로 조선대학교 창립 10돌을 맞이하여 1966년에 조선대학교 인가를 받아내기 위한 투쟁을 더욱 힘차게 벌여나가야 한다고 강조하였다. 둘째, 김정일은 민족교육을 실시하는 데서 가장 중요한 문제인 주체를 세우는 일에 주력하여야 한다고 역설하며 특히 청소년 학생들 속에서 열렬한 조국애와 민족애를 키우는 데 중점을 두고 교육교양사업을 끊임없이 개선하여야 한다고 강조하였다. 그러한 사업의 구체적인 방안으로는 청소년학생들로 집단체조, 음악무용 종합 공연 같은 것을 조직하여 몇천 명 규모의 대음악 무용종합공연 같은 것을 펼쳐 민주주의적 민족교육의 생활력과 우월성을 과시하고 총련의 권위를 더욱 높일 수 있도록 노력해야 한다고 김정일은 힘주어 말하였다.

셋째, 김정일은 재일동포들의 민주주의적 민족권리를 수호하기 위한 투쟁을 성과적으로 진행하기 위해서 일본민중들과의 친선단결과 연대성

---

14) 김정일, 앞의 책, 23-24쪽.

을 강화하여야 함을 강조하였다. 그리고 일본의 진보적 정당, 사회단체들과 각계각층 인사들과의 연계를 강화하여야 한다[15]고 역설하였다.

70년대에 오면 북한의 조총련에 대한 정책에 변화가 오게 된다. 그 이유는 남한의 박정희 군사정부와 치열한 냉전체제 하의 경쟁을 벌였기 때문으로 보인다. 특히 남한의 비약적인 경제성장에 김일성이 상당한 위협을 받았던 것으로 파악된다. 겉으로는 북한의 민중들이 빈부 격차 없이 골고루 잘산다고 강조하면서 남한은 빈부격차 때문에 대다수의 민중계층이 헐벗고 굶주리고 있다고 허황된 주장을 하고 있지만 내심 남한 정부의 해외자본 유치와 비약적인 경제성장에 놀라면서 적극적인 대응책을 마련하기 위해 동분서주했던 것으로 생각된다. 그 결과 조총련 사업도 커다란 노선수정이 있게 되었다. 첫째는 재일 조선상공인들과의 사업을 잘하도록 해야 한다[16]고 주문하고 있다. 그리고 구체적으로는 재일 조선상공인들의 요구와 이익에 맞게 신용조합을 잘 운영하여야 함을 강조하고 있다. 특히 재일 조선상공인들이 판로난을 겪고 있으므로 약간의 손해를 보더라도 재일조선상공인들의 상품을 조국에서 사주고 사회주의 시장에서 판로도 개척해주고 무역도 널리 할 수 있게 적극 도와주어야 한다고 역설한다. 이러한 상공인사업은 80년대 들어서서는 동포 상공인들이 조국과의 합영사업을 잘하도록 떠밀어주어야 한다고 그 내용이 바뀌게 된다. 그리고 가까운 앞날에 조국의 과학기술을 발전된 나라들의 수준으로 끌어올리는 데서 동포 과학자, 기술자들이 애국적 열성을 높이 발휘하도록 해야 한다고 주장한다.

둘째는 자라나는 새로운 세대에 대한 교양사업을 잘 해야 한다[17]고

---

15) 김정일, 위의 책, 31쪽.
16) 김정일, 위의 책, 39–42쪽.
17) 김정일, 위의 책, 42쪽.

강조하고 있다. 1세대에서 재일동포 2세 내지 3세로의 세대교체가 이루어짐에 따라 그들의 일본문화로의 급속한 동화현상에 위기를 느꼈던 것으로 보인다. 특히 세대가 교체되면서 새 세대들 속에서 자본주의에 대하여 환상을 가지는 현상에 대해 경계할 것을 주문하고 있다.

> 자라나는 새 세대들은 미래의 주인공들이며 재일조선인운동의 강화발전과 그 전도는 새 세대 동포들을 어떻게 키우는가 하는데 달려 있습니다. 오늘 재일동포들속에서는 세대교체가 일어나 새 세대 동포들이 총련 애국활동의 주인으로 등장하고 있습니다. 위대한 수령님께서는 사로청 제 6차 대회에서 혁명의 과녁은 변하지 않았는데 혁명의 대는 끊임없이 바뀌여진다고 하시면서 청년들이 대를 이어 혁명을 계속하여야 한다고 교시하시였습니다. 이것은 결코 조국에서만 해당되는 문제가 아닙니다.[18]

셋째, 80년대 와서는 무엇보다도 총련 간부들 속에서 사상교양사업을 강화할 것을 제안하고, 동포대중에 대한 사상교양사업에서도 조국에 대한 교양을 강화해야 한다고 강조하였다. 그리고 조국에 대한 교양은 혁명전통 교양과 밀접히 결부하고 재일동포들의 지난날의 처지와 대비하여 진행하는 것이 좋다고 말한다. 여기에서 조국에 대한 교양은 결국 김일성 수령에 대한 충실성[19]으로 귀착된다.

---

18) 김정일, 위의 책, 42쪽.
19) 김정일, 위의 책, 59-62쪽.

Ⅲ. 조총련 사업의 서사적 형상화과정

90년대 들어와서는 북한은 북·일 수교문제에 상당히 주력한다. 그 이유는 두 가지로 요약되는데, 하나는 구 소련연방의 해체와 동구권의 변혁으로 체제위기에 대한 불안감이 대두되기 시작하였다는 점이고, 다른 하나는 경제적인 측면(50억불 이상으로 추정되는 대일 청구권 자금의 유입예상)의 고려라고 할 수 있다. 일본의 입장에서도 북한과의 수교를 앞당기는 것이 바람직하다는 판단을 할 수 있는 몇 가지 요인이 있었다. 탈냉전기로 접어들면서 일본은 대북 관계개선을 통해 동북아 신질서 형성의 유리한 지점을 차지하겠다는 장기적인 전략적 사고와 한반도 분단이 안정적으로 관리되기를 희망하는 차원에서 북한과의 관계개선을 추진해왔다. 그리고 군사적으로 미사일 배치 등에 의한 북한의 대일공격 구도를 포기시킨다는 차원에서도 북한에 관심을 보여왔다. 그리하여 1990년에 들어서서 상호간의 적대관계를 해소하고 새로운 관계를 정립하려는 움직임[20]을 보였다. 1990년 9월 24일부터 28일까지 북한을 방문한 가네마루 신 전 부수상을 단장으로 한 자민련 대표단과 다나베 마코도를 단장으로 하는 사회당 대표단과 일련의 회담을 통해서 조선노동당과 일본의 자민당, 사회당 간의 공동선언을 9월 28일 채택하였다.

이날 채택한 8개조항의 공동선언의 요지는 일제 식민지 지배에 대한 사죄와 보상, 전후 45년간 북한이 일본에 미친 손실에 대한 사죄와 보상, 조기 국교정상화 등이었다. 그리고 3당은 북·일 두 나라 사이의

---

20) 이종석, 『새로 쓴 현대북한의 이해』, 역사비평사, 2000, 362쪽.

국교수립의 실현과 현안이 제 문제들을 해결하기 위한 정부간의 교섭을 1990년 11월중에 시작하도록 강력히 권고하도록 합의[21]하였다.

하지만 이러한 북일 국교정상화의 노력은 외적인 요인의 발생으로 번번이 무산되었다. 1991년부터 이틀간 평양에서의 제 1차 회담을 시작으로 1992년 11월 8차 회담까지 의견을 좁혀나갔으나 대한항공 여객기 폭파사건과 관련하여 김현희의 일본어 교사였다는 '이은혜'라는 일본여인의 신원확인 문제와 1992년부터 불거져 나온 북한핵 문제에 휘말리면서[22] 회담은 더 이상 진척이 되지 못하고 중단되고 말았다.

이러한 북·일 국교 정상화문제와 재일 조총련의 사업은 밀접한 관련이 있다. 조총련 사업에 대한 서사적 형상화 작업은 1991년『비바람 속에서』를 출발점으로 하여 시작되었다. 조총련 출신의 작가인 양우직은 북한 문예출판사에서『비바람 속에서』를 발행한 후 1995년에 다시『서곡』을 같은 출판사에서 펴내게 된다.

한편 낙한에서는 조총련문제를 다룬 것은 아니지만 현해탄을 사이에 둔 한일간의 교류와 긴장관계, 그리고 그 역사적 배경 등에 대해서 다룬 이병주의 장편소설『관부연락선』(1972)이 있다. 관부연락선은 1905년 일제가 노일전쟁에서 승리한 후 취항을 시작하여 1945년 제 2차 세계대전에서의 패배와 대한민국이 해방·독립한 시점에서 종항을 함으로써 역사 속으로 퇴장한 배이다.『관부연락선』은 1인칭 관찰자시점의 소설인데, 한때 시골의 명문고교인 C학교의 교사를 같이 지내고 일본 동경의 A전문대학 문학부의 동창생 사이인 내가 유태림이라는 진보적 지식인의 활동양상을 회고해 보는 형식으로 된 작품이다. 시간적 배경은 주로 일제 유학시절부터 1950년 6·25 한국전쟁 시기까지를 다룸으로써

---

21) 이종석, 위의 책, 362쪽.
22) 이종석, 위의 책, 363쪽.

234

격동적인 한국 근·현대사를 훑어나가고 있다. 이 소설에는 유태림의 징용과 일본군 탈영, 해방 후 C고교 교사로 부임하여 좌익학생들의 동맹휴학을 막는 과정, 그리고 해방 후의 대한민국 단독정부의 수립과정과 테러의 계절, 6·25한국전쟁중의 정치보위부에의 체포와 출옥 그리고 지리산 빨치산에게 체포되어 실종되는 역사적 과정이 사실적으로 묘사되어 있다. 하지만 아쉽게도 일본의 조총련 문제나 재일조선인 문제에 대해서는 일언반구 언급이 없다.

양우직의 『비바람 속에서』는 일본 고베를 공간적 배경으로 조총련이 5개 국어강습소를 통합하여 정식으로 정규학교를 세우는 과정을 묘사한 장편소설이다. 시간적 배경은 해방 직후 고베항에 조선으로 귀국하려는 사람들이 3-4만 명에 이르지만 미군정의 해방자로서의 태도가 바뀜에 따라 재일조선인에게는 새로운 시련이 닥치게 되었다는 이야기로 소설이 시작된다. 특히 1945년 11월 일본 해군 소속 군함인 우끼지마마루 사건의 참사로 인해 재일조선인들의 자유로운 귀국에 적신호가 나타나게 되었다. 우끼지마마루는 귀국하는 조선인 3,735명(징용으로 끌려왔던 2,838명 그외 897명)을 태우고 오오미나또항에서 부산을 향해 출항하였으나 도중에 항로를 바꾸어 마이즈루항으로 접근하다가 폭파하였는데, 재일조선인들의 귀국을 질시한 일본에 의한 악의 찬 모략이라고 『비바람 속에서』는 묘사하고 있다. 이 소설은 조련(재일조선인 연맹)의 고베시 부위원장인 한경훈이 귀국도 어렵게 된 상황에서 자녀들의 체계적인 교육을 위해 흩어진 국어강습소를 통합하여 정규학교를 세우자는 회의를 소집하는 것으로 시작하여 민단 계열 사람들의 끊임없는 방해책동에도 불구하고 4·24 교육투쟁(미군정과 일본 행정당국의 조선인 학교 폐쇄령과 학교건물 퇴거령에 맞서 군중대회 등을 통해 투쟁한 사건)등을 통해 조선인학교 교육을 정상화시키기 위해 분투하는 내용을 그린 작품이다. 『비바람 속에서』는 해방 직후를 배경으로 하여 불과 1년 반만에 국어교과서 등이 만들어지고 많은 조선인학교가 일본 전국에서 설립되어 해외민족교육운동이 활발하게 펼쳐지게 되었다고 그 공과를 작가 양우직은 다음과 같이 역설하고 있다.

> 교과서들은 학생들의 기호에 맞게 학년에 따라 표지색이 다르게 인쇄되었는데, 〈초등국어독본〉, 〈초등리과〉, 〈초등조선지리〉, 〈초등음악〉, 〈지리부도〉, 〈해방조선지도〉, 〈초등산수〉 등 과목별로 되어 있었다.
>
> 이 교과서들은 일본 전역에서 우리 동포들의 힘으로 운영되는 모든 조선인학교들에 배포되였는데 1947년 4월 현재 초등학교는 541교, 학생 수는 56,961경에 달하였고 교원 수는 1,250명이였으며 중등학교는 7교에 학생 수는 2,761명, 교원은 95명이였다.
>
> 이것은 참으로 놀라운 발전이며 해외민족 교육운동의 빛나는 승리였다.
>
> 해방 후 불과 1년 반 사이에 빈터에서 맨주먹으로 오직 동포들의 애국심 하나로 이룩해 놓은 성과였다… 실로 그것은 비바람 속에서의 간고한 행군이였다.[23]

한편 양우직은 재일 조총련 사업에 관한 또 한 편의 장편소설을 발표하였다. 『서곡』이 바로 그 작품이다. 『서곡』은 1955년 5월 25일 조총련의 결성대회를 서두로 하여 이야기가 전개된다. 고베시에 있는 조선 중고급학교 교장인 박동환이 민단계의 성익조(민단 부단장)·강효근·홍애련 등의 방해책동에도 불구하고 1956년 9월 20일 드디어 조선 중고급학교 교사 기공식을 거행하는 과정을 세밀하게 묘사한 작품이다. 이 작품은 특히 범위를 좁혀 고베시의 조선 중고급학교 교사를 신축하기 위해 박동환 교장이 난관을 극복하고 개척해 나가는 이야기로 구성되어 있다.

---

23) 양우직, 『비바람 속에서』, 평양, 문예출판사, 1991, 205쪽.

처음 박동환의 머리에 떠오른 것은 새 교사를 한채 건설하는 것이였다. 총련은 민족교육을 경원했던 과거와는 달리 민주주의 민족교육 실시를 기본과업의 하나로 중시하고 있다. 따라서 일본간판을 걸고있던 조선학교들이 자주적인 학교로 되어 정연한 민족교육체계에 망라될 것이고 일본인학교에 다니던 조선아이들이 모두 우리 학교로 달려올 것이다. 효고현 지역에서만도 새로 편입될 학생들이 수백명이 될 것이니 당장 교실이 모자라고 운동장이 비좁을 것이다. 그러니 새교사를 건설하고 새 운동장을 닦는 것은 총련의 민주주의적 민족교육을 실시하기 위하여 한시도 미룰 수 없는 문제였다.[24]

『서곡』은 『비바람 속에서』와 몇 가지 점에서 차이가 난다. 그중에서도 특히 『비바람 속에서』가 주로 고베시의 조총련 부위원장인 한경훈이 미군정이나 일본 행정당국에 의한 조선인학교 폐쇄령에 맞서 투쟁하는 내용으로 되어 있어 스케일이 큰 작품인데 비해 『서곡』은 범주를 좁혀 고베 중고급학교 설립을 방해하는 민단계 조선인들과의 투쟁과정을 주로 다루고 있는 점이 특징이다. 이 작품은 민단계 조선인 대표들인 성익조 등이 '학교습격사건', '돼지우리 방화사건', '학교 터전에 대한 사전공작', '정지회사에 대한 협박' 등의 방해책동을 펴나가는 과정을 세밀하게 묘사하고 있으며, 박동환 교장이 슬기롭게 처신하여 위기를 극복하고 기공식을 거행하는 단계에 이르는 과정을 사실적으로 묘사하고 있다.

요약하면, 양우직의 두 장편소설은 북한 소설 중에서 특이하게도 재일 조총련 문제와 조선인 중고급학교 설립 등 재외국민들의 민족교육 문제를 소재로 다루고 있는 점이 이색적이다.

---

24) 양우직, 『서곡』, 평양, 문예출판사, 1995, 8쪽.

IV. 『비바람 속에서』와 『서곡』에 나타난 북한 조총련 사업의 성과

양우직의 『비바람 속에서』와 『서곡』이 1990년대에 출현하게 된 배경은 김정일의 독려와 밀접한 관련이 있다. 김일성 시대에는 혁명가극과 송가를 문학장르에서 가장 중시했으나 김정일이 권력 기반을 다진 1970년대 이후에는 장·중편소설과 영화가 가장 중요한 장르로 부상하고 있다. 특히 북한에서는 1970년대 말부터 1980년대 말에 이르는 최근 10년간에 김정일의 주도로 수백 편의 소설이 쏟아져 나왔다. 그것은 김일성의 탄생 70돌인 1982년 4월 15일을 1차 시기로, 그리고 탄생 77돌인 1989년 4월 15일을 2차 시기로 하여 소위 장·중편소설 창작전투를 벌였던 것이다. 그리고 김정일은 장·중편소설의 주제로 1)위대한 수령의 혁명활동과 혁명적 가정을 내용으로 한 작품, 2)혁명전통을 주제로 한 작품, 3)조국해방전쟁 주제작품, 4)사회주의건설 주제 작품, 5)계급교양 주제 작품, 6)조국통일 주제 작품 등을 제시[25]하였다. 이러한 장중편 소설은 1990년대 초까지 엄청난 양의 창작으로 이어졌다. 양우직의 장편소설도 위의 6가지 주제에는 약간 벗어났지만 이러한 흐름에 발맞추어 창작된 것이다.

또 하나 양우직의 『비바람 속에서』와 『서곡』은 민족어 교육의 강화와 밀접한 관련성이 있다. 이러한 주제는 해방 직후 김일성이 강조한 북한의 언어정책과도 보조를 맞추고 있는 것이다. 1947년 '조선어문연구회'를 강화하면서 시작된 북한의 언어정책은 1964년 1월3일과 1966년

---

25) 최길상, 『주체문학의 새 경지』, 평양, 문예출판사, 1991, 112쪽.

5월 14일의 두 차례에 걸친 김일성의 교시에 의해 어문정책의 방향이 분명하게 정립이 되었다. 특히 후자인 1966년 언어학자들과의 간담회에서 밝힌 "조선어의 민족적 특성을 옳게 살려나갈 데 대하여"[26]의 김일성 교시에는 '문화어'에 대한 개념이 적시되어 있어 중요한 의미를 지닌다. 이 교시에 따르면 문화어란 언어발전의 터를 평양으로 결정하고 평양말을 중심으로 다듬어진 북한의 공통어를 지칭한다. 이를 계기로 북한에는 이른바 '문화어운동'이 펼쳐진다. 그리고 1968년에는 모국어 학습지인 『문화어학습』이 창간되어 우리말을 갈고 닦는 문화어 운동이 대중 속으로 뿌리를 박기 시작[27]하였다.

또 북한 노동당의 언어정책을 살펴보면, 총 8개 분야로 정리할 수 있는데, 1)민족어 교육 강화, 2)근로자의 문맹퇴치, 3)한자폐지, 4)민족어의 주체적 발전과 어휘정리, 5)언어생활 기풍의 확립, 6)말과 글의 규범성 정립, 7)문자개혁, 8)남조선의 언어문제[28] 등이다.

이중 '민족어 교육의 강화'란 민족어 교육을 강화해야만 인민들이 자신의 말과 글을 수단으로 하여 혁명과 건설을 성과 있게 밀고 나갈 수 있다는 뜻이다. 김일성은 1945년 11월 3일 종합대학 창설에 즈음하여 우리말과 글, 역사와 지리, 문화의 교육에 대한 중요성을 강조한 교시를 바탕으로 초등교육, 중등교육, 고등교육에 걸쳐 민족어교육을 체계적으로 진행할 것을 교시[29]하였다. 그리고 북한의 노동당은 민족어교육을 학교교육뿐만 아니라, 성인학교, 성인중학교 등에서도 체계적으로 진행하였으며, 강의·강습 같은 기관을 통해서도 진행되었다고 보고[30]하고

---

26) 고영근, 『북한의 언어문화』, 서울대출판부, 1999, 176–177쪽.
27) 고영근, 위의 책, 177쪽.
28) 고영근, 위의 책, 182쪽.
29) 고영근, 위의 책, 183–184쪽.
30) 고영근, 위의 책, 184쪽.

있다.

　이러한 민족어 교육 강화는 북한 내부에서만 이루어진 것이 아니라 일본의 재일조선인들에게도 동시에 적용이 되었다. 양우직의 장편소설은 이러한 '민족어 교육의 강화'를 위한 조선인학교의 설립을 둘러싼 조총련의 활약상을 다룬 작품들이다.

1. 민족어 교육에 대한 강조

　재일동포는 1938년까지만 해도 80만 명 정도였으나 조선총독부의 '조선노무자 내지(일본) 이주에 관한 건'이 하달되고 강제연행이 시작되면서 폭발적으로 늘어간다. 1944년의 재일동포 수는 193만 7천명, 1945년에는 무려 210만 명에 이르렀던 것으로 추산된다. 그러나 1946년 3월 일본 후생성의 조사에 의하면 64만 7,000명으로 일본 패망 불과 7개월 사이에 140여만 명이 귀국한 것으로 추산[31]되었다. 남은 동포들도 79%인 51만 4,000명이 귀국하기를 희망했지만 남북의 분단과 6·25 한국전쟁 그리고 미군정과 일본당국의 재일동포 재산처분 규제 등에 의한 방해로 귀국을 하지 못하게 되었다. 이들이 바로 현재까지 민단과 조총련으로 쪼개져서 반목하고 있는 재일동포들의 현주소이다.

　이렇게 할 수 없이 일본에 남을 수밖에 없었던 재일동포들에게 우선 시급한 것은 생존에 대한 대책이었고 그 다음으로는 민족적 단결을 위한 민족어 교육과 학교설립문제였다. 장편소설 『비바람 속에서』는 〈니시고베지역 국어강습소 관계자들의 회의〉로부터 이야기가 시작된다.

---

31) 『한겨레신문』 2001. 1. 18 〈한민족 네트워크〉.

국어강습소란 귀국을 기다리는 동포자녀들에게 우리말과 글을 배워주자고 내온 《글방》과 같은 것으로 해방직후 우리 동포들이 모여사는 곳이면 어데나 다 생겨났다. 니시고베지구에만도 5개소나 생겼는데 동포들은 앞을 다투어 자녀들을 여기에 보냈으며 어린이들은 강습소에 다니면서 조선말과 글을 배우는 것을 즐거워했다.

《우리 나라 말과 글을 모르고 조국에 가면 창피하지뭐.》[32]

이렇게 국어강습소 수준으로 흩어져 있던 교육기관을 통합하여 하나의 정규 조선인중고급학교를 설립하는 것을 조련 고베지부(재일조선인연맹, 조총련이 생기기 전에 해방 직후에 설립된 단체) 부위원장인 한경훈은 목표로 삼고 힘을 모으기 시작하는 것으로부터 소설의 서두는 시작된다.

2. 미군정과의 투쟁에서의 승리 부각

장편 『비바람 속에서』의 특징은 『서곡』과 달리 민단과의 경쟁보다는 미군정이나 일본 행정당국과의 투쟁에서 승리하는 것으로 서사구조의 틀을 잡아가고 있다는 점이다. 재미있는 것은 작가의 서술시각이 일본 행정당국에게는 그런 대로 우호적인데 비해 미군정에 대해서는 상당히 부정적이고 도발적인 시각을 가지고 있는 특징을 보여주고 있다는 점이다. 한마디로 『비바람 속에서』는 반미투쟁을 강하게 그린 작품이라면, 『서곡』은 민단의 치열한 방해공작을 비판한 작품이라고 할 수 있다.

『비바람 속에서』에는 미군정사령부의 조선인학교나 조선인 거주지

---

32) 양우직, 『비바람 속에서』, 5쪽.

에 대한 탄압과 방해공작이 5차례나 구체적으로 적시되어 등장하고 있다. 구체적으로 나열한다면, 영화관 슈락캉에서의 조선동포들의 군중대회를 미군 장교들이 권총 두 발을 쏘며 해산명령을 내리는 것으로 묘사하고 있다. 둘째, 1947년 2월말 고베 미군정사령부 레커프 중좌는 조선인단체 대표를 모아놓고 "재일조선인의 귀국은 미군 총사령부의 명령에 의하여 1946년 11월 20일부터 정식 중지되었으며 지금까지 일본에 남아있는 재일조선인은 일본의 법률에 복종할 것은 물론 만일 위반할 경우에는 미군사령부에서 엄벌에 처한다"는 통고문을 전해주며 자신의 관할 통제권을 주장하였다는 것이다. 셋째, 미군정사령관 레커프는 일본의 효고현 부지사, 고베시 경찰국장, 현청 총무부장 등을 모아놓고 조선동포들의 '철거반대기성동맹'의 대항에 대해 무조건 철거해야 한다고 주장하면서 산노미야 역전지구 음식점 철거를 명령한다. 넷째, 1948년 1월 일본 문부성에서 "재일조선인들은 적령기에 이른 자녀들을 일본인 자녀들과 같이 시, 정, 촌립 혹은 사립 소학교나 중학교에 취학시켜야 한다. 조선인이 사립 소학교나 중학교를 설립할 경우에는 학교 교육법에 준하여 도, 부, 현 감독청의 허가를 받아야 한다"는 조선인학교의 취급에 대한 통고문을 전달하자, 한경훈 등은 4. 13 조선인 학교 폐쇄령 철회를 위한 학부형대회를 열고 대표단을 현청 부지사실로 파견한다. 하지만 지사를 만나러 간 대표 73명이 경찰에 체포되고, 다시 일본측의 기시다 지사, 고데라 고베시장, 공안청 위원장, 경찰국장, 검사 등이 대책회의를 하는 현장을 조선동포 군중들이 포위하고 농성을 벌이자 미헌병이 총을 들고 나타나 강제해산에 나서면서 충돌이 벌어진다. 결국 총구 앞을 몸으로 막은 김금순교사 등의 강력한 저항에 부딪혀 미헌병은 도망가는 것으로 묘사된다.

다섯째, 결국 기시다 지사 등이 한경훈 등 군중들의 저항에 굴복하여

학교폐쇄령 철회 등의 공문에 서명을 하자 미군정사령관과 슈미트 헌병
사령관 등은 '비상계엄령'을 선포하고 한경훈 등 폭동 주동과 현 지사
감금 주동자들 1,572명을 검거 수감한다. 이렇게 『비바람 속에서』는 재
일 조총련이 정규 조선인학교를 설립하고 민족어 교육을 강화하는 데 대
한 미군정사령부의 탄압과 방해공작을 치밀하게 묘사하는 데 주안점을
두고 있음을 알 수 있다.

> 바로 이때였다.
> 복도쪽에서 고성으로 언쟁을 하는 소리와 술렁거리는 소리가 들리더니 문
> 이 벌컥 열리며 뜻밖에도 키가 껑충한 미군헌병장교가 지사실로 들어서는
> 것이였다. 장교뒤에는 자동총을 가슴에 안은 헌병들이 서있었다. ……(중
> 략)……《당신은 여기에 있을 필요 없습네다. 나가야 합네다.》
> 미군장교는 자동총을 안은 두 놈의 헌병에게 현지사를 데리고 나가라고
> 지시했다. ……(중략)…….
> 이 때 녀성의 목소리가 지사실을 울렸다.
> 《쏘겠다면 나를 쏴라!》
> 김금순이였다. 금순은 리정환을 밀치며 자기가 미군장교앞에 나섰다.
> 금순의 매찬 눈이 원쑤를 면바로 쏘아보고 있었다.
> 뜻밖에 녀성이 앞에 나타나자 미군장교는 당황하는 듯하였다.
> 그러나 다음 순간 놈의 야수같은, 노란 털이 덮힌 상판과 노랑눈에는 잔인
> 한 미소가 떠올랐다.
> 《나는 아름다운 녀성도 쏠 수 있습네다!》[33]

3. 김일성의 위대성 찬양과 이승만 정권에 대한 비판

『비바람 속에서』에는 여러 차례 김일성에 대한 예찬이 등장한다. 그

---

33) 양우직, 『비바람 속에서』, 277-278쪽.

에 비해 이승만정권에 대해서는 신랄하게 비판을 가한다. 심지어는 남 북한의 비교를 통해 북한정권 체제의 우월성을 노골적으로 미화시키기도 한다. 우선 조선동포들의 군중대회장을 묘사하다가 걸려진 플래카드를 통해 북한의 김일성 정권의 등장을 찬양한다. "저것, 뭐라 써 붙였어요?/북조선의 민주건설지지…민족교육사업 강화…/조선인들의 기세가 대단하네요. 참 놀라와요./해방민족의 기쁨이죠" 등으로 군중대회장에 정리요원으로 참여한 리정환이 지나가는 일본사람들끼리 나누는 대화를 옮겨놓은 것으로 묘사하는 장면에서 해방 직후 북한이 주장한 민주기지론이 등장하고 있다.

또 사실상의 주인공인 한경훈 조총련 고베지부 부위원장이 김금순 여교사를 지부 사무실로 불러 중요한 사업이 있다고 흰봉투를 내밀면서 라디오 단파방송을 틀어주는 장면이 나온다. 그 봉투에는 김일성 장군의 노래 악보가 들어있다. 한경훈은 뜻깊은 노래라고 설명하면서 학생들에게 우선 가르쳐주어야 한다고 강조한다. 봉투를 받아든 김금순은 "이상스레 가슴이 울렁거리는 것을 느끼며" 봉투를 뜯어본다고 그려지고 있다. 종국에는 이 작품이 김일성의 위대성과 영웅성을 찬양고무하기 위해 창작되었음을 입증해주는 대목이다.

> 악보였다. 《김일성 장군의 노래》라고 쓴 제목이 눈에 확 안겨왔다.
> 《아…》
> 김금순은 저도 모르게 탄성을 지르며 눈시울이 뜨거워지는 것을 의식하였다.
> 정말 중대한 일이구나! 나에게 이런 중대한 과업을 맡겨주다니!
> 김금순은 꿈같은 감격과 고마움을 의식하면서 세차게 박동하는 심장을 부둥켜 안듯 두손을 가슴 우에 모아잡았다.
> 김일성 장군의 노래….우리 민족의 영웅이시며 위대한 령도자이신 장군님에 대한 노래….금순은 뜨거운 눈물이 내고이는 눈으로 재빨리 가사를 더듬

었다. 장백산 줄기줄기…압록강 굽이굽이…자유조선….과 같은 단어 그 자체만으로도 가슴을 울렁거리게 하는 글자들이 눈에 안겨왔다.
　잠시후 총무부장이 손목시계를 들여다보았다.
《정각 6시인데…》
이 순간 갑자기 라지오에서 장중한 음악소리가 울려나왔다.[34]

　한편 『비바람 속에서』에서 작가는 남북연석회의의 개최를 묘사하면서 김일성의 도량과 지략을 내세워 그 위대성을 부각시키고 상대적으로 단독정부를 세우겠다는 리승만정권의 도덕성을 신랄하게 비판하고 있다. 물론 이러한 북한정권의 체제의 우월성을 미화시키는 것은 "통일조국을 바라고 민족교육을 지지하는 모든 동포들을 단결시킬 수 있습니다. 애국심이 있는 사람이라면 누구나 조국이 통일될 것을 바라고 자기 자식에게 왜글이 아니라 조선글을 배워주고 싶어할 것입니다. 애국의 기발 밑에, 민족교육의 기발 밑에 뭉쳐야 하며 뭉치면 이깁니다"라고 조선학교를 사수하기 위한 미군정사령부와의 투쟁으로 그것을 연결시키기 위한 작가의 서사의도에서 비롯된다.
　『비바람 속에서』에서 작가는 은연중 남북연석회의의 개최를 통해 김구, 김규식도 참여시키는 김일성의 도량을 강조하고 남북조선의 56개 정당과 사회단체 대표 695명이 평양의 모란봉극장에 참가했음을 역설함을 통해 민족통일과 애국의 선도자가 김일성이고 민족분단의 주도자가 이승만과 미국임을 대비시키고 있다.

　남쪽만 떼내여 단독정부를 세우겠다는 리승만패당을 부추기는건 미국놈밖에 없습니다. 왜 부추기겠습니까? 조선을 당장 통체로는 못먹겠으니 우선 남쪽이라도 먹자는 것입니다.

---

34) 양우직, 『비바람 속에서』, 153-154쪽.

동포들은 고개를 끄덕였다.

《미국놈들과 리승만의 속심이 꼼짝없이 드러났으니 아무리 열두가지 소리를 한 대두 그놈들 헛소릴 믿을 사람이 더는 없어. 통일을 마다하고 단독정부를 세우겠다는 놈들에게서 들을 소리가 뭐 있겠나?》

《리승만이 너무 뻔뻔스럽게 역적질을 한단말이여.》

《그러기 한때 눈이 어두워 그놈을 따르던 사람들이 뒤를 이어 그놈에게 침을 뱉고 떨어져 나오는거지.》

《까닭없이 남북의 민심이 평양으로 쏠리겠나?》

《옳습니다. 남북련석회의는 하나로 합쳐지는 남북의 민심을 반영한 것입니다.》

《예로부터 민심은 천심이라고 했다네…》[35]

4. 민단계 간부의 부도덕성 비판

『비바람 속에서』에서는 조총련의 반대세력으로 민단이 등장하는 것이 아니라 일진청년회의 강효근·성익조·박창근 등이 등장한다. 그리고 그들은 미군정의 비호를 받고 있는 것으로 묘사되고 있으며, 미국을 반대하는 세력에게 행동을 보여주어야 한다고 주장하고 있다. 이 작품에서는 특히 조총련 계열에게 "지금 빨갱이들의 움직임이 심상치 않소"라고 하는 등 빨갱이라는 표현을 쓰는 점이 특이하다. 그리고 강효근 일파는 조총련의 정규학교 설립에 대해 일본의 가구라 소학교의 3층 건물을 임대하여 일진청년동맹이 운영하는 학교를 설립하는 정도의 방해공작을 하는 데에 머물고 있다. 조총련계에서는 따라서 1층과 2층밖에는 사용할 수 없게 된 것이다.

하지만 고베시 조선 중고급학교 박동환 교장이 헌신적으로 노력하여

---

35) 양우직, 『비바람 속에서』, 263쪽.

정규학교를 설립하는 과정을 사실적으로 다룬 『서곡』에서는 성익조를 민단부위원장으로 내세워 그들에 의해서 학교설립에 대한 방해공작이 치밀하게 이루어졌음을 묘사하면서 종국에는 그들의 계획이 실패로 돌아갔음을 강조하고 있다. 한마디로 『서곡』은 『비바람 속에서』에 비해 민단계의 악의적인 모략과 파괴공작에 초점을 맞추고 있다고 할 수 있다. 따라서 민단 부단장인 성익조가 사실상 지휘책임을 지고 있는 방해공작은 학교습격 기물파손사건, 돼지우리 방화사건, 학교터전에 대한 사전공작, 정지회사에 대한 협박과 우익깡패를 동원한 폭력행사 등으로 계속된다.

우익깡패들의 장갑차에서 조선인학교 건설을 반대한다는 소리를 확성기를 통하여 계속 울리고 있었다.
《정지회사는 조선학교와 체결한 계약을 취소하라!》
《불도젤은 회사로 즉각 돌아가라. 돌아가지 않으면 불을 지르겠다.》
《조선인학교 건설을 결사 반대한다!》………(중략)………
박동환이와 맞붙어 힘내기를 하던 불량배가 피춤에서 시퍼렇게 날이 선 비수를 꺼내드는 것을 보았던 것이다. 《교장선생-!》하고 송수문이 소리쳤으나 박동환과 불량배의 새짬으로 먼저 날아든 것은 임경원이였다. 그러나 임경원의 손이 불량배의 팔을 붙잡기전에 시퍼런 비수가 임경원을 푹 찔렀다. 《악-》하고 비명이 터졌다. 그 소리는 상처입은 사자의 비명보다 더 스산하고 새끼잃은 암펌의 울음소리보다 더 절망적이였다. 그러자 맹렬한 속도로 움직이던 모든 것이 한순간에 멎어섰다. 임경원을 찌른 놈도 누군가에게 면상을 얻어맞고 너부러졌다.
사람들은 진저리를 치며 뒤걸음질쳤다.
임경원의 가슴에서는 선지피가 쏟아졌다.[36]

---

36) 양우직, 『서곡』, 평양, 문예출판사, 1995, 364-370쪽.

V. 맺음말

한겨레신문은 2000년 말부터 〈한민족네트워크〉라는 기획을 마련하여 재일동포 영주자와 중국 조선족에 대한 특집기사를 게재하고 있다. 그 보도에 따르면, 재일동포 영주자 수는 1999년 말 기준으로 54만 6,553명으로 재일 외국인 영주자 총 수 63만 5,715명의 86%를 차지하는 것으로 나타나고 있다. 그리고 중국 조선족은 현재 약 200만 명 정도를 유지하고 있다고 한다.

최근의 남북 정상회담의 성과에 힘입어 3-4년 전부터 일기 시작한 재일동포 3-4세대들의 민단, 조총련 구분 없는 만남과 의미 있는 역할에 대한 논의는 커다란 변화의 조짐을 상징적으로 보여주고 있다고 할 수 있다.

또 북한의 북송교포문제는 일본인 처의 귀국문제와 뒤엉켜 세계적으로 큰 파장을 낳은 바 있다. 북한의 적십자사는 일본과 1959년 8월에 거주지 선택의 자유와 인도주의적 배려라는 슬로건에 의해 캘커타에서 맺은 협정에 의해 1959년 12월을 시발로 하여 1967년 11월까지 총 155차에 걸쳐 9만 3,000명의 재일동포들을 귀국시켰던 것이다.

이렇게 뜨거운 감자의 위치에 있는 재일동포 문제와 연관된 조총련 사업에 대한 장편소설이 조총련 출신 작가인 양우직에 의해 창작된 것은 커다란 의미를 지닌다고 할 수 있다. 양우직은 조총련 사업에 대한 장편소설『비바람 속에서』와『서곡』을 1991년과 1995년에 각각 발표하였다.

우선 해방 후 재일동포들의 조직은 조련과 민전(조선민주통일전선) 등이 먼저 설립되었다가 없어지고 드디어 1955년 5월 25일에 조총련이 북한 조선노동당의 후원하에 창립이 되었다. 그리고 조총련은 1963년 조선내왕을 위한 투쟁, 한일회담 저지 투쟁, 민주주의적 민족교육 강화를 위한 투쟁 등을 펼쳐나가면서 탄탄한 조직력을 갖춘 재일조선동포의 기간 조직으로 성장해 나간다.

하지만 1965년 6월 22일의 한일국교 정상화가 조인이 되면서 조총련 사업은 엄청난 타격을 받게 되었다. 일본정부가 '재일교포 법적 지위에 관한 협정'의 발효를 내세우면서 영주권신청과 한국인 국적을 가질 것을 권고하기 시작한 것이다. 또《외국인학교법안》의 입법화를 통해 조선인학교에 대한 탄압과 간섭을 강화하기 시작한 것도 커다란 위협적인 요소였다. 또 70년대 이후부터 최근의 90년대까지 북한의 조총련 사업은 많은 변화양상을 보이게 되었던 것이다.

90년대 들어와 북한은 북·일 수교 문제에 상당히 주력한다. 그 이유는 두 가지로 요약되는데, 하나는 구 소련연방의 해체와 동구권의 변혁으로 체제 위기에 대한 불안감이 대두되기 시작하였다는 점이고, 다른 하나는 50억불 이상으로 추정되는 대일 청구권 자금의 유입예상이 되는 경제적인 측면의 고려라고 할 수 있다. 하지만 북·일 국교정상화의 노력은 이은혜 사건과 1992년부터 불거져나온 북한 핵개발 문제 등 외적인 요인의 발생으로 번번이 무산되었다.

이러한 북·일 국교 정상화 문제와 재일 조총련 사업은 밀접한 관련이 있다. 조총련 사업에 대한 서사적 형상화 작업은 1991년 『비바람 속에서』와 1995년 『서곡』으로 그 모습이 드러난다. 한편 남한에서는 조총련문제를 다룬 것은 아니지만 현해탄을 사이에 둔 한일간의 교류와 긴장관계, 그리고 그 역사적 배경 등에 대해서 다룬 이병주의 장편소설 『관부연락선』(1972)이 있다. 양우직의 『비바람 속에서』는 일본 고베를 공간적 배경으로 조총련이 5개 국어강습소를 통합하여 정식으로 정규학교를 세우는 과정을 묘사한 장편소설이다. 그에 비해 『서곡』은 1955년 5월 25일 조총련의 결성대회를 서두로 하여 이야기가 전개된다. 고베시에 있는 조선 중고급학교 교장인 박동환이 민단계의 성익조·강효근·홍애련 등의 방해책동에도 불구하고 1956년 9월 20일 드디어 조선 중고급학교 교사 기공식을 거행하는 과정을 세밀하게 묘사한 작품이다.

양우직의 『비바람 속에서』와 『서곡』이 1990년대에 출현하게 된 배경은 김정일의 독려와 밀접한 관련이 있다. 김정일에 의해 1970년대 말부터 90년대에 이르기까지 수백 편의 소설이 쏟아져 나왔던 것이다. 또 하나의 배경은 민족어교육의 강화와 밀접한 관련성이 있다. '민족어 교육의 강화'란 민족어교육을 강화해야만 인민들이 자신의 말과 글을 수단으로 하여 혁명과 건설을 성과 있게 밀고 나갈 수 있다는 뜻이다. 이러한 주제는 1964년과 1966년 두 차례에 걸쳐 김일성이 강조한 북한의 언어정책과도 보조를 맞추고 있는 것이다.

그럼 구체적으로 양우직의 두 장편소설에 담겨져 있는 조총련 사업의 추진과 성과에 대해 본론에서 논의한 것을 정리해 보기로 한다. 『비바람 속에서』를 중심으로 하여 양우직의 장편에는 1)민족어 교육에 대한 강조가 드러나고 있다. 해방 직후 귀국하지 못하고 남아 있던 60만 명 정도의 재일동포들에게 우선 시급한 것은 생존에 대한 대책이었고, 그 다음으로는 민족적 단결을 위한 민족어 교육과 학교설립 문제였다. 2)미군정과의 투쟁에서의 승리를 부각시키는 것이다. 『비바람 속에서』의 특징은 『서곡』과 달리 민단과의 경쟁보다는 미군정이나 일본 행정당국과의 투쟁에서 승리하는 것으로 서사구조의 틀을 잡아가고 있다는 점이다. 3)북한의 김일성의 위대성을 찬양하고 남한의 이승만 정권에 대한 비판을 가하고 있다. 『비바람 속에서』에는 여러 차례 김일성에 대한 예찬이 등장한다. 그에 비해 이승만 정권에 대해서는 신랄하게 비판을 가

한다. 심지어는 남북한의 비교를 통해 북한 정권의 체제의 우월성을 노골적으로 미화시키기도 한다. 4)민단계 간부의 학교 설립에 대한 방해공작과 부도덕성을 비판하고 있다. 『비바람 속에서』에서는 조총련의 반대세력으로 민단이 등장하는 것이 아니라 일진청년회의 강효근·성익조 등이 등장한다. 그리고 그들은 미군정의 비호를 받고 있는 것으로 묘사되고 있다. 이에 비해 『서곡』에서는 성익조를 민단부위원장으로 내세워 그들에 의해서 학교설립에 대한 방해공작이 치밀하게 이루어졌음을 묘사하면서 종국에는 그들의 계획이 실패로 돌아갔음을 강조하고 있다. 한마디로 『서곡』은 『비바람 속에서』에 비해 민단계의 악의적인 모략과 파괴공작에 초점을 맞추고 있다고 할 수 있다.

한편 두 작품에서는 조총련 사업의 성과를 묘사하는 가운데 몇 가지 모순과 한계가 드러나고 있음을 알 수 있다. 첫째, 조총련 사업은 모두 미화시키고 있으나 미군정이나 일본 행정당국의 조치는 전적으로 잘못된 것으로 비판하고 있다는 점이다. 둘째, 조총련과 민단의 대립세력을 설정해놓고, 민단계 책임자들의 행동은 모두가 음흉한 파괴공작이고, 방해책동인 것으로 묘사하고 있는 점은 지나친 비약이고 냉전적 논리라고 할 수 있다. 셋째, 작품에서 조총련 사업의 추진과도 직접적 관련이 없는 김일성 장군 노래의 보급 등 김일성의 위대성과 영웅성에 대한 예찬에 너무 많은 지면을 할애하고 있는 점은 왜곡의 정도를 넘어서고 있는 점이다. 넷째, 『비바람 속에서』에서 나가따 국어강습소를 책임지고 운영하는 역할(일진청년동맹의 간부이기도 함)을 맡던 성익조가 『서곡』에서는 민단 효고현 부단장으로 조총련 사업을 방해하고 파괴하는 공작의 책임자로 동시에 나오는 것은 독자들에게 혼동을 일으키게 할 수 있다. 강효근의 역할도 마찬가지로 보인다.

하지만 최근 남북정상회담(2000. 6. 15)이 열린 이후 재일 조총련

3-4세들 사이에서 민단이나 총련을 가리지 않고 합동모임을 가지는 현상이 나타나고, 중앙조직은 아니지만, 지부차원의 행사에서 민단계와 총련계가 대규모공동행사(양쪽 기술자협회나 상공인통합회의 가동, 2000년 8·15 광복절 55주년 행사의 민단·조총련의 합동공동개최 등)를 펼치고 있는 등 편가르기에서 벗어나려고 하는 변화의 조짐이 나타나고 있는 것은 고무적인 일이다.

　이러한 역사적 화해현상을 바라볼 때 해방 이후의 조총련 사업이나 민단사업에 대한 세심한 정리가 필요하다고 본다. 아울러 일제 식민지시대에 일제에 의해 조선노무자들이 강제로 끌려나와 노동력을 착취당했던 조선인들의 아픈 역사를 어떻게든 정리할 필요성도 있다. 특히 최근에는 재일한국인들 중에 1년에 약 1만 명 정도가 일본에 귀화하고 있는 현상도 무시할 수 없다(30년 후에는 50%정도의 재일한국인들이 일본에 귀화할 것이라는 추정이 나오고 있는 현실). 그런 의미에서 양우직의 두 편의 장편소설은 통일문학사에서 커다란 의미를 지닌다고 할 수 있다.

양우직의 장편『서곡』 연구

I. 머리말

러시아 방문길에 나선 김정일 국방위원장이 150여 명의 수행원을 이끌고 7월 26일 오전 열차편으로 러–북 국경지역을 통과해서 8월 3일경 모스크바에 도착할 예정이라고 한다. 이번 김정일 위원장의 러시아 공식 방문은 작년 7월 푸틴 러시아대통령의 북한 방문의 답방형식이지만, 사실상은 대북 강경노선의 미국의 부시 행정부 등장 이후에 러시아와 중국과의 동맹관계 복원의 필요성을 강력하게 느낀 북한 지도부의 입장을 반영한 것이라고 할 수 있다. 또 김위원장 일행은 이번의 모스크바 방문에 앞서 하바로프스키(광복 직전 김일성 부대가 머무른 곳이자 김정일의 실제 출성지)와 옴스크(러시아 T-80 탱크제조공장)를 방문하는 것으로 보아 러시아의 최신형 탱크 등을 생산하는 군수산업의 현장을 둘러보는 것도 주요 목적 중 하나라고 보도되고 있다.

또 9월에는 중국의 장쩌민(江澤民) 국가주석의 북한방문이 예정되어 있는 것으로 보도되고 있다. 따라서 북한당국이 언질을 주었다고 하는 김정일 국방위원장의 9월 서울방문은 사실상 불가능한 것으로 알려지고 있다.

이렇게 북한은 러시아와 중국과의 외교관계를 강화하는 동시에 대서방 외교관계 구축에도 심혈을 기울이고 있다.

미국의 부시 행정부의 등장 이후 북한은 대미와 대일 외교노선을 대폭 수정하고 있으며, 남북한 당국자 간의 대화도 일시적으로 중단, 기피하고 있는 것으로 보인다. 이러한 북한의 외교활동의 확대는 몇 가지 의미를 지니고 있다. 첫째는 미국의 부시 행정부의 대북 강경대응에 대해 동맹국과의 관계개선으로 방패막이를 하겠다는 의도로 보여진다. 둘째, 중국과 러시아로부터 군사 및 경제적 원조를 대폭 늘려 최근의 식량난 등 대내적인 경제적 난국을 돌파하겠다는 의지의 표현으로 보여진다. 셋째 경제적 개방화로 나아가는 데 큰 걸림돌이 되고 있는 에너지, 사회간접자본(SOC) 건설, 시베리아철도사업 등의 교통망의 확충 등의 문제를 동시에 해결하려는 다목적 포석으로 보여진다.

북한의 김정일 위원장은 러시아와 중국과의 혈맹관계를 어느 정도 복원하게 되면 다시 북·미와 북·일 관계의 개선에 몰두할 것으로 보인다. 그것은 북한이 경제 위기를 극복하기 위해서는 중국의 예에서 보듯이 서방세계의 자본과 기술력의 확보가 가장 선결과제임을 누구보다 잘 알고 있기 때문이다.

미 클린턴 행정부 시절에 북한은 미국, 일본과의 외교관계 수립을 간절하게 원한 적이 있다. 하지만 몇 가지 문제로 인하여 그것은 마지막 단계에서 좌초되고 말았다.

따라서 북한정권은 러시아와 중국과의 관계복원 후에는 미국과 일본과의 외교관계 수립을 위해 다시 나설 가능성이 있다. 그것은 금년 봄에 김정일의 아들이 일본의 IT산업을 둘러보기 위해 일본에 불법 외교여권으로 입국하여 세계적인 스포트라이트를 받은 사건에서도 입증이 된다. 북한 경제가 살아나기 위해서는 서방세계의 경제적인 도움이 절대적으로 필요하기 때문이다.

이러한 북한의 중요한 외교노선의 수정 시기에 양우직의 장편소설『서곡』을 분석하는 것은 매우 의미가 크다고 할 수 있다. 그것은 작가 양우직이 총련출신 작가이고 이 작품이 조총련 사업을 다룬 소설이기 때문이다. 북한은 최근에 북·일 외교관계 수립이 매끄럽게 돌아가지 않자 우끼지마마루사건을 들고 나온 적이 있다. 또 최근 북한의 중요한 외화벌이의 경제적 기반이었던 재일상공인들의 부도 등 경제적 기반위축과 재일동포 2-3세대의 일본인으로의 귀화물결은 조총련의 존립기반마저 무너뜨릴 수 있는 중요한 흐름으로 작용하고 있다. 이러한 민감한 시기에 금년 5월 일본 히로시마의 국립광도대학에서 열린 제 2회 세계한민족 포럼에서 최길성 교수가 발제한「변화하는 재일동포 사회」라는 논문[1]은 상당한 시사적 의미를 던져주었다.

이러한 한반도를 둘러싼 변화의 흐름 속에서 북한에서 최근에 발행된 장편소설『서곡』(1995)을 분석하여 북한의 조총련 사업의 성과와 역사적 의미 그리고 작품의 내적 구조 속에 자리잡고 있는 문예미학적 의미에 대해 구체적으로 살펴보는 것은 큰 의의가 있다고 생각된다.

---

1) 최길성,「변화하는 재일동포 사회」『제 2회 한민족포럼 발표논문집 : 제 4회의』(일본 국립 히로시마대학, 2001. 5. 24-26) 86-90쪽.

II. 조총련사업과 민족어교육사업

양우직의 『서곡』은 1955년 5월 25일 조총련의 결성대회를 서두로 하여 이야기가 전개된다. 고베시에 있는 조선중고급학교 교장인 박동환이 민단계의 성익조(민단 부단장)·강효근(민단 단장)·홍애련(총책) 등의 방해책동에도 불구하고 1956년 9월 20일 드디어 조선 중고급 학교 교사 기공식을 거행하는 과정을 세밀하게 묘사한 작품이다.

그러면 조총련 사업은 북한에게 어떤 의미가 있을까? 조총련은 북한에게 세 가지 측면에서 대단히 중요한 가치와 의미를 지닌다. 첫째는 정치적인 측면에서 조총련은 북한의 주일 외교대표부처럼 활용되고 있다. 조총련은 45년간 북한노동당의 일본지부로서의 역할을 수행해온 것으로 평가되고 있다. 일본에서 조총련의 법률적 지위는 협회 또는 친목단체나 매한가지인 '임의 단체'이다. 그러나 조총련은 법적인 권리능력을 지닌 법인체가 아니면서도 실제로는 임의단체 이상의 역할을 해왔던 것이다. 즉 북한 노동당의 지시를 받으며 일본에서 대북 지원을 위한 갖가지 정치활동을 하는 전위당의 기능[2]을 해왔던 것이다. 노동당의 준당원 조직이라고 할 수 있는 '학습조'를 조직·운영하는 것이 이 같은 역할을 말해주는 대표적인 예[3]가 될 수 있다. 둘째는 경제적인 측면에서 조총련은 폐쇄경제체제인 북한의 자본주의국가와의 연결창구이자 외화조달의 파이프라인 역할을 떠맡고 있다는 점에서 중요한 위상을 차지하고 있다. 워싱턴 소재 연구기관인 국제경제학연구소의 수석연구원인 마커스

---

2) 김근, 『2001 북한연감』, 연합뉴스, 2000. 10, 1,108–1,109쪽.
3) 김근, 위의 책, 같은 쪽.

놀랜드의 보고서에 의하면, 일본으로부터 북한의 금고 속으로 흘러들어 가는 돈이 매년 약 3억 달러에 달한다고 추계했는데, 이 금액은 북한의 총 외화수입의 4분의 1에 상당한다[4]는 것이다. 이 같은 자금의 약 80% 가 연간 21조 엔(2천 억 달러)규모의 일본 빠찡꼬 산업의 3분의 1을 통 제하고 있는 김영호 조일수출입회사 사장과 조총련계 기업인들로부터 나오고 있다는 것이다.

한편 일본 월간지『정론』1999년 3월호에서 일본 언론인 노무라 하타모리 씨는 일본에서 북한으로 흘러들어가는 돈의 흐름은 대개 5가지 방법이 있으며, 연안 송금 규모는 현재 현금으로만 약 100억 엔에 이를 것[5]이라고 주장했다. 노무라 씨에 따르면 대북송금 경로에는 1)조총련의 조직적 송금, 2)상공인의 독자적인 직접 송금, 3)합작기업의 출자금 명목의 송금, 4)북한으로부터 물품을 구입하고 대금을 지불하는 방식, 5) 일시적으로 입국하는 재일동포(한국 국적 포함)가 생활보조비 명목으로 친척·친지에게 돈을 건네는 방법 등 5가지 방법[6]이 있다고 한다.

셋째 조총련 사업은 북한에게 대외 이미지 고양의 첨병 역할을 하며 동시에 통일운동의 전초기지 역할을 떠맡기도 한다. 조총련은 결성 45 주년인 2000년 5월 25일을 맞아 일본 도쿄 조선문화회관에서 중앙대회 와 축하행사(재일동포 대축전)를 열고 조직의 단결을 강조하였다. 이날 열린 중앙대회에서 서만술 조총련 제 1부의장은 기념보고에서 조총련은 1955년 결성이후 1)통일실현, 2)일본인 및 세계 진보인민과의 연대성 강화를 통한 애국운동 발전, 3)북한의 국제적 권위 향상 등에 이바지해 왔으며 앞으로도 계속해 나갈 것이라고 밝혔다[7]고 한다. 서만술 제 1부 의

---

4) 김근, 위의 책, 1,135쪽.
5) 김근, 위의 책, 1,135쪽.
6) 김근, 위의 책, 같은 쪽.
7) 김근, 위의 책, 1,110쪽.

258

장의 보고에 잘 나타나 있듯이 조총련 사업은 북한에게 국제적 권위 향상과 통일 실현의 첨병 역할을 하고 있는 중요한 조직임을 알 수 있다.

하지만 조총련은 1955년 처음 결성될 때까지 우여곡절이 많았다. 해방 직후 조선인연맹의 약칭인 '조련'이 결성되었으나 미군정사령부의 '단체 등 규정령'에 의해 해산이 되었다. 그 다음 결성된 것이 조선민주통일전선의 약칭인 '민전'이다. 민전에 대한 북한의 평가는 부정적으로 나타나고 있다. 김정일은 민전에 대해 사대주의와 민족허무주의, 공명주의에 물젖은 자들에 의해 민족배신의 진탕 속에 굴러떨어졌다고 다음과 같이 비판하고 있다.

> 그러나 민전은 재일조선인운동의 지도권을 차지한 자들에 의하여 심히 롱락되었습니다. 민전시기의 용납할 수 없는 로선상 오류는 투쟁강령에서 조선 민주주의 인민공화국을 수호할 데 대한 조항을 없애고 자기 본연의 민족적 임무인 조선혁명을 포기한 것입니다. 민전의 지도적 지위에 있던 자들은 사대주의와 민족허무주의, 공명주의에 물젖은 자들이였습니다. 그러다 보니 그들은 주체를 잃고 민족배신의 진탕 속에 굴러 떨어졌던 것입니다.[8]

이러한 김정일 국방위원장의 비판은 양우직의 장편소설 『서곡』에서도 그대로 나타나고 있다. '민전'은 치졸한 논전과 좌경적 언행으로 동포상공인들을 괴롭혔기 때문에 동포들이 환멸을 느끼고 이탈해나간 것이라고 상공인 이성문과 과거 사업이 실패해 자살까지도 생각했었으나 총련의 도움으로 재기한 리원호의 대화 장면에서 다음과 같이 묘사되고 있다.

> 리성문은 이미 파산선고를 받고 인생의 막바지에 굴러떨어졌던 동포령세

8) 김정일, 『재일본 조선인 운동과 총련의 임무』, 평양, 조선로동당출판사, 2000, 13-14쪽.

민을 놀라운 눈으로 바라보았다. 그도 한때는 자기 못지 않게 동포운동에 발벗고 나선 적이 있었다. 니시고베의 중심가에 덩실하게 들어 앉아있는 중고급학교에는 로원호의 땀과 정성이 적지않게 스며있다. 그러나 그는 치졸한 론전과 좌경적 언행으로 동포상공인들을 괴롭히는 《민전》의 일부 일군들에게서 환멸을 느끼고 침을 뱉고 돌아섰다. 동포운동이요, 뭐요 하는 골아픈 일과는 일체 담을 쌓고 영업이나 착실히 해나가자는 것이 그의 새로운 인생론이요, 생활관이었다. 여러 가지 측면에서 이성문 이와 뜻이 통해 오가는 걸음이 잦아졌다. 그러나 엄혹한 생활의 파도는 기슭에 있는 그를 또다시 동포운동이라는 강심으로 떠밀어 물결의 도도한 흐름 속에 휘말아넣었다. 결성된지 불과 반년 되나마나한 총련에 무슨 힘이 있기에 그렇듯 완고한 장사군의 마음을 흔들어놓았는지 그저 놀라울 뿐이었다…[9]

김정일이 민전을 비판한 이유는 그때까지만 해도 국제공산당이 내놓은 일국 일당 원칙에 따라 해외교포운동을 해외교포들이 살고 있는 나라의 혁명운동의 일환으로 보는 오류를 범하였던 때문이었다. 결국 민전은 1955년 5월 해체되고 북한 노동당의 직접 통제 하에 '조총련'이 설립되었다. 조총련이 결성되기에 앞서 북한은 1954년 3월에 일·조 무역협회를 설립하여 경제교류를 실시하였다. 그리고 조총련이 결성되자 1959년 8월에 일본 적십자사와의 협정을 통해 재일교포의 북송사업을 추진하였다. 조총련의 결성은 북한의 대일정책 목표와 긴밀하게 연관[10]이 된다.

그러면 북한당국과 김정일 국방위원장은 조총련을 어떻게 평가하고

---

9) 양우직,『서곡』, 평양, 문예출판사, 1995, 161-162쪽.
10) 최명 편,『북한개론』, 을유문화사, 1990, 591쪽.
"북한의 대일 정책 목표는 1)미·일 동맹관계의 밀착을 방지하고, 특히 한·미·일 3각 군사협력 강화를 저지하며, 2)일본의 비무장 중립정책을 지지 성원하며 일본 군국주의 부활을 저지하고, 3)한·일 관계의 긴밀화를 저지하며, 가능하면 일본이 남·북한에 대해 균형잡힌 외교정책을 추진하도록 유도하고, 4)경제기술 수준이 높고 지리적으로 가까운 일본과의 경제 교류 협력의 증진을 도모하며, 5)남·북한 경쟁의 관점에서 60여 만 재일교포들의 지지와 충성을 확보하는 것이다"

있는가? 조총련 결성 45주년을 기념하는 북한의『로동신문』사설(2000. 5. 25)은 조총련의 결성은 "재일조선인운동의 발전과 재일동포들의 생활에서 근본적인 전환을 가져온 역사적 사변이었다"고 규정짓고 있다. 총련이 결성됨으로써 재일조선인운동은 곡절 많은 수난의 역사를 끝장내고 주체사상의 기치에 따라 애국애족의 길로 확신성있게 전진하게 되었으며 동포대중의 단합된 힘에 의거하여 조국과 민족을 위한 애국투쟁을 힘있게 벌여나갈 수 있게 되었으며 명확한 투쟁강령과 과학적인 전략전술을 가지고 곧바른 승리의 길을 따라 전진할 수 있게 되었다고 평가하고 있다. 총련이 결성됨으로써 우리시대 주체의 해외교포운동의 빛나는 본보기가 마련되었다[11]고 언급하고 있다. 그리고 재일조선인운동은 우리의 가장 위력한 해외교포운동이며 성스러운 애국애족운동이다[12]고 결론짓고 있다. 이러한 노동신문의 논설은 김정일이 조선노동당 중앙위원회 일군들과 한 담화(1964. 12. 14)인 "총련은 수령님께 충실하여야 한다"에서 언급한 "재일조선인운동은 조선혁명의 한 구성부분이며 위대한 수령님의 사상과 령도를 실현해나가는 민족적 애국운동입니다"[13]라고 한 평가를 그대로 답습하고 있는 것이다.

1955년에 결성된 조총련 사업이 65만 명의 재일동포들[14]에게 상당한 공감대를 형성할 수 있었던 것은 해방직후의 토지개혁·산업국유화조치·민주선거 등의 북한당국의 급진적인 개혁정책의 진행 때문이었던 것으로 보인다. 그리고 조총련이 국어강습소를 통합하여 재일조선인 정

---

11) 김근,『2001년 북한 연감』, 연합뉴스, 2000.10, 1112쪽.
12) 김근, 위의 책, 같은 쪽.
13) 김정일, 앞의 책, 17쪽.
14)『한겨레신문』 2001. 1. 18.〈한민족 네트워크〉
 "재일동포는 1945년에는 무려 210만 명 정도였으나 1946년 일본 후생성의 조사에 의하면, 64만 7,000명으로 일본 패망 불과 7개월 사이에 140여만 명이 귀국한 것으로 추산되었다."

규학교를 창설하는 등 민족교육의 기치를 높이 든 데에도 있었다. 북한 노동당의 언어정책은 총 8개 분야로 정리할 수 있는데, 그중 첫 번째가 '민족어교육 강화'이다. '민족어교육 강화'란 민족어교육을 강화해야만 인민들이 자신의 말과 글을 수단으로 하여 혁명과 건설을 성과있게 밀고 나갈 수 있다는 뜻이다. 조총련의 이러한 '민족어교육 강화'의 실천양상을 사실적으로 묘사한 작품이 바로『서곡』이다.

Ⅲ. 북한문학사에서 『서곡』의 가치와 위상

조총련은 1955년 5월 25일 결성된 이래 현재의 조직은 중앙본부 1, 지방본부 48, 지부 267, 분회 1,550개로 구성되어 있다. 그리고 50여 개의 현상공회와 200여 개의 지역상공회가 있다.

하지만 최근 조총련은 위기에 처해 있다고 알려져 있다. 그 요인은 몇 가지가 있다. 첫째, 한덕수 의장의 사망과 조총련의 입장을 대변해 오던 김병식 전 국가부주석의 사망 이후 1세대의 쇠퇴로 조직의 약화가 심각할 정도라는 점이다. 김정일 총비서는 199년 4월 김일성 주석의 생일 행사 참석차 방북한 조총련의 서만술 제 1부의장을 평양에서 면담한 자리에서 조총련의 조직약화에 강한 불만을 표시하고 재일동포 사회의 실정에 맞는 활동방향을 모색할 것을 지시[15]한 것으로 알려져 있다. 즉 조총련 조직이 주체사상 등 이념의 추구에서 동포들의 권익옹호단체로

---

15) 김근, 앞의 책, 1107쪽.

서의 역할로 변신해야 함을 강조한 것이다. 둘째는 일본 경제의 부진과 침체가 장기화함에 따라 조총련의 경제기반이었던 조은(朝銀 신용조합) 의 쇠퇴와 몰락이 가속화되고 있다는 점이다. 1999년 6월 조총련계의 간판급 무역업체인 동해상사(1961년 창업, 한때 매출액이 300억 엔을 넘기도 한 업체)가 76억 엔의 빚을 지고 도산함에 따라 이들에게 자금지 원을 해주었던 주거래은행격인 조총련계 신용조합이 연쇄부도 등 부실 화현상을 맞게 되었던 것이다. 그 결과 전국의 33개 신용조합 중 이미 13곳이 경영파탄 상태로 알려져 있을 정도이다. 또 북한에 진출한 조총 련계 합영합작업체들이 북한이 정치논리를 우선시하자 북한에서 철수하 는 등 합영합작사업이 침체에 빠져들기 시작한 점도 북한당국으로서는 타격이다.

셋째, 조총련 조직원의 이탈이 가속화하고 있는 점도 조총련을 위기 로 몰아넣는 중요한 변수로 작용하고 있다. 70년대 한때 40만 명에 이 르던 조총련계 교포 수는 90년대 들어 급격하게 감소되기 시작하여 2000년에 접어들면서는 13-14만 명으로 줄어들었다는 것이다. 특히 98년 말 북한이 미사일 로켓 '광명성 1호'를 발사한 이후 일본내 조총련 조직원과 동포들의 입지가 크게 약화되어 이탈이 가속화하고 있다는 것 이다. 또 하나 조총련계 학교에 다니는 학생 수가 급감하고 있다는 사실 이다. 지난 65년 3만 5,000여 명이었으나 1999년 통계로 1만 7,000명 정 도[16]에 그치고 있으며 그나마 지속적으로 줄고 있다는 데에 그 심각성이 있다. 그리하여 조총련계 조선학교의 폐교 사태가 일어나고 있다는 것 이다. 조총련계 학생들이 주체사상보다는 랩뮤직을 듣고 힙합댄스를 즐 기며 머리염색을 하고 다니는 등 일본식 자본주의 문화에 쉽게 동화되고

---

16) 김근, 위의 책, 1,115쪽.

있다는 점이다. 그래서 조총련계 상공인들과 교육자들은 북한식 정치이념교육의 한계를 깨닫고 재일동포 사회에 맞는 민족교육으로 전환할 것을 요구하고 있다. 그리하여 조총련 교육국은 99년 3월 일본 내 61개 조총련계 중고교의 등하교 때 치마·저고리 대신에 블라우스 같은 자유 교복을 착용하도록 허용하였다.

『서곡』은 조총련 사업의 위기와 밀접한 관련이 있는 듯이 보인다. 즉 최근의 2-3세대인 신세대의 일본식 자본주의에의 동화와 조선학교 학생수의 급감에 대한 조직이탈을 막기 위한 사상교육의 일환으로 창작되었을 가능성이 높다. 『서곡』은 조총련 1세대가 미군정과 일본당국 그리고 민단의 방해책동에도 불구하고 어떻게 조선학교를 창립하였으며, 민족의 주체성과 자주성을 견지하기 위해 분투하였는가를 사실적으로 묘사하는 데 주력하고 있는 작품이다.

따라서 양우직의『서곡』은 자주성과 민족성 그리고 계급투쟁성을 강조하는 데 초점을 맞추고 있다. 『서곡』은 창작 시기로 볼 때 북한에서 1984년부터 1989년 4월 15일까지 펼쳐진 장·중편소설 100편 창작전투[17]의 영향을 받고 지어진 작품으로 보여진다. 그리하여 이 작품은 북한의 우리식 소설문학의 본보기 창작에 포함되는 작품에 속할 가능성이 높다. 그런 측면에서 볼 때『서곡』은 북한의 해외 외교기지로서의 조총련 사업의 정통성과 민족성에 바탕한 애국애족운동으로서의 위상을 강화하기 위한 목적에서 창작되었다고 볼 수 있다.

---

17) 오승련, 『주체소설문학 건설』, 평양, 문예출판사, 1994, 296-298쪽.

Ⅳ. 『서곡』의 내적 의미구조상의 특성

조총련 사업을 다룬 양우직의 장편소설에는 『서곡』 이외에도 『비바
람 속에서』가 있다. 두 작품은 조총련 사업 중에서도 유독 '민족어교육
의 강화'라는 주제를 다루고 있는 것이 특징이다. 민족어교육 강화문제
를 다루되 『비바람 속에서』가 스케일이 크게 미군정과 일본행정당국과
의 투쟁과정을 다루었다면, 『서곡』은 범주를 좁혀 민단과의 대결에서 승
리하는 것으로 압축하고 있는 것이 특징이다. 『서곡』은 소위 디테일을
통해 총체성을 확보하는 사회주의 문학의 전형성을 확보하고 있는 것이
다. 또 하나 『서곡』에는 장편소설의 구성의 비결인 주체적 인간학의 요
구에 맞게 감정조직이 치밀하게 짜여져 있다. 특히 이 작품은 주인공인
고베시 조선중고급학교 교장 박동환의 민족어교육 강화에 대한 신념과
뜨거운 인간애를 바탕으로 삼고 있으므로 작가의 개성적 창작이 뚜렷하
게 드러나게 된다. 북한 소설이론서들이 자주 거론하는 '주체형의 인간
들의 심장의 서사시'가 펼쳐지는 것이 『서곡』의 묘미인 셈이다.

소설구성의 《무정형론》을 제창한 부르죠아 소설가뿐 아니라 《심리소설》
의 주장자들도 생활을 떠난 허황한 심리묘사를 집요하게 추구하면서도 감정
조직에 대해서는 념두에 두지 못하였다.
주체적 구성론이 가르치고 있는 바와 같이 장편소설의 구성미와 기교의
비결은 감정조직에 있다. 감정조직의 기본요소들인 긴장과 완화, 축적과 폭
발의 흐름을 대형식의 특성에 어울리게 여러 갈래로 묘사하면서도 성격론리
에 맞게 하며 사건조직과 그것을 일치시키는데 장편소설의 구성기교의 비결
이 있다.[18)]

그리고 감정조직이 살아 움직이려면, 사실적인 자료를 바탕으로 해야 하며, 력사의 합법칙성에 근거하여 구체적인 생활감정을 생동하게 묘사해야 한다고 북한이론서는 거듭해서 주장한다. 『서곡』의 작가 양우직은 박동환이 조총련 사업의 일환으로 국어강습소의 상태를 벗어나서 그토록 정규학교를 창설하려는 이유를 그의 기구한 운명과 그것을 벗어나려는 분투정신에서 찾고 있다. 소작농으로 태어나 소작농으로 평생 흙에 묻힐 운명이었던 박동환은 14살 때 일본도항을 꿈꾸게 되지만 주재소의 일본경찰의 거부로 물거품이 되고 만다. 보통학교 4학년을 다닐 때까지만 해도 천수답이기는 하지만 땅 마지기나 가지고 있던 자작농의 아버지가 친구의 빚보증을 잘못섰다가 졸지에 가산을 털리고 ‘양민명단’에서 가차없이 제명이 된 것이고 그에 따라 소년 박동환은 일본도항이 불가능하게 된 것이었다. 하지만 박동환은 그러한 환경에 굴하지 않고 산골 간이학교 급사생활을 하면서 밤에는 중등학교 강의록을 탐독하면서 동네아이들에게 글을 가르쳐주는 선생 노릇을 하게 된다. 교원이 되기로 결심한 그는 그리하여 두 해 만에 사범학교 특별과로 옮기게 되었고 교장의 눈에 들어 준교원의 위치로 올라서게 되었다. 하지만 기쁨도 잠시 16살의 어린 박동환에게 엄청난 비극이 밀어닥친다. 어머니의 급사 후에 교통사고로 아버지마저 객사하여 졸지에 고아가 된 것이다.

박동환에게 더욱 더 큰 충격은 징용쪽지가 날아든 것이다. 요꼬하마의 한 군수공장에 끌려온 박동환은 한 해 남짓 고역을 치르다가 해방을 맞이하게 된 것이다. 천대와 멸시를 받던 조선사람들이 헌누더기를 펄럭거리며 고향으로 홍수처럼 밀려들어갈 때 박동환은 몹쓸병이 걸려 산골 격리병동에서 죽을 시각만을 기다리고 있었다. 하지만 동포 한 명의

---

18) 김홍섭,『소설창작과 기교』, 평양, 문예출판사, 1991, 284쪽.

지극한 간호를 받아 일어선 박동환은 고베항으로 왔지만 고향으로 가는 뱃길은 끊어져 주저앉을 수밖에 없게 되었고 그래서 고무공장의 노동자로 일하게 되었다. 학식 있고 성실한 박동환의 소문을 듣고 조선인련맹(조련)에서 일한다는 한 사람이 찾아왔는데 그가 바로 효고현의 조총련 조직의 책임자인 최주석이었다 그의 도움으로 박동환은 조선학교의 첫 교원이 되었고 그때 교장이 뒤에 조총련 중앙본부에서 일하게 되는 한경훈이었다.

이렇게 『서곡』의 주인공 박동환은 조선학교 창립에 뜨거운 심장으로 뛰어들 수밖에 없었던 사회적 조건의 합법칙성이 있었던 것이다.

1. 긍정적 주인공의 자주의식 강조

북한 소설의 주인공들은 대개가 긍정적인 인물상으로 나온다. 어떠한 난관과 위기에도 전혀 굴하지 않고 신념을 가지고 고난을 뚫고 나가는 것으로 묘사된다. 이러한 양상을 남한학자들은 흔히 무갈등론이라고 말한다. 『서곡』의 박동환도 이러한 모습에서 크게 벗어나지 않는다. 조선학교 교장인 박동환은 학교를 개척하는 과정에서 많은 난관이 뒤따르지만 전혀 동요하지 않는다.

이러한 인물상을 최근의 북한문학이론서들은 주체형의 혁명가의 전형 창조라고 설명하고 있다. 그리고 이러한 전형적인 인물의 창조는 주체소설의 문학건설을 가능하게 하는 확고한 담보라고 주장하고 있다.

자주적인 인간, 주체형의 인간은 아름답고 숭고한 리상을 체현하고 있는 인간의 본보기이다. 그것은 무엇보다도 이들이 영생불멸의 위대한 주체사상을 확고한 세계관으로 삼고 그 실현을 위하여 모든 것을 다 바쳐 싸우는 참다운 인간들이기 때문이다. 사람의 가치는 돈이나 물질에 의하여서가 아니라 사상에 의하여 평가되며 사람은 사상의식을 가지고 있음으로 하여 가장 아름답고 존엄있는 존재로 된다.

　사람을 가장 값 높게 하여 주고 아름답고 숭고하고 힘있는 존재로 되게 하는 사상은 불멸의 주체사상이다.[19]

　이러한 주체적 인간전형을 창조하는 것은 사회주의 문학예술 발전의 합법칙적 요구를 반영하고 있다고 주장하지만, 결국은 주체의 혁명적 세계관에서 핵으로 되는 것은 '수령에 대한 끝없는 충성이다'고 결론짓고 있다.

　박동환은 이러한 이론에 가장 부합하는 주체형의 인간전형이다. 박동환은 몇 가지 인간적 특성을 지닌다. 첫째, 자신의 삶을 자신이 스스로 개척하는 자주적인 인간이라는 특성을 지닌다. 『서곡』 서두에 그의 집안의 가난함과 고아의식 그리고 징용으로 건너온 일본에서의 해방직후 생활의 난관 등을 묘사하면서 그가 그러한 고난 속에서도 어떻게 자신의 삶의 방향을 자주적으로 잡아나가는가를 냉철하게 묘사하고 있다. 둘째, 미래에 대해 낙관적 전망을 가진 아름답고 숭고한 인간전형이라는 특성을 동시에 지니고 있다. 그는 어려움에 봉착하여 흔들리는 동료들에게 확고한 신념으로 낙관적 미래에 대해 설득해나감으로써 결국은 그들을 설복하게 된다. 작품에서 주인공인 박동환 교장은 학교를 습격한 괴한사건으로 사직서를 낸 고봉학 교사를 동료교사와 함께 찾아가 학교복귀를 설득한다. 또 민전에 염증을 느껴 등을 돌린 동포상공인인 리성문을 찾아가 학교건설사업을 맡아달라고 몇 차례에 걸쳐 집요하게 설

---

19) 오승련. 앞의 책, 175쪽.

268

득한다. 또 적대관계에 있는 민단으로부터 새 교사 건설현장에 불을 지르라는 협박을 받아 고민을 하다가 음독자살을 시도하고 식당에서 폭력 사건에 휘말린 임경원 교사를 경찰에서 풀어내고 그를 신뢰하는 장면 등은 주인공의 성격을 단적으로 잘 말해주는 것이다. 즉 한마디로 주인공 박동환은 긍정적인 주인공으로서 자주적인 성격을 잘 드러내고 있다고 하겠다.

『서곡』에서 고봉학 교사를 찾아간 박동환 교장은 처음에는 인간적인 정으로 대하다가 나중에는 강한 신념으로 그를 힐난하고 몰아세우기도 한다. 그러면서 결국은 미래의 전망을 제시하면서 그를 설득한다. 이러한 태도는 확고한 세계관 없이는 불가능한 단호한 행동인 것이다.

> 박동환의 노여움실린 눈에서 서느러운 빛이 번쩍거렸다. 고봉학은 이미 최경옥에서 들었던 청원이였고 자기의 립장을 명백히 한바 있어 그쯤한 힐난에는 충분히 대답할 마음의 준비가 돼있었다. ………(중략)
> 《고선생이 말하는 그 새 출발이 어떤 후과를 초래하겠는지 생각해보았는가요? 그 못난 짓이 적들이 바라는 용렬한 행동이라는 것을 생각해보았는가 말이요?》
> 이번에는 고봉학이 전기에 치운 사람처럼 몸을 흠칫 떨었다. 자기를 인간 이하의 속물이라고 단정하는 순간에조차 그 용렬한 행동이 적들이 바라는 것이라고는 한 순간도 생각해 본적도 없다. …………(중략)
> 《힘을 내기요. 지금은 지나간 일을 돌이켜보며 가슴이나 쥐여뜯고 있을 때가 아니요. 너무나도 거청한 사업이 앞에 있기 때문이지요.》[20]

---

20) 양우직, 『서곡』, 평양, 문예출판사, 124-126쪽.

2. '다양한 주제로의 확대' 정책에 화합

최근의 북한의 문학이론서들은 '소설문학의 다양성'에 대해 언급하고 있다. 특히 이들 이론서들은 김정일 국방위원장의 교시를 앞세워 "친애하는 지도자 동지께서는 소설문학을 다양한 내용과 형식으로 다채롭게 발전시키며 그 량적 장성에서도 새로운 비약을 이룩할 데 대한 혁명적 방침을 제시"[21]하였다고 언급하며 그 결과 소설문학 발전에서 일대 개화기를 열어주었다고 찬양하고 있다. 그것은 김정일 위원장이 80년대 말에 펼친 100편 창작전투를 의미하는 것으로 보여진다.

『주체소설문학건설』등 북한문학이론서들이 강조하고 있는 것은 소설문학에서 '주제분야의 확대'가 이루어지고 있다는 지적이다. 즉 소설문학을 다양하게 발전시키는 데서 무엇보다 선차적으로 나서는 문제는 주제분야를 끊임없이 새롭게 개척하고 확대하여 나가는 것이다 라고 밝히고 있다. 주제의 다양성을 떠나서 소설문학의 다양성에 대해서 기대할 수 없다[22]는 것이다. 물론 김정일 국방위원장이 제시했다는 다양한 주제의 최우선 과제는 뭐니뭐니해도 혁명역사와 노동당의 위대성을 격조높이 노래하는 것이다. 그리고 혁명역사에서 가장 중요하게 다루어야 할 것도 물론 항일혁명 선열들이 지녔던 투철한 '혁명적 수령관'이라고 강조하고 있다. 혁명전통 다음으로 내세운 주제가 '현실생활을 반영한 문학'이다. 현실생활을 반영하는 것은 또한 소설문학에서 형상의 사실주의적 진실성과 생동성을 담보하게 하는 중요한 요인으로 작용한다는 것이다. 그러한 것 중의 대표적인 지침이 김정일 국방위원장이 제시한

---

21) 오승련, 앞의 책, 240쪽.
22) 오승련, 위의 책, 241쪽.

「사회주의 농촌현실 주제 작품창작에서 나타난 편향을 바로잡을 데 대하여」란 교시라고 언급하고 있다. 김정일은 "50대, 60대의 농장원들은 해방 후 위대한 수령님의 품속에서 민주교육도 받았고 전쟁의 시련도 겪었으며 전후 농업협동화를 할 때 핵심적 역할을 한 사람들인데 그런 사람들이 오늘에 와서 개인주의자, 보수주의자로 되겠는가"[23] 하는 것이 문제라고 가르치면서 그들 가운데 개인주의, 보수주의에 물젖은 사람들이 있다 하더라도 그것이 오늘 북한 농촌에서 전형으로 될 수 없다고 지적하였다는 것이다.

김정일 국방위원장이 그 다음으로 제시한 것이 노동계급을 비롯하여 생산에 직접 참가하는 근로자들을 중심에 그릴 것을 주문하는 것이었다. 그 근거로 내세운 것이 사회주의 문학예술은 노동계급의 지향과 요구를 반영하여 출현한 가장 혁명적이며 노동계급적인 문학예술이라는 점이다. 하지만 북한 문단의 현실에서는 이러한 노동계급의 요구가 잘 반영되지 않고 있는데, 그 이유는 작가들이 생산에 직접 참가하는 노동자보다는 과학자·기술자·교원 등 인텔리들의 생활을 많이 그리고 있는 편향성 때문[24]이라는 것이다.

특히 최근에 김정일 위원장이 소설문학 창작과정에서 혁명교양, 계급교양을 많이 요구하는 것은 '새 세대'를 의식하는 것으로 보여진다. 또 구소련 연방의 해체와 동구권의 변혁과도 밀접한 관련이 있는 듯이 보인다. 문학이론가의 분석에서 "적들은 우리의 혁명력량을 안으로부터 와해시키려고 사상문화적 침투를 강화하고 있으며 국제공산주의 운동 안에서는 현대수정주의자들의 반혁명적 책동이 더욱 우심해지고 있다"[25]라고 언급하고 있는 데에서 알 수 있다. 그리고 아울러 "새 세대들은

---

23) 오승련, 위의 책, 246쪽.
24) 오승련, 위의 책, 248쪽.

지난날 착취사회에서 살아보지 못하였으며 지주, 자본가 계급의 착취를 직접 받지 못하고 계급사회의 모순을 체험해 보지 못하였다"[26]고 지적하고 있다.

이러한 사회적 조건 속에서 북한의 80년대 말의 창작전투에서는 1)혁명전통 주제, 2)조국해방전쟁 주제, 3)사회주의건설 주제, 4)조국통일 주제, 5)역사 및 계급교양 주제[27] 그 외에 6)조국통일 주제의 작품들이 많이 창작되었다.

> 친애하는 지도자동지께서는 새 전투를 앞두고 매 작품의 종자로부터 시작하여 형상체계에 이르기까지 밑줄을 그어가시면서 세심히 료해하시고 나타난 편향을 바로잡아주셨을 뿐 아니라 창작에서 노동계급적 선을 튼튼히 세울 데 대한 문제, 당성·노동계급성·인민성을 고수하는 문제, 주제의 다양성을 보장하는 문제, 혁명적 창작기품과 생활기풍을 확립할 데 대한 문제 등 문학건설에서 강령적 지침으로 되는 원칙적 문제들을 새롭게 밝혀주심으로써 작가들로 하여금 탈선없이 곧바로 걸어나갈 수 있도록 현명하게 이끌어 주시였습니다.[28]

양우직의 『서곡』은 80년대 말에서 90년대 초로 이어지는 북한문단의 이러한 창작분위기를 반영하면서 출판된 장편소설이라는 데에 그 의미가 있다. 따라서 『청춘송가』와 마찬가지로 순수토종 북한문학이 아니라 일본의 재일동포 출신 작가가 쓴 작품이며, 재일동포의 척박한 현실과 문제점을 반영하고 있다는 점이 특색이다. 작가 양우직은 『서곡』 이외에도 『비바람 속에서』도 창작하였다. 장편소설을 2편이나 창작할 수 있었던 배경에는 김정일 위원장에 의한 100편 창작전투의 영향력에 힘

---

25) 오승련, 위의 책, 255쪽.
26) 오승련, 위의 책, 같은 쪽.
27) 최길상, 『주체문학의 새 경지』, 평양, 문예출판사, 1991, 121-124쪽.
28) 최길상, 위의 책, 120쪽.

입은 것이며 다양한 작품 주제를 선정하라는 지침에도 호응하였기 때문에 가능한 일이기도 한 것이다.

특히 『서곡』에서는 주로 민단과의 대립을 밑바탕에 깔고 있으며 민단의 간교한 방해책동을 폭로하는 데에 주력하고 있는 것으로 보아 90년대 들어와서 구소련 연방의 해체 이후 재일 조총련이 많이 흔들리는 시기에 창작되었음을 알 수 있게 된다. 그리고 북한 내부에서도 새 세대의 등장을 경계하고 있을 정도이니 자본주의 국가에 물들어 있는 재일동포 2-3세대의 등장은 더 말할 나위가 없었다. 즉 이들 세대의 세계관이나 삶의 자세의 변화는 상당히 충격적인 변화의 돌풍을 몰고올 것으로 예측되었을 것이다. 이러한 예민한 시기에 조총련 사업 초기의 갖은 악조건과 험난한 현실 속에서 조직을 개척하고 민족교육의 기치를 내세워 조선중고급학교를 창립한 주제의 작품을 창작하여 가치관이 흔들리고 있는 새 세대에게 사상학습을 시킨다면 대단히 성공적일 것이라고 작가는 생각하였을 것이다. 작품 속에서의 1956년 9월 20일 고베 조선중학교 4층 교사 기공식에서 주인공인 교장 박동환의 강한 신념과 포부가 담겨 있는 연설은 이 작품의 창작동기를 어느 정도 인지할 수 있게 한다.

> 박동환은 민족교육이라는 성스러운 전선에서 싸우는 긍지, 공화국 해외공민된 영예와 자부심을 아름벌게 느끼며 목청껏 부르짖었다.
> 《학교사업에 대해서는 조금도 념려마십시오. 조국의 미래를 떠메고 나갈 학생들을 학부모들과 동포들이 실망하지 않도록 훌륭하게 키우겠습니다. 우리들 교원들은 여러분 앞에 이것을 약속드립니다.》
> 박동환은 막돌같은 주먹을 머리우에서 높이 쳐들었다가 왼쪽 쇄골밑에 꾹 박았다. [29]

---

29) 양우직, 『서곡』, 260쪽.

3. 디테일을 통한 총체성 확보

　　『서곡』은『비바람 속에서』에 비해서 스케일이 작다. 같은 소재로서 조총련 사업을 다루었지만『서곡』은 고베시 중고급학교의 학교 창설에 초점을 맞추고 있다. 주인공인 박동환 교장이 민단의 방해공작과 재일동포 내에서의 비협조 등 난관 속에서도 집념을 가지고 정규학교를 개창하는 이야기이다.

　　그런데 이 작품이 독자들의 흥미를 끄는 것은 아주 미시적인 몇 가지 사건들을 에피소드 형식으로 연결시켜 수수께끼풀이 식의 서사기법을 구사하고 있기 때문이다. 하나의 사건이 풀리면 다음 사건이 도사리고 있다. 그 사건을 해결하면 그 다음 사건이 펼쳐지는 형식이다. 마치 퍼즐을 하나 풀면 다음 퍼즐이 이어지는 방식과 같다. 모든 소설은 대개 주인공이 달성하려고 하는 욕망이 있고 그것을 성취하려고 하지만 여러 가지 난관이 있어 우여곡절을 겪는 이야기로 구성된다. 대개 주인공이 행동하게 되는 데에는 동기가 있는데, 행동한 이후에는 그 행동목표가 성공이냐 실패냐의 판가름이 나게 된다. 박동환의 욕망은 고베시 중고급학교를 창립하는 것이다. 그리고 학교를 개교하려는 동기는 일본인의 무시와 모멸 속에서 한민족의 자긍심을 지켜나가고 민족어교육을 실천하기 위해서이다. 하지만 그러한 목표의 성취는 순탄하지가 않다. 그 이유는 방해세력이 내외에 도사리고 있기 때문이다.

　　방해세력의 행동의 동기는 자신의 재일동포 조직(민단)에 맞서는 반대 조직의 형성(조총련)과 활성화를 원하지 않기 때문이다. 그래서 그 목표를 성취하기 위해 사람들(학교 교원 등)을 매수하고 그 매수한 사람을 통해 폭력을 행사하여 학교의 창립을 무산시키려고 한다. 하지만 그 행동목표는 실패하게 된다. 그 이유는 박동환 교장이라는 주체적 인간 전형이 자주적인 의식을 가지고 세계와 자기 운명을 개척하려는 불국의 투지와 집념을 불태우고 있기 때문이다. 박동환 교장의 기를 꺾기 위해 방해세력은 4가지 사건을 도모한다. 장편소설『서곡』은 그 미시적 사건을 에피소드 형식으로 짜맞추어 소설의 스토리를 형성하고 독자들의 흥미를 유발하고 있다.

그 사건은 '학교습격사건', '돼지우리 방화사건', '학교 터전에 대한 사전 공작', '정지회사에 대한 협박'의 4가지로 압축된다.

> 박동환은 마침내 성을 벌컥 내고말았다.
> 《도대체 죽었습니까, 살았습니까?》
> 그 소리에 늙은이의 수북한 장미가 꿈틀거렸다. 박동환의 입에서 튀어나온 수많은 말가운데 《죽음》이라는 낱말 한마디만은 정확히 들었던 것이다. 그것도 귀로 들은 것은 아니고 입놀리는 모양을 보고 기막히게 밝은 눈이 알아 맞추었다.
> 《죽지 않을 수 있나. 하긴 연기에 취해서 쓰러진 다섯 마리는 정숙에미가 이틀이나 밤샘을 해가며 구완을 해서 일궈세웠네만… 기막힌 일이지.》
> 늙은이는 채머리를 야단스레 흔들며 한숨을 쉬면서 누군가를 욕질했다.
> 《글쎄 해보겠으면 사람과 해볼 것이지. 죄없는 짐승은 왜 못살게 구노. 퉤! 귀신이나 칵 물어가라!》
> 어떤 놈이 돼지우리에 불을 지른 것이다.
> 박동환은 꼼짝하지 못하고 우두커니 앉아 있었다.[30]

이러한 사건의 배후에는 민단 부단장 성익조와 홍애련이 공모하여 개입하고 있다. 이러한 작은 사건의 연결고리는 외부의 적이 매수하거나 협박하여 침투시킨 내부의 적이다. 주인공 박동환 교장은 이러한 적

---

30) 양우직, 『서곡』, 321쪽.

대세력의 방해공작의 맥을 잘 파악하여 차분하고 슬기롭게 위기를 극복해 나간다.『서곡』에 등장하는 스토리의 에피소드식 구성법은 북한의 주체소설 문학건설의 서사기법에 충실하게 따르고 있다. 즉 세부묘사를 통해 총체성을 확보하는 기법인 것이다. 여기서 세부묘사라고 하는 것은 흔히 북한 문예이론서에서 자주 언급하는 현실사회를 사실적으로 반영하기 위해 디테일에 충실하는 것을 말한다.

북한의 문예이론에서는 대개 생활세부에 대한 묘사를 중시한다. 그 이유는 디테일에 대한 충실성은 소설문학의 묘사적 위력을 담보하는 근본요인으로 되며 생활반영에서 소설의 우월성을 나타내는 중요한 조건이 되기 때문[31]이라고 설명한다. 소설문학은 대상에 대한 세부묘사에서 무제한한 가능성을 가지며 생활의 모든 다양하고 풍부한 세부를 종횡무진으로 반영할 수 있다는 것이다. 즉 세부묘사는 소설발전의 새로운 단계를 긋는 중요한 징표이며 사실주의 소설문학의 거대한 승리가 된다[32]는 것이다.

북한의 문예이론에서 자주 등장하는 세부묘사에 대한 이론은 다음과 같이 김정일 위원장이 자신의『영화예술론』에서 제시한 견해에 충실하고 있음을 알 수 있다.

> 예술에서는 인간성격의 본질을 생동한 생활 속에서 폭넓게 밝혀내고 사건의 깊은 내용을 다양한 시점에서 분석적으로 그려낼 때 그리고 한 장면의 생활을 통하여 지나온 생활과 앞으로의 생활을 다같이 깊이 생각하게 하며 하나의 세부를 통하여 인간과 생활의 전모를 그려보게 할 때 형상이 철학적 심오성을 가지게 된다.[33]

---

31) 오승련, 앞의 책, 229쪽.
32) 오승련, 위의 책, 같은 쪽.
33) 오승련, 위의 책, 227쪽.

4. 부정인물들의 착취적 형상 폭로

『서곡』은 주인공인 박동환 교장이 재일동포들의 민족 자긍심과 민족적 단결을 위해 내외적 방해공작이 많은데도 불구하고 고베시 중고급학교라는 정규학교를 창립하는 과정을 사실적으로 묘사한 작품이다. 특히 이 작품의 서사구조의 특징은 확연하게 대립구조를 지니고 있다는 점이다. 이러한 대립구조는 이데올로기 즉 세계관의 대립인데도 불구하고, 선악의 대립으로 묘사해 나가는 것은 흥미를 더하기 위함으로 보여진다. 작품에서 조총련 사업을 추구하는 그룹은 민족의 미래를 위해 좋은 일을 하는 것이고, 그것을 방해하는 민단그룹은 민족의 미래를 생각하지 않고 민족을 분열시키는 분열주의자라고 매도하고 있다.

『서곡』은 이렇게 조총련과 민단이라는 조직의 대립 갈등구조로 스토리를 엮어가지만 사실상은 사건보다는 성격위주로 이야기를 주도해나가는 것이 특징이다. 『서곡』은 민단의 방해공작인 '학교습격사건', '돼지우리 방화사건', '학교 터전에 대한 사전공작', '정지회사에 대한 협박' 등 사건의 치밀한 구성에 주력하기보다는 민단 부단장 성익조와 홍애련이라는 인물성격의 흉악함과 간교함에 초점을 맞추고 있는 것이다. 반대로 고베시 조선중고급학교 창립과정도 조총련결성, 교원들의 단합, 상공인 설득과 학교건설사업에의 참여 권유, 직안노동(일본시역소의 직업안정소를 찾아가 그곳 직원이 내어주는 노동수첩을 받고 도로수리나 도랑파기, 공원청소 등 허드렛일을 하여 교원들에게 주지 못한 인건비를 마련하려는 방책)의 실시, 학부모들의 월사금 납부 협조와 상공인들의 찬조금 기부, 학교운영비 보충을 위한 돼지 사육, 일본 고베시 건설계획과 야마다 과장을 설득하여 땅 2500평 문제 해결, 조선중고급학교

건물 기공식 거행, 조국(북한)에서의 막대한 교육지원비 후원 등의 사건을 묘사하는 데 치중하지 않는다. 오히려 주인공 박동환 주변인물의 열정과 뜨거운 인간애 그리고 민족을 우선 생각하는 민족애를 부각시키는 데 주력하고 있는 것이다.

『서곡』의 작가 양우직이 사건보다는 성격묘사에 이렇게 주력하는 이유가 있다. 그것은 김정일 국방위원장이 90년대 초에 내놓은 『주체문학론』「생활과 형상」편 '성격문학이냐 사건문학이냐'에서 "문학에서 사건보다 성격에 근본적인 의의를 부여하는 것은 문학의 발전과 인민대중의 미의식발전의 합법칙적인 요구이다"[34]라고 강조했기 때문이다. 북한의 주체문학론은 마르크스-레닌 미학원리와의 차별성을 인간중심의 세계관이라고 강조하는 데서 찾고 있다. 인간은 생활을 떠나 존재할 수 없지만 인간과 생활이 서로 같은 위치에 있는 것은 아니라고 본다. 인간은 생활에서 주인의 위치에 있다는 것이다. 그래서 인간이 있고 생활이 있다고 역설한다. 문학에서 인간을 그린다는 것은 그의 성격을 그린다는 것이다. 소설에서 성격을 위주로 내세우지 않으면 작품이 인간학의 본성에도 맞지 않게 된다[35]는 것이다.

그리고 성격과 사건은 서로 유기적으로 연관되어 있으면서도 서로 다른 일련의 특성이 있다는 것이다. 성격의 운동에 의하여 사건이 발생 발전하고 사건을 통하여 성격이 드러나고 발전한다는 것은 그들 사이에 유기적인 연관성이 있다는 것을 의미한다. 그러나 성격과 사건 사이에는 엄연한 구별이 있다고 강조한다. 성격이 보다 내적이고 본질적인 것이라면 사건은 보다 외적이고 현상적인 것이다. 성격이 보다 주동적인 것이라면 사건은 보다 피동적인 것이다. 성격을 기본으로 보는가 사건

---

34) 김정일, 『주체문학론』, 평양, 조선로동당출판사, 1992, 191쪽.
35) 김정일, 위의 책, 190쪽.

을 기본으로 보는가 하는 것은 결국 본질적인 것과 현상적인 것, 주동적인 것과 피동적인 것에서 무엇을 기본으로 보고 내세우는가 하는 문제에 귀결된다. 결국 성격과 사건의 관계에서 성격을 기본으로 보는 것은 객관적 존재에서 인간을 기본으로 보는 관점이며 현상적인 것보다 본질적인 것을 위주로 보는 관점이다[36]라고 결론짓고 있다.

　　김정일 위원장에 의한 이러한 성격중시의 주체문학관의 교시는『서곡』의 주동인물과 반동인물의 성격 창조에도 영향을 미치고 있다. 조총련과 민단의 대립갈등 구조를 주축으로 삼으면서 서사구조를 짜고 있는『서곡』에서도 사건보다는 성격을 묘사하는 데 상당한 비중을 두고 있음이 드러나고 있다.『서곡』에서 부정적 인물의 선두에는 성익조가 제시되고 있다. 민단의 부단장이라는 거물로 묘사되지만 사실상 작가의 서술 태도는 초지일관하게 부정적인 시각에서 그려지고 있다. 성익조는 홍애련이라는 여성의 지시에 움직여지고 있는데 홍애련은 미모의 여인으로 단장 강효근과 부단장 성익조의 두 사람 사이를 넘나들면서 애정행각을 벌이는 파렴치한 여성으로 묘사된다. 그 애정행각도 순수성은 없이 단지 방해공작과 악행의 사업을 위해서 펼치는 목적을 위한 불장난으로 묘사되고 있다. 그리고 성익조는 머리보다는 주먹으로 모든 것을 해결하려는 깡패 스타일로 일을 망치는 인물로 그려진다.

　　최주석과 박동환은 결코 얕잡아볼 대상이 아니였다. 그들은 산전수전 다 겪으면서 희로애락을 체험한 로련한 활동가들이다. 성익조는 절벽과 마주서서 눈뿌리 아득한 산상봉을 올려다보는 심정이였다. 허지만 그는 좌절을 모르는 끈덕진 싸움군이였다. 홍애련이 강효근보다 둔자인 이 성익조에게 더 기대를 가지는 것도 그 검질긴 성격적 기질 때문일 것이다.

　　《홍양에게 솔직히 말하오만 난 말공부쟁이들에게 환멸을 느낄대로 느꼈

---

36) 김정일, 위의 책, 191쪽.

소.》
성익조는 분명 강효근을 념두에 두었지만 내놓고 비난하기를 삼갔다. 그는 아직까지 명색이 단장인데다 서울에 힘있는 후원자들이 있었던 것이다. 그런 것만큼 홍애련이 자기앞에서는 갖은 교태를 부리지만 강효근이와의 미묘한 뒤생활도 있는 것이다.
《옳아요. 행동하세요.》
《그저 짓뭉개놔야 하는건데.》
성익조는 또 한번 소리나게 이를 갈았다. 주먹, 총, 칼, 그것이 성익조의 《만능수호신》이였다.[37]

최근의 북한 소설문학 이론서는 소설문학의 다양한 발전과 그 사회적 기능의 확대를 강조하면서 혁명의 새 세대의 등장에 따라 그들을 혁명적으로 교양하기 위해 문학예술작품의 많은 창작이 요구된다는 김정일 국방위원장의 교시를 인용하면서 '계급교양 주제 작품'과 조국해방 주제작품의 창작의 증대를 강력하게 주문하고 있다. 계급교양 주제작품들은 착취사회의 모순과 불합리성을 예리하게 폭로하며 지주, 자본가계급의 죄악상을 준열히 단죄하는 그 심각한 계급적 내용으로 하여 사람들을 노동계급의 혁명의식과 관점으로 튼튼히 무장시키는 데 큰 작용을 한다고 역설하고 있다. 특히 김정일은 부정인물들의 형상에서는 착취계급의 포악성과 악착성이 나와야 한다고 가르쳤다[38]고 인용하면서 소설문학에서의 성격창조에 있어서 부정적인 인물상에 대해 어떻게 성격묘사가 이루어져야 할 것인가에 대한 지침을 내리고 있다. 그리고 구체적으로 미제침략자들의 만행과 함께 일본제국주의자들의 죄행을 준열히 단죄하는 것은 우리 조선문학 앞에 나서는 중요한 사상주제적 과업이다[39]라고 강조하고 있다.

---

37) 양우직, 『서곡』, 53-54쪽.
38) 오승련, 앞의 책, 257쪽.

『서곡』에서 고베시 조선중고급학교 창립사업을 갖가지 방법으로 방해하던 성익조와 강효근의 방해공작이 수포로 돌아가자 홍애련은 자신의 정부이기도 한 성익조 부단장에게 권총을 내놓으며 권총자살을 요구하기까지 하는 잔혹한 성격을 드러내 보인다. 또 앞서 학교습격사건이 실패로 돌아가자 강효근과 성익조는 실패의 책임문제로 서로 치고받으며 내분을 야기한다. 하지만 두 사람은 잔인한 성격의 홍애련의 호통에 말 한마디 못하고 물러선다. 『서곡』에서는 민단계의 인물들을 일본제국주의의 앞잡이(민단 단장 강효근을 일제시대의 옛 군청관리라고 묘사함) 내지는 자본주의에 물든 부패한 인물로 격하시킨다. 그리고 민주주의 민족교육사업을 방해하는 총책 홍애련을 동포들을 짓밟는 비인간적인 냉혈동물로 성격묘사하고 있다. 즉 방해공작을 일삼는 홍애련을 '부정적 인물의 착취적 형상' 의 전형으로 그려나가고 있는 것이다.

성익조가 책상을 쳤다. 강효근의 말은 인신공격정도가 아니라 모가지에 올가미를 거는 것과 같은 살인적인 평가였던 것이다.
《어쩌면 총련에서 하는 것과 똑같은 말을 하는가? 혹시 그들의 스파이가 아닌가?》
《이 개새끼… 뭐 스파이…》
철썩 -하고 뺨을 후려치는 소리, 끙 -하는 신음소리, 무언가 지끈하고 부러지는 소리가 어수선하게 쏟아져나왔다.
점잖고 틀진 경어로 시작된 론전이 점차 반말로 번지고 그것이 다시 야비한 비난전으로 비약하더니 마침내 물리적 힘의 대결에까지 이르렀다. 두들겨부시고 물고뜯는 추태가 벌어지는가싶은데 돌연 녀자의 쟁쟁한 목소리가 총알터지듯 울려왔다.
《그만두어요!》
녀자의 목소리가 어찌나 단호하고 추상같았던지 헌병퇴물 성익조도 옛 군청관리 강효근도 대번에 입을 다물어버렸다. ……(중략)…… 험한 자리에 두

---

39) 오승련, 위의 책, 258쪽.

론적외에 또 한 사람의 목격자가 묵묵히 지켜보고 있었다는 그 자체가 놀라웠던 것이고 사나이들의 간담을 한 순간에 서늘하게 만든 녀인이 홍애련인 것으로 하여 또한 소름이 끼쳤다. 거제도 포로수용소에서 인민군 포로들을 비천하게 박대하고 지리산유격대의 마지막 녀대원을 대검으로 내리쳐 두개골을 박살낸 저 녀인은 공포의 대상이었다.[40]

V. 맺음말

『서곡』에 대한 논문을 마무리하고 있는 동안에 북한의 김정일 국방위원장은 철도편으로 러시아를 방문하고 있었다. 그 결과 김정일 국방위원장은 8월 4일 모스크바 크렘린궁에서 블라디미르 푸틴 러시아대통령과 정상회담을 갖고 '북·러 모스크바 선언' 8개항을 발표하면서 주한미군의 조속한 철수를 공동선언문에 포함시켜서 우리 정부를 당혹하게 하고 있다. '북·러 모스크바 공동선언'의 주요 골자를 살펴보면, 2항 북한의 마사일 계획은 평화적 성격을 지니고 있다. 3항 쌍방은 2000년 7월의 조·러 공동선언과 2000년 2월 9일의 친선 선린 및 협조에 관한 조약의 역사적 의의를 다시금 확인한다. 4항 정치·경제·군사·과학기술·문화 등 여러 분야에서 쌍무적 협조를 가일층 발전시키기 위한 구체적인 방향과 조치들에 합의한다. 5항 쌍방은 공동의 노력으로 건설된 기업소들, 특히 전력부문 기업소들의 개건 계획들을 우선적으로 실현하기로 약속하였다. 6항 쌍방은 북남과 러시아 유럽을 연결하는 철도

---

40) 양우직, 『서곡』, 268쪽.

수송로 창설계획을 실현하기 위하여 필요한 모든 노력을 기울인다. 7항 2000년 6월 15일 북·남 공동선언에 따라 나라의 통일문제를 조선민족끼리 힘을 합쳐 자주적 평화적으로 해결하기 위한 조선인민의 노력을 지지한다. 8항 남조선으로부터 미군철수가 조선반도와 동북아시아의 평화와 안전보장에서 미룰 수 없는 초미의 문제로 된다 등으로 요약된다.

공동선언을 분석해 보면, 미국의 부시 행정부의 강력한 대북정책에 맞서 북한은 러시아와 중국과의 전통적인 우호관계를 되살려 방벽을 쌓아 공세에 대해 수비를 하면서 전력사업과 시베리아철도건설 등을 실현시켜 경제적인 실리도 챙기겠다는 발상을 보이고 있다. 이러한 북·러간의 공동선언 발표를 접하면서 착잡한 마음을 금할 수 없다. 한마디로 작년 6월 15일의 남북정상회담에서의 주한미군의 주둔을 용인한다는 김정일 국방위원장에 의한 구두 약속이 물거품이 되고 그 외에 김정일의 서울 답방이 늦어질 것이라는 뉴스도 전해지고 있어 남·북간의 대화에 찬물을 끼얹고 있기 때문이다. 한마디로 이번의 북·러간의 공동선언은 남북대화와 통일문제에 대한 성급한 기대는 금물이며, 통일과제는 인내와 시간을 가지고 이성적이고 합리적으로 대처해 나가야 하는 장기과제이어야 함을 확인해 주었다고 할 수 있다.

이러한 국제정세의 급변상황 속에서 북한의 외교정책과 재외동포문제에 대한 시각을 살펴볼 수 있는 조총련 출신 작가 양우직의 장편소설 『서곡』을 분석·평가해본 것은 커다란 의미를 지닐 수 있다. 1955년 5월 25일 조총련 결성대회에 참석하고 돌아오는 도쿄발 고베행 급행열차 안에 앉아 있는 효고현 총련 책임자인 최주석과 조선중고급학교(500명 학생) 교장 박동환과의 대화를 서두로 스토리가 전개되는 『서곡』은 민단의 조직적인 방해공작에도 굴하지 않고 박동환 교장이 1956년 9월 20일 조선중고급학교 기공식을 가짐으로써 민족어교육의 기틀을 세우는 이야기이다.

우선『서곡』은 자주성과 민족성 그리고 계급투쟁성을 세계관의 틀로 잡고 있는 작품이므로 북한의 최근 문예이론인 김정일 주도의 주체적 문학관을 바탕으로 삼고 있으며, 종자론과 북한의 당성·인민성·노동계급성이라는 창작원리에도 크게 벗어나지 않는다는 점에서 총련 출신의 작가가 창작한 작품이지만 북한문학사의 주류에 포함시킬 수 있는 작품이라는 위상을 설정할 수 있다.

특히『서곡』은 북한의 주일 외교대표부처럼 활용되는 조총련 사업을 본격적으로 다루고 있으며 조총련의 사업 중에서도 대외적으로 가장 신뢰를 받고 있는 재일동포 차별에 맞서 민족적 전통을 유지한다는 차원에서 조선인학교를 운영하는 문제를 본격적으로 묘사하고 있다는 점에서 역사적으로 가치가 있다. 최근에 조총련계 재일동포의 국적이탈의 가속화(일본인 국적 취득의 가속화현상)와 조선인학교 학생수의 격감은 조총련 내부에 엄청난 충격을 가져다주고 있다. 이러한 예민한 시기에 혁명 2-3세대인 새 세대를 겨냥해 '계급교양 주제작품'으로 창작된『서곡』은 조총련 결성기와 조선인학교 개척기의 1세대 재일동포들의 민족적 전통을 지켜나가기 위한 투쟁과정을 생동감 있게 그려나가고 있으며, 민족어교육의 실천을 통한 민족단합의 기틀을 세워나간 재일동포의 역사를 서술한 것으로 볼 수도 있다는 측면에서 사회주의 리얼리즘의 전형적 작품으로 평가할 수 있다.

그리고『서곡』의 작품 내적 의미구조를 분석해보면, 긍정적 주인공의 자주의식 강조(행복을 쟁취하기 위한 창조적인 투쟁과정을 생생하게 묘사한 탁월성 드러남), 민족적 자존심을 주제로 한 독특한 성격의 장편소설로서 다양한 주제의 확대를 요구받고 있는 북한 문학계의 희망에 잘 부합되는 서사구조라는 점, 디테일을 통한 총체성을 확보함으로써 작품의 철학성을 담보받고 있는 특성, 대립갈등구조를 다루되, 부정인물들의 착취적 양상을 창조함으로써 북한문단이 주문하고 있는 착취사회의 모순과 불합리성을 잘 묘사한 작품의 등장에 부합하고 있는 특성 등이 구체적으로 나타나고 있다.

결론적으로 『서곡』의 북한문학사에서의 가치는 최근 조총련 조직의 와해와 이탈의 가속화 등 북한식 정치이념 교육의 한계가 부각되는 현실과 민족교육 정책으로의 방향전환이 모색되는 미묘한 시점에서 조총련계의 새 세대들에게 계급교양 주제 작품으로서의 훌륭한 교과서 역할을 담당할 수 있다는 점에 그 가치를 부여할 수 있겠다.

제5부 사회주의 건설 주제의 북한문학

북한소설『평양시간』연구

북한소설 『평양시간』 연구

Ⅰ. 머리말

　『평양시간』은 1976년 북한 평양에서 발행된 소설로 최학수의 작품이다. 『평양시간』은 북한에서 사회주의 건설을 기치로 천리마운동이 한창 벌어지던 1957년부터 1958년을 시대적 배경으로 하여 제대군인 8만 명이 평양시의 2만 세대 조립식아파트 건설에 투입되던 역사적 사건을 사실적으로 다룬 장편소설이다. 이 소설은 소위 이시기에 '평양속도'라고 북한의 현대역사책에서 기록되게 되는 천리마운동인 '속도전'을 서사화함으로써 북한사회를 이해하는 데 아주 중요한 작품 중의 하나이다. '평양속도'란 7천 세대분의 자금과 자재로 2만 세대분의 아파트를 건설한다는 것으로 애초에는 25분마다 한 세대분의 주택을 짓는다는 목표를 세웠으나 결국에는 16분에 한 세대분의 주택을 건설하였다는 조립식건설의 경제성과 효율성의 증산정책을 상징하는 용어이다. 이 소설의 북한문학사에서의 위상과 가치는 말할 것도 없이 오늘날 북한 발전의 상징이라고 선전되고 있는 수도인 평양의 현대식으로 변모된 모습을 서사화함으로써 북한 사회주의 건설의 꿈과 희망을 심어주었다는 점에서 찾을 수 있겠다.

이 작품은 제대군인인 리상철(북한식 표현)을 주인공으로 그의 인민군 동료인 박수진과 손월석 그리고 그의 사실상의 연인이 되는 안오월(그녀의 오빠 안종한이 어릴 때 친구임) 등이 펼치는 정력적인 조립식 주택건설 사업을 주로 다룬다. 또 한 축으로는 상철의 매부인 주택건설의 설계자인 인테리 문화린의 인간적 과오와 갱생을 통한 재기의 드라마틱한 이야기가 펼쳐진다.

『평양시간』이 특별한 의미를 지니는 것은 이 소설이 북한에서 김정일에 의한 세대교체의미를 지니는 〈3대혁명 소조운동〉 시기에 창작되었다는 점이다. 작품에 등장하는 시대적 배경은 50년대 말의 천리마운동 시기이지만, 작가의 뇌리에는 사상혁명·기술혁명·문화혁명의 3대혁명의 실천과 대중화 시도라는 창작 당대의 시대정신을 반영하지 않을 수 없었을 것으로 보인다.

장편소설 『평양시간』을 정밀하게 분석하여 작품에 나타난 1950년대 말의 북한의 사회현실과 북한의 초기 사회주의 건설 시기의 민중들의 생활상 그리고 작품의 미적 가치 등에 대해 살펴보기로 한다.

II. 북한의 천리마운동의 본질과 추진양상

최학수의 『평양시간』은 김일성으로부터 최대의 찬사를 받은 작품으로 북한문학사나 문예이론서에서 좋은 작품의 예로 자주 등장하는 작품이다. 이 작품이 그렇게 높은 평가를 받은 이유는 6·25 한국전쟁이 끝난 후 폐허상태의 북한을 새롭게 재건하기 위해서는 사회주의 건설을 촉진시키기 위한 혁명적 군중동원이 필요하였는데, 이 작품은 그러한 군중동원에 의한 사회주의 건설의 성공적 사례를 사실적으로 묘사하고 있기 때문이다.

북한의 문예이론서에서는『평양시간』을 1950년대 후반부터의 사회주의 건설시기를 혁명적 수령관에 바탕하여 가장 잘 묘사한 '시대의 걸작'으로 다음과 같이 평가하고 있다.

> 위대한 수령 김일성동지께서 높이 평가하여 주신 장편소설들인 《평양시간》, 《새봄》, 《생명수》, 《녀당원》, 《빈터우에서》, 《철의 신념》, 《뜨거운 심장》, 《붉은 기》, 《첫 기슭에서》를 비롯하여 많은 장편소설들이 바로 친애하는 지도자 동지께서 지니신 수령님에 대한 끝없는 충성과 지극한 효성에 의하여 시대의 걸작으로 창작되었다.[1]

이렇게『평양시간』은 김일성으로부터 높은 평가를 받은 까닭에 북한 문학사에서 크게 다루어지고 있는 작품이다. 북한의『조선문학사』도 "작가는 사회주의 현실주제를 다루면서도 제재의 특성에 맞게 주인공 리상철, 문화린, 이들과 건설사업소 지배인 림도식과의 갈등관계를 전면에 끌어내고 성격과 생활의 논리에 맞게 예리화함으로써『평양시간』이 창조된 영웅적 현실을 진실하게 재현하며 인물성격들을 뚜렷이 부각하고 생활의 의의를 응당한 높이에서 강조하였다"[2]라고 높은 점수를 주고 있다.

---

1) 최길상,『주체문학의 새 경지』, 평양, 문예출판사, 1991, 88쪽.
2) 천재규,『조선문학사』14, 평양, 사회과학출판사, 1996, 95-96쪽.

그러면 김일성은 최학수의 『평양시간』을 왜 그렇게 높이 평가하였을까? 그것은 아무래도 전후 재건복구사업에서는 혁명적 군중동원이 가장 긴요했는데, 이 작품이 그러한 운동을 앙양하고 있기 때문이다. 김일성은 1960년 11월 27일 작가·작곡가·영화부문 일꾼들과 한 담화에서 《천리마시대에 맞는 문학예술을 창조하자》라고 역설하였다. 특히 소설과 영화예술 등에서 근로자들 속에서 나온 영웅들, 천리마 기수들의 보람 있는 생활과 투쟁모습을 잘 그리는 것이 필요하며, 그런 영화를 하나라도 잘 만들어내면, 그것은 근로자들을 크게 고무할 것이며 수천수만의 새로운 인간들을 교양해내는 힘 있는 무기가 될 것이라고 강조하였다.

> 우리의 문학과 예술은 응당 천리마의 기세로 내달리고 있는 우리 인민의 이 위대한 창조적 생활을 힘있게 형상화하여야 할 것입니다. 우리의 문학과 예술은 천리마시대 사람들의 보람찬 생활과 영웅적 투쟁모습을 그려야 하며 그들의 희망과 념원을 뚜렷이 나타내야 할 것입니다.(『김일성저작집』 14권, 445쪽에서)[3]

『평양시간』은 김일성이 앞에서 언급한 담화내용에 변희근의 『생명수』(1978)와 더불어 가장 잘 부합하는 작품이다.

그러면 천리마운동이란 어떠한 개념의 운동이며 그것의 본질적 의미는 무엇인가? 천리마란 하루에 천리씩 달리는 말이라는 뜻이다. 이것은 우리의 오랜 조상 때부터 빨리 달린다는 상징적 술어로써 쓰여왔다. 천리마운동이란 이런 천리마를 탄 기세로 빨리 달려나가려는 북한 인민들의 전진운동을 표현한 것[4]이다. 즉 천리마운동이란 북한의 김일성과 조선노동당의 주위에 굳게 뭉친 민중계층들이 높은 열의와 창조적 지혜를

---

3) 사회과학원 주체문학연구소 편, 『문학예술사전』 하권, 평양, 과학백과사전출판사, 1993, 46-47쪽.

발휘하여 사회주의 건설을 최대한도로 앞당겨 나가는 혁명적 운동을 의미하는 북한식 군중노선을 뜻하는 말이다.

북한에서 천리마운동이 시작된 발단은 1956년 4월에 있었던 조선노동당 제 3차대회에서 5개년 계획의 기본과업을 제시한 것과 연관된다. 1957년부터 시작되는 5개년 계획기간에는 농업협동화와 개인상공업의 사회주의적 개조를 완성하며 사회주의적 공업화의 기초를 닦고 인민들의 먹고 입고 쓰고 사는 문제를 기본적으로 풀 것에 대한 비전이 제시되어 있었다. 하지만 이러한 5개년 계획을 둘러싸고 노동당 안에 권력투쟁이 벌어졌다. 그것이 유명한 최창익을 위시한 반당반혁명종파분자들에 의한 반당반혁명적 음모책동이라고 북한현대사는 규정하고 있다. 이러한 음모는 1956년 8월에 열린 조선노동당 중앙위원회 전원회의에서 폭로 분쇄되었으나 그 잔당들이 남아서 준동하고 있었다[5]는 것이다. 그래서 이들과 투쟁을 하면서 5개년 계획의 방대한 과업을 수행해 나가야 하는 힘든 당면과제가 주어졌던 것이다.

또한 전쟁의 피해가 가장 심했던 전력 · 화학 공업과 같은 기간적인 중공업부문에는 전쟁의 상처가 많이 남아 있었다. 3개년 계획기간에 방대한 규모의 공업건설이 진행되었으나 알곡생산과 작물생산 분야에서 아직 인민경제적 수요를 충족시키지는 못하고 있었다. 소비품의 생산이 크게 모자랐고 주택의 보급도 수요를 따라갈 수 없었다.

그리하여 김일성은 이 시기에 조성된 난국을 뚫고 사회주의 혁명과 건설을 계속 빠른 속도로 밀고 나가기 위해 특단의 조치가 필요함을 절실하게 느끼게 되었다. 따라서 1956년 12월에 열린 조선노동당 중앙위원회 전원회의에서 5개년 계획의 첫해인 1957년도 인민경제계획 과제들

---

4) 사회과학원 역사연구소(김한길), 『현대조선역사』, 서울, 일송정, 1988, 369쪽.
5) 사회과학원 역사연구소(김한길), 위의 책, 365쪽.

과 사회주의 건설이 대고조를 불러일으키기 위한 구체적인 방도들을 토의하였다. 전원회의에서는 1957년 공업생산을 생산액을 기준으로 1956년에 비해 21% 더 높일 것을 결의[6]하였다. 그리고 인민경제발전과 인민생활의 절박한 수요를 빨리 충족하기 위해서 더 많은 생산을 낼 것이 요구되었다. 그 결과 전원회의는 강재(강철)와 일용품들 그리고 알곡에 대한 계획 외의 증산과제를 내놓고 그 수행을 근로자들에게 호소하였다.

김일성은 5개년 계획의 첫 해 과업을 완수하기 위해서는 내부예비를 백방으로 동원하여 설비이용률을 높이는 것이 절실하게 필요함을 느끼고 '증산하고 절약하여 5개년 계획을 기한전에 넘쳐 완수하자'는 전투적 구호를 제시하였다. 전원회의가 있은 다음 김일성은 당과 정부의 지도간부들을 전국 각지의 중요 공장과 농촌에 파견하고 몸소 강선제강소에 나갔다. 강선제강소의 노동자계급 앞에서 김일성은 나라 형편의 어려움을 토로하고 강재를 계획보다 1만 톤 더 생산하여 주면 나라가 허리를 펴겠다고 하면서 증산운동에 힘차게 나가줄 것[7]을 호소하였다. 강선의 노동계급은 김일성의 교시에 따라 생산 혁신을 일으킬 불같은 결의를 다지고 최대한의 증산과 절약 투쟁에 천리마의 기세로 나갈 것을 다짐한다. 그리하여 강선제강소의 천리마의 봉화는 전국으로 퍼져나가게 된다.

북한의 현대사는 천리마운동을 전후 시기에 이루어진 위대한 사회적 변혁과 물질적 및 정신적 역량에 기초하여 일어난 합법칙적 현상이라고 설명하고 있다. 즉 사회주의 건설과 자립적 민족경제 토대의 축성이 천리마운동이 일어날 수 있는 사회경제적 및 물질적 조건으로 되었다[8]고 설명한다.

---

6) 사회과학원 역사연구소(김한길), 위의 책, 366쪽.
7) 사회과학원 역사연구소(김한길), 위의 책, 같은 쪽.
8) 사회과학원 역사연구소(김한길), 위의 책, 376쪽.

천리마운동은 경제·문화건설에서의 집단적 혁신과 근로자들을 교양 개조하는 사업을 유기적으로 결합시킨 공산주의적 진군운동이라고 그 본질을 설명하고 있는 것이다. 한마디로 천리마운동은 모든 사람들을 교양 개조하여 주체사상과 집단주의 정신, 자력갱생의 혁명적 원칙과 백전불굴의 투쟁정신으로 튼튼히 무장한 진정한 공산주의적 인간으로 키워나가는 것을 제 1차적 가업으로 내세우고 근로자들을 대중적 영웅주의와 집단적 혁신으로 불러일으켜 경제와 문화건설을 힘있게 밀고 나가는 운동[9]이라는 것이다.

천리마운동의 기본과업은 사상·기술·문화의 혁신운동으로 요약된다. 이것이 이른바 3대혁명이라는 것으로, 첫째는 사람과의 사업을 잘하는 것(사상), 둘째는 설비·자재와의 사업을 잘하는 것(기술), 셋째는 책과의 사업을 잘하는 것(문화)으로 묘사하고 있다. 이 운동은 긍정적인 측면도 많았지만, 부작용도 많았다. 그리하여 1970년대에 이르면 퇴색되기 시작[10]한다. 1970년 11월에는 제 5차 당대회에서 사상·기술·문화의 3대혁명을 완수하기 위해 새롭게 3대혁명 붉은기 쟁취운동[11]을 마련한다. 김정일이 주도하는 세대교체의 혁명사업으로 사실상 이름만 바뀌게 된 것이다.

최학수의『평양시간』은 이러한 1950년대 말에 북한에서 일어난 천리마운동을 배경으로 전후의 폐허상태의 평양시를 개조하기 위해 주택건설사업을 혁명적으로 추진해 나가는 노동자들의 투쟁과정을 사실적으로 묘사한 작품이라는 데에서 북한문학사에서 그 의의가 크다고 할 수 있다.

---

9) 사회과학원 역사연구소(김한길), 위의 책, 369쪽.
10) 고태우,『북한사 100장면』, 가람기획, 1996, 160-161쪽.
11) 고태우, 위의 책, 161쪽.

Ⅲ. 사회주의적 대개조와 평양속도의 역사적 위상

북한은 천리마운동에 힘입어 5개년 계획의 첫 해 과업을 초과 수행한 후에 인민경제의 전진속도를 더욱 높여 나가게 된다. 1958년 생산관계의 사회주의적 개조가 완성된 다음 기술적 개조를 다그치게 된 것은 인민경제의 모든 분야에서 전진속도를 높여나가기 위한 절박한 과업과 관련이 있다. 인민경제의 기술적 개조를 위해서는 무엇보다도 금속공업과 기계공업을 빨리 발전시켜야 하였으며 농촌경리의 기술적 개조에서는 우선 수리화를 실현하는 것이 절박한 요구[12]로 되었다.

김일성은 1958년 9월 조선노동당 중앙위원회 전원회의에서 금속공업과 기계공업의 발전을 결정적으로 추진하기 위한 과업과 가까운 연간에 수리화를 기본적으로 끝내는 데 대한 과업을 내세웠으며 '철과 기계는 공업의 왕이다!', '모든 힘을 100만 정보의 관개면적 확장으로!' 라는 구호를 제시하였다. 전원회의에서는 온갖 보수주의와 소극성을 극복하고 천리마대진군을 다그쳐 사회주의 건설에서 일대 혁명적 고조를 일으킬 것을 호소하여 전체당원들에게 소위 붉은 편지를 보냈다.[13]

그 결과 덕천 기계공장의 노동계급은 트랙터와 자동차 생산에 달라붙어 기술혁신을 도모하였고, 자력갱생의 혁명정신을 발휘하여 생산에 착수한 지 30일 만에 트랙터를, 40일 동안에 자동차를 만들어내었다. 또 낙원기계공장과 북중기계공장 그리고 용성기계공장의 노동계급들은 광석, 석탄을 자동으로 옮기는 기계, 불도저, 8미터 타닝반을 비롯한 여

---

12) 사회과학원 역사연구소(김한길), 앞의 책, 370쪽.
13) 사회과학원 역사연구소(김한길), 위의 책, 같은 쪽.

러 가지 현대적 기계와 설비를 생산[14]해내었다.

한편 주택건설에서도 일대 혁신이 일어났다. 한 세대의 주택을 14분에 조립하는 기적이 창조되었다. 이것을 북한에서는 소위 '평양속도'라고 부르고 있다.

정무원 총리를 지낸 강성산과 평양시 당 책임비서와 인민위원장을 지낸 정치국 위원 서윤석 그리고 평안남도 도당 책임비서와 인민위원장을 지낸 강희원의 3인 공저인『수령님과 평양』에는 '평양속도'에 대해 다음과 같이 설명하고 있다.

> 1958년에 놀라운 건설속도, 즉 평양속도를 창조했다. 그들은 보수주의와 소극성에서 탈피하여 건축에 조립식 방법을 널리 받아들임으로써 살림집 한 세대를 14분만에 세우는 기적을 이룩하였으며 7천 세대분의 자재와 자금, 노동을 가지고 2만 세대의 살림집을 건설하는 위훈을 떨쳤다.[15]

북한에서는 '평양속도' 외에도 60년대에 '비날론속도'(61. 4. 1-5. 6. 흥남비날론공장 건설과정) 및 '강선속도'(69년 강선제강소), 등 '속도'라는 용어가 사용되었다. 이러한 '속도'란 용어는 1974년 2월 당중앙위원회 제 5기 8차 전원회의(2. 11-13)에서는 '속도전'이란 사회주의 노력경쟁을 위한 공식구호로 바뀌게 되었다. 이 회의에서 "달리는 천리마에 더욱 박차를 가하여 새로운 천리마속도, 새로운 평양속도로 질풍같이 내달아 6개년 계획(71-76년)을 당창건 30주년(1975. 10. 10)까지 조기 완수할 것"을 촉구하였다.

북한은 속도전에 대해 "집단의 전성원들이 혁명적 열정을 높이고 일을 짜고 들어 자기의 모든 예비와 가능성을 집중적으로 동원하며 일단

---

14) 사회과학원 역사연구소(김한길), 위의 책, 371쪽.
15) 고태우, 앞의 책, 162쪽.

시작한 일은 전격전·섬멸전으로 전개, 속도를 높이는 가장 우월한 혁명적 전투원칙"(1974. 2. 18, 노동신문 사설)이라고 설명[16]하고 있다.

이 운동은 1)김일성에 대한 충성심 고취, 2)주체사상과 배치되는 낡은 사상 배격, 3)속도와 질의 동시 향상, 4)전격전·섬멸전 적용, 5)기술혁신운동과 결부, 6)예비의 총동원 등을 내용으로 하며 구체적으로는 '충성의 속도', '70일 속도', '1백일 전투', '2백일 전투', '80년대 속도창조운동', '90년대 속도 창조운동' 등의 형태로 전개[17]되어 왔다.

이러한 사회주의 건설의 대고조와 '평양속도'는 『평양시간』에서는 작품의 대단원에 해당하는 '끝맺을 수 없는 이야기'란 소항목에서 다음과 같이 높은 역사적 위상을 과시하면서 제시되고 있다.

> 도시와 농촌에서 사회주의적 개조 완성의 기발을 날린 이 해(1958), 철과 기계가 공업의 왕으로 군림한 이 해, 단꺼번에 1천여 개의 지방산업공장들이 우후죽순 마냥 솟아난 이 해, 단꺼번에 37만 여정보의 관개면적이 불어나고 산속에 바다들이 생겨나고 수많은 중소형발전소들이 심심산골 마을에까지 전기를 보내고 랭상모의 전면적 도입으로 벼농사에서 혁명이 일어난 이 해, 동방에서 처음으로 전반적 중등의무 교육제가 실시된 이 해가 저물어가고 있었다.
>
> 우리 나라에서 첫 엑스까와똘이 태여나고 첫 뜨락또르가 태여나고 첫 화물자동차가 태여나고 첫 불도젤이 태여난 이 해!
>
> 한 시간 남들의 열시간, 백시간, 천 시간 맞잡이로 여기는 우리의 평양시간에 맞추어 세월을 주름잡아 빨리도 멀리도 내달아온 1958년!
>
> 저물어가는 이 해의 황혼이 어찌 어름답지 않으랴?
>
> 이 황혼에 가장 찬란한 광채를 뿌린 것은 평양건설이었다.
>
> 1958년 12월 15일, 드디어 2만 세대 주택 건설은 넘쳐 완공되었다. 2만 839세대를 마감지은 것이다. 10만 이상의 수도시민들이 현대적 주택들에 들어갔다.[18]

---

16) 연합뉴스 민족뉴스 취재본부, 『북한용어 400선집』, 연합뉴스, 1999, 142쪽.
17) 연합뉴스 민족뉴스 취재본부, 위의 책, 143쪽.

Ⅳ. 장편 『평양시간』의 의미구조 분석

앞서 언급한 바와 마찬가지로 평양신시가지 건설과 새로운 살림집 건설을 통해 평양을 현대적인 모습으로 변모시키기 위한 북한당국의 노력은 가히 혁명적이라고 할 수 있을 정도였다. 특히 평양 보통벌을 개간하여 새로운 아파트를 조성하는 과업은 매우 긴요하고 시급한 과제였다. 이러한 과업의 수행을 문학적으로 형상화하여 북한식 사회주의 건설의 역사적 의미를 강화하는 것은 북한 최고지도부의 희망이었던 것이다. 김정일은 이러한 예술적 형상화작업에 대한 기본방침을 정하고 지침을 내렸다. 이렇게 하여 창작된 것이 최학수의 장편소설『평양시간』이다.

이러한 창작배경에 대한 설명은 북한의 문학이론서에 다음과 같이 구체적으로 나타나고 있다.

> 위대한 수령 김일성 동지께서 1969년 12월 당중앙위원회 제 4기 제 20차 전원회의 확대회의에서 공장건설에 대해서 뿐 아니라 도시건설에 대해서도 소설을 쓸 것이 많다고 하시면서 평양시 보통벌이 건설된 것만 가지고도 얼마든지 좋은 작품을 쓸 수 있다고 하신 교시를 높이 받드시고 친애하는 지도자동지께서는 이 생활을 반영한 장편소설《평양시간》을 높은 사상예술적 수준에서 창작완성하도록 명확한 리론실천적 방도를 제시해주시였다.[19]

이러한 배경을 지니고 있는『평양시간』은 변희근의『생명수』와 더불어 북한의 주체문예이론서에 단골메뉴로 등장하면서 그 역사적 의미와

---

18) 최학수,『평양시간』, 평양, 문예출판사, 1976, 397-398쪽.
19) 최길상,『주체문학의 새 경지』, 평양, 문예출판사, 1991, 91쪽.

문학적 가치가 높이 평가되고 있다. 『생명수』는 1960년대부터 북한이 심혈을 기울이며 역점을 두었던 사업인 '자연개조계획'의 실천을 예술적으로 형상화한 작품이다. 홍수로 큰 피해를 보기만 했던 봉산벌 농민들의 빗물을 받아 농사를 짓는 전근대적 영농방법의 혁신을 위해 전개하게 된 어지돈 관개공사의 성공을 미화시킨 장편소설이다.

『평양시간』은 『생명수』와 함께 북한의 사회주의건설의 주제를 사실적으로 가장 잘 형상화한 작품이라는 데서 높은 평가를 받고 있다. 이 소설은 1)주체문예이론을 잘 활용한 작품이다 2)노동계급과 기술자들의 영웅적 위훈을 폭넓은 생활화폭 속에 담은 작품이다 3)우리 시대의 전진운동의 본질과 주체적 의미를 잘 살린 작품이다 4)인민들의 신념과 의지, 지향을 예술적으로 잘 일반화한 작품이다 5)자주적인 인간과 혁명적 수령관을 핵으로 하는 혁명적 인생관을 가진 새로운 시대전형을 잘 창조했다 등의 근거로 좋은 장편소설작품의 실제예문으로 자주 인용되고 있다.

> 장편소설 《평양시간》의 주인공 상철이 그러했으며 장편소설 《탄생하는 계절》의 주인공 연이가 그러하였다.
> 이 작품들의 사상미학적 감화력은 주인공들이 실천투쟁과정을 통하여 자기들의 결함과 부족점을 극복해나가는데 있었으며 인간과 생활을 단순화하지 않고 그 모든 다양성과 풍부성 속에서 그리고 있는 것과 깊이 련관되었다.
> 친애하는 지도자 김정일동지께서는 자주적인 인간, 주체형의 혁명가의 전형창조를 인간학의 가장 중요한 요구로 제시하시고 그것을 예술적으로 실현하는데서 나서는 리론실천적인 문제들에 전면적인 해답을 주심으로써 우리 소설문학을 주체의 참다운 인간학으로 발전시키는데서 참으로 귀중한 업적을 이룩하시였다.[20]

---

20) 오승련, 『주체소설문학 건설』, 평양, 문예출판사, 1994.

1. '평양속도' 창조의 노력영웅

이와 같이 북한문예이론서에서 좋은 평가를 받고 있는『평양시간』의 작품구조 속에 내재된 의미를 지금부터 본격적으로 분석해 보기로 한다.『평양시간』이 북한문학사에서 높은 평가를 받고 있는 이유는 뭐니뭐니해도 주인공 이상철의 창조정신과 저돌적인 개척정신이 아닌가 생각된다. 이상철은 어린 시절의 가난과 굶주림을 떠올리고는 "집! 지금 긴요하고 절실한 것은 집이다!"라고 소리친다. 이상철은 어린 시절 보통강변의 빈민가의 초막집과 토성란의 움집을 생각하고는 억장이 내려앉는 것을 느낀다. 그가 그렇게도 마음이 아픈 것은 동생 이상운을 병마로 잃었기 때문이다. 가난에 찌들리며 깨끗하지 못하고 누추한 삶을 살 수밖에 없었던 상철의 어린시절은 악몽 같은 나날이었던 것이다. 그뿐만 아니라 얼마 지나지 않아 들이닥친 홍수의 수마는 등에 동생 상필을 엎고 있던 누나 상숙을 덮쳤던 것이다. 이렇게 상철에게 보통강변은 고통스런 추억일 수밖에 없었던 것이다. 그리하여 상철은 이러한 삶을 바꾸기 위해서는 사회주의 건설에 앞장서는 길밖에 없음을 깨닫게 된다. 마침 그 당시 북한 당국에서도 6·25 한국전쟁의 폐허 속에서 새로운 세계를 펼쳐나가기 위해 대대적인 건설사업을 추진하기로 방침을 정하고 제대군인 8만 명을 동시에 전역시키는 파격적인 조치를 취하였던 것이다. 인민군에서 분대장을 지냈던 리상철은 분대원이었던 박상진과 함께 기차를 타고 고향을 향하게 된다. 맨 처음 노동초대소에서 기계공장에 배치된 리상철은 동료인 박상진과 상의하고 건설현장으로 옮겨 줄 것을 요구하게 된다.

상철과 수진은 무기능공이므로 벽돌운반의 단순 직책을 부여받지만 그들은 불만을 전혀 제기하지 않고 자신의 직분에 충실하게 응하게 된다. 매사에 리상철은 적극적으로 매달리는 자주적인 주체형의 인간전형에 해당한다고 할 수 있다.

예를 들면, 리상철은 작업시간에 나오지 않고 방수포를 둘러쓰고 자고 있는 채만집을 깨운다. 그는 제대군인이 분명하였기 때문에 못 본 척하고 자리를 뜰 수가 없었던 것이다. 두 사람이 성난 목소리로 싸우고 있자 기중기양성소에 간 뒤 처음으로 건설장에 나타난 안오월과 박상진이 달려와서 싸움을 말린다. 그러나 "우리끼리 남겨주! 별일 없을테니"라는 성철의 말에 다른 사람들은 뒤로 물러나간다. 결국 리상철은 당중앙위원회 청사에서 김일성으로부터 직접 귀중한 가르침을 받고 온 매부 문화린으로부터 들은 이야기를 전하면서 채만집을 설득하기 시작한다. 리상철은 채만집에게 "그이께서는 전선에서 피흘리며 싸우다 돌아온 제대군인들에게 좋은 집에서 살림을 시켜주어야 하겠으나 그렇게 되지 못한다고 못내 심려하시면서 이들의 최고사령관이시였던 자신께서 어제날의 충실한 전사들에게 좋은 집을 주지 못해서야 되겠느냐고 하셨소……"라고 말하면서 그의 분발을 촉구한다.

자주적인 인간, 주체형의 인간은 아름답고 숭고한 리상을 체현하고 있는 인간의 본보기이다. 그것은 무엇보다도 이들이 영생불멸의 위대한 주체사상을 확고한 세계관으로 삼고 그 실현을 위하여 모든 것을 다바쳐 싸우는 참다운 인간들이기 때문이다. 사람의 가치는 돈이나 물질에 의하여서가 아니라 사상에 의하여 평가되며 사람은 사상의식을 가지고 있음으로 하여 가장 아름답고 존엄있는 존재로 된다. ……… 주체의 혁명적 세계관에서 핵으로 되는 것은 수령에 대한 끝없는 충성이다. 수령은 사람들에게 가장 고귀한 정치적 생명을 안겨주고 그것을 끊임없이 빛내여갈 수 있도록 보살펴주고 사람들이 참답고 보람찬 삶을 누리도록 손잡아 이끌어준다. …… 주체형의 혁명가들은 한마디로 우리 시대의 참다운 혁명가들은 물론 공산주의 사회에 가서 살게 될 사람들이 지녀야 할 사상과 리론, 정신도덕적 풍모와 활동방식을 지닌 사람들이며 이 모든 사상정신적 특질로 하여 우리 시대 문학예술의 주인공으로 된다.[21]

주인공 이상철은 주체문예이론에서 언급하는 자주적인 주체적 인간 전형에 해당한다. 즉 주인공 이상철은 '평양속도' 창조에 앞장서는 노력영웅인 것이다. 그는 나태한 동료까지 설득해가면서 살림집건설에 앞장선다. 거기에 머물지 않고 상철은 건설혁신에 이바지할 '구멍난 벽돌'을 고안해내기도 한다. 부모가 이미 잠이 든 사이에 상철은 밤새 구멍난 벽돌을 구어 보는 실험을 한다. 그리고 아파트 천장높이를 3m에서 2m 40cm로 낮추어 경제성 있는 새형의 조립식주택 설계의 지침으로 삼기 위해 밤새 골몰하다가 처가에 방금 온 매부 문화린에게 그 모형을 보여준다.

그가 제시한 것은 절약적인 부재를 만들어 도입함으로써 새형의 주택건설을 촉진시키기 위한 방안의 연구인 것이다. 이렇게 북한문학에서는 새 시대의 주체형 인간은 창발성이 있는 인물로 묘사되고 있는 것이다. 장편소설『평양시간』에서 문화린은 기쁨에 넘쳐 확신 있게 "참 훌륭한 착안을 했소!"라고 말하면서 팔소매를 거두고 처남과 함께 구멍벽돌을 굽고 강도실험을 하기에 날 밝을 줄 모르게 된다.

《마침 잘 왔습니다. 이걸 좀 봐주십시오.》
밤중에 부모 모르게 부엌아궁과 가마후렁을 손질하는줄 알았던 상철이가 4각립방체 모양의 딴딴하고 검붉은 물건을 불쑥 내밀었다. 진흙으로 빚어 탄불에 구운것인데 여러개의 길죽한 구멍이 나있었다.
《이게 뭐요?》

---

21) 오승련, 위의 책, 175-176쪽.

《벽돌입니다.》

《이렇게 구멍난 벽돌두 있소?》

상철은 바로 그렇게 구멍난 벽돌을 만들어보느라고 일부러 빚어서 지금 구워보는 중이라는 것이였다. 평양건설에서 일대혁신을 일으킬 데 대한 1월 18일과 20일에 주신 위대한 수령님의 교시를 전달받은 후 그동안 내내 자기는 무엇으로 건설혁신에 이바지할 것인가를 생각해왔던 상철은 마침내 이런 벽돌을 만들 궁리가 났다고, 구멍벽돌을 만들면 쉽게 구울 수 있고 다루기에도 가볍고 같은 량의 진흙을 가지고 더 많은 벽돌을 만들 수 있을 뿐 아니라 외기의 열전도를 낮추므로 여러모로 좋을 것 같더라고 상철은 말하였다.

2. '낡은 것'과의 투쟁―적대적 갈등과 비적대적 갈등

서구문예이론에 바탕하고 있는 남한의 예술이론의 경우 어느 장르인가를 막론하고 갈등을 중심 축으로 삼지 않는 경우가 드물다고 할 수 있다. 특히 소설이나 희곡장르의 경우 갈등의 극대화가 클라이막스의 최정점을 결정하는 관건이 되기도 한다. 하지만 최근의 북한문예이론의 경우 무갈등론이 근간을 이루는 것으로 알려져 있다.

그러나 그것은 잘못 알려져 온 이론이다. 북한의 문예이론에서도 예술적 갈등을 중시하고 있다. 사회현실에는 모순과 대립이 있게 마련이고 그것을 사실적으로 반영하는 사실적인 문학의 경우, 그러한 사회의 긍정적인 요소나 부정적인 요소의 모순을 반영할 수밖에 없다는 입장을 취하고 있다. 김정일 국방위원장은 유명한 『영화예술론』에서 "예술의 갈등은 생활에서 벌어지는 계급투쟁의 반영이다. 생활에서 보게 되는 서로 상반되는 계급적 입장과 사상의 대립과 투쟁이 예술적 갈등의 기초가 된다"[22]고 언급하였다. 문학예술에서 갈등은 어디까지나 인물들의 관계, 인물들 호상간의 대립과 충돌, 투쟁을 반영하는 미학적 개념으로 파악한다. 그래서 문학예술에서 갈등은 계급투쟁의 반영이므로 계급투쟁의 성격에 의하여 갈등의 성격과 특징이 규정되는 것이다. 문학예술 작품의 갈등은 그 성격과 내용에 있어서 그리고 그 형식과 전개방식에 있어서 매우 다양하다는 것이다. 즉 북한의 문예이론서는 사회적 모순의 성격, 혁명 발전단계에 따르는 모순의 변화, 투쟁형식과 방법의 차이는 예술적 갈등을 구체적으로 특징짓는다고 설명하고 있다.

아울러 북한의 문예이론서는 갈등의 종류를 크게 두 가지로 세분하고 있다. 그 하나는 적대적 갈등이다. 적대적 갈등은 착취계급이 존재할 경우에 발생하게 된다. 따라서 착취사회 현실을 반영한 작품들과 자주성을 실현하기 위한 인민들의 투쟁을 그린 문학예술 작품들은 착취계급과 피착취계급, 지배계급과 피지배계급 사이의 모순과 대립, 투쟁을 반영한 적대적 갈등을 기본으로 하여 구성되었으며 적대적 갈등이 형성창조의 중요한 수단이 되고 있다는 것이다. 해방 후 북한사회에서 과연 착취계급은 존재하고 있는가? 북한이론서들은 사회주의 사회는 착취계급을 계급으로서 완전히 청산한 사회로 보고 있다. 그러나 이 사회에도 전복된 착취계급의 잔여분자들이 남아 있고 사회주의 제도를 반대하는 내외의 원수들의 파괴암해책동이 계속되며 따라서 놈들을 반대하는 계급투쟁이 진행되지 않을 수 없다[23]고 역설하고 있다. 사회주의 상회에서도 외래 제국주의자들의 침략책동을 반대하는 투쟁이 계속되어야 한다는 입장이다.

그러나 북한사회에서 적대적 갈등은 그렇게 흔한 것은 아니다. 북한같이 폐쇄적인 사회에서 소위 미제국주의자들의 침투와 파괴공작이 가능할 것인가 ? 따라서 대개의 경우 비적대적 갈등을 묘사하는 작품들이

---

22) 김정웅, 『주체적 문예리론의 기본』 2, 평양, 문예출판사, 1992, 230쪽.
23) 김정웅, 위의 책, 235쪽.

304

많다. 그러면 '비적대적 갈등'이란 무엇인가? 적대적 갈등과 달리 사상적 지향의 공통성, 목적과 이해관계의 공통성을 가진 사람들 사이의 호상관계를 반영하는 예술적 갈등은 상용적 비적대적 성격을 띠지 않을 수 없다[24]라고 개념정의를 내리고 있다. 착취사회가 남겨놓은 낡은 사상잔재와 낙후된 생활인습은 매우 집요하며 그것은 오직 장기적이고 꾸준한 투쟁을 통하여서만 완전히 극복될 수 있다는 것이다. 즉 사회주의 현실과 이 사회에서의 근로자들의 생활을 그리는 문학예술작품에서는 비적대적 갈등이 갈등의 기본형태로 되고 있다고 천명하고 있다.

『평양시간』에서는 적대적 갈등과 비적대적 갈등의 유형으로 크게 세 가지를 들고 있다. 첫째, 반혁명분자들과 반동분자들의 작간이라고 단정짓고 있으며 그것을 분쇄하기 위해 정치투쟁과 계급투쟁을 병행해야 한다고 역설하고 있다.

『평양시간』에서 건설사업소 당위원장 탁준범은 이상철 등에게 청년조립조를 조직하자고 제안한다. 그리하여 이상철이 청년조립조장을 맡아 조립식 살림집을 목표시간보다 조기에 완공하기 위해 헌신적인 노력을 기울인다. 특히 문화린이 새로운 형의 조립식 주택설계를 해오자 탁준범은 그것을 새로 조직된 청년조립조를 주동으로 삼아 제2종합작업반에 맡기자고 제안한다. 청년조립조는 김일성의 교시를 관철하기 위해 층막부재를 절약하는 방안으로 구멍벽돌에서 착상을 받아 다공판으로 하여 시공을 하기로 의견을 모은다. 또 이상철은 헛부재운반을 규격별 부호별로 규모있게 정리하여 공정을 앞당기는 실험을 전개하여 성공을 거둔다.

그러나 평양신문 기자가 취재를 나온 시간에 엄청난 사고가 발생한

---

24) 김정웅, 위의 책, 242-243쪽.

다. 갑자기 조립되어 있던 다공판 층막부재가 복도쪽 머리를 수그리면서 떨어져 내려앉은 것이다. 그와 함께 그 위에 올려 놓여져 있던 조립하지 않은 두 장의 층막이 같이 미끄러져 내리면서 기울거리던 벽체 밑둥을 힘껏 받은 것이다. 그 결과 온 아파트가 허물어질 듯이 쾅 와르르 울리면서 무너져 내려버린다.

마침 사고현장을 시찰하러 온 김일성과 국가건설위원회와 내각의 간부들은 청년조립조장 이상철 등을 불러 사고경위에 대해 의견을 청취하게 된다. 그러자 청년조립공들인 채만집과 선우호섭 등은 벽체조립이 수직상태를 보장하지 못하게 된 원인으로 '나쁜 놈의 작간이라고 봅니다' 라는 다소 엉뚱한 이유를 댄다. 그 근거로 비 오는 날 시멘트 창고 뒤로 돌아가본 한 청년조립공이 금방 파놓은 도랑의 물이 창고 안에 흘러들도록 터쳐놓은 것을 목격했다고 보고한다. 또 하나 언젠가 청년조립공의 한 사람이 전기줄이 합선된 것을 보고 떼놓았는데 자칫 잘못했더라면 기중기운전공이 감전되어 생명을 잃었을 것이라고 증언했다는 것이다. 이러한 현상은 반혁명분자들과 반동분자들의 작간이며 낡은 것과의 투쟁에서 가장 먼저 척결해야 할 과제라고 다음과 같이 성토를 한다. 이러한 갈등은 '적대적 갈등' 에 해당된다고 하겠다.

　수령님께서는 드디어 확신할 수 있는 결론을 얻으신 듯 천천히 돌아서시여 그이를 모시고 온 일군들에게로 향하시였다.
　《보시오, 동무들, 여기 노동자동무들이 우리와 꼭같은 견해를 가지고 있습니다. 내 생각과 꼭같습니다. 이 동무들의 눈이 밝습니다. 내 생각에는 이 사고에 우리의 건설을 저해하고 말아 먹으려는 반혁명분자들과 반동분자들의 작간이 숨어 있다고 봅니다. 의식적인 파괴암해행위가 감행되고 있습니다. 적들은 이 집을 무너뜨림으로써 앞으로 이와 같은 경제성있는 조립식 주택을 못짓게 하구 2만세대를 못짓게 하자는 것입니다. 그렇게 해서 건설분야에서의 승리적 전진을 가로막아 보자는 것입니다. 동무들이 이것을 똑똑히 알아야 합니다. 건설은 커다란 정치투쟁이며 심각한 계급투쟁입니다. 계급적 원쑤들은 우리가 건설분야에서 혁명을 일으키는 것을 좋아하지 않으며 우리 인민들이 모두 좋은 집에서 살게 되는 것을 바라지 않습니다. 조선이 백년이 걸려도 다시 일떠서지 못하리라고 떠벌인 미제침략자들과 남반부의 반동들과 전복된 착취계급잔여분자들은 우리가 빨리 일어나고 잘 살게 되는 것이 배아파서 저따위 놀음을 합니다……. 〉[25]

둘째, 보신주의와 관료주의의 폐단을 지적하고 있다. 『평양시간』에서 주인공 이상철 못지 않게 비중 있는 인물로 등장하는 사람이 바로 매부 문화린이다. 그는 도시건설의 모든 설계를 책임지고 있는 능력 있는 인텔리로 나온다. 북한의 이론서에서 인텔리는 "주로 자기의 지식과 기술을 가지고 이런 또는 저런 계급에게 복무합니다"라고 그 본질적 특성에 대해 개념정의를 내리고 있다. 하지만 자본주의의 인텔리같이 누구에게나 복무하는 인물인 인텔리는 사회주의 국가인 북한에서는 필요없다고 주장하고 있다. 그리하여 우리는 오직 우리 혁명위업의 승리를 위하여 자기의 지식과 기술을 다 바쳐 복무할 줄 아는 그러한 혁명적인 인텔리를 걸러내야 한다[26]고 강조하고 있다. 동요성은 착취사회의 인텔리에게 있는 고유한 성질이라고 말하면서 인텔리들은 소심성, 보신주의, 공명심과 출세주의, 교만성, 자고자대하며 우쭐렁거리는 성질 등이 있다[27]고 비판하고 있다.

이러한 이론에 대입해 볼 때 문화린은 대표적인 주체의 인텔리 즉 혁명적 인텔리에 해당하며 림도식은 전형적인 착취사회의 인텔리의 성질을 가지고 있는 부정적인 인물로 묘사되고 있다. 따라서 『평양시간』은

---

25) 최학수, 『평양시간』, 323-324쪽.
26) 신언갑, 『주체의 인테리리론』, 평양, 과학, 백과사전출판사, 1986, 51-52쪽.
27) 신언갑, 위의 책, 56쪽.

이러한 착취사회에서나 존재하는 인텔리와 비적대적 갈등을 펼칠 것을 주문하고 있다. 작품에서 문화린은 적은 건설자금을 가지고 값싸고 쓸모 있는 아담하고 아름답고 튼튼한 집을 많이 건설하자는 취지에서 설계의 표준화·부재의 규격화·시공의 조립화 등을 통해 허식과 낭비를 엄청나게 줄일 방안을 모색하여 아파트 높이도 상당히 낮춘 실험적 설계도면을 밤샘작업을 하여 완성하고 림도식의 건설기업소에 시공을 부탁하러 가져다 준다. 하지만 철저한 보신주의자인 림도식은 시공중에 잘못되면 설계가와 더불어 법적 책임을 지게 될 것을 두려워하며 시공을 꺼려한다.

> 구두에 진창이 묻을세라 진창길을 조심스럽게 골라디디며 다니듯이 림도식은 사회생활에서도 매우 조심스러운 걸음걸이로 살아가고 있었다. 그는 자기의 지위와 처지를 높이는데 조금이나마 저촉되리라 인정되는 것에서는 할 수 있는 껏 멀리 피해가며 몸을 사렸다. 반면에 자기의 지위를 높일 수 있고 《출세》를 도모할 수 있는 기회에 맞다들리면 남들을 밀쳐내면서까지 앞장에 나서려 하였다.
> 림도식의 마음속 깊이 도사리고 있는 탐위욕과 출세욕은 어떠한 것이 자기의 처지를 유리하게 하는가, 또는 불리하게 하는가를 매우 민감하게 판단하게 하였으며 그 판단에 기초하여 정황에 맞는 보호색을 갈아대게 하였다.[28]

문화린은 친구 림도식의 이러한 관료주의와 보신주의의 병폐를 지적하며 자신의 시험적 조립식 아파트건설 설계안을 관철시킨다. 문화린은 평양아파트 건설 사업의 설계도면만이 아니라 김일성을 직접 만나고 보통강 운하 총설계도 초안을 보고하기도 한다. 그전에는 이미 1958년 3월의 당대표자회의가 끝난 후 김일성으로부터 대상산 유적지건설과 식

---

28) 최학수, 『평양시간』, 193-194쪽.

물원과 동물원 건설에 대한 지시를 받는다. 아울러 대동강 유원지 1단계 설계, 모란봉공원 개건 설계, 해방산 공원 설계, 보통강 운하계획 등에 대해서도 교시를 받는다.

셋째, '낡은 것과의 투쟁'의 또 다른 대상으로는 사대주의와 민족 허무주의의 근성을 지적하고 있다. 이러한 투쟁은 비적대적 갈등에 해당한다. 『평양시간』에서 문화린은 원래 구라파건축이론을 배운 인텔리로서 착취사회의 인텔리기질을 가지고 있었던 것으로 묘사된다. 그래서 그의 머리 속에는 건축예술에 대한 유미주의적인 낡은 미학관이 자리잡고 있었다. 애초에 그에게는 조립식 건물이 지나치게 모양이 단순하고 변화가 다양치 못하여 미적 가치가 적다고 생각되었던 것이다. 그러나 문화린은 1958년 10월 중순의 10월 전원회의에서 김일성이 건설부문에서 아직 낡은 것에 매달리고 있다고 비판하면서 당의 결정을 집행하지 않는 자들, 조립식건설을 신비화하는 자들, 낡은 것을 고집하는 보수주의자들을 쓸어버릴 것을 호소하면서 그러한 자들은 스스로 물러나라고 경고하자 자기가 과오를 범해왔음을 깨닫고 뼈저리게 뉘우치게 되었던 것이다.

그러면서도 건설발전의 추세로 보아 기필코 미구에 조립식건설이 진행될 수 있겠는데 조립식건축 설계를 작성해볼가 하는 생각이 언뜻 떠오른 적이 있었다. 어쩌다 문화린의 머리속에 움튼 그 가냘픈 욕망의 싹마저 가뭇없이 무질러버린 것은 사대주의, 민족허무주의 근성과 아울러 건축예술에 대한 유미주의적인 낡은 미학관이었다. ···········(중략)··········· 그러나 문화린이 심한 마음의 고통을 겪는 것은 부끄럽다는 단순한 감정에서가 아니였다. 유미주의적, 형식주의적 낡은 건축미학관보다 몇 갑절 더 무섭고 파멸적인 공명주의의 독소에 중독되어 어느덧 당의 건설정책도, 현실의 절박한 요구도, 혁명의 리익도 배신한 허잡쓰레기로 돼버렸다는 죄악감때문이었다.[29]

3. '평양시간' 창조의 창발성과 개척정신 강조

『평양시간』의 주인공은 이상철이다. 앞서 언급한 바와 마찬가지로 이상철은 주체적인 인간전형으로 노력영웅의 대명사적인 인물이다. 이 작품은 이상철뿐만이 아니라 안오월이나 상철의 부친 이성준옹까지도 새로운 기술개발과 창안품 발명에 앞장서는 것으로 묘사되고 있는 것이 특징이다. 그만큼 북한에서 '평양시간'이라는 속도전은 민족경제의 자력갱생이라는 국가적 정책에 부응하는 운동이었던 것이다. 자력갱생을 하려면 최우선적으로 필요한 것이 과학기술의 진전이라고 할 수 있다. 중국이나 소련으로부터 최신기술을 공급받을 수 없게 된 북한은 자체적으로 기술개발에 나설 수밖에 없게 되었다. 그러므로 북한당국은 기술혁명의 기치를 노력영웅을 통해 얻어낼 수 있도록 동원력을 강화하여야만 했다.

상철의 부친 이성준옹은 눈이 먼 장님의 신세임에도 불구하고 아들 이상철이 무엇인가 모형조립 실험을 하기 위해 방바닥에 물을 엎지르는 줄도 모르고 속도를 더욱 높이기 위한 방안 마련에 몰두하고 있는 것이 안쓰러워 자신이 벽체 블록의 조립을 보다 빠르게 하고 기중기의 가동률을 훨씬 높이게 할 수 있는 아주 가치 있는 창안물인 걸대를 제작하여 박수진과 안오월 앞에 꺼내놓았다. 이러한 노력은 다른 건설조립공들을 자극하는 계기가 되었다. 이러한 노력은 바로 '평양속도'를 더욱 빨리 하게 하는 계기가 된 것이다.

---

29) 최학수,『평양시간』, 53-54쪽.

상철은 아버지의 착상을 자기의 구상과 합쳐 매우 간편하고 능률적인 걸대를 만들었다. 아버지가 생각한 걸대에는 지지대가 붙지 않아 견고치 못하고 조립에 편차를 가져올 수 있었던 것이다. 조립공들 속에서는 속도를 높이기 위한 새로운 발기와 창의안들이 련이어 나왔다. 우물정자형 받침대를 수직수평을 맞추는데 리용하여 물조기둥개당 조립시간을 10분 안팎으로 줄인 새 방법도 나왔고 철선으로 받침대를 동여매던 작업방법 대신 고정받침대를 쓸 수 있게 하여 부재개당 조립시간을 또다시 절반으로 줄이기도 하였다. 조립속도는 퍼그나 빨라졌다.[30]

『평양시간』에서 이상철의 애인인 기중기 운전공인 안오월도 창안품을 만드는 데 골몰하고 있다. 안오월은 이상철이 꼭 만나자고 박상진편에 전갈을 해놓고도 약속시간이 훨씬 지나도 오지 않는 데도 불구하고 이상철에 대한 부질없는 생각을 접고 저절로 다공판을 엎을 수 있는 도르래를 만들 궁리에만 젖어 있는 것으로 묘사하고 있다. 이러한 장면은 사실상 과장된 표현이라고 할 수 있으며, 상식적인 범주에서 이해하기 어려운 장면들이라고 할 수 있다. 그런데도 작가는 '평양속도'를 좀더 빨리하기 위해 무리를 해서라도 보조인물들까지 노력영웅으로 창조하고 있는 것이다.

시계가 없으니 알 수 없다. 아침에 다려입은 옷은 축축히 젖었다. 추웠다.
(난 무슨 두서없는 생각을 하여 쓸데없이 시간을 보내구 있담? 이런 시간을 아낄줄도 모르고, 비오지 않았으면 신작로에 나가 책이라도 읽었으면…. 아니 정말 그걸 어떻게 만들 수 있을가? 그 도르래들을 어떻게 달면 저절로 다공판을 엎어뜨릴 수 있을가?)
오월은 요즘 땅바닥에 쌓아놓은 다공판을 들어올릴 때 부재가 저절로 수직으로 세워지고 조립장에 내려놓을 때 또 저절로 수평으로 높이게 하는 장치에 대하여 궁리하고 있었다. 이 구상을 더듬기 시작한 그는 상철이에 대한

---

30) 최학수, 『평양시간』, 353쪽.

것을 잊고 점점 더 깊이 아직 형태가 잘 잡히지 않는 가동판부재 자동전복장치 세계에 빠져들어갔다.[31]

4. 긍정적 인간관계와 혁명적 사랑

『평양시간』은 사회주의 건설 주제를 다루었기 때문에 자칫 무미건조해지거나 경직될 가능성이 높다. 난관을 극복하고 주인공이 2만 세대 조립식 아파트건설의 첨병으로 나서서 분투하는 이야기는 격정적인 이야기이므로 유연성이 부족할 것임에 틀림이 없다. 작가 최학수는 이러한 다소 거친 소재에 윤활유를 가미하여 소설 읽는 재미를 가져다 주고 있다. 소설의 서사구조의 큰 선은 물론 이상철의 개척성과 투쟁성에 비중이 주어지지만, 크로키 기법 형식으로 안오원과 이상철의 로맨스를 간간히 가미시키고 있어 독자들이 그들의 후일담에 관심을 가지게 만들고 있다.

제대군인 이상철은 건설사업소에 배정 받아 무기능공으로 벽돌쌓기의 단순노동작업을 배우게 된다. 그때 이상철은 안오월을 만나게 된다. 사실 한참 전에 보통강에서 쉬고 있던 박상진과 이상철은 지나가던 처녀의 몸에 물을 튀게 하는 장난을 하게 되었다. 보통강변에서의 얼마전의 실수를 사과하려던 이상철은 안오월이 자신을 알아보자 의아하게 생각한다. 알고 보니 그녀는 이상철의 송아지동무 안종한의 동생이었던 것이다. 하지만 친구 안종한은 1953년 여름 한국전쟁 당시 해방산에서 대공전투를 하다 전사하였다고 여동생은 전해준다.

이러한 사연 많은 두 남녀주인공은 첫 만남을 어색하게 갖게 된다.

---

31) 최학수, 『평양시간』, 382쪽.

하지만 그들의 한밤중의 데이트 아닌 데이트는 건설사업소 새 지배인인 림도식에 의해 목격되고 현장에서 비판을 받게 된다. 림도식은 이상철의 매부 문화린이 자본주의적 색채를 지닌 인텔리로 몰려 위기에 빠진 사실을 떠올리는 듯한 야릇한 뉘앙스의 언어를 쓰면서 이상철과 안오월의 추억의 대화를 남녀간의 낭만적 사랑 장면으로 몰아세우며 핀잔을 주었던 것이다.

작가는 두 남녀주인공의 둘만의 첫 만남을 상당히 서정적인 문체로 소담하게 묘사하면서도 관계를 꼬이게 그려 넣고 있다.

> 그가 움직이기를 기다리다 못해 오월은 슬며시 그의 팔소매를 잡아당겼다. 상철은 묵묵히 계단을 밟아내려오며 생각하였다.
> 그는 림도식이 어떤 처신을 념두에 두고 방금 그런 말을 던지고 간 것인지 알 수 없었다.
> 문제는 《매부생각을 해서라도》하고 말했다는 그 점에 리해할 수 없는 것이 있었다. ………… 상철이와 오월은 내내 말없이 걸었다. 징검다리밑을 지나 보통문쪽으로 넘어섰다. 발밑에서 미끄러운 눈이 신음하듯 빠득거렸다. 바람은 어느덧 잠풍해졌으나 림도식이 상철이의 가슴속에 일으켜놓은 돌개바람은 여전히 숙어들지 않고 회오리쳤다.
> 보통강 징검다리를 건너가 갈림길목에 이르렀을 때 상철은 걸음을 멈추었다.[32]

이렇게 어색한 첫 만남을 가진 이상철과 안오월은 건설사업소 현장에서 한 사람은 청년조립 조장으로 또 다른 한 사람은 기중기 운전공으로 빈번한 접촉을 가지게 되면서 서로의 가슴에 불꽃이 타오르는 것을 느끼게 된다. 『평양시간』은 예상을 뒤엎고 두 사람 간의 사랑의 감정묘사 장면에서는 세심한 서정적인 묘사처리를 하고 있는 것이 특징이다.

---

32) 최학수, 『평양시간』, 85-86쪽.

하지만 조립식아파트 건설사업에만 몰두하는 이상철로 인해 두 사람의 사랑은 진전이 없게 된다. 결국 보다 못한 탁준범이 이상철에게 사랑에 대한 조언을 하게 된다. 개인적인 사랑문제에 대해서는 소극적이었던 이상철은 박상진을 통해 안오월에게 퇴근후에 만나자는 과감한 제안을 한다. 하지만 그때마다 이상철에게 일이 생겨 안오월은 두 차례나 약속 장소에서 기다리다 돌아가는 수모를 당한다.

> 강철덩이처럼 강하다고 스스로 믿어마지 않은 자기가 어찌된 셈인지, 꽃 잎처럼 연하고 부드럽고 나긋나긋한 처녀앞에서는 맥을 못춘다는 것을 발견 하였을 때마다 상철은 자기자신에게 화가 나서 마음과 달리 랭정하고 투박 스럽고 매정스럽게 오월이를 대하려고 애썼으며 그를 꼭 만나야 할 때에도 일부러 피하려고 애썼다. 만나야 할 일도 그는 다른 사람에게 시키군하였 다. 가련해진 상철이였다. 그는 그렇게 하는 것이 도리여 자기가 오월이에 대하여 몹시 생각하고 있다는 것을 스스로 폭로하는줄 몰랐다.[33]

북한문학에 등장하는 사랑은 남한에서의 사랑과는 크게 다르다. 소위 자본주의에서는 사랑은 개인적인 문제이고 낭만적이고 열정적인 사랑이 묘사된다. 하지만 겉으로의 형식은 같지만 북한문학에서의 사랑은 혁명적 사랑이거나 생산적 사랑이어야 한다. 즉 개인적인 낭만적 사랑은 용납이 되지 않는 것이 북한문학의 현실이다.따라서 개인적인 사랑도 조직과 집단의 긍정적인 인간관계를 도모하는 데 보탬이 되어야 한다는 입장을 취하고 있다. 그리고 남녀주인공의 사랑이야기는 북한의 문예이론에서는 구성조직의 기법 중에서 '감정조직'의 기법에 준해서 묘사되어야 한다. 북한이론서에서 "감정은 인간에게 고유한 속성이다. 감정은 사상과 마찬가지로 인간의 내면세계를 이룬다. 내면세계를 잘 그

---

33) 최학수, 『평양시간』, 259쪽.

314

리는 것은 문학예술작품에서 성격창조의 기본요구이다. 그런데 감정을
떠나서는 인물의 내면세계를 생동하게 보여줄 수 없으며 따라서 산 인간
의 형상을 창조할 수 없다"[34]라고 자본주의 사회에서의 이론과 별반 다
르지 않게 장황하게 설명하고 있다. 하지만 결론 부분에서는 "감정조직
의 목적은 단순히 사람들을 긴장시키고 흥미를 조성하는 데 있는 것이
아니라 종자와 주제사상을 형상적으로 깊이 있게 구현하는 데 있다"[35]라
고 강조하고 있는 것이 북한문예이론의 현실인 것이다. 따라서 『평양시
간』에서도 이상철과 안오월의 사랑은 결실을 맺는 것으로 그려지지 않
고 있다. 그 이유는 이 작품은 사회주의 건설 주제를 다룬 작품이므로
원래의 주제를 벗어나는 스토리전개는 작가의 일탈행위로 비춰지기 때
문이다. 결국 이상철과 안오월의 사랑은 평양의 2만 세대 조립식아파트
건설현장에서 절약과 증산의 큰 그림을 독려하고 선동하는 것에서 더 나
아갈 수 없었던 것이다. 이러한 혁명적 사랑에 대한 개념정의는 탁준범
의 입을 통해 이상철에게 전달이 된다. 하지만 그러한 메시지는 사실상
작가 모두에게 주체적 사랑을 외치는 김정일의 견해이기도 한 것이다.

　　집단이 천리마를 타는데 방해거리로 된다는거야. 상철이가 자기의 사랑
을 숨김없이 내놓고 진정하고 열렬하게 그 처녀를 사랑해주는 것이 혁명에
리롭고 조립속도를 더 빠르게 해주네. 혁명하는 사람이 비혁명적인 인간속
물들처럼 쓸데없는 잡생각에 억제돼서 소시민들처럼 그렇게 하는건 안될
일이야.
　　《제가 그렇게 미물같이 굴었단말입니까?》
　　《그래 미물이지! 사랑하면 열렬하게 온 심장을 다해서 사랑하구 사랑하는
사람과 같이 손잡구 혁명에 전심해야지 그렇지 못하는거야 미물 아니구 뭔
가. 훼방군이지.》

---

34) 김정웅, 『주체문예리론의 기본』 2, 평양, 문예출판사, 1992, 280쪽.
35) 김정웅, 위의 책, 288쪽.

《제가 말하겠습니다. 만나겠습니다. 오늘밤에라두 말하겠습니다.》[36]

5. 서정적이고 개성적인 문체

어느 작가나 작품의 주제를 부각시키고 인물간의 관계를 선명하게 드러내기 위해 개성적인 문체를 발굴하고 나름대로의 특징 있는 문체를 창조하기 위해 고심하게 마련이다. 『평양시간』은 소위 '평양속도'라는 당대의 사회적인 슬로건을 앞세운 작품이다. 따라서 열정적이고 선동적인 문체만을 고집하였을 것으로 생각되나 사실은 작가 최학수가 즐겨 사용하는 문체는 예상 밖으로 차분한 서정적인 문체이다. 북한의 문예이론서에는 작품에 나타난 참신한 감정, 독특한 정서의 연결로써만 개성적인 문체가 이루어진다고 전제하고 여기서 선결조건으로 되는 것이 작가의 열정문제라고 단정짓고 있다. 작가의 열정은 독창적인 종자의 발견과 특색 있는 구성의 확정에서 불타오르는 것이니만치 그것은 작가의 세계관에 관한 문제이고 생활체험에 관한 문제이며 탐구정신에 관한 문제[37]라는 것이다.

최학수의 세계관이 반영된 문체라고 할 때 작가는 왜 하필 서정적인 문체를 즐겨 사용하였을까? 그것은 아무래도 혁명적 낭만주의에 근간한 격정적인 문체와 균형을 이루게 하기 위함으로 보여진다. 최학수는 1950년대말부터 70년대까지의 사회주의 건설과정에서의 전변을 가져온 놀라운 현실을 묘사하면서 '-해야만 하였다'류의 당위성을 강조하는 어법과 '-했던 것이다'류의 단정적인 어법을 주로 구사하였다. 따라서

---

36) 최학수, 『평양시간』, 378쪽.
37) 오영환, 『작가의 문체』, 평양, 문예출판사, 1992, 307쪽.

소설의 문장은 경직성을 탈피할 수 없게 된 것이다. 어떻게 하면 이러한 한계를 극복할 수 있을까하는 고심 끝에 작가 최학수는 서정적인 문체를 각 장의 도입 부분에 사용함으로써 유연함과 긴장미의 조화를 모색했던 것으로 보여진다.

> 대동강에는 가녁으로 얼음이 불다말았다. 검푸른 강물이 출렁이는 가슭의 둔덕에는 냉이풀이 파랗게 자랐다. 양지쪽 개나리가지들에는 기막히게 부드러운 연록색 애잎들이 돋고 철딱서니없는 꽃눈들은 무엄하게도 겨울에 도전하듯 노란꽃이파리마저 내밀었다.
> 해마다 대한이 마실왔다가 얼어죽는다는 소한날에는 때아니게 엉뚱한 비가 부실부실 내려 그나마 겨울의 눈치를 은근히 살피던 개나리들이 네 활개를 펴고 시원한 랭수욕까지 하게 하였다.
> 당돌한 봄아씨의 이 지나친 월권행위에 마침내 수염발이 허연 겨울은 노염을 내기 시작하였다. 소한날 밤부터 비는 진눈까비로 변하고 다시 눈으로 바뀌었다. 질척질척한 범벅눈은 얼음이 되어 온 땅덩어리를 한벌 덮었다. 물결이 늠실거리던 강들도 떵떵 얼어붙어버렸다. 땅도 강도 길도 모든 것을 덮어버린 얼음판우에 눈이 쌓이고 또 쌓였다.[38]

『평양시간』에서 작가 최학수가 감각적인 문체(격정적인 문체)와 더불어 '서정적인 문체'를 즐겨 쓴 또 다른 이유는 두 가지가 더 있다. 하나는 자연 그대로의 보통강과 대동강 주변의 평양이 사회주의 건설의 경이로운 5개년 계획 등에 의해 아파트가 즐비한 현대적인 신시가지로 변모하게 될 것이라는 미래의 청사진을 자연과 인공의 대비를 통해 보여주려는 의도로 보여진다. 다른 하나는 이러한 놀라운 현대화의 전변은 한두 사람의 개인의 노력과 창발성만으로 이루어질 수는 없으므로 집단과 조직이라는 큰 틀의 사회적 구성체의 유연성과 조화를 도모하려고 시도

---

38) 최학수, 『평양시간』, 108쪽.

한 것으로 보여진다. 즉 집체적인 창발성을 유발하기 위한 조직 전체에서의 하모니가 중요함을 강조하기 위해서 서정적인 문체를 동시에 사용했던 것이다. 도도하게 흐르는 보통강물처럼 그리고 때가 오면 변함 없이 찾아오는 계절의 변화처럼 역사의 물줄기를 바꾸어 새로운 사회주의 건설을 하려고 하는 인민들의 열정과 투쟁정신의 영원성과 당위성(결국 김일성에 대한 혁명적 수령관으로 형상화됨)을 부드러운 서정적인 문체를 통해 구현하려고 한 것이다. 즉 작품에 구사된 문체에는 인민성에 바탕 하는 작가정신이 자리잡고 있다고 볼 수 있는 것이다.

　　눈은 하염없이 내린다.
　　눈, 눈, 그대들은 오월이에게 말하여줄 수 없는가?
　　보통강, 보통강, 그대는 말하여줄 수 없는가?
　　《이렇게 행복하고 기쁘고 영광스러울 때면 어쩌면 좋을까요? 그저 자꾸 울고만싶으니…》

　　오월은 젖은 눈으로 상철을 쳐다보았다.
　　《이제 우리 아버지도 그이의 말씀을 전해들으며 동무처럼 또 우실게요. 오늘 수령님께서는 지난 봄에 보통강 낚시터에서 아버지를 만났던 일을 인상깊게 회고하시면서 아버지의 수술결과가 궁금하시어 어제밤 병원에 친히 전화로 알아보셨는데 바로 래일 안면붕대를 풀고 눈을 뜨게 됐다는 사연까지 알려주시질 않겠소.
　　나는 너무 기쁜 나머지 아버지가 퇴원하게 되면 마음껏 일하고 싶어한 아버지의 소원대루 목수일 같은 걸 하게 해드리자던 내 생각을 말씀드렸소. 그랬더니 어버이 수령님께서는 다감하신 표정으로 잠시 생각에 잠기시더니 그 일도 좋지만 오래지 않아 보통강에 유원지가 꾸려지게 되었는데 보통강유원지 관리원일을 맡겨드리는게 더 좋겠다고 말씀하시지 않겠소. 지난날 이 강변에서 지옥살이를 해온 아버지가 좋은 우리 세상에서 눈까지 떴는데 늘 락원을 보고 락원을 가꾸며 살게 해드리자고.[39]

---

39) 최학수, 『평양시간』, 403-405쪽.

V. 맺음말

『평양시간』은 최학수의 장편소설로 1958년경부터 1970년대까지를 시대적 배경으로 북한 평양시의 현대적 도시로의 전변, 즉 유명한 '평양 속도'를 사실적으로 다룬 작품이다. 그중에서도 1958년 12월말까지 2만 세대 분 조립식 아파트 건설과정을 주도한 제대군인 이상철 청년조립 조장을 비롯한 조립공들의 희생정신과 투쟁정신을 열정적으로 묘사한 작품이다. 그리고 작품의 배경에는 김일성이 1959년 평양시건설자들에게 명년에 실행해야 할 과업으로 2만 세대의 주택, 큰 백화점, 제 2대동교 건설, 대동강 유원지 청류벽까지의 확장공사, 보통강 정리사업(및 운하건설), 보통강 기슭의 유원지와 동물원 대극장, 청영궁전, 아동궁전 건설, 평양시내외의 도로 포장공사, 대성산, 모란봉의 녹지공사, 남강수원지 공사, 송수관, 배수관 공사 등등 방대한 건설사업에 대한 청사진을 제시하면서 혁명의 발원지이자 영웅도시 평양건설에 앞장설 것을 주문하는 내용이 자리잡고 있다.

북한문학사에서 『평양시간』의 위상은 혁명전통의 주제, 조국해방주제, 역사 및 계급교양 주제와 더불어 주체적 소설문학에서 중요한 테마 중의 하나인 '사회주의 건설주제'에 해당하는 작품이라는 데에서 그 의미를 찾을 수 있다. 이러한 주제의 작품으로는 장편소설로 김리돈의 『철의 신념』, 변희근의 『생명수』, 김수경의 『탄생하는 계절』, 김보행의 『빈터우에서』, 허춘식의 『야금기지』 등이 있고, 중편소설로는 김삼복의 『세대』, 김석범의 『작별』, 백남룡의 『벗』, 한웅빈의 『길우에서』 등이 유명하다. 특히 80-90년대 벌인 소설 창작전투기간(특히 1989년 4월 15일 김일성 탄신 77주년을 1차적 디데이로 삼음) 중에 가장 많이 창작된 주제가 바로 '사회주의 건설 주제' 라는 점에 주목할 필요가 있는 것이다.

『평양시간』에서는 특히 해방정국과 조국해방전쟁(6·25 한국전쟁)을 거치면서 아직도 북한 사회에 잔존하고 있는 낡은 것과의 투쟁과정을 치밀하게 다루고 있다. 최학수의 소설에서 '낡은 것' 이라는 것은 1) 반혁명분자들과 반동분자들의 작간과 맞서 싸우는 것, 2) 보신주의·관료주의·공명주의 등 북한 사회 내부에 뿌리깊게 자리잡고 있는 내부적 모순에 저항하는 것, 3) 사대주의나 민족 허무주의를 극복하는 것 등으로 구체적으로 드러나고 있다. 그리고 작품에서는 1)과의 싸움을 '적대적 갈등' 으로 2)와 3)의 후자와의 싸움을 '비적대적 갈등' 으로 묘사하고 있는 것이 특징이다.

『평양시간』은 몇 가지 점에서 다른 소설에서 볼 수 없는 특징들이 나타나고 있다. 이를테면, 손월석에 대한 묘사에서 등장하는 남쪽 출신 사람에 대한 포용 가능성, 근로인텔리의 태생적 한계 용인(과학기술의 중요성 인식), 공장 예술선동대의 필요성을 제기하는 등 빨치산식 군중노선의 도입과정 등이 묘사되고 있어 사회주의 건설시기의 북한당국의 고민의 일부를 엿볼 수 있게 된 것은 큰 소득이었다.

그러나 이 작품에는 많은 허점과 한계도 동시에 드러내고 있다. 첫째, 인민성을 강하게 부각시키기 위한 잦은 김일성의 현지지도(낚시터에서 이성준 노인을 만나는 장면이나 토성둑 위에서의 꼬마 이상철과의 만남 등등)가 가져다주는 어색함이 작품의 구성조직에 문제점으로 나타나고 있다. 둘째, 조선노동당의 당원다운 품성을 강조하면서 등장하는 '집체론적 협동' 의 미화는 비현실적이 아닌가 생각된다. 결국은 속도전을 통한 절약과 공기단축 그리고 증산(7천 세대분의 부재로 2만 세대분을 짓거나 2년 걸릴 작업을 1년도 채 안되어 조기 완성한다는 등)의 결실이 집단적인 협동성보다는 개별 노동자들의 창발성에 의해 이루어지고 있다는 점은 어떻게 설명할 것인가? 셋째, 조립식아파트의 공정단축만을 미화시키는 것은 매우 위험한 논리가 아닌가 생각된다. 즉 아파트의 견고성이나 미학성 그리고 편리성(쾌적한 환경 등) 등을 전혀 고려하지 않고 경제성과 속도전만을 내세우는 것은 미래에 있어서 매우 위험한 부담을 안게 된다는 점을 간과해서는 안 될 것이다. 넷째, 혁명적이고 생산적인 사랑을 강조하는 것은 이해할 수 있으나, 이상철과 안오월간의 사랑의 후일담에 대한 언급이 없는 것은 소설의 짜임새 측면에서 커다란 허점으로 보여진다. 이와 같이 작가가 분명 두 주인공 사이를 연인 사이로 설정하여 낭만적으로 묘사해 나가다가 갑자기 혁명적 동지애로 마무리짓는 것은 모순이라고 생각된다.

■ 참고문헌

강만길, 『한국현대사』, 서울, 창작과 비평사, 1994.

고태우, 『북한사 100장면』, 가람기획, 1996.

과학백과사전 종합출판사 편, 『문학예술사전』(상·하), 평양, 과학백과사전 종합출판사, 1998.

국립국어연구원 편, 『북한 문학 작품의 어휘』, 서울, 국립국어연구원, 1998.

권오윤, 『툭한체제변화론』, 다다미디어, 1998.

김남천, 「이기영 검토-사상·작품·문장」, 『풍림』 제 6호, 1937년 5월호.

김동규, "4가지 통일 시나리오에 따르는 위기관리프로그램의 개발연구" 『북한학 연구』 창간호, 고려대 북한학연구소, 2000.

김동섭 외, 「조선중앙년감, 2001년」, 평양, 조선중앙통신사, 2001.

김명철, 『긴정일의 통일전략』, 윤영무 옮김, 살림터, 2000.

김성훈 외, 『북한의 농업』, 서울, 비봉출판사, 1997.

김윤식, 『한국현대 현실주의 소설 연구』, 서울, 문학과 지성사, 1990.

김윤식·정호웅 편, 『한국 리얼리즘 소설연구』, 서울, 탑출판사, 1987.

김정수·고경식 외 『사회주의 사회 연구』, 북한 주체정치학연구학회, 1991.

김정웅, 『주체적 문예리론의 기본』 2, 평양, 문예출판사, 1992.

김정일, 『우 대한 령도자 김정일동지의 사상리론』 문예학 1, 평양, 사회과학출판사, 1996.

＿＿＿, 『주체문학론』, 평양, 조선로동당출판사, 1992.

김종철, 『북한용어 400선집』, 연합뉴스, 1999.

김한길, 『현대 조선역사』, 서울, 일송정, 1988.

김홍섭, 『소설창작과 기교』, 평양, 문예출판사, 1991.

박승극, 「이기영검토-작품·문장에 대하여」, 『풍림』 제 6호, 1937년 5월호.

박태상, 『북한문학의 현상』, 서울, 깊은샘, 1999.

방연승, 『우 대한 수령 김일성동지 문학령도사』 1, 평양, 문예출판사, 1992.

북한연구학회 엮음, 『분단 반세기 북한 연구사』, 서울, 한울아카데미, 1999.

사회과학원 역사연구소 편, 『조선통사』(하), 서울, 오월, 1989.

신용하, 『한국근대사와 사회변동』, 서울, 문학과 지성사, 1980.

신언갑, 『주체의 인텔리리론』, 평양, 과학, 백과사전출판사, 1986.

신일철, 『평양의 봄은 오는가』, 시사영어사, 1999.

안함광, 『조선문학사』(1900-대학용 교재), 연변, 연변교육출판사, 1956.

오영환, 『작가의 문체』, 평양, 문예출판사, 1992.

오정애 · 리용서, 『조선문학사』 10, 평양, 사회과학출판사, 1994.

이기영, 『기행문집』 평양, 조선작가동맹출판사, 1960.

_____, 『땅』(상), 서울, 풀빛, 1992.

_____, 『땅』(하), 서울, 풀빛, 1992.

_____, 『서화』, 서울, 풀빛, 1992.

_____, 『문학론』, 서울, 풀빛, 1992.

_____, 「나의 과거생활의 가지가지-출가소년의 최초경난」, 『개벽』 1926년 6월호.

_____, 「문학을 하게 된 동기」, 『문장』, 1940년 2월호.

이대근, 『한국경제의 구조와 전개』, 서울, 창작과 비평사, 1987.

이태준, 『소련기행 · 농토 · 먼지』, 깊은샘, 2001.

이홍구 편, 『마르크시즘 100년-사상과 흐름』, 서울, 문학과 지성사, 1984.

임규찬, 『한국근대소설의 이념과 체계』, 서울, 태학사, 1998.

정호웅 편, 『이기영』, 서울, 새미, 1995.

채훈 외 편, 『월북작가에 대한 재인식』, 서울, 깊은샘, 1995.

천재규, 『조선문학사』 14, 평양, 사회과학출판사, 1996.

최길상, 『주체문학의 새 경지』, 평양, 문예출판사, 1991.

한중모, 『주체적 문예리론의 기본』 1, 평양, 문예출판사, 1992.

蕙谷治 외 편, 『김정일의 북한, 내일은 있는가』, 김종우 역, 청정원, 1999.

V. J. 레닌, 『레닌의 문학예술론』, 이길주 옮김, 서울, 논장, 1988.

맑스 · 엥겔스, 『맑스 · 엥겔스의 농업론』, 김성한 옮김, 서울, 아침, 1990.

마르크스 · 엥겔스, 『마르크스 · 엥겔스의 문학예술론』, 김영기 역, 서울, 논장, 1989.

소련과학 아카데미 편, 『마르크스 레닌주의 미학의 기초이론』 I, 신승엽 외 옮김, 서
        울, 일월서각, 1988.

찾아보기

ㄴ

ㅅ

ㅈ

ㅊ

ㅌ

ㅍ

북한문학의 동향

2002년 4월 20일 1쇄 발행
2003년 4월 10일 3쇄 발행

저 자 박 태 상
펴낸이 박 현 숙
찍은곳 신화인쇄공사

110-290
서울시 종로구 인사동 153-3 금좌B/D 305호
T · 723-9798, 722-3019 F · 722-9932

펴낸곳 도서출판 깊 은 샘

등록번호/제2-69 · 등록년월일/1980년 2월 6일

ISBN 89-7416-113-3
※ 잘못된 책은 교환해 드립니다.

값 15,000